제니스

III

밤밤밤 장편소설

동아

 III

초판 1쇄 인쇄일 | 2019년 05월 17일
초판 1쇄 발행일 | 2019년 05월 28일

지은이 | 밤밤밤
펴낸이 | 박성면
펴낸곳 | (주)동아

출판등록 | 제406－2012－000056호
주소 | 경기도 파주시 문발로 115, 세종출판벤처타운 201-A호
전화 | (031)8071－5201
팩스 | (031)8071－5204
E－mail | bear6370@hanmail.net

정가 | 12,000원

ISBN 979-11-6302-198-8 (04810)
　　　979-11-6302-171-1 (set)

ZERO NOVEL

제니스

III

밤밤밤 장편소설

동아

목　차

제4장

고대
마도문명
下

초대하지 않은 손님

1

노아의 열다섯 번째 날.

하일리움 3년 차의 졸업을 축하하고 귀족 사회에 성공적으로 진입하길 기원하는 '졸업 시즌'이 드디어 시작됐다.

하일리움 졸업 시즌은 총 6일간 진행된다.

첫날은 졸업 예정자들만 모이는 조촐한―말만 조촐하다. 네 개 학부 3년 차가 모두 모여 하일리움에서 두 번째로 큰 연회장을 사용한다―티 파티, 둘째 날엔 약혼자, 가족, 친구들을 초대하는 무도회, 셋째 날엔 하일리움이 마련한 사교계 공식 데뷔 파티가 대연회장 엘리오타에서 열린다. 이 마지막 연회엔 하일리움 학장과 교수들까지 참가하며 티오렌 황족도 얼굴을 내민다. 졸업 예정자의 가족들까지 고려하면 웬만한 황궁 연회 못지않은 규모.

3일간의 연회 시즌 후 나머지 3일은 이별과 정리의 시간이다. 1, 2년 차들이 평소 친분이 있던 3년 차를 초대해 송별의 시간을 갖는데 이때 얼마나 많은 모임에 초대받는가로 3년간의 사교 활동을 평가하기도 한다.

3일 중 마지막 하루는 혼자 보내는 게 일반적이다. 그동안의 하일리움 생활을 돌아보고 정리하기 위해서다.

의미 있는 지인에게 편지를 쓰거나 자신이 쓰던 애장품을 선물하기도 한다. 그리고 그다음 날부터 하일리움을 떠난다. 졸업'식'은 없는, 하일리움만의 졸업 행사는 그렇게 끝난다.

제니스가 적색 전문을 받고 린트벨 저택으로 돌아갔던 그날 밤, 테린 역시─기사단에 먼저 갔다가 허탕 치고 저택으로 찾아온─전령이 전한 소식을 받은 후였다. 성향이 극명하게 갈리는 두 사람이었지만, 드래곤 이빨 협곡에서 발견된 유적의 향후 처리에 대해서는 빠른 의견 일치를 보았다.

조사 강행.

다시 파묻든 뭘 하든, 그건 유적의 정체를 확인하고 난 후에 할 일이다.

그런 내용의, 린트벨로 보낼 의견서를 작성하며 테린의 시름이 깊어졌다. 제니스의 응원으로 쥬안행에 대한 마음의 부담을 겨우 떨쳐 냈는데 바로 이런 문제가 생길 줄이야. 다잡은 마음이 다시 흔들렸다.

그때 제니스가 그의 마음을 들여다본 듯 말했다.

"오라버닌 훈련이나 열심히 하세요. 린트벨엔 제가 가 볼 테니."

"네가? 아직 학기가 좀 남았을 텐데?"

"사람이 융통성을 발휘하며 살아야죠. 졸업 시즌이 끝나면 3주 정도 남나요? 어머니가 아프다는데, 하일리움도 쩨쩨하게 유급을 들먹이진 않겠죠."

"어머니를, 팔겠다고?"

테린이 기가 차 되물었다.

"어머니도 이해하실 거예요."

그건 어디서 나오는 확신이냐?

"아버지는 이해 못 하실 걸?"

아니, 이건 수긍하는 것 같잖아.

"음, 그럴 수도 있겠네요. 그럼 아버지를 팔까요?"

"……."

관두자.

테린은 점점 위험해지는 대화를 포기했다. 들키지만 않으면 된다는 제니스의 발칙한 발상에 익숙해지는 자신이 두려웠다.

그런 테린 옆에서 혼자 이런저런 궁리를 하던 제니스는 역시 아버지가 아픈 건 어딘가 어울리지 않는다며 계획을 다시 원안으로 돌렸다.

'어머니, 지켜드리지 못해 죄송합니다.'

테린은 마음속으로 용서를 빌었다.

네일과 헤이엄에게 보낼 편지는 일찌감치 마무리됐지만 두 사람 모두 쉽게 잠자리에 들지 못했다. 제니스는 린트벨로 돌아간 후 어떤 식으로 접근해야 유적 처리 문제에 잡음 없이 참가할 수 있을까, 정치적인 이용은 영 불가능한 걸까, 테린과 베아트리체 문제에 써먹을 방법은 없는 건가 등을 생각하느라 그랬고, 테린은 그냥 머리가 복잡했다. 아주.

새벽이 밝고, 답장을 전해 받은 전령이 린트벨로 떠난 후에야 두 사람은 푸석한 얼굴로 미리 인사했다. 테린은 서너 시간 눈을 붙인 후 기사단으로 복귀 예정, 제니스는 이제라도 푹 잘 생각이었다. 아밀라가 오후나 되어서야 제니스를 대면할 수 있었던 건 그래서였다.

생각해 보면 그날의 하이라이트는 아밀라가 꺼낸 이야기였다. 몽브랑트 사건과 달리아 포라이즌 성 앞 들판에서의 도주, 이어진 두 달간의 고생담, 라트 일족의 기원.

음, 천 년이나 입을 꾹 다물고 있었다니…… 이런 음흉한 위인들 같으니.

아밀라에겐 '삽질'이란 말로 깎아내렸지만, 소수 집단의 맹목적인 집요함은 때때로 세상을 뒤집는 방아쇠가 되기도 한다. 그들이 대륙에 등장했을 때부터라도 각 무리 간에 긴밀한 협력 관계를 구축하고 행동을 함께했다면 알카오 대륙을 암중에서 지배하는 무시 못할 흑막이 되었을지도 모른다.

'그러기엔 서로에 대한 믿음이 너무 부족했어요.'

아밀라는 그렇게 말했다. 혹시라도 어느 무리가 그들이 지금까지 지켜 온 관행을 깨 겨우 얻은 이 안정을 무너트리진 않을까, 서로 주시하고 경계하고 견제했다고.

선대로부터 물려받은 지식을 공유하기 시작한 것도 근래 와서야 시작된 일이라고. 피가 고이지 않도록 교차 혼인을 꾸준히 진행한 결과 나름의 혈연이 이리저리 얽힌 덕분이란다.

생각해 보면 이해 못 할 바도 아니었다. 살다 보면 남보다 못한 가족사를 꽤 많이 목격하게 되지 않나.

아밀라의 이야기가 길어지는 바람에 정작 그녀가 듣고 싶어 하던 일에 대해선 말할 시간이 없었다. 아밀라가 마음을 추스르고 자신의 이야기를 정리했을 땐 이미 하일리움에 도착한 후. 그녀를 돌려보내며 남은 이야기는 다음 휴일에 하자 했더니 그 홀쭉한 볼이 터질 듯 빵빵해지던 모습이란.

"혼자 무슨 생각을 그렇게 해?"

플로라가 팔을 잡으며 던진 질문을 듣고서야 제니스는 현실로 돌아왔다.

"무도회 싫어하는 건 알지만 엔시아 언니 졸업 파티인데 집중 좀 해."

플로라가 조용히 타박했다. 틀린 말은 아니었기에 제니스는 순간 가식적인 미소를 200퍼센트 끌어 올렸다. 그녀의 급변한 표정에 플로라가 질색하며 떨어져 나갔다.

왜? 이걸 원한 거 아니었어?

도망간 플로라는 멀지 않은 곳에 있던 로이드의 팔을 잡고 뭔가를 열심히 하소연했다. 그러면서 주기적으로 제니스를 힐끔거리는데, 험담은 안 보이는 곳에서 하라고 충고해 주고 싶다.

오늘은 졸업 시즌 2일째. 졸업 예정자의 초대를 받은 지인들이 모인 무도회가 열리고 있었다. 따로 데뷔 무대를 가지지 않을 예정인 엔시아에게 하일리움 졸업 시즌은 매우 중요한 행사였다. 특히 셋째 날 열리는 공식 데뷔 파티는 굉장히 공들여 준비 중. 제니스가 린트벨행을 이 졸업 시즌 후로 잡은 것도 그래서다. 툴란 산맥 탐사와 유적 문제로 헤이엄과 마르티아도 참석하지 못하는데, 제니스마저 자리를 비웠다간 10년간 원성을 듣고도 남는다.

그런 중차대한 날 중 하나인데, 테린은 외출 허락을 받지 못해—사회생활을 얼마나 요령 없이 하기에 여동생 하일리움 졸업 파티에 참석을 못 하는지 모르겠다—리오덴과 제니스, 플로라만 엔시아 곁을 지키게 됐다. 아, 나중에 테린의 대타로 추가된 로이드도 같이.

테린은 선물과 사과 편지를 보내 내일 공식 데뷔 연회에는 기사단 담을 넘어서라도 참석하겠다는 의지를 보였다. 정작 엔시아의 마음을 달랜 건 그 구구절절한 사연이 담긴 편지가 아니라 함께 온 선물 같지만.

상자 안에 든 목걸이를 보며 리오덴이 말했다.

"형이 미쳤나 본데?"

제니스가 보기에도 기사단 두 달 월급은 털어 넣어야 살 수 있는 물건이었다. 황녀와 사귀더니 손이 아주 커진 것 같다. 목걸이를 목에 건 엔시아는 솟아오르는 광대를 숨기지 못하며 테린의 불참을 관대하게 용서했다.

"어머, 엔시아 오늘 너무 아름답네요."

"엔시아의 취향과 안목엔 항상 놀란다니까요. 어느 공방 물건인지 나중에 꼭 알려 주세요."

어머니에게서 물려받은 검은 머리를 어른스럽게 틀어 올린 엔시아의 주위로 많은 소녀가 몰려들었다. 다른 사람의 초대를 받아 참석한 북부 출신 영애들, 같은 3년 차 친구, 사교 모임에서 만난 소녀들이 한 번씩 걸음을 멈추고 말을 건넸다. 한 달 전부터 제니스와 플로라를 괴롭히며—몇 개의 숍을 전전했는지 모른다—선택한 물빛 드레스는 테린이 준 목걸이와 아주 잘 어울렸다.

근래 하일리움을 달군 엠바로스 문제가 분위기를 망치지 않을까 우려했지만 기우였다. 청춘 남녀와 달콤한 음악, 화려한 의상과 알싸한 과일주가 한자리에 있는데 미묘한 국제 관계 따위 알 게 뭔가. 잘난 체하는 어른들이 알아서 하실 일이라는 분위기로 급변한 지 오래였다.

생각해 보면 호기심 많고 변덕스러운 소년 소녀들에게 2주 넘게 관심을 받은 게 더 이례적이었다. 지금 그들의 관심은 앞으로 펼쳐질 인생과 좀 더 밀접한 주제에 쏠려 있었다.

"엔시아, 혹시 백작님께서 슬쩍 언질 주신 것이 있다면 얘기 좀 해 주세요. 세르비아는 어제 자작님께 늦어도 다음 해 봄 약혼하게 될 거란 이야기를 들었대요."

한 소녀의 말에 같이 있던 세르비아란 아가씨가 얼굴을 붉혔다. 엔시아와 같은 3년 차였다.

"어머, 그렇군요. 축하해요 세르비아. 상대는 어느 분이신가요?"

"아뇨, 그건 아직……."

"보나 마나 다정한 세르비아에게 어울리는 훌륭한 성품의 신사분이 겠죠? 자작님께서 허투루 고르진 않으셨을 테니까요."

"호호호, 당연하죠. 엔시아도 빨리 약혼을 해야 할 텐데. 제가 다 걱정이 되네요."

처음 질문을 던진 그 소녀다.

친구인 줄 알았는데, 아니었구나. 제니스가 낮게 코웃음 쳤다.

"그러게요. 아버지나 오라버니가 좀 적당히 고르시면 좋을 텐데. 그렇지 않니, 리오덴? 들어오는 혼사마다 얼마나 트집을 잡으시는지. 그 두 사람이 세워 놓은 기준에 부합하는 영식이 있기는 할는지 모르겠구나."

"맞습니다, 제니스 누님. 제 생각엔 아무리 완벽한 남자를 들이밀어도 아버지 맘엔 안 들 겁니다."

리오덴이 천연덕스럽게 맞장구를 쳤다.

"어머, 그 얘기 중이야? 하긴 우리 엔시아 언니가 '아무 데나' 보내기엔 너무너무 아깝지. 나 백작님 마음을 조금은 알 것 같아."

'파이트'의 분위기를 귀신같이 눈치채고 달려온 플로라가 마무리를 지었다. 여기는 우리 구역이라고, 눈으로 으름장을 놓으며.

"하, 하하 그래서였군요."

시비를 걸었던 소녀—이름도 모른다—는 잡아먹을 듯 달려드는 세 명의 기세에 질린 얼굴로 물러섰다. 같이 있던 세르비아란 소녀도 그녀의 팔에 끌려 자리를 떴다.

"꼭 저런 사람이 있단 말이야."

플로라가 짜증을 냈다.

"본인이 초조해서 그러는 거니 너무 화내지 말렴, 플로라."

용맹한 졸병들 덕분에 승리를 거머쥔 엔시아가 아량 있는 모습을 보였다.

"안젤리나 디체 백작 영애야. 얼마 전에 남작가 둘째와 혼사 얘기가 오간 모양인데 그때부터 저러고 다녀. 아직 약혼하지 못한 너보단 내가 낫지 않겠느냐 이거지."

"어이가 없네요."

"아주 무례하고 불쾌한 사람이에요."

지켜보던 북부 출신 영애들이 기다렸다는 듯 한마디씩 했다.

"남을 깎아내려 자기 자존심을 지키려는 사람은 생각보다 많아요. 그게 이 화려한 하일리움의 감춰진 얼굴이기도 하죠. 이제 3년 차가 되는 분들은 마음 단단히 먹으세요."

엔시아가 충고했다.

"걱정하지 마세요. 엔시아. 린트벨이 있는 한 우리는 아무 걱정 없답니다."

헬레나가 자신만만한 얼굴로 답했다. 그녀의 시선을 따라가 제니스와 눈이 마주친 엔시아가 복잡한 표정으로 한숨을 쉬었다.

"저게 제일 걱정이에요."

가슴 깊은 곳에서 우러나는 진심이었건만, 소녀들은 아주 재밌는 농담이라도 들은 듯 까르르 웃었다.

본격적인 무도회가 시작되려는지 악단의 음악이 바뀌었다. 사람들이 가장자리로 물러서며 홀 중앙을 비우기 시작했다. 열네 살답지 않게 체격이 좋은 리오덴이 엔시아의 손을 잡고 플로어로 나갔다. 플로라 역시 로이드의 손을 잡고 수줍은 미소를 지었다.

짝 없는 소녀들이 제니스를 축으로 모여들었다.

"부럽네요."

"제니스도 한잔할래요?"

헬레나가 와인 한 잔을 내밀었다. 제니스는 전투에 임하는 마음으로 붉은 액체가 담긴 유리잔을 받았다. 알코올 따위 기필코 무릎 꿇리고 말겠다는 다짐과 함께.

"앗."

그때, 한 여성이 거칠게 제니스와 어깨를 부딪쳤다. 짧은 충돌이었지만 들고 있던 유리잔을 흔들기엔 충분했고, 붉은 와인은 위태롭게 출렁이며 허공으로 튀어 올랐다.

제니스가 빠르게 몸을 비틀어 튀어 오른 와인의 사정거리에서 벗어났지만 몸은 중심을 잃고 갸우뚱거렸다. 누군가 그녀의 드레스 자락을 꽉 밟고 놓아주지 않았다.

"제니스!"

헬레나가 놀라 소리쳤다. 제니스는 순간 선택해야 한다는 것을 알았다. 꼴사납게 넘어지는 쪽과, 밟힌 드레스 자락이 찢기는 것 중 하나를. 둘 다 마음에 드는 선택지는 아니었다.

그냥 확 공중제비를 돌아 버려?

—라고 막 나가려는 순간, 단단한 팔이 반쯤 기운 그녀의 허리를 감싸 들어 올렸다.

"어머나."

"저것 좀 봐."

누군가의 감탄사를 들으며 천천히 상체를 세운 제니스가 뒤를 돌아보았다.

아……

"괜찮습니까, 레이디?"

제니스는 멍하니—정말 멍청한 표정으로—그녀 앞에 서 있는 남자를 바라보았다. 살짝 까무잡잡한 피부에 달빛처럼 매혹적인 은발이 부드럽게 찰랑거렸다.

그는 여기 있어서는 안 되는 사람이었다.

* * *

아비에 대한 기억은 별로 없다. 1년에 한 번, 신년 연회가 열릴 때나 어미의 손에 끌려 잠깐 얼굴을 보는 것이 전부였다.

젊고 아름다운 어미와 달리 아비란 자는 얼굴에 주름이 가득했고, 어렸던 디카프녠은 그런 남자의 아들이라는 게 싫었다. 지금 생각해 보면 창피했던 것 같다.

좀 커서 알게 된 거지만 바란카도 다른 세 가문 모두 타타크가와 분위기가 비슷했다. 가주는 자식들에게 큰 관심을 가지지 않았다. 태어난 자식의 절반 이상이 스무 살을 넘기지 못하고 죽었으니까.

디카프녠의 형, 가레스도 그랬다. 그는 열일곱 살에 죽었다.

가레스와 디카프녠을 낳은 블레어는 타타크가의 가주 에노스의 두 번째 부인이었다. 그녀의 친정인 드루이드가는 아주 '유서 깊은' 해적이었고, 그녀가 에노스의 정실부인이 되도록 힘을 실어줬다.

에노스의 총애를 받으며 두 명의 아들을 낳은 블레어는 나날이 기고만장해졌다. 매끄러운 갈색 피부와 화려한 은발, 보기 드문 미모를 가진 그녀는 늙은 가주가 자신의 치마폭에 함락당했다고 믿어 의심치 않았다.

그러나 에노스는 호락호락한 사내가 아니었다. 정확하게는 그의 욕심이 호락호락하지 않았다.

디카프녠이 열 살이 되던 해, 에노스는 세력 확장을 위해 세 번째 정실부인을 들였다. 그녀, 리사는 블레어만큼 아름답진 않았지만 어리고 영악했다. 더 대담하기도 했다.

리사는 아들을 낳자마자 경쟁자들을 제거하기 시작했다. 그 발

빠른 움직임에 모두 혀를 내두르며 감탄했다. 나무라는 이는 아무도 없었다. 죽은 놈이 약하고 잘못한 것이었다.

블레어의 악재는 그것만이 아니었다. 드루이드의 해적 선단이 약탈을 나갔다가 달리아 해군을 만나 큰 타격을 받았다. 블레어를 수행하기 위해 와 있던 외가 사람들이 급히 돌아갔고—아마도—리사는 이 틈을 놓치지 않았다.

가레스는 익사했다. 늘 그랬듯, 사고의 원인은 밝혀지지 않았다. 블레어가 가레스의 시신을 부여잡고 악을 썼지만 달라지는 건 없었다. 해적단 재건에 매진하는 드루이드가는 그녀에게 신경을 써 주기 어려웠고, 블레어 개인은 가여울 정도로 멍청했다.

덕분에 최악의 선택을 했다. 디카프넨에겐 그랬다.

어느 날 그는 배 위에서 눈을 떴다. 블레어는 그에게 약을 먹여 재운 후 바란카도 군도 밖으로 내보냈다. 목숨이 위험하다는 이유였지만 디카프넨은 받아들일 수 없었다. 그는 대륙으로 달아나는 자에게 찍히는 낙인을 알고 있었다.

'도망자.'

죽는 것보다 수치스러웠다. 그러나 돌아가겠다는 열세 살 소년의 절규에 귀 기울여 주는 이는 없었다. 그는 바다 한가운데에서 드루이드가로 인계됐다.

드루이드가는 해적 외에도 많은 얼굴을 가지고 있었다. 상인, 모험가, 잡부로 위장한 자들을 대륙 여기저기에 퍼트려 정보를 수집하고 그들이 만든 거점을 지부로 삼았다. 특히 대륙 남서부에 산재한 여러 소국에 많은 공을 들여 강한 영향력을 발휘했다.

디카프넨은 그런 나라 중 하나인, 그란드 왕국의 어느 귀족가에 맡겨졌다. 그들은 드루이드에게 빚이 있었고 그 때문에 디카프넨에게 온갖 아양을 떨었다. 겉으로는 말이다.

"아버지가 언제까지 저 자식을 집에 두려는 건지 모르겠어. 이러다 나까지 비천해질 것 같단 말이야."

"샤 타타크라니, 정말 건방지지 않아? 누가 도적놈들에게 신성한 미들 네임을 허락했지? 세상이 미친 게 분명해."

여드름투성이인 이 집 아들과 돼지를 닮은 그의 친구가 나누는 대화였다.

알카오 대륙에서 미들 네임은 특별한 의미를 가졌다. 일국을 연 가문만이 주신 알타니아의 신전에 요청해 그들이 이룬 위업에 어울리는 고대어를 받았다. 티오렌의 디, 낙스의 림, 달리아의 카가 그것이었다. 그 한 음절 안에는 가문의 이상, 기치 또는 정체성이 담겼다.

정도의 시아렌, 신념의 헤이트, 고귀한 데이시안.

타타크의 샤는 불굴을 의미했다.

당시 대륙 전쟁이 한창이지 않았다면, 바란카도 군도의 네 가문이 각자 미들 네임을 만들어 단 행위는 조롱을 넘어 징치를 당할 수도 있는 일이었다. 그러나 그땐 모두 자기 집 불 끄기에 바빴고, 몇몇 나라는 바란카도 군도의 도움이 절실했다. 그렇게 미뤄 뒀던 일은 방관을 거쳐 익숙함이 되었고, 이제 와 문제 삼기엔 고상하지 못한 일이 되었다.

그러나 저들이 말하는 것처럼, 골수까지 귀족인 자들은 여전히 바란카도 군도 출신을 인정하지 않았다. 그들에게 빚을 지고 비위를 맞추면서도 말이다. 소년 디카프넨은 그 이중성에 치를 떨며 결심했다.

언젠간 자신을 깔본 모든 자를, 이 발아래 무릎 꿇리겠다고.

그때부터였다. 외할아버지 마티앙에게 아양을 떨어 배울 수 있는 건 모두 배웠다. 귀족보다 더 귀족다워지기로 했다.

하일리움에 가기로 마음먹은 것도 그래서였다. 도망자였지만 타타크란 이름이 박탈된 건 아니었다. 그는 이용할 수 있는 모든 걸 이용했다.

그 노력이 빛을 발해 '아르샤 림 헤이트'란 대어를 낚았다. 세상 물정 모르는 어린 대공은 기꺼이 연줄에 목마른 디카프넨의 숨통을 틔워 주었다. 아르샤의 신분, 돈, 인맥, 영향력은 하일리움에서 디카프넨의 위상을 삽시간에 끌어올렸다.

그러나 동시에, 아르샤와 함께하는 시간이 길어질수록 디카프넨은 비참해졌다. 그가 간절히 바라는 것들을 아르샤는 너무 쉽게 손에 넣었다. 아니, 이미 쥐고 있었다.

그의 순수한 호의는 어느 순간부터 디카프넨의 열등감을 강하게 자극했다. 아르샤가 보여 준 우정에 감화되기엔 디카프넨은 이미 너무, 비틀려 있었다.

디카프넨이 '그것'을 알게 된 건 하일리움을 졸업한 지 얼마 되지 않아서였다. 외삼촌 프랭코가 거드름을 피우며 '그것'을 보여 주었을 때 디카프넨은 확신했다.

이거다. 이거라면 세상을 뒤집을 수 있다!

그의 가슴이 열망으로 들끓었다.

디카프넨은 바로 마티앙을 설득해 계획을 세웠다. 외손주의 달콤한 말은 늙은 해적의 욕심을 제대로 부채질했다.

가레스는 죽고 블레어는 뒷방에 처박히고, 드루이드의 성세도 예전만 못했다. 하지만 이 일만 제대로 된다면, 타타크가에 대한 영향력을 회복하는 건 물론 바란카도 군도 전체를 발아래 놓는 것도 꿈이 아니었다.

계획은 순조로웠다. 아르샤는 마르지 않는 화수분처럼 디카프넨의 욕심을 채워 주었다. 그는 아르샤가 자신에게 농락당할 때마다 비틀린 희열을 느꼈다. 역시 고귀함을 가질 자격이 없는 멍청이라고, 마음껏 비웃었다.

가족이라고 입에 발린 말을 하던 자들에게 뒤통수를 맞은 후엔 오히려 속이 후련했다. 의리를 지킬 필요 없다는 걸 그쪽이 먼저 보여 주었으니까.

디카프넨이라고 그동안 넋 놓고 있었던 건 아니었다. 활동 자금으로 받은 많은 돈을 능력껏, 적재적소에 쓴 것도 그중 하나였다. 무슨 일을 하든 자신의 사람이 필요한 법이었다.

드웰모와 프랭코, 말라이가 시시덕거리며 대륙으로 떠난 후, 마티앙도 후방 지원을 위해 거북등섬을 비웠다.

그 틈을 타 디카프넨은 남은 자들 중 이미 매수한 이들을 데리고 몰래 대륙으로 들어왔다. 몇 년간 유용하게 써 온 늙은이가 감추고 있던 마지막 정보를 확인하기 위해서였다.

고대 마도 문명이 사라지기 직전, 하나의 서고가 더 만들어졌다고. 그 위치는 티오렌 최북단 린트벨과 접한 아오스산이었다.

'이건 신이 나를 위해 준비한 선물임이 분명해. 아무도 주목하지 않는 오지의 서고라니, 그런 곳을 손에 넣는 건 식은 수프 먹기지!'

디카프넨은 그렇게 자신했다.

그러나 사전 지식 없이 린트벨로 달려간 그는 황당한 상황에 부딪혔다.

티오렌의 첫 번째 방패 린트벨.

이름뿐인 수식어가 아님을 몰랐다는 게 그의 패착이었다. 린트벨을 비롯한 마스카 협곡 요새 주변 영지, 특히 필렌 남작령의 출입은 몹시 까다로웠다.

수하의 태반이 '신원 불명'을 이유로 입성이 불가능했고, 가까스로 들어간 자들도 산맥 근처론 접근도 못 했다. 주민들에게서 정보를 수집하려 했던 몇몇은 수상하다는 신고를 받아 경비대에 끌려가기까지 했다. 전시도 아닌데 기가 막혔다.

현재 툴란 산맥 개발을 하며 외부인 출입과 보안에 신경 쓰는 중이라고 알게 된 건 조금 시간이 지나서였다. 그래서 하버 상단 쪽으로 접근했지만 그들은 물자와 특정 직업군을 지원할 뿐 다른 힘이 없었다. 디카프넨이 목표로 하는 곳에도 탐사대가 파견되었다는 정보만 가까스로 들었다.

그즈음 나쁜 소식이 겹쳤다. 엠바로스산에서 유적 추정 동굴이 발견되며 대륙이 시끄러워졌다. 디카프넨의 부재를 안 마티앙이 크게 화를 냈다는 소식이 전해졌고 따라온 해적들이 동요하기 시작했다. 이러다 아무것도 손에 넣지 못하고 돌아가는 게 아니냐고.

디카프넨은 돈에 매수된, 충성과 의리라곤 약에 쓰려 해도 찾을 수 없는 자들에게 자신이 더 영리하며 마지막 열매를 따는 것 또한 그임을 증명해야 했다.

이를 악물고 돌파구를 찾던 그는, 약점이라곤 전혀 없어 보이는 헤이엄 린트벨 백작에 대한 괴소문을 찾아냈다.

"셋째 딸에 대한 사랑이 그렇게 유별나답니다."

"제니스 린트벨이 원하는 건 뭐든 해 준다지요?"

디카프녠은 방법을 바꾸기로 했다. 그건 자신이 가장 잘하는 일이기도 했다.

* * *

은발의 사내가 한발 물러서 정중하게 허리를 굽혔다.

"제가 놀라게 해 드린 것 같군요. 죄송합니다, 레이디."

"아……니에요. 도와주셔서 감사합니다."

제니스는 놀란 표정을 수습하며 가볍게 묵례했다.

"저는 디카프녠 샤 타타크라고 합니다. 실례가 안 된다면 아가씨의 성함을 알 수 있을까요?"

"저는, 제니스 린트벨이라고 해요."

"그렇군요. 린트벨 영애, 만나서 반갑습니다."

디카프녠이 환하게 웃으며 제니스와 눈을 맞췄다. 가만히 두 눈을 깜박이던 그녀가 수줍은 듯 시선을 내리깔았다. 그늘진 속눈썹 아래, 차가운 눈동자가 번뜩였다.

얼마 전 린트벨에서 날아온 적색 전문.

드래곤 이빨 협곡 깊숙한 곳에서 발견됐다는 마도 문명 유적.

그리고 하필 지금 자신 앞에 나타난 이 남자, 디카프녠 샤 타타크.

……그랬군. 일이 그렇게 돌아가는 거였어.

어렵지 않게 도달한 결론에 제니스의 입가에도 디카프녠의 것과 똑같은 미소가 피어올랐다.

그러니까, 이 건방진 새끼가, 자신을 세 번째 희생양으로 점찍은 것이다.

2

아침 일찍, 제니스의 침실에 들어간 데이지는 깜짝 놀랐다. 요즘 게으름을 피우던 그녀의 주인이 무슨 바람이 불었는지 벌써 일어나 유령처럼, 침대 옆 1인용 소파에 앉아 있었기 때문이다.

"일찍 일어나셨네요, 아가씨. 무도회 때문에 늦게 주무셨으면서 웬일이세요?"

데이지가 가벼운 농담을 던지며 커튼을 걷었다. 그러다 문득 떠오른 생각에 두 눈을 동그랗게 뜨고 뒤를 돌아보았다.

"설마…… 그리고 밤을 새우신 건 아니죠?"

잠옷 위에 느슨하게 걸쳐진 숄과 단정하게 빗어 내려 한쪽 어깨 위에 모아 놓은 머리채가 어쩐지 익숙했다. 어젯밤 제니스의 잠자리를 봐 주고 물러나며 본 모습과 똑같았다.

"아. 편지를 좀 쓰느라."

제니스는 데이지의 등장을 이제야 안 것처럼 한 박자 늦게 대답했다. 고개를 갸웃한 데이지가 몸을 돌려 하던 일을 마저 했다. 그녀의 능숙한 손놀림에 커튼이 보기 좋게 묶였다.

"편지를 몇 통이나 쓰셨길래 밤을 새우셨어요?"

"그것도 있고, 이것저것 생각할 거리가 많아서."

"씻기 전에 차라도 한 잔 드릴까요?"

"좋지."

"아가씨."

"왜."

"괜찮으세요?"

데이지가 침실 문 앞에 서서 물었다. 한 손에 턱을 괴고 반쯤 눈을 감고 있던 제니스가 천천히 시선을 들어 데이지를 바라봤다.

"물론이지."

"뭔가 화나신 거 같은데."

제니스가 빙그레 웃었다.

"아니라곤 못 하겠네."

입술 끝에 서늘한 한기가 묻어났다.

"오랜만에 쿠링 차로 줄래? 뜨겁고 달콤하게."

그녀의 요구에 데이지가 떨떠름한 얼굴로 중얼거렸다.

"네, 아가씨. 그런데…… 저한테 화난 거 아니시면 그런 표정 좀 하지 말아 주실래요? 좀 으슬으슬하거든요?"

팔뚝을 쓸어내리며 툴툴거린 데이지가 아주 뜨겁고 달콤한 쿠링 차를 갖다 바치겠다며 문을 나섰다. 제니스는 슬쩍 머리를 긁었다.

음, 역시 사납다니까.

이어진 일과는 평소와 같았다.

졸업 시즌 중엔 수업이 없어 느긋한 티타임과 평화로운 브런치가 이어졌다. 핑계만 생기면 휴강을 빵 먹듯 하는 하일리움의 일관된 운영이 참 마음에 들었다.

세안과 단장을 마치고 하루 일정을 점검하는데 기숙사 관리를 보조

하는 사환이 찾아왔다. 용건을 알아보러 나간 데이지가 자기 키 반만 한 상자를 들고 돌아왔다.

"아가씨, 선물이 왔어요."

화장대 앞에 앉아 있던 제니스가 천천히 고개를 돌려 데이지를 바라봤다. 그녀는 옆 테이블에 상자를 올리고 함께 온 카드를 제니스에게 건넸다. 그녀는 무표정하게 카드 안에 적힌 문구를 바라봤다.

「어젯밤 가져가신 제 마음을 돌려주시길 바라며」

……지랄. 삼류 로맨스 소설 같은 멘트 하곤.

제니스가 코웃음을 쳤다.

"열어 봐."

그녀의 말에 데이지가 호기심 가득한 눈으로 상자 뚜껑을 열었다.

"어머나!"

그녀의 입에서 나지막한 감탄사가 터졌다. 화사한 붉은색 로랑즈 꽃이 상자 가득, 넘칠 듯 담겨 있었다. 중앙에 놓인 새하얀 로랑즈 꽃봉오리 하나가 유독 시선을 끌었다.

초여름에 피는 꽃을 이 시기에 이만큼이나 구해 보내다니, 수완이 보통이 아니었다. 임팩트를 주려고 머리 굴리는 소리가 여기까지 들리는 듯했다.

"아가씨, 누구예요?"

데이지가 반짝이는 눈으로 묻자 제니스가 차갑게 웃었다.

"강철 드럼통에 넣어 시멘트를 처바른 후 수십 미터 지하에 파묻어야 할, 핵폐기물 같은 인간이지."

"네에?"

데이지가 뜨악한 표정을 지었다.

"이 꽃의 의미를 알고 있니?"

"아뇨."

"붉은 로랑즈 꽃은 '당신에게 마음을 빼앗겼다'란 뜻이야."

그 노골적인 표현에 데이지의 눈이 휘둥그레졌다. 그러나 이 꽃을 귀족 영애에게 보내는 사람은 없다. 고급 정부들 사이에서 먼저 유행하는 바람에 고아한 귀족 사회에선 저속한 꽃으로 낙인 찍혔기 때문이다.

반면 하얀색 로랑즈 꽃은 '순애'를 의미한다. 명예를 아는 기사가 고귀한 레이디에게 이 꽃을 바치는 장면은 문학 작품의 단골손님. 순진한 귀족 아가씨라면 한 번쯤 꿈꿔 보는 로망 되시겠다.

"그런데 어째서……."

데이지가 흰색과 붉은색 꽃을 번갈아 바라보며 이해할 수 없다는 표정을 지었다.

비릿한 미소를 머금은 제니스가 상자를 통째로 들어 벽난로 안에 쏟아부었다. 회색 잿더미 사이에 웅크리고 있던 붉은 불씨가 천천히 깜박거리다 빠른 기세로 새로운 먹이를 덮쳤다.

"어어어……."

놀란 데이지가 신음을 토하다 입을 다물었다. 제니스는 꼼꼼하게 상자까지 구겨 불 속으로 던져 넣었다.

그 살인 교사범이 이 두 가지 꽃을 섞어 보낸 의도는 뻔했다. 어제의 만남 후 자신에 대한 제니스의 호감도를 떠보려는 수작.

그녀가 상자 안에 가득한 붉은색 로랑즈 꽃보다 한 송이 하얀색 로랑즈 꽃에 더 많은 의미를 부여한다면, 그건 백발백중 그 반반한 낯짝에 홀랑 넘어갔다는 뜻이니까.

그런데…….

아주 웃기고 있네, 이것들이.

제니스가 볼을 실룩거렸다. 좀 어이가 없었다. 아니 많이 어이가 없었다. 어떻게 하룻밤 만에 이런 확인 작업이 들어오지? 자기가 신화에 나오는 아도니스라도 돼? 10분 남짓한 만남 동안 눈 맞추고 몇 번 웃어 준 게 단데 그 정도면 충분하다 이거야?

와, 그건 어디서 나오는 자신감이지? 내가 그렇게 쉬워 보여? 그 촌스러운 연출과 미소 한 방에 훅 갈 거라 믿어 의심치 않을 만큼?

제니스는 도대체 어떤 부분에서 빡쳐야 할지, 빡칠 부분이 너무 많아 머리가 뜨거웠다. 본 게임은 아직 시작도 하지 않았는데 누구 맘대로 축배를 드시나?

손에 절로 힘이 들어가며 들고 있던 카드가 와그작 구겨졌다. 그것마저 활활 타오르는 벽난로 속에 던져 넣은 그녀는 자신의 마음처럼 이글거리는 불길을 바라보며 들끓는 머리를 식혔다.

아니, 거짓말이다. 그녀는 혈관 속을 불꽃처럼 내달리며 무언가를 활활 태워 버리고 싶다고 속삭이는 은밀한 욕망을 막지 않았다. 기꺼이 그 충동을 받아들였다.

상자와 꽃이 형체를 잃고 불꽃이 사그라들 무렵, 차가워진 분노가 조용히 심장 한쪽에 안착했다. 제니스가 입술 끝을 당겨 소리 없이 웃었다. 멀찌감치 서서 눈치만 보던 데이지가 슬그머니 더, 뒤로 물러섰다.

아, 또 저런 표정.

세계 정복을 꿈꾸는 악당이 있다면 저렇게 웃지 않을까 싶어 데이지는 살짝 오한이 났다. 우는 아이 볼을 꼬집고, 쥐고 있던 사탕까지 뺏어 먹을 것 같은 그런 미소였다.

춥다. 창문도 꼭꼭 닫았는데, 바로 앞 벽난로에선 불꽃이 타닥거리는데, 왜 아오스산 골짜기 칼날 바람이 여기서 느껴지는지.

조용히 옷깃을 여민 그녀는 좀 더 두툼한 겨울옷을 마련하기로 했다.

* * *

"뭐라고? 다시 말해 봐."

"그게…… 불태웠답니다."

"확실해?"

"동향 좀 살피라고 매수한 사환의 말론 그렇습니다. 정오도 되기 전, 그 여자 전속 하녀가 잿더미를 잔뜩 치우는 걸 봤답니다. 모시는 아가씨가 추위를 많이 타시나 보다 말을 걸었더니, 누가 선물이라 보낸 꽃을 모두 벽난로에 집어 던졌다고……."

보고를 하던 수하가 디카프넨의 눈치를 살피다 야차 같은 시선에 말끝을 흐렸다.

"……."

"지금 위치는?"

묻는 목소리가 얼음장처럼 차가웠다.

"린트벨 저택에 들었습니다."

하. 꼴에 요조숙녀 흉낸가.

"건방진 년."

디카프넨이 짓씹듯 중얼거렸다. 아지트로 삼은 저택의 화려한 응접실에 냉랭한 침묵이 내려앉았다. 실패할 거라 상상도 못 했던 첫 번째 단계에서 돌부리에 걸려 넘어진 꼴.

경직된 분위기에 모두 눈만 굴리는데, 이 상황이 재밌기만 한 스캇이 웃음을 흘리며 입을 놀렸다.

"에, 제 생각에는 그, 크크크, 도련님이 그동안 너무 발랑 까진 것들만 상대하시다가 감이 좀 떨어지신 것 같습니다요. 린트벨 보셨잖습니까? 그런 꽉 막힌 시골에서 태어나 자랐으면 꼬장꼬장하기가 이루 말할 수 없을 겁니다. 그러니 좀 더 정신을 쏙 빼 놓으신 후에…… 으악!"

찻잔이 날아왔다. 신나게 깐죽거리던 그가 냉큼 테이블 아래로 몸을 던졌다. 뒤쪽으로 날아간 찻잔은 장식장에 부딪혀 와장창, 요란한 소리를 내며 산산 조각났다.

"아이코, 성질은!"

디카프넨이 다른 수하에게 시선을 던졌다.

"아르샤는?"

그의 눈길을 받은 사내가 한 발 앞으로 나섰다.

"미끼를 물었습니다. 주력이 그랜드 왕국으로 이동하고 있습니다. 며칠간은 로하샤이엄은 물론 다른 곳에 신경 쓸 여유가 없을 겁니다."

"정말 괜찮겠습니까요?"

테이블 아래서 불쑥 고개를 내민 스캇이 또 끼어들었다.

"아무리 그래도 블레어 님의 가족……."

서슬 퍼런 눈이 그를 찢어발길 듯하자 바로 말을 바꿨다.

"아, 아닙니다요, 도련님에게 그런 짓을 했는데, 네, 쳐 죽일 놈들입죠. 그렇고말고요."

디카프넨이 다시 고개를 돌려 보고를 한 수하를 바라봤다.

"흔적은?"

"걱정하지 마십시오. 완벽하게 지웠습니다."

"암요, 그 순진한 양반이 상상이나 하겠습니까? 쫓고 있는 놈을 일러바친 것도 쫓고 있는 놈인 줄은…… 켁!"

이번엔 피하지 못했다. 디카프넨이 걷어찬 테이블 모서리에 안면을 가격당한 스캇은 나 죽는다 엄살을 피우며 카펫 위를 굴렀다. 그 와중에 깨진 찻잔이 떨어진 곳은 또 귀신같이 피하며.

"사람 붙여. 일거수일투족을 감시해."

"어느 쪽에……?"

"둘, 아니 셋 다."

"네, 알겠습니다."

"나가 봐."

모여 있던 자들이 우르르 몰려 나갔다. 광대처럼 바닥을 구르던 스캇이 어느새 궁상맞게 쪼그리고 앉아 깨진 찻잔을 주워 들었다.

"아이고, 이거 비싼 건데."

* * *

모자를 눌러 쓴 남자 하나가 귀족들의 저택이 모여 있는 로하샤이엄 동쪽 지구를 서성였다. 그리고 린트벨 저택에서 마차 한 대가 빠져나오자 그 뒤를 따랐다.

마차는 로하샤이엄 고급 상점가로 향했다. 그 마차에 타고 있던 제니스 린트벨은 의상, 소품 숍에 들러 상자 여러 개를 들고 나왔다. 그리고 근처에 있는 다른 가게에—조사한 바에 따르면 제니스 린트벨의 친구 플로라 필렌의 약혼자가 운영하는 상점이었다—들러 어떤 남자에게 편지를 건네주었다. 필렌 영애 운운하는 소리가 창문 너머로 들렸다. 아마 친구의 부탁을 받은 모양이었다.

다른 볼일은 없었던 듯 제니스 린트벨의 다음 목적지는 하일리움이었다. 그녀가 탄 마차가 정문을 통과하자 뒤를 쫓던 남자는 기지개를 쭉 켜며 발길을 돌렸다. 그의 임무는 여기까지였다. 남은 자유시간을 즐길 생각에 남자는 콧노래를 흥얼거렸다.

제니스는 몹시 바빴다. 아밀라와의 얘기가 길어져 예정보다 늦게 집에서 나온 덕이었다. 그녀는 부랴부랴 카이로 거리로 가 엔시아가 부탁한 물건을 찾아왔다. 오늘 밤 있을 데뷔 연회를 위한 장갑과 구두였다.

엔시아는 세 벌의 드레스를 놓고 고민 중이었다. 제니스가 보기엔 셋 다 별 차이 없었지만 아무거나 입으라고 말하지 않을 정도의 눈치는 있었다.

드레스가 세 벌이니 거기에 따라오는 액세서리와 장갑, 구두, 숄 같은 소품도 세 세트가 필요했다. 드레스를 먼저 정하고 거기에 맞춰 소품을 갖추는 게 아니라 일단 후보군의 세트를 완벽하게 장만한 후 그중에서 하나를 골랐다. 뭔가 엄청난 낭비처럼 보이지만 귀족 영애에겐 당연한 일상이었다.

카이로 거리에 간 김에 로이드 하버를 잠깐 만났다. 꽤 두툼한 봉투를 건네주자 얼떨떨한 표정을 짓는 그에게 플로라의 안부 편지라고 말했다. 그의 표정이 더 괴상해졌다. 플로라는 보고 싶으면 직접 달려오는 타입이지 이런 장문의 러브 레터를 쓰는 쪽은 아니었으니까.

옆에 있던 직원이 필렌 영애가 도련님을 너무 좋아하는 것 같다고 짓궂은 말을 던졌다. 제니스 역시 동조의 웃음을 흘리며 돌아섰다.

하일리움 기숙사에 돌아오니 오랜만에 크리스티나와 로렐이 응접실을 차지하고 앉아 있었다. 짬이 나 들렀으니 영광인 줄 알라는, 평소와 똑같은 헛소리가 들렸다.

그들과 짧은 티타임을 가진 제니스는 이제 눈치도 보지 않고 두 사람을 쫓아냈다. 엔시아의 데뷔 무도회 준비를 도와주러 가야 한다는 핑계를 댔지만 사실 제니스는 그쪽 일에 재능이 없었다. 엔시아와 플로라도 기대하지 않은 지 오래. 가게에 가 물건을 찾아오는 게 제니스에게 맡겨진 유일한 임무였다.

물론 그런 사실을 알 리 없는 크리스티나와 로렐은 제니스가 날이 갈수록 무엄해진다고 툴툴거리며 응접실을 나섰다. 제니스는 떠나는 크리스티나를 붙잡고 잠시 몇 마디 말을 더 나눴다.

구두와 장갑을 가지고 엔시아를 만나러 가자 그녀와 플로라가 나란히 앉아 정면에 걸린 드레스 세 벌을 뚫어지라 쳐다보고 있었다. 오전에 잠깐 들렀을 때와 똑같은 모습이었다.

하……. 아직도? 제발 대충 골라라. 뭘 입어도 예쁘다니까?

말했다시피, 그 말을 입 밖에 내지 않을 눈치는 있었다.

제니스는 가져온 물건을 한쪽에 내려놓은 후 소파에 몸을 묻고 정물화처럼 정지한 그들을 구경했다.

"역시 오른쪽이 가장 화사해요, 엔시아 언니."

"그렇지? 하지만 개성이 부족해. 눈에 띄는 건 왼쪽이야."

그들은 입만 움직였다.

"맞아요. 하지만 계절감이 미묘하게 어긋나요. 지금 시기와 가장 잘 어울리는 건 가운데인데……."

"좀 칙칙하지 않아? 너무 점잖은 느낌이야. 데뷔 무대엔 어울리지 않는 것 같기도 해. 역시 오른쪽에 있는 게 제일 낫나?"

……그 대화, 오전에도 들었던 것 같은데…….

제니스는 참을 수 없는 지루함에 고개를 돌리고 하품을 쩍 했다. 몇 시간째 똑같은 대화를 반복하고 있다니 대단한 정신력이었다.

슬금슬금 해가 지려는지 창밖 붉은 노을이 그녀의 얼굴에 아른거렸다. 그녀는 먼 곳을 응시하며 아침에 받았던 선물과 그걸 보낸 남자를 떠올렸다. 막 그를 난도질하는 서늘한 상념 속으로 들어가려는데, 플로라가 벌떡 일어나며 소리쳤다.

"전 결정했어요. 왼쪽 드레스가 정답이에요. 엔시아 언니에게 가장 잘 어울려요!"

엔시아도 자리를 박차고 일어났다.

"역시 그렇지? 나도 조금 전부터 그렇게 생각했어."

"정말요? 꺄아, 우리 통하는 게 있나 봐요."

"그러게. 플로라, 정말 고마워. 네 덕분에 선택이 수월했어."

두 사람은 손을 맞잡고 감동에 찬 눈으로 서로를 마주 봤다. 지상 최고의 난제를 해결한 사람처럼 보람차 보이는 얼굴이었다.

"이제 아무 걱정하지 마세요. 오늘 무도회에서 가장 예쁜 레이디는 엔시아 언니일 거예요."

"물론이야. 너만 믿는다, 플로라."

아아, 진짜.

제니스는 소파에 몸을 구겨 넣으며 한숨을 푹 쉬었다. 미지의 분홍 바이러스에 몸서리가 쳐졌다. 제발 여기서 날 꺼내 줘. 간절한 외침이 좁은 목구멍에서 덧없이 스러졌다.

바로 옆에서 음험한 음모가 꽃피든지 말든지, 소녀들의 세상은 오늘도 뜨겁고 진지했다.

<h2 style="text-align:center">3</h2>

쥬안 왕국의 키앙단스는 높은 골짜기로 둘러싸인 작고 한적한 마을이었다. 엠바로스산이 지척인 데다 사람도 몇 살지 않고 특별한 부산물도 없어, 영주인 카므딘 후작 역시 별 신경 쓰지 않는 아주 작고 아담한 마을. 그런 곳이 갑자기 북적이기 시작한 건 약 한 달 반 전, 뜬구름 잡기 같은 고대 마도 문명 유적 탐사가 시작되면서부터였다.

마을 주민들은 갑자기 몰려온 사람들을 의아하게 생각했다. 듣기론 아주 높으신 분들이라는데 이 산골에 무슨 용건인가 싶었다. 그러다 카므딘 후작까지 나타났을 땐 우리 마을에 뭔가 큰 사달이 났구나, 파랗게 질려 촌장에게 달려가기까지 했다. 그 마을에서 일흔 평생을 산 노인도 카므딘 후작을 보는 건 처음이었다.

주민들이 공황에 빠지건 말건 일은 착착 진행됐다. 기사, 시종, 병사, 인부들의 임시 숙소가 세워지고 주변 지리에 익숙한 길잡이도 여럿 뽑혔다. 낙스에서 왔다는 엄청 높으신 분이 마을 빈터에 뚝딱 뚝딱, 상상도 못 해 본 큰 집을 짓고 들어앉았다. 그들은 키앙단스를 베이스캠프라고 불렀다.

그리고 한 달 후, 거짓말처럼 유적 추정지가 발견되며 키앙단스는 물론 쥬안 전체가 떠들썩해졌다. 키앙단스 주민들도 마도 문명이 뭔지 주워들은 이야기가 있었지만, 관련 유적이 자기 마을 주변에 있으리라고는 생각해 본 적 없어 그저 얼떨떨할 뿐이었다.

그때부터 키앙단스를 찾는 외부인이 세 배 가까이 늘었다. 대공이라 불리는 낙스의 높은 귀족과 카무딘 후작이 깐깐하게 통제해서 그 정도라고 했다. 물자를 끊임없이 들여와도 걸핏하면 동나고 마구간이나 헛간엔 말, 소보다 사람이 더 많이 머물렀다.

활동에도 제재가 들어왔다. 검문과 경계가 강화되고 마을 밖으로 나갈 수 없게 되었다. 타지의 친척들에게 편지도 쓸 수 없었다. 보안 때문이라는데, 키앙단스 주민들은 그냥 엄청 피곤할 뿐이었다.

찬 바람이 살을 에는 노아의 스무 번째 날, 키앙단스 주민들에게 의도치 않은 재난을 선사한 아르샤 역시 예기치 못한 충격에 빠져 있었다.

급조해 지은 허름한 이 층 건물 집무실에서, 더스틴과 레온이 테이블 위에 놓인 한 서신을 침중한 얼굴로 바라봤다.

사실 노려봤다는 표현이 더 적당할 것이다. 1시간 전 전령이 전해 준 그것은 로하샤이엄에 있는 크리스티나가, 아니 제니스 린트벨이 보낸 편지였다.

"어째서……."

"어째서!"

더스틴과 레온이 동시에 입을 열었다. 딱딱하게 굳은 얼굴로 창밖을 응시하던 아르샤가 선언했다.

"내일 날이 밝는 대로 로하샤이엄으로 가겠다."

레온이 난감한 기색을 감추지 못하며 반대를 표했다.

"대공, 그건 어렵습니다."

"어려워?"

아르샤가 신경질적으로 쏘아붙였다.

"드루이드 잔당을 잡는 일이야 카란 백작에게 일임한다 해도 내일 쥬안 왕궁에 드는 일정은 취소할 수 없습니다. 자리를 비우려면 카므딘 후작과 협의도 해야 하고 대리인도 구해야 합니다. 게다가 대공을 경호할 인력도 최소한만 남기고 모두 그란드 왕국으로 보낸 상태입니다. 슈벨리안과 달리아가 어떻게 나올지 모르는데 이 인원만으로 움직일 순 없습니다. 하루만 말미를 주시면……."

쾅―

아르샤가 책상을 내리쳤다.

"그러다 디카프넨이 또 사라지면! 그땐, 어떻게 할 거지?"

"사라질 수 없습니다. 사라지지 못합니다."

더스틴이 급히 대답했다.

"당장 전서구를 보내 디카프넨과 그 일당에게 꼬리를 붙이지요. 로하샤이엄에 있는 모든 정보원을 동원하겠습니다. 대공, 그를 주목하지 않았던 지난번과는 상황이 다릅니다. 로하샤이엄이 아니라 다른 어디라 해도 우리가 알게 된 이상 독 안에 든 쥐입니다."

레온이 침착하게 아르샤를 설득했다. 반은 맞고 반은 틀린 얘기였다.

아르샤는 디카프넨이 쥬안에 나타날 것을 대비해 주변에 촘촘한 연락망과 포위망을 만들었다. 하지만 로하샤이엄엔 아무것도 준비하지 못했다. 낙스가 아닌, 아르샤만의 사람은 손에 꼽을 정도였고 움직이는데도 쥬안보다 제약이 많은 곳이었다. 하지만 아르샤도 굳이 그걸 지적하진 않았다.

"디카프넨이었던 게 틀림없어."

그가 중얼거렸다.

"네?"

"그 수상쩍은 제보의 출처."

"아."

더스틴과 레온이 서로의 얼굴을 마주 봤다.

"과연. 그렇습니다, 대공. 그렇다면 앞뒤가 맞습니다."

더스틴이 격하게 고개를 끄덕였다.

며칠 전, 익명의 제보 하나가 아르샤 진영에 날아들었다.

쥬안 왕국 이센트 공작이 그란드 왕국 돈헴 백작과 모종의 꿍꿍이를 벌이고 있으며 돈헴 백작은 해적과의 연계가 의심되는 인물이라는 내용이었다. 이센트 공작이 사리사욕으로 나라를 망치는 꼴을 볼 수 없으니 제발 막아 달라는 것이 주 골자였다.

아르샤는 긴급회의를 소집하고 사실 확인을 위해 정보원을 파견했다. 이센트 공작은 아르샤의 쥬안 내 행보를 매번 방해하는 2인중 하나. 잘하면 그의 불쾌한 입을 틀어막을 유용한 패를 손에 넣게 될지도 몰랐다.

현재 아르샤와 공조해 유적 탐사와 발굴을 진행하는 쥬안 귀족은 카므딘 후작이었다. 얀트 백작이 가장 가능성이 큰 곳으로 점찍은 지역 키앙단스가 후작의 영지였다. 셀리어트 영애의 납치 사건으로 잠깐 연이 닿았던 걸 생각하면 참 기막힌 우연이었다.

티오렌 건국제에서 만난 카므딘 후작은 다행히 말이 통하고 거래를 할 줄 아는 이였다. 그를 뒷배로 —실은 후작의 뒷배가 되어 주었다가 맞지만—시작한 유적 탐사는 험한 날씨와 지형을 뚫고 근 한 달 만에 결실을 보았다. 확신과 집념을 가진 얀트 백작이 돌산과 가파른 계곡을 직접 뒤지고 다닌 덕분이었다.

그렇게 발견한 유적인데, 환호와 영광은 억울할 정도로 짧았다. 산맥 맞은편에서 또 다른 입구를 발견했다는 슈벨리안의 발표 때문이었다.

쥬안 왕국의 골디오모스 백작이 '그거 보라고' 목소리를 높였다. 그는 유적 탐사 이야기가 나왔을 때부터 반대파를 이끌던 자로, 유물을 찾아봤자 큰 나라에 빼앗길 뿐이라고 악담을 퍼부었다. 쥬안 국왕의 사위만 아니라면 암살자를 고용해서라도 눈앞에서 치워 버리고 싶은 인물이었다.

근래 그 골디오모스 백작의 우군으로 등장해 아르샤의 혈압을 높이고 있는 사람이 이센트 공작이었다.

'동굴을 발견한 지가 언젠데 아직도 유물을 갖고 오지 못하는 거요? 슈벨리안이 먼저 가져갈 기다리기라도 하는 건가? 수시로 일어나는 인명 피해와 각종 사고를 은폐하고 있다는 사실을 알고 있소. 양심이 있다면 책임을 지고 유적 발굴에서 물러나야 하는 거 아니요? 애초에 낙스를 끌어들인 게 문제요. 쥬안의 일은 쥬안인이 해야지. 당장 우리에게도 유적에 접근할 수 있는 권한을 주시오!'

헛소리.

카므딘 후작이 조사단 조직을 주장하며 협조를 요청할 땐 눈길도 안 주다가, 동굴이 발견되자마자 권리만 요구하는 후안무치한 놈. 그가 타국 귀족과 뒷거래를 했다는 증거만 찾으면 입도 벙긋 못하게 찍어 눌러 줄 참이었다.

그런데 정보원이 가져온 결과는 그 기대를 훌쩍 뛰어넘는 것이었다. 이센트 공작은 쥬안에서 발견될 유물 일부를 돈헴 백작에게 넘기기로 약속하고 미리 돈을 받기까지 했다. 더 놀라운 것은 돈헴 백작 뒤에 도사리고 있는 해적이 그토록 찾아 헤매던 디카프넨의 외가, 드루이드였다는 것.

그 사실을 확인한 아르샤 진영은 흥분에 휩싸였다. 셀리어트 자작과 카란 백작이 그란드 왕국으로 급파됐고 뒤를 봐줄 권력자를 찾기 위해 그란드 왕국 귀족을 탐색하기 시작했다. 실마리가 된 익명의 제보에도 생각이 미쳤다. 결과적으로, 아르샤의 가려운 곳을 아주 시원하게 긁어 준.

'우연치고는 너무 공교로워.'

이상하단 생각이 든 아르샤가 제보자를 찾으려 했지만 추적에 실패했다. 그에 대해 여러 가지 추측이 쏟아졌다. 함정이다, 아르샤가 쥬안을 비우길 원하는 거다, 우연이다, 대공과 몇몇 보좌관이 너무 예민하다 등등, 말은 많았지만 뚜렷한 결론 없이 시간만 흘렀다.

그러다 오늘 오전, 그란드 왕국에 간 카란 백작으로부터 드루이드 핵심 인물의 소재를 모두 파악했다는 연락이 왔다. 아르샤는 포위망을 형성하고 대기하라는 명령을 내렸다. 디카프넨이 보이지 않는다는 게 마음에 걸렸지만, 눈앞에 나타난 드루이드를 그냥 놓아 보낼 순 없다는 게 모두의 중론이었다.

'저는 우연이라는 걸 지독하게 믿지 않거든요.'

또 그녀가 옳았군.

먼 기억을 떠올린 아르샤가 쓴웃음을 베어 물었다.

"내부 분열일까요?"

더스틴이 중얼거렸다.

"뭐가 됐든 그란드 왕국에 나타난 드루이드는 미끼인 게 틀림없어. 내 이목을 그곳에 묶어 두고 로하샤이엄에서 뭔가를 획책한 거야."

아르샤가 확신했다.

"기다릴 것 없다. 카란 백작에게 오늘 밤에라도 드루이드 일당을 들이치라 전하라. 사후 진행과 처리는 백작에게 모두 일임하겠다. 잔챙이는 필요 없다. 나는 우두머리를 원해."

"네."

지시를 이행하기 위해 더스틴이 뛰쳐나갔다.

"레온."

"네, 대공."

"내가 양보할 수 있는 건 하루뿐이다."

레온이 결연한 얼굴로 고개를 숙였다. 빠른 일정 조정을 위해 그마저 자리를 비우자 넓은 집무실엔 아르샤 홀로 남았다. 그는 창밖, 괴물처럼 거대한 엠바로스의 검은 그림자를 바라보며 주먹을 불끈 쥐었다.

'이번엔 절대 놓치지 않는다, 디카프넨.'

* * *

문제를 해결하는 가장 빠르고 확실한 방법은 뭘까?

잠재적 강도가 눈앞에서 알짱거리는데 '저놈이 강도다! 우리 집을 털러 왔다.' 외칠 수 없는 안타까운 상황이라면, 어떻게 해야 할까?

맞다. 바로 그거다.

지금 당신이 생각하고 있는 그것. 제니스가 잘하는—잘했던—것. 그런 종류의 진실은 시간과 공간이 변해도 크게 달라지지 않는 법이다. 그냥 그 xx의 xxx를 x하고, xxxx면 끝.

그러나.

제니스는 어울리지 않게 고민이란 걸 했다. 왜 가장 빠르고 확실한 길을 두고 돌아가야 하는지, 진지한 자기 설득의 시간을 가졌다.

'잘 생각해 봐. 여긴 로하샤이엄이야. 지켜보는 시선이 너무 많지 않아? 그 정체 모호한 '린트벨의 명예'가 간당간당해진다고. 아버지와 오라버니의 새가슴이 터져 버리면 어떡해? 잘난 척하며 약속을 했으면 지켜야지.'

그게 제니스가 고른 첫 번째 이유였다.

"제니스, 제가 몹시 망측한 소문을 들었습니다. 제발 사실이 아니라고 말해 줘요."

"이런 소문이 커지면 제니스만 피해를 보게 될 거예요. 학기가 남았지만 린트벨로 돌아가는 것도 한 방법입니다."

디카프넨이 제니스의 눈앞에 나타난 지 6일쯤 되었을 때, 클라라와 마리를 비롯한 북부 출신 영애들이 달려왔다. 그럴 수밖에 없는 게, 그 살인 교사범 새끼가 타인의 눈은 조금도 신경 쓰지 않고 제니스에게 들이대고 있었기 때문이다.

처음 꽃을 보내온 날 이후에도 디카프넨의 선물 공세는 계속됐다. 무슨 대단한 인연이라도 있었던 것처럼 꽃과 시집, 손수건 따위를 줄기차게 보냈다. 명분은 사과와 걱정.

「저 때문에 놀란 아가씨가 바깥출입을 삼가고 있다는 말을 들었습니다. 제 진심이 아가씨의 마음에 조금이나마 위안이 되길 바랍니다.」

자기 때문에 열 뻗쳐서 머리 싸매고 드러누울 뻔한 건 어찌 알았대?

각설하고, 사교계에 데뷔도 하지 않은 아가씨에게 이렇게 관심을 표하는 건 대단한 무례였다. 한두 번이면 말 그대로 '사과'의 의미라고 생각할 수 있지만 6일 연속, 남 보란 듯 이러는 건 행패에 가까웠다.

심지어 어제는 로하샤이엄에서 가장 유명한 보석점 중 하나인 '세라스떼' 상표가 선명하게 박힌 상자 네 개를 보내왔다. 목걸이, 귀걸이, 반지, 팔찌로 이루어진 풀세트.

「보석보다 찬란한 당신을 위해」

바로 돌려보냈지만, 이미 지켜보는 눈이 많았다. 북부 출신 영애들이 깜짝 놀라 달려온 것을 보니 그 소문이 일파만파 퍼진 모양. 그것도 꽤 나쁜 쪽으로.

충고와 걱정을 전한 건 그들만이 아니었다.

"이게 무슨 일이죠? 직접 대면한 적은 없지만, 난 그 사람을 조금 알아요. 이건 정상적이지 않아요. 그 편지와 관련 있는 건가요? 도대체 무슨 일이 벌어지고 있는 거죠?"

크리스티나는 눈치 빠르게 진실이 눈에 보이는 것과 다르다는 걸 알아챘다. 제니스가 아르샤 대공에게 보낼 편지를 크리스티나에게 부탁했기 때문이다. '최대한 빠르게 그러나 아무도 모르게'라는 단서를 달자 그녀의 눈이 심하게 번뜩였더랬다.

대공도 그렇고 제니스도 그렇고, 도대체 무슨 관계이기에 이렇게 몰래 서신을 주고받는 거냐고, 목을 졸라서라도 대답을 듣고 싶은 얼굴이었다. 그랬기에 얼마 후 불거진 디카프넨의 이 부적절한 접근이 그 일과 연관되어 있음을 어렴풋이 느낀 듯했다.

"진실은 묻지 않겠어. 그러나 그대의 평판이 돌이킬 수 없어지기 전에 결단을 내리도록 해. 물론 난, 제니스 그대가 바란카도 군도 출신보다 더 괜찮은 혼처를 찾을 수 있다고 생각해."

로렐은 소문을 어느 정도 믿는 눈치였지만, 제니스를 비난하는 대신 현실적인 이야기를 했다.

"미쳤어요?"

이자벨은 제니스가 첫사랑의 열병에 빠져 허우적거리고 있다고 단단히 오해했다. 전례가 눈앞에 있기 때문이었다. 이자벨에게 색안경을 끼운 전례, 베아트리체는 뭔가 할 말이 있는 것처럼 입을 벙긋거렸지만 결국 아무 말도 못 하고 한숨만 푹푹 내쉬었다. 그녀도 이자벨과 같은 생각인 것 같았다.

사실 제니스의 행동은 그런 오해를 살 만했다. 그녀는 디카프넨을 완전히 외면하지 않았다.

첫 만남은 카이로 거리. 우연을 가장한 디카프넨과 에하레 강변 산책로에서 마주쳤다. 제니스는 귀족 영애의 정석 같은 태도로 그의 무례를 꾸짖고 돌아섰다. 그러고 나서도 포기하는 낌새가 없자 '이 끈질긴 초대와 선물 공세를 확실하게 거절하기 위해서'란 명분을 가지고 그를 만나러 갔다. 그날은 다소 누그러진 얼굴로 당신의 부적절한 감정은 우리 모두를 불행하게 할 뿐이라고 타일렀다. 처음의 날 선 태도와 비교하면 상당히 여지를 주는 행동이었다.

그건 제니스의 궁여지책이었다. 그녀를 쉽지 않다 여긴 디카프넨이 혹 다른 방향이나 사람에게 시선을 돌리는 것을 방지하기 위해서.

졸업 시즌이 끝나자마자 엔시아를 린트벨로 보낸 것도—마르티아가 아프다는 거짓말을 여기에 써먹었다—같은 이유에서였다. 하지만 시간이 좀 더 흘렀을 때, 제니스는 자신의 걱정이 쓸데없었음을 알았다. 디카프넨의 목표는 오직 제니스이며 그녀의 태도가 어떻든 물러날 생각 따윈 조금도 없다는 것을.

제니스는 디카프넨의 목적이 자신의 호의를 얻어 린트벨에 자연스럽게 접근하는 것이리라 생각했다. 그의 신원을 그녀가 보증해 주길 바라는 거라고. 그런데 아니었다. 틀렸다. 이 인간은 생각보다 더 악질이었다.

디카프넨은 사랑에 빠져 이성을 잃은 청년 흉내를 내며 제니스의 평판을 끌어내리는 데 주저함이 없었다. 모든 편지와 선물을 공개적으로 보내고 그녀가 외부에서 가지는 모임이 있으면 귀신처럼 알아내 나타났다.

누가 봐도 디카프넨이 쫓아다니는 모양새였지만 이런 부류의 소문은 사실 여부를 떠나 여성에게 더, 혹은 여성에게만 치명적이었다.

현재는 제니스를 두둔하는 베아트리체나 크리스티나, 로렐의 도움으로 하일리움에만 소문이 머물러 있지만, 어느 한계를 넘어서는 순간 성인 사교계로 번져 나갈 터였다.

그렇게 되면 로렐의 충고처럼, 디카프넨 이외의 선택지를 잃어버리게 된다. 그와 결혼하거나, 불명예를 홀로 감당하거나, 아주 비루한 혼처로 시집가게 될 것이다.

이건 협박이었다. 딸을 불행하게 만들고 싶지 않다면 자신이 원하는 걸 내놓으라는.

개자식.

와, 어디서 빡쳐야 하지? 너무 많아 밤에 잠이 안 온다.

사람들의 시선 때문에 조용한 해결을 결심했는데, 그 시선 때문에라도 빠르고 강력한 해결이 정답인 것 같다. 마음 한구석에서 그렇게 조용히 회의가 싹트고 당장에라도 그놈 xxx를 x하고 xxxx 버리고 싶지만…….

하, 참자.

죽이는 건 쉽다. 문제는 은폐. 로하샤이엄, 나아가 티오렌 방방곡곡에 린트벨가 영애의 다소 거친 특기를 자랑할 게 아니라면 은폐는 필수다. 그리고 그런 일을 할 수 있는 건 매우 전문적인 집단이었다.

있었던 일을 없었던 일로, 미스터리로 만들어 줄 사람과 권력의 부재. 제니스가 급행 대신 완행을 선택한 두 번째 이유이기도 했다.

머나먼 시절 '레드0'에게도 팀이 있었다. 정보를 수집하는 이, 진입로를 알려 주고 퇴로를 확보하는 이. 사건 현장을 정리하고 언론을 차단하며 권력, 관계 기관과 조율하는 이. 그리고 가끔은 총 맞고서 짐이 되는 사람까지.

하나의 사건을 완벽하게 덮어 버리려면 아주 많은 사람이 맞물린 톱니바퀴처럼 정교하게 움직여야 했다. 디카프넨에게 그 정도 정성이 필요한 건 아니지만 최소한, 그와 관련된 사건에서 '제니스 린트벨'이란 이름을 지워 줄 정도의 역량을 가진 팀이 필요했다.

돈을 이용해 암흑가의 힘을 사용해 볼까 생각도 했지만 언젠가는 약점으로 돌아올 일이라 패스. 디카프넨에게 정보가 역으로 흘러 들어갈 위험도 있었다. 그의 성향을 생각하면 이미 그쪽과 연줄이 있다 해도 놀랍지 않았기에.

역량 면에서 가장 가능성이 있는 건 테린이었지만 제니스가 그런 짓을 저지르는 걸 그가 동의할 리 없었다. 오늘내일하는 쥬안행 때문에 계속 기사단에서 대기 중이라 활동이 여의치 않기도 했고.

해서 아밀라를 닦달했다. '만약'을 대비해서 말이다.

"시체를 지우는 약이요?"

"그래. 뿌리면 부글부글 녹아서 사라지는 거야."

"맙소사, 어째서 그런 험한 물건만 요구하시는 겁니까? 그런 것이 있단 소린 생전 처음 듣습니다. 고체를 녹이는 액체가 없는 건 아니지만 소량으로 사람 정도의 부피를 사라지게 하는 강력한 물질에 대해선 아는 바가 없습니다. 아가씨가 입에 올릴 만한 물건도 아닌 것 같네요."

"고루한 소린 집어치우고, 만들 수 있겠어?"

"안 됩니다. 못 합니다. 제가 무슨 대마법사라도 되는 줄 아세요?"

"그럼 될 때까지 하는 걸로."

"아가씨!"

빽 소리를 지르긴 했지만, 그 비슷한 거라도 만들어 낼 것임을 안다. 린트벨 저택 깊숙한 곳에 연구실을 마련한 아밀라는 정서적으로 꽤 안정된 상태였고, 제니스가 어디선가 주워듣고 요구하는 괴상망측한 것들을—도대체 이게 뭐냐고 구시렁거리면서도—비슷하거나 색다르게 만들어 냈다.

뭐 그걸 꼭 써야겠다는 것은 아니니 오해는 하지 말길. 겸사겸사 만들어 두는 거다. 사람들의 눈을 피해 사건을 저지르고 은폐까지 할 수 있다고 해도, 아직 한 가지 문제가 남았으니까.

"안녕하십니까, 아가씨. 저는 잭이라고 합니다."

크리스티나를 통해 몰래, 아르샤에게 편지를 보낸 지 5일 만에 그의 사람이 찾아왔다.

아르샤 림 헤이트, 제니스가 인내해야 하는 세 번째 이유.

낙스의 대공 전하께서 보낸 소식은 몹시 실망스러웠다.

"쥬안 정국이 혼탁해 대공께서 바로 몸을 빼기 어려우십니다. 대신 로하샤이엄에 있는 정보원과 움직일 수 있는 모든 인력을 동원해 영애를 보호하고 디카프넨을 감시할 것입니다. 영애께서 조금만 더 담대하게 버텨 주시길 부탁드립니다."

카란 백작은? 셀리어트 자작은? —이라고 묻고 싶었지만 관뒀다. 제니스를 찾아온 잭이라는 남자는 '평범한 인상'이 인상적인 인물로, 로하샤이엄에 상주하는 아르샤의 정보원 같았다.

그가 디카프넨 사건의 내막을 얼마나 알고 있는지 정확하게 파악하기 전까진 말을 아낄 필요가 있었다.

하여튼 아르샤, 이 계륵 같은 놈. 알아 두면 덕 좀 볼까 싶어 연을 만들었는데 어쩌면 이렇게 손발이 안 맞는지. 그렇다고 뺑 차 버리지도 못해, 그놈의 신분이 깡패라고.

타인의 감정에 무신경한 편인 제니스도 디카프녠을 잡는 일이 아르샤에게 얼마나 중요한지 알고 있었다. 그 의미가 제대로 충족되려면 '직접' 잡아야 한다는 것도.

그 때문에 낙스 국왕에게도 입 다물고 엠바로스 사태까지 일으키지 않았나?

그런 디카프녠이 나타난 지금 그 엠바로스가 아르샤의 발목을 잡는 꼴이 된 건 참 웃기고 슬픈 일이었다. 앨리스가 행운의 축복을 받았다면 아르샤는 불운의 축복을 받은 게 분명했다. 정리하자면 제니스가 디카프녠을 밧줄로 돌돌 말아 상납해도 아르샤는 좋아하지 않을 거란 뜻.

'레베카 미안해. 난 결국 널 위해 아무것도 하지 못했어.'

이러면서 이 별 내핵까지 파고들어 가다 급기야 화살을 제니스에게 돌릴지도 몰랐다.

'내가 잡을 수 있었는데 네가 가로챘지. 용서 못 해!'

음, 그래선 곤란하다. 낙스의 대공과 감정의 골을 만들 이유도 없거니와 요 며칠 곰곰이 생각해 본 결과 그가 꼭 필요한 새로운 사용처가 떠올랐기 때문이다. 지금까진 꽝이었지만 이번엔 부디 조커가 되어 주길. 부탁한다.

"그런데 그자가 왜 로하샤이엄에 나타났는지 아십니까? 그것도 린트벨 영애의 주변에 말입니다."

"글쎄요, 제가 대공과 친분이 있다는 사실을 알고 정보를 캐내려는 게 아닐까요?"

"그가 그런 기색을 보였습니까?"

"아직 그런 적은 없지만……."

말끝을 흐린 제니스가 겁에 질린 얼굴로 하소연했다.

"그게 아니면 뭐겠어요? 너무 무섭지만 오직 대공을 위해 견디고 있습니다."

"걱정하지 마십시오. 영애의 안전은 저희가 책임지겠습니다."

잭이 가슴을 탕탕 치며 호언장담했다.

아, 눈물 나게 고마워라.

아르샤에게 굳이, 드래곤 이빨 협곡 끝에서 마도 문명 유적을 발견했다고 알려 줄 생각은 없었다. 디카프넨의 출현과 그를 알린 것, 미끼로 사용되는 지금 상황까지 모두, 빚으로 달아 두고 몇 배로 벗겨 먹어야 하니까.

제니스는 엠바로스에서 발굴될 유물 분배 과정에 간섭할 생각이었다. 내실이 어떻든 겉으로는 낙스가 티오렌에 양보하는 모양새를 만들고, 그 일을 한 것이 테린이라고 세상에 알릴 계획을 짜는 중. 그의 무력이라면 어느 전장에서든 빛나겠지만, 세 치 혀로 그 공을 깎아내리려는 사람 또한 반드시 존재할 테니까.

그런 놈들이 입도 벙긋 못하게, 반박의 여지가 없는 공을 세운다. 아니, 만든다! 핵폐기물로 그런 결과를 얻을 수 있다면 아주 괜찮은 재활용 아닌가?

그게 디카프넨의 머리가 아직 그의 어깨 위에 붙어 있는 네 번째, 아니 어쩌면 유일한 이유.

제니스는 음흉한 미소를 숨기며 사명감에 불타오르는 정보원 잭을 배웅했다.

시간은 조금씩, 꾸준히 흘렀다. 이틀에 한 번꼴로 만나는 디카프넨이 그녀를 꼬시기 위해 발버둥 치는 것을 느긋하게 감상하며, 다짐했다.

첫 밤은 어쩔 수 없이 아르샤에게 양보하겠지만, 그다음은 어림도 없다고. 린트벨을 떠난 이래 그만둔 체력 단련을 다시 시작한 그녀였다.

4

노아의 스물여섯 번째 날이 밝았다.

휴일을 맞아 느지막이 일어난 제니스는 콧노래를 흥얼거리며 데이지와 함께 먼저 싸 둘 짐을 선별했다. 하일리움 2학기 종강이 열흘 후로 다가왔기 때문이다.

게다가 내일이면 아르샤가 도착한다. 저돌적인 남성에게 속절없이 흔들리는 순진하고 완고한 귀족 아가씨라는, 토 나오는—본인이 설정하고 본인이 본인을 저주했다는—연기도 이제 안녕이다.

"저기, 아가씨."

"응?"

방문객이 찾아와 나갔다 온 데이지가 떨떠름한 얼굴로 편지를 내밀었다.

"또 그분인 것 같아요."

"우리끼리는 그놈이라고 해도 돼."

"그러면서 꼬박꼬박 답장은 왜 쓰세요?"

데이지가 맘에 들지 않는다는 얼굴로 툴툴거렸다.

"졸업 시즌이 끝나면 린트벨로 돌아가신다더니 엔시아 아가씨만 먼저 보내시고. 요즘 엄청 수상한 거 아시죠?"

"데이지."

"네."

제니스가 손가락 세 개를 척 펼쳐 보였다.

"3일. 3일이면 끝나."

"진짜죠? 확실하죠? 약속하신 거예요?"

데이지가 다그치듯 다짐을 받았다.

으, 잔소리는. 누가 상전인지 모르겠다. 하지만 제니스는 순진무구 그 자체인 눈망울로 열심히 고개를 끄덕였다.

"약속할게."

여기서 끝내야 하니까. 데이지의 잔소리는 무섭다. 2절이 시작되면 평온한 휴일은 물 건너가는 거다. 그렇게 데이지를 달랜 제니스는 무료한 얼굴로 디카프넨의 편지를 개봉했다. 오늘은 또 무슨 헛소리를 늘어놓았는지 보려고.

"……."

잠시 후, 내용을 모두 읽은 그녀의 눈이 천천히 가늘어졌다. 그녀는 검지로 턱 끝을 긁으며 생각에 잠겼다. 알듯 모를 듯한 표정이 잠시 어렸다가 사라졌다.

* * *

테린이 제니스의 주변에서 일어나는 일에 대한 소문을 들은 것은 어제 저녁 무렵.

5기사단에서 알게 된 수다쟁이 벤 하츠가 훈련에 매진 중인 테린을 찾아와 그답지 않게, 아주 조심스럽게, 하일리움에 돌고 있다는 소문을 전해 주었다.

처음엔 믿지 않았다. 누가, 제니스가? 하하하. 뭐라는 거냐. 차라리 이 대륙이 가라앉는다고 해.

그러나 몇 개의 목격담이 더해지자 그 철석같은 믿음이 살짝 흔들렸다. 엔시아의 졸업 시즌이 끝나면 린트벨로 내려가겠다던 제니스가 갑자기 계획을 변경한 이유도 내심 궁금하던 차였다.

한참을 끙끙대던 테린은 결국 자리를 박차고 일어났다. 혼자 전전긍긍하느니 직접 만나 속 시원히 물어보는 게 나을 것 같았다. 그깟 헛소문 때문에 여기까지 달려왔느냐 면박을 받더라도 말이다.

그러나 제니스를 찾아간 하일리움에서 테린은 충격적인 말을 들었다.

남자. 선물. 디카프넨 샤 타타크. 초대.

초대?

초, 대애애애?

제니스의 부재로 대신 나온 데이지의 설명이 이어질수록 테린의 안색이 차갑게 굳었다. 그는 흉흉한 기운을 흘리며 제니스가 간 곳이 어디냐 매섭게 추궁했다.

린트벨 저택으로 달려가 말에 오른 그는 데이지가 알려 준 곳으로 미친 듯이 말을 몰았다. 목적지가 가까워질수록 그의 얼굴이 딱딱해졌다. 갱스톤 숲은 로하샤이엄 귀족들의 소풍 장소로 유명했지만,

눈에 띄게 추워지기 시작한 보름 전부턴 사람들의 발길이 딱 끊긴 곳이었다.

도저히 이해할 수가 없었다. 데이지 말론 제니스가 그 남자에게 호 감이 있는 것도 아니라고 했다. 그런데 왜 이런 위험한 외출에 따라 나선단 말인가. 그것도 홀로! 이유야 있겠지만 그 이유가 뭐든, 이번 엔 단단히 야단을 치고 말겠다고 별렀다.

"이럇!"

그의 발이 말 옆구리를 힘차게 걷어찼다.

* * *

갈색 낙엽이 수북하게 깔린 길은 걸을 때마다 바스락거리는 소리가 났다. 서늘한 바람이 불자 작은 낙엽들이 낮게 떠올랐다가 가라앉았다. 곧게 뻗은 나무 사이의 소담한 산책길이 한참이나 이어졌다.

"어떻습니까, 가을의 운치가 너무 아름답지 않습니까?"

로하샤이엄 외곽 갱스톤 숲, 잘 정돈된 오솔길을 걸으며 디카프넨 이 다정하게 말했다. 그는 제니스를 위한 특별 이벤트를 준비했다며 그녀를 이곳으로 불러냈다.

산책하기엔 좀 쌀쌀한 날이라 인적 없는 숲은 적막할 정도로 고요 했다. 혼자 왔으면 좋았을 텐데, 네놈이 있어 옥에 티예요. 제니스는 그렇게 생각하며 방긋 웃었다.

한 시간 정도 걸었을 때 그녀는 발이 아프다고 말했다. 디카프넨은 빌려 놓은 별장이 가깝다며 얼른 가서 쉬자고 수선을 떨었다. 해는 아직 하늘 중간에 걸쳐 있었지만 제니스의 곁을 스쳐 흐르는 공기는 묵직하고 스산했다. 늦가을의 자취가 북풍에 밀려 서서히 사라지고 있었다.

별장 문을 열어 준 건 허리가 굽은 노파였다. 외딴곳에 홀로 지내기엔 나이가 많아 보였지만 분주히 움직이며 벽난로에 불을 지피고 따뜻한 음료를 내왔다. 온기가 도는 응접실 창가에 자리 잡은 두 사람은 서로의 얼굴을 바라보며 미소 지었다.

"무슨 생각을 합니까?"

디카프넨이 찻잔을 직접 건네주며 물었다.

"공자께서 준비하셨다는 이벤트가 뭘까 생각했어요."

제니스가 수줍게 웃으며 잔을 받았다. 디카프넨의 입가에도 미소가 번졌다.

"기대해 주십시오. 분명 깜짝 놀라실 겁니다."

휘어지는 입술이 평소보다 더 은근했다. 그는 조만간 로하샤이엄을 떠나야 한다며 제니스를 위해 준비한 특별 이벤트에 와 달라고 말했다. 다른 사람의 눈을 피하는 게 좋을 것 같아 일부러 인적 드문 곳을 골랐다고 덧붙이며.

오늘 오전 받았던 편지 내용을 떠올린 제니스는 천천히 손에 든 레몬 티로 목을 축였다. 한 모금, 두 모금 그리고 세 모금 정도 넘겼을 때, 상큼한 풍미가 위장을 뒤흔들었다.

챙그랑!

반도 비우지 못한 레몬 티가 우아하게 바닥으로 곤두박질쳤다. 쏟아진 찻물이 그녀의 드레스 자락 끝을 천천히 물들이는 것을 지켜보며 디카프넨이 말했다.

"너무 많이 탄 게 아니냐."

"흘흘흘, 확실한 게 좋지 않습니까요, 혹 더 시키실 일이 있으신지?"

시퍼런 부지깽이를 든 노파가 누런 이를 드러내며 웃었다. 제니스가 차를 마시지 않으면 뒤통수를 내리칠 요량이었는데, 듣던 것보다 눈치 없는 년이라 일이 쉬웠다.

"아니, 이제 없다."

디카프넨의 대답이 끝나기 무섭게 문이 열리며 사내들이 우르르 들어왔다.

"엥, 벌써 끝났습니까요? 아니 뭐가 이렇게 쉽죠?"

스캇이 바닥에 쓰러진 제니스의 새하얀 볼을 쿡쿡 찌르며 어이없어했다.

"아르샤는?"

"아마 키앙단스를 출발했을 겁니다."

냉정한 표정의 다른 수하가 대답했다. 정신을 잃은 제니스를 잠깐 내려다본 디카프넨이 무표정한 얼굴로 시선을 돌렸다.

"정리해. 계획대로 간다."

"네."

무리가 반으로 갈라지며 디카프넨의 뒤를 따랐다. 제니스의 코를 잡아당기고 볼을 꼬집으며 놀던 스캇이 같이 가자고 후다닥 달려왔다.

"그런데 이거 뒷수습은 되는 겁니까, 도련님?"

쫄랑쫄랑 디카프넨을 따라붙은 스캇이 뒤를 흘깃거리며 물었다. 걸음을 멈춘 디카프넨이 스캇을 바라보며 입술을 휘었다.

"위험하니까, 대가가 큰 거야."

그게 이 세상의 룰이지.

제니스 린트벨은 성가실 정도로 반응이 느렸다. 대담하게 자신을 만나러 오면서도 선을 긋는 걸 잊지 않았다. 하지만 단정하던 옷차림이 조금씩 화려해지고, 그를 만나러 오는 날 착용하는 장신구가 하나둘 늘어나는 건 그를 신경 쓰고 빠져들고 있다는 방증이었다. 스캇의 말이 맞다. 지금껏 자신이 상대한 귀족 영애들이 너무 가벼웠던 거다.

진짜는 이런 거지.

디카프넨이 음험하게 웃었다. 제니스 린트벨의 얼굴과 성격은 그의 취향이 아니었지만, 그 귀족다움만은 구미에 맞았다.

예법, 의무, 자존심으로 무장한 소녀가 결국 자신의 바짓가랑이를 잡고 애원하게 될 거란 상상은 그의 가학심을 부채질했다. 이 연애 놀음을 끝내기로 했을 때 느낀 유일한 아쉬움이 그 상상을 완성하지 못했다는 것일 정도로.

그러나 디카프넨은 이쯤에서 만족하기로 했다. 그것을 대체할 즐거움이 아직 남아 있었으니까.

'어때, 깜짝 놀랐지? 내가 기대하라고 했잖아.'

디카프넨은 속으로 그렇게 키득거렸다. 제니스 린트벨이 깨어나 이 모든 것을 알았을 때 어떤 표정을 지을지 너무 궁금했다.

울까? 화를 낼까? 아니면 억지로 담대한 척을 하려나? 첫 반응이 어떻든 궁지에 몰린 소녀가 조금씩, 그러나 확실하게 절망 속으로 가라앉는 과정은 어떤 연극보다 재미있을 것이다. 그는 가슴 두근거리며 그 순간을 고대했다.

디카프넨이 본격적인 귀도를 결정한 건 그란드 왕국에 있던 드루이드 일당이 모두 붙잡혔다는 소식 때문이었다. 바다에 남아 있는 줄 알았던 마티앙까지.

병신인가? 머리는 장식이야? 디카프녠은 헛웃음을 흘렸다.

아르샤의 이목을 그쪽에 묶어 두기 위해 그들의 정보를 유출한 건 맞지만 이렇게 빨리 일망타진 될 줄은 몰랐다. 쫓기더라도 시간을 끌며 숨바꼭질 정도는 벌여 주겠지 생각했는데 너무 과한 기대였던 것 같다. 어미 블레어의 아둔함이 어디서 비롯됐는지 이제야 알겠다.

일이 그렇게 틀어지자 아르샤의 움직임을 예측하기 어려워졌고 제니스 린트벨은 예상보다 가드가 높았다. 짜증이 났지만 디카프녠은 곧 다른 부분에 집중했다.

생각해 보면 그렇게 나쁜 상황은 아니었다. 아니, 기회였다. 잘하면 거북등섬에 남은 드루이드 잔당을 모두 그의 휘하로 끌어들일 수 있는.

우선순위를 바꾸기로 한 디카프녠은 망설이지 않았다. 그는 항상 빠르고 확실한 방법을 선호했다. 제니스 린트벨을 유혹하는 대신 납치해 거북등섬으로 돌아갈 계획을 세우자 수하들이 환호성을 질렀다. 거만한 귀족의 눈치를 살피며 어린 여자아이의 비위를 맞추는 일이 어지간히 힘들었던 모양이다.

디카프녠도 마음이 들떴다. 드루이드의 세력을 흡수한 후 제니스 린트벨과 결혼할 생각이었다. 그녀가 원하든 원하지 않든 상관없었다. 마찬가지로, 린트벨 백작 역시 모든 상황이 끝난 후엔 방법이 없을 것이다.

이미 몸 버린 딸년, 목숨이라도 붙어 있게 하려면 자신이 원하는 것을 들어줘야 하리라. 그 후엔······.

"하하하!"

그는 유쾌한 상상에 웃음을 터뜨렸다. 발걸음이 가볍기 그지없었다.

별장 밖엔 이미 여러 대의 마차가 준비되어 있었다. 디카프넨이 가장 앞에 있는 마차에 오르자 그다음 마차는 제니스의 차지가 되었다.

"씹, 뭔 콩알만 한 계집애가 이렇게 무거워?"

제니스를 업고 나와 마차 안으로 던져 넣은 사내가 어깨를 돌리며 짜증을 냈다.

"딱 보면 모르냐. 코르셋으로 아주 칠갑을 했던데? 꼴에 대장에게 예쁘게 보이고는 싶었나 보더라. 야외로 나오면서 속치마를 몇 겹이나 입은 건지. 거기다 머리며 열 손가락에 장신구란 장신구는 다하고 온 거 봤냐? 그것도 싸구려를. 촌스럽게."

옆에서 지켜보던 남자가 신나게 험담을 했다. 그의 말대로 마차 바닥에 던져진 제니스는 치장이 과했다. 언뜻 보이는 한 손에만 반지가 세 개. 그중 하나가 아주 잠깐, 푸른색으로 빛났지만 눈치챈 사람은 없었다.

제니스를 옮겨 온 사내가 낄낄거리며 인사를 던졌다.

"어쨌거나, 지옥에 온 걸 환영해, 아가씨."

남자의 어조만큼이나 경쾌하게 문이 닫혔다.

미 투. 나도.

만약 입을 열 수 있었다면 그렇게 대꾸해 줬을 텐데.

어둠 속에서, 제멋대로 흔들리는 몸을 느끼며 제니스는 홀로 안타까워했다.

디카프넨이 제니스를 사람 없는 곳으로 초대한 것은 이번이 처음이었다. 그동안은 경계심을 무너뜨리려는 듯 치안이 보장된 개방된 곳만 택하더니, 오늘은 갑자기 로하샤이엄을 떠나야 한다며 특별 이벤트 운운했다.

뭔가, 냄새가 났다.

편지를 갈무리한 제니스는 웃음이 새어 나오지 않도록 얼른 표정 관리에 들어갔다. 맹세하건대 이건 자신이 의도한 게 아니었다.

그녀는 최선을 다해 상식적인 선택을 했다. 지난 1년 새 그녀의 성격도 꽤 둥글어져, 친구나 가족들이 질색할 만한 일은 그녀 역시 하고 싶지 않았다. 그래서 디카프넨에게 몸소 가르침을 내리고 싶은 마음을 꾹 참고 아르샤에게 그 기회를 양보했다. 그럴 생각이었다.

그러나.

이렇게 되면 어쩔 수 없지 뭐.

로하샤이엄이 아닌 어딘가에, 타인의 시선이 완전히 차단되어 은폐고 뭐고 필요하지 않은 고립된 공간에, 디카프넨과 함께—그것도 강제로—남겨진다면. 그리고 그걸 아무도 모른다면, 정말 불가피하게 그런 상황에 몰린다면.

푸흐흐흐.

디카프넨의 모가지를 똑 하고 부러뜨린다고 누가 뭐라 하겠는가?

정당방위.

불가항력.

아니지, 자신이 했다는 증거 있어?

개가 잘 걷다가 혼자 구른 걸 어떡해? 몸 바쳐 그놈 살려 줄 의리 따윈 없는걸.

다시 말하지만, 그녀가 의도한 게 아니었다. 상황이 안타깝게 흘러간 거지. 그러니 몇 가지 준비했다고 해서 노리고 있었다느니, 기대하고 있었던 게 분명하다느니 그런 모함은 하지 말아 주길.

원래 나쁜 놈들이 그래. 자기 마음대로 되지 않는 걸 못 참아. 힘든 것도 싫어하고 기다리는 것도 싫어하고 변덕스럽고 즉흥적이지.

그래서 혹시나 한 거야. 유비무환.

외워 둬. 예전에 중국계 동료에게서 들은 말인데 인제 보니 참 좋은 말이야.

5

"어느 날, 혹시라도 내가 사라지면 자네가 날 찾아야 해."

뿌연 새벽, 플로라 필렌이 새파란 얼굴로 찾아왔을 때, 아밀라는 설마 하던 일이 결국 터졌음을 알았다. 순간 후회가 밀려왔다. 무슨 생각을 하는지 종잡을 수 없던 그녀의 어린 주인, 제니스의 손에 뭐라도 하나 더 들려 줄 것을. 망측한 것을 만들어 달란다고 타박하지 말 것을. 아니 그녀의 말에 넘어가지 말고 오라비나 하다못해 이 친구에게라도 찾아가 사실을 고할 것을.

그랬다면 이 새벽 이토록 선연한 두려움은 느끼지 않아도 되었을 텐데.

짧은 자책을 흘려보낸 아밀라는 곁방 문을 열고 들어가 작은 새가 든 새장 하나를 가지고 나왔다.

살짝 한기가 도는 방에서 플로라와 마주 앉은 그녀는 조용히 자신이 알고 있는 것들을 이야기했다.

* * *

제니스가 아밀라를 찾아온 것은 졸업 시즌 3일째, 디카프넨이 로랑즈 꽃을 보냈던 바로 그날이었다. 졸업 시즌이 끝난 후에야 제니스의 얼굴을 다시 볼 줄 알았던 아밀라는 다소 의아함을 느꼈다. 그녀가 궁금해했던 이야기, 앨리스의 실종과 죽음에 관한 경위를 들으며 그런 사소한 느낌 따위 순식간에 날아가 버렸지만.

"그럼 앨리스와 카란 공자는 슈벨리안으로?"

"내가 알기론 그래. 하지만 모르지. 모든 것이 눈속임이었을지도. 그저 지나가는 길일 수도 있고 어딘가에 둥지를 틀었을 수도 있지."

"낙스 대공 전하의 각오가 대단하군요. 대륙을 떠들썩하게 만든 그 엠바로스산 유적 사건 뒤에 그런 비밀이 있는지 몰랐습니다. 그런데 아가씨, 괜찮은 겁니까?"

아밀라가 심각한 얼굴로 물었다.

"무엇이?"

"타국 왕족의 치부라면 치부 아닌가요? 대개의 권력자는 그런 사실이 밖으로 알려지는 걸 죽기보다 싫어한다고 들었습니다."

"아, 그 문제는 대충 마무리됐어."

제니스는 어설픈 협박, 아니 협상에 실패하고 쩔쩔매던 청년을 떠올리며 비죽 웃었다.

"무엇보다 그는 내게 진 빚이 너무 많아. 그 모든 걸 무시하고 안면 몰수할 파렴치한은 아니야."

그러더니 한쪽 눈을 찡긋하며 한 마디 더 보탰다.

"걱정된다면 보험 삼아 빚을 더 늘리는 방법도 있어. 그런 의미에서 그대가 해 줘야 할 일이 있는데."

"제가요?"

"디카프넨 샤 타타크가 나타났네."

"네?"

"앨리스를 납치한 인간 말이야."

"네엣? 어, 어디에요?"

아밀라가 화들짝 놀랐다.

"로하샤이엄. 아니 정확하게 말하자면 내 코앞에 나타났다고 해야 하나?"

"아니, 그 작자가 왜 아가씨 앞에?"

제니스가 의뭉을 떨었다.

"나도 모르지. 그런데 이 인간이 나한테 치근대네?"

"예엣?"

"그러니 자네가 힘 좀 써 주게."

아밀라는 자신의 어깨를 다정히 토닥이는 제니스를 어리벙벙한 얼굴로 바라봤다.

"제가 뭐, 뭘요? 아니 그보다 그렇게 위험한 자라면 가문에 고해 호위를 강화하고 그자가 주변에 얼씬거리지 못하게 해야 하는 것 아닙니까?"

"글쎄, 그런다고 마음을 고쳐먹을 것 같지 않아서."

제니스가 악동처럼 웃었다.

"해서 말인데 사람을 추적할 수 있는 물건이 필요해. 약, 물건, 어떤 형태의 마법이든 상관없네."

"그자에게 사용하시려고요?"

"아니, 나에게."

그건 또 무슨 소리랍니까?

갈피를 잡지 못하는 아밀라를 보며 제니스가 의미심장하게 웃었다.

"어느 날, 혹시라도 내가 사라지면 자네가 날 찾아야 해."

* * *

"천일향?"

"네. 저희 무리에 내려오는 마법 레시피 중 하나입니다."

"자세히 설명해 줘요."

"천일향은 적, 백 쌍으로 이루어진 단약입니다. 이 중 백색 단약을 남쪽 대수림에 사는 천조라는 새에게 먹이면 적색 단약을 먹은 사람이 어디에 있든 찾아갈 수 있다고 합니다."

"효과는 얼마나 지속되죠?"

"천 일입니다."

플로라가 천천히 고개를 끄덕였다.

"그래서 천일향이군요."

"네."

"제니스가 붉은 단약을 먹은 건 언제죠?"

"3일 전입니다."

아밀라가 한숨을 내쉬며 덧붙였다.

"단약이 완성되자마자 집어 가셨죠. 유비무환 어쩌고저쩌고하시면서 만약을 위한 거라고 굳이, 몇 번이나 강조하시더군요."

눈이 마주친 두 사람은 쌍둥이처럼 함께, 2차 한숨을 내쉬었다.

플로라가 이상 징후를 눈치챈 건 어제 늦은 밤, 데이지가 걱정스러운 얼굴로 찾아왔을 때였다.

"제니스 아가씨가 아직 돌아오지 않으셨어요."

데이지는 제니스가 디카프넨의 편지를 받고 나갔다는 것과 몇 시간 후 테린이 찾아와 그런 사실을 실토한 것까지 모두 전했다.

"처음엔 테린 도련님을 만나 싸우시느라 늦는 줄 알았어요. 하지만 그랬다면 두 분 중 한 분은 저나 플로라 아가씨께 연락을 넣었을 거예요."

그 말에 플로라도 정신이 번쩍 들었다. 데이지의 지적이 옳았다. 지난번 제니스가 술에 취했을 때도 테린은 걱정하지 말라는 서신을 따로 보냈다. 플로라는 당장 린트벨 저택으로 달려가 두 사람이 그곳에 있는지 없는지 확인하고 싶어 몸이 달았다.

그러나 하일리움의 문은 이미 닫힌 상황, 거리엔 운행 마차도 없을 시간이었다.

불길한 예감에 잠 한숨 자지 못하고 그 밤을 꼬박 새운 플로라는 동이 트자마자 린트벨 저택으로 갈 준비를 서둘렀다. 그리고 그녀가 출발하기 직전 데이지가 헐레벌떡 달려왔다.

"플로라 아가씨, 이걸 보세요!"

"편지?"

"화장대 위에 있었어요. 정리하다 뭔가 싶어 봤더니……."

데이지가 내민 편지를 황급히 살핀 플로라가 봉투 뒤편에 적힌 문장을 발견하고 흡, 숨을 들이켰다.

「내가 행방불명 될 경우」

"이게…… 뭐야?"

그녀가 거친 손길로 봉투 안에 든 편지를 꺼냈다. 폭탄을 던져 놓은 주제에 안에 적힌 내용은 화가 날 정도로 무성의했다.

「아밀라를 찾아갈 것. 그녀는 린트벨 저택에 있음」

디카프넨이 제니스에게 수작을 부리기 시작했을 때, 그리고 그녀가 미온적 대응으로 논란을 키울 때, 누구보다 먼저 화를 내며 따지고 든 게 플로라였다. 그녀의 등쌀을 견디다 못한 제니스가 디카프넨의 정체를 털어놓았고, 플로라는 당연히 펄쩍 뛰었다.

"대공의 일은 대공이 알아서 하라고 해."

한때 아르샤에게 가졌던 안쓰러움은 머릿속에서 지워진 지 오랜가 보다.

"이게 대공만의 일이면 나도 그랬을 거야."

"뭐?"

제니스는 드래곤 이빨 협곡 끝에서 마도 문명 유적이 발견되었으며 디카프넨이 그걸 노리고 있다는 소설 같은 이야기를 들려주었다. 얼마 전에 도착한 적색 전문이 그런 내용일 줄이야.

아니, 그렇다고 디카프넨이 그 유적을 노리고 있다는 생각은 지나치지 않아? 플로라는 일단 반대표를 던졌지만, 유적 말고는 그의 비정상적인 접근을 따로 설명할 방법이 없었다.

"나도 위험을 자초할 생각은 없어. 대공에게 연락을 넣었으니 곧 로하샤이엄에 올 거야. 뒤처리는 그에게 맡기면 돼. 난 다만 그 악당을 적당히 방심시키는 역할이지. 잘된 것도 있어. 그가 목표로 삼은 게 엔시아가 아닌 나라니, 얼마나 다행이니?"

말은 청산유수다. 그리고 그 말에 혹한 자신이 바보였다. 그때 아르샤 대공만 오면 정말 문제가 해결될 줄 알았다. 제니스가 그 남자에게 넘어가지만 않으면 괜찮을 줄 알았다. 악당이 세월아 네월아 순순히 기다려줄 리 없다는 것을, 그땐 왜 몰랐을까.

'제니스, 고 발칙한 것은 알고 있었어. 그러니 이런 준비를 한 거야.'

플로라가 이를 바드득 갈았다. 제니스가 오늘의 상황을 대비했다는 안도감과 위험을 예감했으면서도 아무 말도 하지 않은 것에 대한 배신감이 쉼 없이 교차했다.

"이 새가 천조인가요?"

플로라가 새장 안에 든 새하얀 깃털의, 주먹만 한 새를 바라보았다. 온몸이 하얀데 부리와 발만 빨갰다.

"그렇습니다. 대륙 남쪽에선 흠바나라고 부르는데 저희 일족은 천일향과 한 쌍이라는 인식 때문에 천조라고 하지요."

부지런히 물을 먹는 천조의 모습을 물끄러미 바라보던 플로라가 문득 중얼거렸다.

"망할 년."

아밀라가 어깨를 흠칫 떨었다.

"그 외에 뭘 가져갔죠?"

플로라가 평이한 어조로 물었다. 방금 환청을 들은 아밀라는, 플로라의 눈치를 살피며 답했다.

"나름 도움이 될 만한 시약과 물건을 만들어 드렸습니다."

자세도 더욱 공손해졌다.

"예를 들면?"

"'잠들지 못하는 밤의 링'이라는 반지가 있습니다. 제가 보관하고 있던 라트 일족의 물건인데 일종의 정신 각성 마법이 걸려 있습니다. 그걸 끼고 있으면 수면제나 기타 약물로 의식을 잃어도 반쯤 깨어 있게 됩니다."

"반쯤…… 깨어 있다는 건 움직이진 못한다는 뜻인가요?"

"네. 어떤 약물이냐에 따라 다르지만 신체에 영향을 미치는 약을 썼다면 정신만 깨어납니다."

후, 플로라가 낮은 한숨을 내쉬었다. 도대체 몇 번째 한숨인지 모르겠다. 그녀는 머리에 열이 올라 지끈거리는 것을 느끼며 미간과 관자놀이 부근을 꾹꾹 눌렀다.

뭐가 의도한 게 아니야. 아주 작정을 했구먼!

그녀는 눈물이 터질 것 같아 얼른 두 눈을 부릅떴다. 아닌 척했지만 실은 손발이 덜덜 떨렸다.

제니스가 납치당했다. 그녀는 그 남자, 디카프넨이 자신을 죽이지 않을 거라 호언장담했지만, 플로라는 도저히 마음을 진정시킬 수 없었다. 이런 일에 겁 없이 뛰어들고, 아무렇지 않게 말하는 제니스가 너무 미웠다. 만약 그녀가 '플로라가 해야 할 일'이라는 지령을 따로 남겨 두지 않았다면 그 자리에 주저앉아 펑펑 울었을 것이다. 그런 마음을 눈치챈 아밀라가 조심스럽게 말했다.

"걱정하지 마세요. 제니스 아가씨는 분명 무사하실 거예요."

플로라는 울기 직전의 얼굴로 억지로 입꼬리를 당겼다. 우스꽝스러운 표정으로 칼을 갈았다.

"당연히, 그래야죠. 죽어도 내 손에 죽어야 하니까."

누가 그랬더라? 이해는 해도 용서는 못 한다고.

'망할 년. 돌아오면 죽여 버릴 거야.'

어깨를 다독일 듯 다가오던 아밀라의 손이 슬그머니 멀어졌다. 솟아오르는 눈물을 도로 눈물샘으로 밀어 넣은 플로라가 시뻘건 눈으로 일어났다.

제니스가 아밀라에게 맡겨 둔 편지에 따르면, 아르샤 림 헤이트가 로하샤이엄에 도착하는 날이 바로 오늘이었다. 그러니 돌아가 그를 만날 준비를 해야 했다. 그 만남이야말로 이 기막힌 상황을 해결하기 위한 첫걸음. 아밀라가 내준 새장을 챙기는 플로라의 눈동자가 어느 때보다 굳은 각오로 빛났다.

그러나 그날 해가 저물 때까지, 아르샤 대공은 로하샤이엄에 나타나지 않았다.

* * *

약속을 지키지 못한 아르샤가 플로라 필렌과 맞닥뜨린 건 로하샤이엄을 불과 하루 거리에 두었을 때였다.

"대공!"

한적한 가도, 마차에서 내린 그녀가 울 것 같은 얼굴로 달려왔다.

"필렌 영애가 어떻게?"

"제니스가 사라졌어요. 왜 이제야 오신 거예요!"

원망이 가득 담긴 물음이 터져 나왔다. 아르샤는 면목이 없어 고개를 숙였다. 그는 제니스에게 약속했던 것보다 2일이나 늦게 쥬안을 출발했다. 그로서도 어떻게 할 수 없는, 돌발 상황이 발생했기 때문이었다.

"필렌 영애, 마음은 이해하나 예의를 지키십시오."

더스틴이 나섰으나.

"닥쳐요!"

본전도 못 찾았다.

보고 있던 레온이 진화에 나섰다.

"우리도 상황을 파악하고 있습니다. 감시하고 있던 정보원들이 그들의 뒤를 쫓으며 실시간으로 위치를 알려 오고 있으니 너무 걱정하지 마십시오."

"알고 있는데 왜 잡지 못하시는 거죠? 추적조 몇 명으로는 어림없다는 거, 당신도 알고 있지 않나요? 그들이 두 패로, 네 패로 갈라지면 그땐 어쩌실 거예요?"

이번엔 레온도 눈살을 찌푸렸다.

"대공."

플로라가 기죽은 기색 없이 아르샤를 불렀다.

"말하라."

"도망치는데 이골이 난 자들입니다. 인제 와서 뒤를 쫓아 봤자 그들의 그림자도 못 봅니다. 그러니 소모적인 추격전 대신 그들이 지나갈 길목을 미리 지키거나 아예 최종 목적지를 들이쳐야 합니다."

"방법이 있다면 당연히 그리할 것이다."

그 말에 플로라가 결연한 표정을 지었다.

"있습니다, 방법. 지금 그들이 서쪽으로 움직이는 건 가장 가까운 항구로 가기 위해서라고 생각합니다. 결국, 마지막 종착지는 바다 어딘가에 있는 그들의 소굴이겠지요. 대공, 움직일 수 있는 배가 있으십니까?"

아르샤가 운용할 수 있는 배는 대부분 낙스 근처, 대륙 동부에 있었다. 그 배들을 불러 봤자 대륙 해안선을 돌아 남부까지 오려면 한참 걸린다.

'하지만 아주 방법이 없는 건 아니지.'

그가 주판알을 튕겼다. 어제의 적이 오늘의 동지가 되었다. 그 비밀스러운 동맹이 기대한 만큼 견고한지 한 번 시험해보는 것도 나쁘지 않으리.

"말도 안 되는 소립니다. 망망대해에서 그들이 어디로 갔는지 어떻게 찾습니까? 추적 속도를 올려 그들이 대륙을 벗어나기 전에 잡는 게 최선입니다. 영애, 잘 모르는 모양인데 바다엔 따로 그어진 길이 없습니다."

아르샤가 생각에 잠긴 사이 더스틴이 플로라의 코앞에서 빈정거렸다. 그녀는 그에게 대꾸하는 대신 아르샤에게 편지 하나를 내밀었다.

"제니스가 남긴 서신입니다."

그가 놀란 얼굴로 그것을 받아 들었다.

「아르샤 림 헤이트 대공 전하께.
삼가 아룁니다.

대공께서 이 편지를 읽고 계신다면, 제가 만에 하나라고 생각했던 일이 실제로 벌어졌다는 뜻이겠지요? 제가 이들에게 무슨 소용인지 모르나 부디 그 쓰임이 오래가길 바라야겠습니다. 물론, 대공께서 꼭, 늦지 않게 찾아와 주시리라 믿어요.

뒤를 쫓을 대공을 돕기 위해 한 가지 수단을 준비해 두었습니다. 자세한 설명은 플로라에게 들어 주세요. 노파심에 덧붙이는데, 그 효과에 대한 쓸데없는 논의로 시간을 허비하지 마세요. 제 시체가 필요한 게 아니라면요.

대공 전하의 충실한 벗, 제니스 린트벨 올림」

편지를 다 읽은 아르샤는 이마 위를 슬쩍 문질렀다. 날도 선선한데 왜 땀방울이 맺히는지 모르겠다.

"린트벨 영애가 준비해 놓은 수단이 무엇인가?"

플로라가 뒤를 돌아보자 멀찍이 떨어져 그녀와 아르샤의 조우를 지켜보던 청년 하나가 다가왔다. 그의 손엔 상황과 어울리지 않게 자그마한 새장 하나가 들려 있었다.

"대공, 제 약혼자 로이드 하버 공자입니다."

로이드가 허리를 굽혀 예를 표했다.

"처음 뵙겠습니다, 대공 전하. 로이드 하버입니다."

그 정중함에 레온과 더스틴의 얼굴에 처음으로 만족스러운 기색이 떠올랐다. 로이드의 등장을 의아해하는 아르샤에게 플로라가 말했다.

"로이드와 이 새를 데리고 가세요."

그리고 천일향에 대한 그녀의 설명이 이어졌다. 더스틴과 레온이 기막힌 얼굴로 앞다투어 입을 열려 했으나 아르샤의 단호한 눈빛과 플로라의 잡아먹을 듯한 시선에 가로막혔다. '건방짐'은 제니스 린트벨의 전유물이 아니었다.

그러나 마냥 못마땅한 표정만 짓고 있을 수는 없었다.

"린트벨가의 소영주이신 테린 경이 제니스와 같은 날 행방불명되었습니다. '그 남자'를 만나러 간 제니스를 찾아 갱스톤 숲으로 향했는데 돌아오지 않으셨죠."

모두가 깜짝 놀라는 사이, 크게 심호흡을 한 플로라가 좌중을 천천히 둘러봤다.

"그분은 쥬안으로 파견될 영광의 기사단에 지원한 상태, 무단이탈로 큰 징계를 받게 되었습니다. 당연히 린트벨로도 연락이 갔습니다. 아마, 린트벨 백작님이 직접 제도에 오실 거예요. 백작님은 아직 제니스가 없어진 것까진 몰라요. 전 그 사실을 안 백작님이 어떻게 나오실지 상상이 안 돼요. 만약 백작님이 이 사건에 대해 하문하시면, 전 제가 아는 모든 것을 말할 수밖에 없다는 점을 이해해 주세요."

그녀가 마지막으로 덧붙인 말에 더스틴과 레온의 눈썹이 움찔했다. 그러나 그녀를 겁박할 순 없었다. 린트벨가의 장남이 함께 사라졌다니, 그건 미처 알아채지 못한 사실이었다.

아르샤의 표정 역시 몹시 어두워졌다. 자신이 이틀이나 늦지 않았다면 디카프넨의 뒤를 바짝 뒤쫓아 그들이 대륙을 떠나기 전에 끝을 볼 수 있었을지도 모른다. 그러나 플로라의 말대로 지금은 늦은 감이 있었다.

하나의 문제를 해결했더니 또 하나의 문제가 생긴다. 세상일이 어쩌면 이렇게 마음먹은 대로 되지 않을까? 그는 부디 그 법칙이 디카프넨에게도 적용되길 바랐다.

해가 지기 전, 플로라는 다시 마차에 올라 로하샤이엄으로 떠났다. 그녀의 요청대로 새장을 든 로이드 하버가 아르샤 곁에 남았다. 더스틴을 비롯한 수행원 몇이 어린 약혼녀에게 휘둘리는 아둔한 사내라고 그를 흉봤지만, 남겨진 남자는 조금의 동요도 보이지 않았다.

북상하던 아르샤 일행은 말머리를 남쪽으로 돌렸다. 여러 마리의 전서구가 하늘로 날아올랐다.

거북등섬

1

두 척의 배가 조용히 해안가에 닿자 근처를 어슬렁거리던 해적이 술렁이며 모여들었다. 드루이드 수뇌부가 모두 잡혔다는 소식이 이곳에도 전해졌는지, 배에서 내리는 디카프넨을 보는 해적들의 표정이 어두웠다.

그 차갑고 음울한 분위기 속에서 디카프넨 혼자 여유로웠다. 이들이 보이는 불신, 적대감은 문제가 되지 않았다. 어차피 잔챙이들은 위에서 시키면 따라오기 마련. 중요한 건 섬에 남았던 핵심 중견 인사를 포섭하는 것이었다. 이를테면 사이킨 같은.

사이킨. 그는 기묘한 놈이었다.

사람 좋은 얼굴, 선량한 웃음, 고상한 말투 그 어느 것도 해적답지 않은데 잔인한 성정, 무자비한 일 처리는 또 누구보다 해적다웠다. 무리 중 성격이 괄괄한 자들도 사이킨과 엮이는 걸 꺼렸다.

그는 여러 개의 이름을 가지고 위장 임무에 투입되는 걸 좋아했다. 깔끔한 외모로 단정한 어법을 구사하는 그가 자신을 몰락 귀족이라고 소개하면 믿지 않는 자가 없었다. 그렇게 탄생한 게 '델라신'이었다.

"사이킨은 어디 있지?"

"우리가 그놈 시종도 아닌데 어떻게 알아? 이 손바닥만 한 섬 어딘 가엔 있겠지."

곱지 않은 대답이 돌아왔지만 디카프넨은 신경 쓰지 않았다. 그건 이들이 불안하단 증거였으니까.

"그쪽도 소식 듣고 왔을 텐데 이제 어쩔 셈입니까?"

어둠 속에 웅크린 무리 사이에서 누군가 소리쳤다. 디카프넨의 미소가 짙어졌다.

"그러잖아도 그 얘길 하려고 돌아온 거야."

"이 계집은 어쩔까요?"

뒤따르던 수하 하나가 물었다. 모여든 해적들은 그제야 뒤에 선 해적 하나가 짊어지고 있는 게 포대 자루가 아니라 사람임을 눈치챘다.

"적당한 데 넣어 둬. 깨어날 때가 됐으니 사람 하나 붙이고."

"네."

"여자다!"

"저거 귀족 아냐?"

지켜보던 해적들 사이로 웅성거림이 번졌다. 디카프넨이 주위를 둘러보며 조용히 경고했다.

"건드리지 마라."

"······."

"아직은 말이야."

불만을 토하려던 해적 몇이 다음 말을 듣고 히죽 웃었다. 그들은 대번에 낯빛을 바꿔 환영한다고 소리를 질렀다. 디카프넨이 천천히 그들 사이로 걸어 들어갔다.

일렁이는 횃불 사이로 누구는 못마땅한 얼굴을 했고, 누구는 냉소적인 웃음을 던졌다. 그러나 긍정적인 시선도 부정적인 시선도 모두 그를 주시하고 있었다. 그걸 안 디카프넨의 마음 깊은 곳에서 진득한 고양감이 차올랐다. 자신이 세상의 중심이 된 것 같았다. 그는 자신만만한 미소를 지며 걸음을 옮겼다. 모든 일이 제 뜻대로 흘러갈 것 같은 밤. 사이킨과의 대화가 기대됐다.

밤이 깊어 새벽이 되었다. 디카프넨이 가져온 술로 질펀한 술판을 벌이던 해적들도 하나둘 곯아떨어졌다. 제비뽑기에 져 제니스 린트벨을 가둔 방 보초에 당첨된 운 나쁜 사내도 의자 하나로 문을 가로막고 앉아 꾸벅꾸벅 졸았다. 새벽의 정적과 드르릉 코 고는 소리 사이로 어느 순간 낯선 음률이 끼어들었다.

똑똑똑.

조심스럽게 문을 두드리는 소리.

"저기요, 아무도 안 계세요?"

"······."

"여보세요? 밖에 아무도 없어요? 제발······ 누구라도 대답 좀 해주세요. 흑······."

겁에 질려 흐느끼는 목소리. 크지 않은 속삭임이었지만 문에 얼굴을 대고 졸던 해적의 선잠을 깨우기엔 충분했다. 인상을 찌푸리며 '뭐가 이렇게 시끄러워' 하고 신경질적으로 귀를 후비던 사내는 곧 사태를 파악하고 비죽 웃음을 흘렸다.

아이쿠, 우리 아가씨가 깨어나셨구먼.

문 뒤에선 눌러 참는 듯한 울음소리가 희미하게 새어 나오고 있었다.

'거참 고상하기도 하시네.'

누구더라, 몇 달 전 낙스에 작업하러 갔던 놈들이 만난 귀족 아가씨는 아주 패악을 제대로 부렸다던데. 이번 손님은 질질 짜는 것밖에 못 하는 모양이다. 큭, 로하샤이엄에선 그렇게 목을 빳빳이 세우고 모두를 아래로 내려다보더니.

사내는 문득 문 뒤의 소녀를 골려주고 싶은 생각이 들었다.

자기도 모르는 새 로하샤이엄에서 한참이나 떨어진 낯선 섬, 그것도 해적들의 은신처에 와 있다는 걸 알면 어떤 표정을 지을까?

그 생생한 절망과 공포를 보고 싶었다.

철컹.

일부러 큰 소리를 내며 자물쇠를 풀었다. 흘러나오던 흐느낌이 뚝 멎었다. 소녀가 내뿜는 긴장감이 생생하게 느껴져 사내는 기대감에 손끝이 짜릿해졌다. 끼이익, 효과를 배가시키기 위해 아주 천천히 문을 열었다. 클클클, 절로 음충맞은 웃음이 흘러나왔다.

빽!

눈앞에 별도 번쩍했다.

뻐억!

사내의 기억은 거기까지였다.

두 번째 타격음 뒤로 가느다란 다리가 사뿐히 바닥으로 내려앉았다. 달빛 아래 모습을 드러낸 소녀는 고양이처럼 소리 없이 다가와 쓰러진 사내의 머리를 무신경하게 툭 건드렸다. 두 번이나 손을 써야 한다니.

'파워가 부족해.'

쓰러진 남자에 대한 짧은 감상 끝.

열여섯 살, 아직 뼈가 완전히 단단해지지 않은 나이란 게 아쉬웠다. 린트벨에서 설렁설렁하던 체력 훈련을 하일리움에 오며 쉬었던 탓도 크다. 하지만 찻잔보다 무거운 건 잘 들지도 않는 귀족 영앤데 이렇게 직접 칼 들고 설칠 일이 생길 줄 누가 알았나.

살다 보면 최소 세 번은 뒤통수를 맞기 마련인데, 나름 태평한 집안에 태어나 뱃살에 기름 좀 꼈다고 청순하게 그 사실을 잊고 있었다. 반성하자.

사내가 넘어지면서 함께 나동그라진 의자를 원래 자리에 놓은 제니스가 정신을 잃은 남자를 일으켜 대충 앉은 자세로 고정했다. 고개까지 문에 기대 놓으니 영락없이 조는 모습이다. 성의 없는 눈속임이지만 약간의 시간은 벌어 주리라.

그렇게 1차 탈출을 완료한 제니스는 동이 트기 직전인 하늘을 한 번 올려다보고 곧바로 몸을 날렸다. 목표는 북쪽 언덕 위에 우뚝 솟아 있는 감시탑. 일단은 지형 파악부터였다.

* * *

제니스가 정신을 차린 것은, 아니 몸을 움직일 수 있게 된 것은 섬에 도착하기 약 하루 전. 그녀의 감각과 계산이 맞는다면 납치된 지 11일 만이었다.

소감은 생략하겠다. 잠 고문이 왜 생겼는지 알 수 있는 시간이었으니까. 아니, 차라리 고문이라도 당했으면 덜 지루했을 거다. 그녀는 아밀라가 '잠들지 못하는 밤의 링'을 준 저의를 쪼끔, 의심했다.

그리고.

망할 노파. 약을 얼마나 처넣은 거냐. 돌아가면 반드시 찾아내 그 쭈글쭈글한 주름을 다리미로 쫙쫙 다려 주마.

제니스를 납치한 디카프넨 일행은 처음 5일간은 마차로 이동했다. 그 후 꽤 한적한 항구에서 배에 올랐고 반쯤 빈 화물칸에 그녀를 던져두었다.

제기랄. 공주님 취급을 바란 건 아니지만 기분이 더러웠다. 마음 같아선 당장 배 밑창에 구멍 하나 뚫어주고 싶은데 그럴 수 없다 보니 울화만 쌓였다. 결국 한 대 때릴 거 열 대 때리자는 다짐으로 마음을 다독여야 했다.

시체처럼 늘어져 있었던 덕분에 얻은 수확도 있었다. 이들의 은신처는 거북등섬이라 불리는 대륙 남서쪽 작은 무인도.

해적들은 틈만 나면 구석에 모여 앉아 100년 넘게 코딱지만 한 근거지를 고집하는 드루이드 수뇌부의 맛 간 취향을 도마 위에 올렸다. 지긋지긋하다고, 그런 비루한 섬 따위 차라리 가라앉아 버렸으면 좋겠다고. 오랜만에 듣는 음담패설과 구성진 욕이 정겨웠다.

디카프넨이 갑자기 돌아가는 이유도 알게 됐다. 대륙에 나가 있던 드루이드 일당이 아르샤 대공에게 모두 사로잡힌 틈을 타 남은 세력을 규합하기 위해서라는 걸. 외가라고 했던 것 같은데 위장인가? 구출 대신 제 몸집 불리기를 선택한 점이 참 일관되게 나쁜 놈되웠다.

지루한 항해 막바지, 제니스는 해적들의 예상보다 빠르게 몸을 움직일 수 있게 되었다. 그리고 몸의 회복을 확인한 지 하루 만에 배는 심상치 않은 물길로 들어섰다.

베테랑 해적답게 항해 내내 흔들림 없던 선체가 빙글빙글 돌며 태풍이라도 만난 것처럼 휘청거렸다. 그러나 배는 기우뚱거리면서도 쉴 새 없이 나아갔고 어느 순간 잔잔한 바다에 멈춰 섰다. 닻을 내리라는 외침이 들렸다. 마침내 목적지에 도착한 것이다.

하선할 땐 처음 마차에 실릴 때처럼 또 누군가의 어깨에 짐짝처럼 얹어졌다. 디카프넨의 지시에 따라 제니스를 던져 놓을 곳을 찾아가는 해적 뒤로 호기심 많은 몇이 따라붙었다. 이 여자가 언제쯤 깨어날까 왁자지껄 떠들던 그들은 곧 내기에 돌입했다.

오늘, 내일, 3일 후. 한 놈은 이미 깨어났는데 무서워 눈을 못 뜨고 있다는 데 한 표. 좀 예리하긴 했는데, 결론적으론 다 틀렸다. 아가들아, 무서워서 이러고 있는 게 아니란다. 그걸 알려 줄 기회가 꼭 왔으면 좋겠구나.

마차 바닥, 화물칸에 이은 제니스의 세 번째 보금자리는 놀랍게도 평범한 방이었다. 가구라곤 거친 모포가 깔린 삐걱대는 침대 하나가 전부였지만 열흘 이상 한데서 몸을 굴린 제니스에겐 충분히 안락했다.

해적들이 문밖에서 제비뽑기에 열중하는 소리를 들으며 그녀도 왼손 중지에 끼고 있던 '잠들지 못하는 밤의 링'을 뺐다. 짧은 제비를 뽑은 놈이 '내 술! 내 잠!'이라고 절규하는 소리를 들으며 단잠을 청했다. 그리고 다시 눈을 뜬 건 그로부터 딱 2시간 후. 천천히 몸 상태를 점검했다.

노파가 탄 약 때문인지 '잠들지 못하는 밤의 링' 때문인지 열흘 넘게 수분과 음식물을 섭취하지 못했음에도 몸에 큰 이상은 없었다. 그래도 혹시 몰라 배에서 몸을 움직일 수 있게 된 후 필요한 수분과 소량의 음식을 섭취했다. 문제는 정신적 피로감인데 두 시간의 숙면으로 급한 불은 끈 상태.

먼저 바깥에서 들리는 모든 소리에 집중했다. 드르릉 코 고는 소리를 배경 음악 삼아 하나둘, 하나둘, 스트레칭도 했다. 잔뜩 엉킨 머리에 위태롭게 달린 핀과 장신구를 모두 빼고 코르셋도 느슨하게 풀었다. 분명 적당히 하라고 했는데 한껏 당겨 놓았다. 디카프넨 만나러 간다고 입이 댓 발 나와 있던 데이지의 심술이었다.

드레스 아래 묵직한 속옷도 벗어 버렸다. 치마를 부풀리기 위해 착용한 보형물 안에 숨겨 놓은 징 박힌 가죽 너클 반장갑이라든지, 교살용 특수 노끈, 허벅지 양쪽에 찬 단검 두 자루 같은 것은 따로 소개하지 않겠다.

움직임을 위해 치맛단도 대충 뜯어내고 가볍게 뜀박질했다. 새벽이 오듯 온몸의 세포가 서서히 깨어났다. 적당한 긴장감과 예민해진 감각. 옛 기억이 성큼 다가왔다. 사람을 죽이는 건 생각보다 간단하다. 망설임을 버리면 된다.

뿌득.

가장 방심하는 시간이어서인지, 원래 기강이 이 모양인 건지 감시탑 위의 해적은 제니스의 접근을 알아채지 못했다. 쩍 하품을 하던 그는 단말마도 지르지 못하고 절명했다. 감흥 없는 눈으로 손을 턴 그녀가 사위를 둘러봤다.

거북등섬이라고 했던가? 섬 모양이 모서리가 둥근 마름모꼴이라서 그런 이름을 붙였나 보다. 감시탑이 있는 섬 중앙이 가장 높고 해안선 쪽으로 갈수록 완만한 경사를 그리며 낮아졌다. 돌섬인지 키 큰 나무 한 그루 보이지 않아 정찰하기엔 참 좋았다. 그리고 정말 코딱지만 했다. 욕먹을 만하네.

그래도 아예 이해 못 할 바는 아니었다. 부두가 있는 남서쪽을 제외한 3면이 모두 뾰족한 암초에 둘러싸여 있었다. 진입 시 경험한 이상 해류까지 더해지면 작아도 천혜의 요새. 드루이드는 몸보신에 민감한 타입이었던 모양이다.

해적의 거주지는 주로 부두가 있는 방향에 쫑쫑 모여 있었다. 여기도 빈익빈 부익부인 게, 제법 널찍한 동쪽엔 번듯한 네 채의 건물밖에 없었다. 드루이드가를 비롯한 우두머리들이 섬의 절반을 쓰는 모양새였다.

저곳 중 하나에 디카프넨이 있는 걸까? 모두 잠든 건지 비어 있는 건지 불이 켜진 곳이 없었다. 남쪽은 제니스가 감금됐던 곳, 북쪽엔 창고로 보이는 허름한 초막 몇 개가 보였다.

제니스는 다음 목표를 정했다. 외곽을 돌며 해적들 머릿수도 줄이고 정보도 수집한다. 겸사겸사 창고에서 보급품이 될 만한 물건을 발견하면 더 좋겠다.

* * *

"크으…… 윽…."

"……!"

마지막으로 꺽 소리를 낸 산만 한 덩치가 무너졌다. 제니스는 거한
의 목을 조르던 손을 들어 올려 이마의 땀을 훔쳤다. 기습인데도 반
응이 기민했다. 힘은 더 좋았다. 이 초막 안에 해적이 한 명 더 있었
으면 큰일 날 뻔했다.

앞서 들른 두 개의 초막은 예상대로 식량과 술, 생필품이 쌓인 창
고였다. 어디선가 약탈해 온 비단이나 도자기, 미술품 같은 게 쌓여
있으면 불이라도 질러 줄 요량이었는데 아니어서 아쉬웠다. 그러다
세 번째 초막에 보초가 있는 걸 발견했다. 뭐 대단한 거라도 있나 보
다 잔뜩 기대했는데 웬걸, 기대는 저쪽이 더하는 눈치다. 이런, 눈
마주쳤네.

"이, 이보게!"

제니스가 슬쩍 시선을 피하며 몸을 돌리자 다급한 음성이 터져
나왔다. 못 들은 척했다. 여기서 혹을 달고 다닐 수는 없으니까.

"이봐, 이보란 말이야. 아니, 저, 저, 저! 이이, 그냥 간다면 소리를
지를 걸세!"

뭐?

그녀가 눈에 힘을 주며 돌아섰다. 쇠창살을 부여잡고 있던 노인이
움찔하며 시선을 내리깔았다.

"아니, 꼭 그러겠다는 뜻은 아니고. 그냥 저자의 옆구리에 있는
열쇠만 내게 던져 주면 안 되겠나? 그럼 나머진 내가 다 알아서 하
겠네."

그가 기가 죽은 듯 웅얼거렸다.

잔뜩 기대했던 세 번째 초막엔 물건 대신 사람이 있었다. 그것도 아주 꾀죄죄한 노인이. 그의 전신을 노골적으로 훑어본 제니스가 팔짱을 낀 채 대놓고 한숨을 쉬었다.

알아서 한다니 뭘? 그 뒤룩뒤룩한 몸으로 뛰어 봤자 다섯 걸음도 못 가 잡힐 텐데. 그럼 그녀가 빠져나온 것까지 순식간에 까발려지겠지.

제니스의 한숨과 차가운 눈빛에서 부정적인 기운을 느낀 노인이 초조한 얼굴로 애원했다.

"자네, 아니 꼬마, 아, 아니 어여쁜 아가씨는 잘 모르겠지만, 내가 이래 봬도 굉장히 중요한 사람일세. 혹시 라트 일족이라고 들어봤나? 세상의 비밀을 알고 있는 아주 신비로운 사람들이지. 나는 그들의 대장로였던 사람이네. 날 그들에게 데려다주기만 하면 후히 사례하겠네."

제니스의 눈썹이 한번 들썩였다.

라트 일족이라고? 키도 땅딸막하고 머리는 반쯤 벗겨진 데다 도저히 고생했다고 생각할 수 없는 몸뚱어리 때문에 몸값을 받기 위해 잡아 놓은 부유한 상인인 줄 알았는데.

하긴, 뭐 그러거나 말거나.

"난 바빠서 이만. 그리고 혹시나 해서 하는 말인데 끽 소리도 내지 마. 해적이 몰려오기 전에 내 손에 죽을 테니까."

그녀가 친절하게 손을 목가에서 쓱 그어 보이며 살벌하게 경고했다. 목격자의 입을 막지 않고 내버려 둔다는 것 자체가 그녀 입장에선 엄청난 선심이었다. 물론 상대가 그걸 모른다는 게 문제지만.

"잠깐만! 난 아는 것도 많네. 정보가 필요하진 않나?"

"……."

그건 좀 솔깃했다.

"뭘 아는데?"

일단 시큰둥하게 물었다. 노인은 마지막 지푸라기를 잡기 위해 열성적으로 말했다.

"이놈들은 밤마다 술을 퍼마시네. 없어서 못 먹는 술고래들이야. 그리고 여자를 아주 좋아해. 이 좁은 섬에 몇 달이나 갇혀 있었으니 오죽하겠나. 그러니 아가씨처럼 귀여운 숙녀가 혼자 다니는 건 정말 위험한 짓이야."

"영감이 신경 쓸 바는 아니지."

제니스가 냉랭하게 말하자 애가 탄 노인의 입이 더욱 바빠졌다.

"내가 배가 있는 부두까지 안내해 주겠네. 거기서 배를 훔쳐 타고 함께 달아나는 게 어떻겠나? 이 섬에 있는 해적만 수백 명일세. 아무리 아가씨 능력이 그…… 출중해도 혼자서는 못 당해. 내가 보기엔 이래도 재주가 많은 사람이라 도움이 될 걸세."

제니스가 피식 코웃음을 쳤다. 정박한 배가 딸랑 다섯 척인데 수백 명 좋아하시네.

"아가씨도 무슨 사연인지 모르지만 이런 음…… 험한 일 그만두고 남들처럼 살아 봐야 하지 않겠나? 내가 약제사일세. 못 만드는 약이 없지. 크하하! 그러니 대륙으로 돌아만 간다면 아가씨를 제자로 삼아 내 지식을 전수해 주겠네."

"그만."

결국 제니스가 노인의 말을 잘랐다.

"언제까지 헛소리만 할 거지? 지금 그런 쓸모없는 얘기를 정보라고 나불대는 건가? 그런 거야?"

심상찮은 분위기에 노인이 움찔했다.

"헉, 아닐세."

"당연히 그래야 할 거야. 아니면 내 금쪽같은 시간을 낭비한 것에 관해 아주 합당한 대가를 치러야 할 테니까."

그녀가 찢어진 치맛자락 아래서 날카로운 단검을 꺼내 빙그르르 돌리자 두 눈이 동그래진 노인이 침을 꿀꺽 삼켰다.

"무, 물론이지. 본론은 시작도 안 했네. 무슨 얘길 해 주면 되겠나? 내가 여기 잡혀 있었던 기간만 3년일세. 어지간한 일은 다 알아. 이놈들이 요즘 무슨 작당을 하는지 궁금하지 않나? 아주 위험한 도적질을 하고 있네. 물론 늘 하는 게 도적질이지만 이번엔 급이 다르단 말일세. 바다에서뿐만 아니라 육지에서도 닥치는 대로 긁어모으고 있어. 대륙의 평화를 위해 내가 어떻게든 막아 보려 했지만 역부족이었네. 나도 살아야 하지 않겠나?"

그러더니 사심 가득한 목소리로 말했다.

"혹시 디카프넨이라는 젊은 놈을 아나? 나를 여기 가두고 노예처럼 만든 장본인이지. 정말 악질이니 아가씨도 조심해. 지금은 린트벨에서 수작을 부리느라 여기 없지만 언제 돌아올지 모르네."

"……그래? 그거, 자세히 말해 봐."

노인은 제니스가 관심을 보이자 옳다구나 했다.

"이리 가까이 와 듣게. 아무도 모르는 비밀이지만 자네에게만 특별히 알려 주겠네. 혹시 아오스산이라고 들어봤나? 티오렌 제국 최북단인 린트벨 백작령 동쪽에 있는 아주 크고 높은 산인데……."

노인은 의도적으로 말을 끊고 주변을 두리번거렸다.

"그 밑에 보물이 있네."

작은 목소리였지만 확신이 담겨 있었다.

"그걸 알아낸 게 누군지 아나? 바로 날세."

그가 당당하게 배를 내밀었다.

"그 악질이 내 연구 결과를 빼앗아 린트벨로 달려갔지만 장담컨대 아무것도 찾지 못할 걸세. 유적, 아니 그 보물은 나와 같은 길잡이가 없으면 천 년이 지나도 찾을 수 없어. 암, 그렇고말고. 그러니 그놈이 돌아오기 전에 나와 함께 이 섬을 탈출하세. 보물을 찾으면 아가씨가 다 가져도 좋아. 생명의 은인에게 그 정도 양보도 못 하겠나?"

심각한 얼굴로 노인의 말을 듣던 제니스가 죽은 해적에게 다가가 그동안 눈길도 주지 않던 감옥 열쇠를 집어 들었다. 그걸 본 노인의 얼굴이 머리 위에 태양이라도 뜬 것처럼 환해졌다. 자기가 자폭 스위치를 눌렀다는 것도 모르고.

2

시작은 괜찮은 인생이었다. 남들이 보기엔 집 한 채 없는 유랑민 다 거기서 거기로 보이겠지만, 사실 그 안에도 급이 있었다. 오웬은 금수저였다.

그가 태어난 일족은 세상에 나와 가장 먼저 '라트'란 이름을 내세운 선구자적 그룹—무리 내에서 자평하기로—이었다. 그들은 엘다니 아인의 후손이라는데 자부심을 느끼는 쪽이었고 '우리가 바로 라트 일족의 리더'라고 공공연히 떠들고 다닐 정도로 얼굴이 두꺼웠다. 다른 무리가 '저 미친놈들 또 저러네.'라고 무시하며 은근히 따돌린다는 걸 본인들만 몰랐다. 관심도 없었다.

오웬의 무리는 확실히 특이했다. 숨어 살던 지역 물이 이상했는지 '남들이 뭐라든 나는 잘났어'라고 생각하는 근거 없는 자신감이 충만했고, '나만 좋으면 그만'이라는 자기중심적 사고가 주를 이뤘다. 그걸 당연하게 여겼다. 대장로의 아들 오웬은 그중에서도 발군이었다.

어릴 적 그는 굉장한 미소년이었다. 진짜다. 크림처럼 흰 볼과 흑단 같은 검은 머리카락, 별처럼 영롱한 눈동자를 가진 차가운 인상의 소년을 본 사람들은 대부분 가던 길을 멈추고 말을 걸었다. 안고, 볼을 비비고, 머리를 헝클어뜨리며 온갖 군것질거리를 손에 쥐여 주었다. 자칭 천재였던 꼬맹이 오웬은 그럴 때마다 한숨을 내쉬며 자신의 피곤한 완벽함을 한탄했다.

신은 그런 오웬을 시기했고—오웬의 망상이다—일족의 아이돌로 호사를 누리던 그에게 혹독한 시련을 선물했다. 바로 스승 몰링이었다.

오웬은 열두 살이 되었을 때 대장로인 아버지의 후광으로 마법사 몰링의 제자가 되었다. 당시 일흔이 된 몰링은 후계자가 없었다. 맘에 차는 재질을 가진 아이가 없어서라고 했지만 실은 그의 꼬장꼬장하고 사나운 성격을 버텨 내는 이가 없어서였다.

애 어른 할 것 없이 발휘되는 더러운 성질 머리 상대하기 싫어 누구도 재촉을 안 했더니, 칠십 먹을 때까지 가르쳐 놓은 이가 한 명도 없었다. 이러다 저 노인네 어느 날 급사라도 하면 어떻게 하냐는 위기론이 대두했다. 한창 자신감과 건방짐이 두드러지던 오웬이—아버지의 위세를 등에 업고—차기 마법사 물망에 오른 건 당연한 순서였다.

‘귀찮지만 그렇게 원하면 해 주지 뭐.’

당시 오웬의 생각이었다. 웃긴 건 몰링의 생각도 크게 다르지 않았다는 거다.

‘하긴 누가 내 진전을 완벽하게 이을까. 내가 형제들에게 너무 무리한 걸 요구했어. 자갈도 잘 다듬으면 돌도끼 정도는 될 수 있지.’

이렇게 똑같은 인간 두 명의 동거가 시작됐다. 몰링은 같은 말을 두 번 하는 법이 없었다. 두 번, 세 번 해 봤자 자기 입만 아프지 상대가 이해할 리 없다고 생각했다. 대신 오웬의 성과를 나무라는 법도 없었다.

“평범한 네가 그렇지 뭐. 기대하지도 않았다.”

라고 하면, 오웬도 코를 후비며 시큰둥하게 반응했다.

“골골대는 노인네가 어떻게 나의 번뜩이는 천재성을 알아보겠어?”

참 잘 어울리는 사제지간이었다. 그러나 사생활적인 부분에서 두 사람의 취향은 극으로 갈렸다. 몰링은 자기 통제와 체통을 몹시 중요하게 생각하는 위인이었다. 기상 시간, 취침 시간, 식사 시간, 명상 시간, 산책 시간을 정해 놓고 칼같이 지켰다. 오웬에게도 그러길 요구했다.

“내 제자가 방종하게 사는 건 못 본다. 머리가 나쁘면 성실하기라도 해야지.”

오웬은 당연히 반발했다.

“말도 안 됩니다. 열두 살은 뛰어놀 권리가 있습니다!”

물론 깨끗이 묵살당했다. 열두 살 어린애가 칭얼거려 봤자다.

그때부터 오웬은 더는 시장 거리에 나가 아이들의 중심이 될 수 없었다. 잘난 체도 못 했고, 상인들이 주는 공짜 먹거리도—없어 보인다고—차단당했다. 군것질을 좋아했던 오웬은 피눈물을 흘렸다. 그의 꽃 같은 청춘이 그렇게 졌다.

급사가 우려됐던 몰링은 그 후 15년을 더 살았다. 오웬은 음흉한 노인네가 혼자 좋은 것만 챙겨 먹고 징글징글하게 오래 산다고 욕을 했지만, 주위 사람들은 늘그막에 들인 제자 재롱에 기력이 돌아오는 모양이라고 흐뭇해했다.

그렇게 절대 죽지 않을 것 같던 스승이 어느 날 새벽 조용히 떠났다. 시간이 되어도 나타나지 않는 그를 찾아왔던 오웬은 몰링의 입가에 머문 편안한 미소를 보며 의문의 패배감을 느꼈다. 다음은 불가능하니 영원히 갚아 줄 수 없는 패배. 오웬은 끝까지 약아빠진 노인네라고 툴툴거렸다. 애도는 거기까지였다.

몰링의 뒤를 이어 무리의 마법사가 된 오웬은 그의 스승과 180° 다른 행보를 보였다. 들르는 영지마다 방탕하게 놀았다. 그는 겨우 스물일곱 살이었고—예전만 못해도—꽤 잘생긴 축이었다. 한 마을을 떠날 때면 두세 명의 여자가 동시에 달려 나와 눈물을 흘렸고 그를 두고 서로의 머리채를 잡는 일도 종종 생겼다. 오웬은 가능한 한 많은 사람을 사랑하고자 하는 박애주의자였다.

그 좋은 시절이 주춤한 건 그의 아버지가 죽었을 때였다. 다른 장로 중에서 새 대장로가 뽑히면 예전처럼 자유롭게 살지 못할 거란 감이 팍 왔다. 일하고 싶은 생각은 눈곱만큼도 없었지만, 천재인 그가 누군가의 지시를 받는다는 것도 있을 수 없는 일이었다. 그건 몰링 하나로 충분했다.

오웬은 대장로가 되었다. 투표권이 있는 모든 사람을 찾아다니며 로비를 했다. 그의 미모는 시들고 있었지만 말발은 여전했고 협박도

적절히 섞을 줄 알았다. 동정심에 호소도 했다. 얼마나 끈질겼는지 많은 사람이 먹고 떨어지라는 심정으로 그에게 투표했다. 과정이 어쨌거나 대장로 자리까지 움켜쥔 오웬은 거칠 것이 없었다.

"내가 오웬이야, 크하하하."

일은 뒷전, 대장로답게 입으로만 일하며 열심히 놀았다. 우두머리가 그러니 그 아래 장로들도 대충대충 일했다. 장인들과 예인들을 관리하지 않으니 그들도 게으름을 피웠다. 야시장은 썰렁해지고 공연은 수준 이하로 환불 요청을 받았다. 별 볼 일 없다는 소문이 쌓이고 같은 라트 일족으로부터 수준 깎아 먹지 말라는 비아냥도 들었다. 무리의 재정이 휘청거렸다. '남들이 뭐라든 잘난' 그들은 더는 잘나 보이지 않는 대장로에게 달려갔다.

"모두 대장로가 무능해서다!"

"무슨 소리!"

오웬이 발끈했지만 전처럼 권위가 서지 않았다. 어느새 두 겹이 된 턱과 늘어진 배는 사람들의 비웃음만 샀다. 넓어진 이마는 반들반들 윤이 났고, 그토록 초롱초롱하던 눈동자는 볼살에 파묻혀 보이지도 않았다. 세월에 휩쓸린 그에게 남은 것이 있다면 여전히 하늘 높은 줄 모르는 자신감뿐.

"좋아, 내가 전부 해결해 주지."

그는 자신의 능력을 보여 주기로 했다. 한 달을 막사에 틀어박혀 연구에 몰두한 오웬은 마침내 세상을 이롭게 할 약을 만드는 데 성공했다. 정력제였다.

신의 한 수였다.

어떻게 입소문이 났는지 없어서 못 팔았다.

재정은 순식간에 회복됐고 일족은 봄 햇살 같은 눈길로 오웬을 바라봤다. 그는 발끝이 보이지 않을 정도로 비대해진 배를 내밀고 막사 사이를 돌아다니며 기꺼이 그 찬양을 받아들였다.

그러나 신의 시기심이란 이다지도 끈질기구나!

오웬은 자신에게 닥친 불행을 그렇게 해석했다. 그가 만든 정력제를 먹은 사람이 심장 마비로 죽는 사건이 발생했다. 정량을 넘는 과다 복용이 문제였지만, 죽은 이의 가족에겐 씨알도 안 먹힐 이야기. 게다가 상대는 귀족이었다.

처음 소식을 접한 오웬은 깜짝 놀라 자신의 막사에 숨어 두문불출했다. 그러나 기다려도 찾아와 책임을 묻는 이가 없었다. 그는 경우를 아는 귀족이라 다행이라고 가슴을 쓸어내렸다.

착각이었다. 구설에 오를 것을 꺼린 그 귀족가는 겉으로는 입을 다물고 뒤로는 해적을 고용해 그의 처리를 의뢰했다.

자신의 침대에서 고이 잠들었던 오웬은 차가운 바다 위에서 눈을 떴다. 폭풍이 다가오는지 빗방울이 사납게 떨어지는 갑판 위를 사정없이 굴렀다. 해적들의 발길질에 자비는 없었다.

"야, 그만 놀고 정리해."

그게 다였다. 어떤 설명도 없이 바다로 던져질 위기에 처한 오웬은 사력을 다해 자신의 쓸모를 피력했다. 치료사로 쓰라고 애원했으나 이게 누굴 죽이려는 수작이냐고—그의 정력제는 심장 마비를 불렀다—린치만 당했다. 오웬은 다른 길을 찾아 열심히 머리를 굴렸다. 계산도 할 줄 알고, 요리도 할 줄 알고, 빨래도 잘합니다. 누구 수발드는 일은 저를 따라올 사람이 없습죠. 주먹질이 멈춘 건 고대어를 읽을 줄 안다고 말한 순간이었다.

"그래?"

"네, 네, 네."

오웬이 눈물 콧물 범벅인 얼굴로 미친 듯이 고개를 끄덕였다. 구타가 멈추며 그를 둘러싸고 있던 해적들이 반으로 갈라졌다. 천천히 걸어온 젊은 사내가 매혹적인 미소를 지었다.

"거짓말이면 죽는다."

"아, 아닙니다요."

오웬은 해적들에게 끌려가 선실 아래 창고에 갇혔다. 그리고 도착한 곳이 이 섬.

해적들은 마도 문명에 대한 연구 결과 같은 것을 가져와 설명하게 하거나 어설프게 옮겨 적은 문장, 단어들을 해석하게 했다. 그들이 요구하는 건 꽤 수준이 높았다. 해석을 거듭할수록 해적들이 어떻게 이런 것을 가지고 있는지 이상하단 생각이 들었다. 그저 살기에 급급하던 오웬의 마음에 한 줄기 경각심이 자라났다.

해적과의 위험한 줄다리기가 시작됐다. 어디까지 알고 어디까지 모르는 척을 해야 하는지 머리털 빠지게 고민했다. 탈모가 가속화되고 머리도 셌다. 마음고생이 그렇게 심한데 살은 빠지지 않는 게 신기했다.

그렇게 몸을 사렸지만 서서히 밑천이 드러났다. 떠돌이 라트 일족 주제에 귀족님들이나 관심 가질 분야에 왜 이렇게 해박한지 의심하고 궁금해하는 눈치였다. 오웬은 되레 치고 나갔다.

자신은 천재라 하나만 보면 열을 안다고 허풍을 떨고—물론 천재는 맞지만—마도 문명에 관심이 많았던 괴짜 스승을 만들어 냈다. 눈이 좋지 않은 그를 대신해 어릴 때부터 그와 관련된 책을 읽어 주다 보니 지식을 쌓게 되었다는 이야기.

책임감과 담을 쌓은 오웬이었지만 라트 일족의 모든 마법사나 대장로가 잡혀 오는 사태는 막고 싶었다. 다행히, 제일 눈치 빠른 디카프넨이란 놈은 대륙에서 다른 일로 바빴다.

그가 유물을 하나둘 가져올 때면 오웬은 애가 탔다. 높으신 귀족님들은 저 도적놈 안 잡고 뭐 하나 싶었다. 기다리면 언젠가 기회가 올 거라 생각했지만 3년간 변한 거라곤 자신이 점점 더 나이 들고 추레해지고 있다는 사실뿐이었다. 그러다 사건이 터졌다.

이 빌어먹을 해적 놈들 사이에 내분이 생긴 것이다. 중간에 낀 그만 죽어났다. 한 놈은 직접 찾아와 협박까지 하니 당해 낼 재간이 없었다. 정말 여기에 뼈를 묻게 되는 건 아닐까 두렵고 무서웠다. 자신 같은 천재는 좀 더 오래 살아 대륙과 인류를 위해 많은 일을 해야 한단 말이오!

신에게 항의했으나 돌아오는 답은 없었다.

린트벨에 대해 입을 연 건 다분히 충동적이었다. 그건 연구나 디카프넨이 가져온 자료를 가지고 유추한 게 아니었다. 그의 무리에 전해 내려오는 여러 사실을 종합한 결과였다.

라트 일족의 많은 선조가 지상에 남은 엘다니아의 흔적을 없애고 다녔지만, 그의 무리는 그 행위를 썩 내켜 하지 않는 쪽이었다. 오웬의 무리는 '모든 비밀엔 끝이 있다'고 믿었고, 언젠가 밝혀질 사실 때문에 전전긍긍할 필요 없다고 생각했다. 그래서 자신들이 알고 있는 정보를 공개하지 않았다. 엠바로스산 아래에 무엇이 있는지, 또 그 일부가 북쪽으로 옮겨졌다는 사실까지.

디카프넨에게 두 번째 서고가 있을지도 모르는 아오스산에 대해 말한 건 정말 죽을까 봐 겁이 났던 것도 있지만 '봐라, 나는 이런 것까지 알고 있다.' 과시하고 싶은 욕망도 컸다. 오웬은 천성적으로 자신을 우습게 보고 바보 취급하는 것을 참지 못했다. 그는 천재—어휴, 병이다. 그것도 불치병—였다.

일단의 해적들이 섬을 떠나고 얼마 되지 않아 디카프넨도 사라졌다. 섬은 마냥 평화로웠지만 오웬에겐 폭풍 전야의 고요 같았다. 둘 중 하나가 돌아오면 어떻게든 결판이 나리라. 그리고 그의 운명도 결정되겠지. 오웬은 어느 쪽에 붙어야 살 확률이 높을지 머리를 굴리느라 얼마 없는 머리카락을 또 잃었다.

그런데 지금, 그 해적 놈들이 돌아오기도 전에 자신의 목숨이 결단 날 것 같다.

빡— 퍽— 철썩!

"억, 큭…… 왜 이러는…… 케엑!"

"몰라서 물어?"

짝, 짜악, 짜아악!

물 찬 제비처럼 날아온 손이 오웬의 귀싸대기를 연속으로 날렸다.

"크허억!"

눈으로 봐도 막을 수가 없었다. 오른쪽 왼쪽, 실에 매달린 인형처럼 고개가 강제로 돌아갔다. 눈앞에 번쩍 별이 보이고 입에선 절로 곡소리가 났다. 휘청이던 오웬은 퉁퉁 부어오른 두 볼을 감싸며 다급히 감옥 구석으로 도망쳤다.

"크흐흑, 뭔지 모르겠지만 제발 말로 하게."

"왜, 억울해?"

오웬이 말도 못하고 고개만 끄덕였다. 설움이 복받치는지 무릎에 얼굴을 묻고 훌쩍거리기까지 했다.

"맞을 때…… 맞더라도, 흐윽, 이유나 알고…… 히이익!"

제니스가 피해자 행세를 하는 그의 멱살을 잡아 올렸다.

"내가 누군지 알아?"

"흐…… 에?"

비릿한 미소를 머금은 제니스가 그의 귀에 속삭였다.

"제니스 린트벨."

부은 볼에 파묻혀 보이지도 않던 오웬의 눈동자가 튀어나올 듯 커졌다. 그녀의 목소리가 더 나긋해졌다.

"자, 여기서 문제. 린트벨가의 딸인 내가 왜 지금 이곳에 있는 걸까요?"

"으으으……."

새파랗게 질린 오웬이 도망가려 버둥거렸지만 소용없었다. 그와 강제로 이마를 맞댄 제니스가 상냥하게 말했다.

"이제 이유를 알았으니까 몇 대 더 맞자."

빠악―

"으아악, 아악, 제발, 제발 살려 주게."

"주게?"

"흐어엉, 아, 아닙니다. 잘못했습니다. 살려 주십시오. 정말 잘못했습니다."

납작 엎드린 오웬이 제니스의 발목을 붙잡고 애원했다. 그녀가 상큼하게 웃었다.

"알아, 네가 잘못한 거. 걱정하지 마, 죽이진 않을게. 그냥 죽기 직전까지만 맞자."

찰싹! 찰싹! 퍽!

"크흐흑, 아흑, 아흑, 흑, 잠깐…… 잠깐, 잠깐만!"

정신없이 뺨을 헌납하던 오웬이 이번엔 제니스의 팔에 엉겨 붙었다.

"아이고, 나 죽네. 너무합니다, 아가씨. 어떻게 때린 데 또 때리고, 또 때리고……. 해적들도 이렇게 잔인하진 않았습니다!"

"그게 뭐? 구타는 원래 이렇게 하는 거야. 걔네가 아마추어인 걸 왜 나한테 따져?"

제니스가 눈 하나 깜짝 않자 오웬은 사색이 됐다.

"흐어엉, 제바알! 더 맞으면 저 죽습니다. 죽기 직전까지만 때리신 다면서요? 저도 살려고 그런 거지 린트벨에 무슨 억하심정이 있어서 그런 게 아닙니다. 크허어엉, 제발 살려 주세요. 제가 알고 있는 모든 걸 말씀드리겠습니다. 디카프넨과 이 섬의 진짜 비밀도요, 네?"

"진짜, 비밀?"

그녀의 질문에 오웬이 빛의 속도로 고개를 끄덕였다. 제니스가 팍 인상을 쓰며 경고했다.

"시시한 거면 죽는다?"

"흑, 물론입니다."

눈물을 훔친 오웬이 코를 훌쩍이며 약속했다.

"아가씨가 아실지 모르겠지만 디카프넨은 알카오 대륙 전역에서 고대 마도 시대 유물을 훔쳤습니다. 그 이유가 무엇인지 아십니까?"

"아니."

"그건 이 섬 지하에 있는 던전 때문입니다."

"던전?"

"그렇습니다."

"이 손바닥만 한 섬에?"

제니스가 미심쩍은 표정을 짓자 오웬이 답답하다는 듯 가슴을 탁 탁 쳤다.

"진짭니다! 제가 직접 보았습니다."

* * *

때는 지금으로부터 2년 전. 거북등섬에 끌려온 지 1년 정도 지난 오웬은 무서운 해적들과의 동거에도 어느 정도 익숙해졌다. 그리고 참을 수 없이 궁금한 게 하나 생겼다.

왜 해적 따위가 고대 마도 문명을 연구하는 걸까?

이걸 계속 도와줘도 되는 걸까?

살기 위해선 협력할 수밖에 없는데 자신의 능력을 어느 선까지 발휘해야 할지 고민스러웠다. 밑천 고스란히 보여 줬다가 쓰임이 다하면 그날로 훅, 갈 수도 있었다. 이러지도 저러지도 못하고 아까운 머리카락만 빠르게 빠지던 어느 날, 오웬은 큰 결심을 했다.

"아이고, 이제 더는 못하겠습니다. 제가 아무리 천재라도 눈 막고 코 막고 생선 뱃살 만져 봐야, 그게 고룽어인지 다란어인지 어떻게 압니까? 대충 찍으라고 하시면 그렇게 하겠습니다만, 결과를 가지고 저를 탓하지는 마십시오."

그에게 새로운 일거리를 가져온 해적에게—덜덜 떨며—어깃장을 놓았다.

"그래서 뭐, 어쩌자고?"

"최소한 목표가 뭔지는 알아야…… 아니면 원하시는 대강의 방향이라도."

오웬은 눈치를 살피다 얼른 말을 흐렸다. 일부러 해적 중 가장 멍청해 보이는 놈으로 골랐는데 잘못된 선택이었던 걸까? 표정이 심상치 않았다. 낭패스러운 마음으로 고개를 숙이는데 역시나.

"커억!"

무쇠 같은 발길질에 가슴을 얻어맞은 오웬이 저만치 나가떨어졌다.

"이게 어디서 간을 봐? 우리가 그렇게 만만해 보여?"

복부와 등, 머리를 사정없이 두들겨 맞았다. 해적 우두머리 노인의 손자인 이놈은 가장 멍청하고, 또 가장 잔인했다. 몸을 새우처럼 웅크린 오웬은 죽기 살기로 외쳤다.

"나도 살고 싶어 이러는 거란 말입니다. 당신들이 가져오는 단어나 문장은 그것만으로 수십 개의 해석이 가능한데, 최소한 어떤 물건에 새겨져 있었는지 어떤 책에 쓰여 있는지 정도는 알아야 제대로 접근을 하지요!"

"닥쳐, 이 입만 산 늙은이야."

"커헉!"

폭력은 멈추지 않았고 오웬은 그대로 정신을 잃었다.

다음 날, 멍투성이 몸으로 깨어난 그는 더 이상 해적들의 요구에 토를 달지 않았다. 모르면 모르는 대로, 애매하면 애매한 대로 기계적인 해석을 늘어놨다.

가끔 철자를 틀리기도 했다. 예를 들어 '문'이라고 해석 가능하다면 '둔'이라고 썼다. 안 들키면 그만, 들키면 실수라고 둘러댔다. 손에 힘이 없어 흘려 써진 거라 우겼다. 그는 자칭, 뒤끝 있는 남자였다.

그러던 어느 날 잠에서 깬 오웬은 자신의 눈이 가려져 있는 걸 깨달았다. 옆에서 해적들이 낄낄거리는 소리가 들렸고 겁에 질린 오웬은 무조건 살려 달라고 빌었다. 그의 장난질을 눈치챈 해적이 화가 나 그를 죽이려는 줄 알았다.

오웬은 초막 밖으로 끌려 나갔다. 울퉁불퉁한 땅을 한참 걸어 어딘가로 들어갔다. 문이 열리는 소리, 나무 바닥과 신발이 부딪히는 소리가 났다. 해적들이 밀고 끄는 대로 걷던 오웬은 어디로 가는지 궁금하고 두려웠지만 혹시라도 이들의 심기를 거스를까 입도 벙긋하지 못했다.

몇 개의 모퉁이를 돌고 아래로 내려가는 층계를 지났다. 지하인지 습한 공기가 느껴지고 흙냄새가 났다. 얼마를 더 걸었을까, 그르릉거리는 둔중한 금속음이 들렸다. 뒤에 있던 해적이 오웬의 등을 밀었고 그는 다시 앞으로 걸어, 으아아악!

······추락했다.

개새끼들.

배에 묶인 줄이 당겨지며 허리가 꺾일 것 같은 고통에 비명을 질렀다. 허공에 대롱대롱 매달린 오웬은 살려 달라고 소리치며 눈물을 줄줄 흘렸다. 호흡 곤란으로 죽을 것 같다고 느낄 때쯤 퉁, 퉁, 마찰음이 들리며 해적들이 내려왔다.

개새끼들. 사다리가 있으면 내려가라고 하면 되잖아!

그들은 단지 편의를 위해 오웬을 줄에 묶어 밀어 버린 것이다. 아래로 떨어지던 1분—아니, 실제론 3초 정도밖에 되지 않았으리라—동안 오웬은 극심한 공포를 맛봤다. 심장 마비를 일으키지 않은 게 다행일 정도. 그런 오웬을 바닥에 내린 해적들이 그의 실태를 발견하고 비웃었다.

"뭐야, 영감? 무서워서 싼 거야?"

"뭐, 진짜?"

"클클클, 인제 보니 오줌싸개였네."

"푸하하하."

개새끼들.

오웬은 또 한 번 그 말을 꼭꼭 씹어 삼켰다.

다시 해적들이 이끄는 대로 걸었다. 수치심과 분노에 휩싸여 있던 오웬은 주변 공기가 전과 다르다는 걸 한참이 지나서야 깨달았다. 어디선가 음악 소리가 들리는 것도 같고 주변이 생각만큼 어둡지 않다는 것도 알았다. 단단하지만 부드러운 느낌이 나는 평평한 통로를 한참이나 걸었다. 아래로 내려가기도 했다. 점점 땅속으로 들어간다는 생각이 들자 수치심과 분노에 밀려났던 두려움이 살아났다.

"다 왔다."

제발 어디로 가는지 알려 달라고 소리 지르려는 찰나, 그의 뒤에 있던 해적이 말했다. 말라이. 얼마 전 오웬을 구타한 장본인이었다. 덜컥 겁이 난 오웬이 머뭇거리는 사이 안대가 풀렸다.

아…….

아아!

오웬은 눈앞에 나타난 광경에 입을 다물지 못했다. 멍하니 허공을 응시하던 그가 천천히 바닥으로 시선을 내렸다.

"신천지였습니다."

오웬이 꿈을 꾸듯 몽롱한 눈으로 말했다.

"역시 우리의 선조는 위대했습니다. 모든 게 사실이었습니다! 아, 그러니까 우리 알카오의 선조 말입니다, 으하하하."

호탕한 웃음을 터뜨린 오웬은 혼자 신나게 웃다가 제니스의 무표정한 얼굴을 발견하곤 재빨리 입을 다물었다. 자세를 바로 한 그는 다시 설명을 이어 갔다.

"큼, 그러니까 디카프넨과 드루이드 일당은 그 던전의 비밀을 풀기 위해 유물을 모으고 마도 문명을 연구하는 것입니다. 제가 본 것만 해도 엄청난 크기였습니다. 그 정도 규모라면 어딘가에 어마어마한 금은보화, 값을 매길 수 없는 보물이 숨겨져 있어도 이상하지 않으니까요. 지금은 던전을 유지하는 에너지에 관심을 보이는데 제가 보기엔 허황한 목표입니다. 후후후, 그건 하루 이틀 연구해서 알 수 있는 게 아닙니다."

오웬이 통통한 검지를 흔들며 해적들의 꿈을 비웃었다.

"기분 좋아 보이네."

제니스의 뚱한 대꾸에 그가 찔끔 놀란 표정을 지었다. 그는 눈을 내리깔고 도르르 눈알을 굴리더니, 슬쩍 무릎걸음으로 다가와 누가 들기라도 하는 것처럼 작은 목소리로 물었다.

"티 납니까?"

"나."

"크크크, 그렇군요. 푸하하하, 표정 관리가 안 되는 줄 몰랐습니다."

이번엔 대놓고 웃었다.

"실은 그때 그곳을 목격하고 해적과 디카프넨의 야망을 짐작했을 때, 저는 비로소 이들에게 복수할 수 있음을 알았습니다."

"복수?"

"네. 복수."

오웬이 역시 통통한 주먹을 불끈 쥐었다.

"그놈들은 마도 문명을 우습게 보고 있습니다. 그 던전을 파악하는 건 일이 년으로 될 일이 아닙니다. 100년은 내다봐야죠. 그런데 디카프넨과 일당들은 당장 내일 뭔가를 손에 넣을 것처럼 꿈에 부풀어 있습니다. 아무것도 모르는 그놈들은 엄청난 돈과 시간을 처넣은 후에야 그 사실을 알고 좌절할 겁니다. 서로를 탓하며 책임을 미루겠지요. 모든 것이 엉망이 될 겁니다. 크하하하, 저는 그들의 몰락을 두 눈 부릅뜨고 지켜볼 겁니다!"

"……."

"……."

짠하다.

아무것도 하지 않겠다는 말을 참 비장하게 한다.

큼.

허공으로 들어 올린 두 주먹을 슬그머니 내린 오웬이 다시 다소곳한 자세로 돌아왔다.

"어쨌거나 제가 린트벨을 입에 올려 곤란한 일을 당하신 부분에 대해선 깊은 사과 말씀드립니다. 제가 너무 천재적이다 보니 몰라도 되는 것까지 알게 되어 종종 그런 불상사가 생깁니다."

바다에 던져 놓으면 주둥이만 둥둥 뜰 노인네.

"저는 당연히 고결한 항거를 끝까지 이어 가고 싶었습니다만, 개인이 집단의 압력을 물리치는 데 한계가 있다는 걸 영민하신 아가씨도 분명 알고 계실 거라 믿습니다. 게다가…… 실제론 그렇게 곤란해지신 것 같지 않기도 하고……."

그리고 그 주둥이로 사달을 만들지.

슬슬 입이 살아나는 걸 보니 조금 더 어루만져 줘도 될 것 같단 생각이 들었다. 제니스가 어두운 마음을 먹고 입꼬리를 올리자 불길한 기운을 귀신같이 느낀 오웬이 꿈지럭거리며 엉덩이를 뒤로 뺐다. 그때 누군가 멀리서 소리치는 게 들렸다.

'계집이 사라졌다!'

오웬이 화들짝 놀라 제니스를 바라봤다.

따악.

어이쿠. 뒤로 벌렁 넘어간 오웬이 이마를 감쌌다. 머리가 찡 울리는 고통에 눈물이 절로 났다. '갑자기 무슨 짓이냐, 이 무도한 마녀야!'라고 속으로만 외쳤다.

"너 때문에 들켰잖아."

오웬은 어이가 없어 입을 떡 벌렸다.

"저 때문이라뇨?"

"영감이 내 발목을 잡는 바람에 이렇게 됐잖아. 어떻게 책임질 거야?"

"아니 방금까지 초롱초롱한 눈으로 제가 하는 이야길 들은 게 누군데 이러십니까!"

"그게 쓸모 있는 이야기일지 아닐지 어떻게 알아?"

허.

오웬이 뒷골을 잡았다. 사람은 기가 막히면 죽기도 한다는데.

'스승님, 제가 곧 스승님을 뵈러 갈 것 같습니다.'

대장로와 마법사라는 직위를 내세워 걸핏하면 억지를 부렸던 지난 날도 떠올랐다. 신이시여, 천재도 실수는 할 수 있는 거 아닙니까. 그 걸 꼭 이런 식으로 돌려줘야 속이 시원합니까? 언제나처럼 신 탓을 하며 자기만의 세계에 빠졌던 그는 곧 그게 문제가 아님을 알았다.

감옥 밖으로 척척 걸어 나간 제니스가 초막에 난 작은 창으로 바깥 동정을 살피더니 죽은 해적이 차고 있던 중도 하나를 끌러 자기 허리에 찼다. 하는 모양새가 마치……

"설마 혼자 가는 겁니까? 저는 어쩌고요?"

"어쩌긴, 여기 있어."

오웬이 발끈했다.

"의리 없이 이러깁니까? 제가 알려 드린 게 얼만데, 아가씨는 상 도덕도 없으십니까? 가는 게 있으면 오는 것도 있어야 하지 않습 니까!"

"그래서, 살려 줬잖아."

그녀가 서늘한 눈으로 오웬을 노려봤다.

"거기, 있어. 밖에서 눈에 띄면, 죽ㅡ는다."

"……"

한 자루 칼처럼 차가운 기운을 뿌린 제니스가 초막 밖으로 사라 졌다. 쇠창살을 부여잡고 하소연하던 오웬은 저도 모르게 털썩 무 릎을 꿇었다. 지금까지와는 전혀 다른, 진짜 살기가 담긴 경고에 다 리가 후들거렸다. 해적이나 귀족이나 모두 상종 못할 족속이란 걸 깜박했다.

잠시 멍하니 앉아 있던 그는 곧 슬금슬금 감옥 안을 돌며 자기 물 건을 챙기기 시작했다. 낡은 이불로 피난민처럼 작은 보따리를 만든 오웬은 여차하며 바로 튀어 나갈 자세로 감옥 문 앞에 쪼그리고 앉았다. 꼭 제니스의 경고 때문에 이러는 건 아니라고 구시렁거리며. 감옥 문은 잠겨 있지 않았다.

그는 작은 눈을 열심히 굴리며 앞으로의 일을 예상했다. 섬 분위기가 심상치 않았다. 그 분위기를 만든 소녀도 범상치 않았다. 정말 린트벨가의 여식이긴 한 걸까.

그 냉정하고 교양 없는 말투, 한 점 망설임 없던 눈동자,—오웬의 시선이 바닥에 널브러져 있는 해적의 시체에 닿았다—게다가 힘은 얼마나 세던지.

두드려 맞은 부분이 욱신욱신 아픈 걸 보니 꿈은 아니고, 디카프넨이 어쩌다 뒷골목 암살자를 귀족 영애로 착각해 데려왔지? 아니, 아니지. 그놈이 그렇게 허술한 놈이 아닌데. 뭐지, 뭐가 어떻게 돌아가는 거지?

오웬은 한참을 생각했지만 결국 아무 결론도 내지 못하고 머리를 흔들었다. 관두자. 그게 자신과 무슨 상관인가. 중요한 건 한 가지, 오늘 이 섬에 뭔가 큰일이 터진다는 것. 그리고 그것은 그에게 다시 없을 기회였다.

보따리를 꽉 움켜쥔 오웬은 반드시 하나뿐인 목숨을 사수해 이 섬을 탈출하겠노라, 다시 한번 굳게 다짐했다.

* * *

초막을 벗어난 제니스가 조심스럽게 감시탑이 있는 언덕으로 이동했다. 그 너머로 보이는 해안가 해적들의 거주지가 분주했다. 욕설이

난무하며 반쯤 헐벗은—대개 상의를 벗고 있는—해적들이 배를 쩍쩍 긁으며 튀어나왔다.

"누구야, 그깟 어린 여자애 하나 제대로 못 지킨 게."

"덜떨어진 자베드라는데? 아직도 정신을 못 차렸다는군."

"뭘 다 쏟아져 나오고 그래? 도망쳐 봐야 이 섬 안일 텐데."

"잡은 사람이 먼저 본때를 보여 주는 게 어때?"

"크크크, 그거 맘에 드는데?"

이어서 너도나도 음담패설을 늘어놨다. 상상만으로도 신나나 보다. 좀 재빠른 놈들은 이미 조를 이뤄 제니스가 있는 언덕 쪽으로 올라오고 있었다. 그녀는 조심스럽게 뒤로 물러나 첫 번째 초막 뒤로 몸을 숨겼다. 저쪽의 수가 압도적으로 많으니 일단 포위당하지 않는 게 중요했다.

가장 먼저 초막 쪽으로 접근하고 있는 해적은 네 명이었다. 제니스는 반대 방향으로 돌아 그들의 뒤를 잡았다. 맨 뒤에서 걷는 해적의 몸이 유난히 무거워 보여 첫 번째 타깃으로 정했다. 몸을 가볍게 웅크리고 오른손에 쥔 단검을 고쳐 잡았다. 천천히 숨을 들이마신 후 호흡을 멈추고 도약하려는 찰나.

'불이야!'

읏.

제니스가 낮은 덤불 속으로 몸을 던지자마자 네 명의 해적이 뒤를 돌아봤다. 해안 쪽에서 올라오는 연기를 확인한 그들의 얼굴이 굳어졌다.

"설마."

"배야."

"어떤 병신 같은 새끼가!"

"그 계집애일지도 몰라."

시선을 마주한 네 사람이 황급히 발길을 돌렸다. 배는 해적들에게 매우 중요한 자산이었다. 영업 도구이자 집이고, 애인, 목숨줄이었다. 프랭코와 마티앙이 끌고 나가 돌아오지 못한 배들을 생각하면 아까워 죽을 지경인데 여기 있던 배까지 잃을 순 없었다. 흩어지던 많은 해적이 같은 생각을 했는지 너도나도 해안가로 달려가고 있었다.

"쌍, 그년을 찾으면 톡톡히 대가를 치르게 하겠어."

네 명의 해적이 으르렁거리며 왔던 길을 도로 달려간 후 덤불 속에 엎드려 있던 제니스가 천천히 몸을 일으켰다. 그리고 고개를 갸우뚱했다.

"나 아닌데."

언덕으로 올라가 가만히 내려다보니 연기가 올라오는 배가 한두 척이 아니었다. 확실히 단순 사고가 아니라 누가 작정을 한 것 같은데……. 또 내분인가?

제니스는 나쁜 놈들이란 역시 어쩔 수 없는 족속이라고 고개를 저었다. 그때 페로몬에 홀린 개미 떼처럼 한 곳으로 모여드는 흐름을 거스르는 해적 한 명이 보였다.

어딘지 게으르고 농땡이를 피는 듯한 걸음걸이. 그는 지나치는 해적들에게 한가롭게 손 인사까지 건네며 섬 동쪽으로 이동하고 있었다. 다가오는 그의 얼굴을 확인한 제니스의 눈에 이채가 감돌았다. 낯이 익은 자였다. 로하샤이엄에서 디카프넨을 만날 때마다 그의 시종으로 따라왔던 놈. 레몬 티를 마시고 쓰러졌을 때 자신의 얼굴을 쿡쿡 찔렀던 기분 나쁜 인간.

이름은 모르지만 매번 능글맞게 웃던 낯짝이 재수 없어 기억하고 있었다.

'동쪽에 있는 게 분명합니다. 입구 위에 건물을 세워 위장한 겁니다. 이 초막처럼요.'

오웬의 증언을 떠올린 제니스는 해안의 소란을 뒤로하고 동쪽을 향하는 시종, 재수 없는 낯짝의 뒤를 따랐다. 발길을 옮기기 전 문득 '불이야' 소리치던 목소리가 어딘가 낯익다는 생각이 들었지만 곧 털어 버렸다. 요즘 귀가 안 좋은 것 같다.

수뇌부의 거처로 보이는 건물은 돌로 쌓은 높은 담까지 갖추고 있었다. 그러나 재수 없는 낯짝이 제니스를 이끌고 간 곳은 그런 곳을 모두 지나친, 가장 구석에 있는 개중 허름한 건물이었다. 그 앞에는 무려 세 명의 해적이 잡담을 나누는 척하며 경비를 서고 있었다. 제니스가 사라지고 불이 났다는 고함 때문에 일어난 소요가 분명 들렸을 텐데, 아무도 신경 쓰지 않고 자리를 지킨다. 제대로 찾아왔다는 감이 들었다.

그들과 몇 마디 농담을 주고받은 재수 없는 낯짝이 건물 안으로 사라졌다. 마침 한자리에 모여 있던 세 명 중 한 명이 볼일이라도 보려는지 무리에서 떨어져 나왔다. 하필이면—고맙게도—제니스가 숨어 있는 건물 모퉁이를 돌며 허리춤에 손을 올리다가, 순식간에 턱을 잡혀 벽에 처박혔다. 돌 벽에 머리가 깨지며 둔탁한 소리가 났지만 입이 막혀 비명도 지르지 못했다. 그사이 명치와 사타구니까지 가격당한 남자는 거품을 물고 쓰러졌다.

좀 많이 아파 보이긴 했다. 제니스는 앞뒤에 징을 박은 부츠를 만족스럽게 바라봤다. 표면을 가죽으로 다시 마감해 표도 안 났다. 그녀의 주문을 듣던 로이드의 얼굴이 참 볼만했었다.

정신을 잃고도 간질 환자처럼 몸을 떠는 해적을 덤불 속에 밀어 넣고, 이번엔 당당하게 걸어 나갔다. 날도 밝았고 섬은 벌집을 쑤셔 놓은 듯 시끄러웠다. 재수 없는 낯짝이 디카프넨에게 보고를 하기 위해 간 것 같으니 남은 건 속전속결이었다. 그녀의 발소리를 듣고 고개를 돌린 두 해적의 눈이 커졌다.

큭……!

조금 더 뒤에 있던 사내가 짧은 신음과 함께 쓰러졌다. 그의 이마에 꽂힌 단검은 회수하지 못할 것 같다. 동료의 비명에 잠깐 고개를 돌렸던 해적이 아차 하는 얼굴로 칼을 뽑았지만 거기까지였다.

"여! ……커억."

제니스가 휘두른 칼이 사선을 그리며 그의 가슴과 목을 깊숙이 베어 올렸다. 튀어 오르는 피 보라를 피해 뒤로 물러선 그녀는 아무런 동요 없이 칼에 맺힌 핏방울을 털어 냈다. 그 냉정한 눈동자가 망막에 맺히는 순간 해적의 사고가 끊겼다. 그는 마지막까지 자신이 맞은 결말을 이해하지 못했다.

제니스는 눈앞의 시체에서 다시 중검 하나와 단검 두 개를 챙겼다. 장검은 그녀에게 너무 길었다.

세 명의 해적이 지키고 있던 건물 안으로 진입하자 휑한 공간에 나무 테이블과 의자 여섯 개가 보였다. 사용하지 않은 지 오래인지 먼지가 뽀얗게 쌓여 있었다. 덕분에 바닥엔 발자국이 선명했다. 이렇게 친절하게 안내해 줄 필요까진 없는데. 물론 사양은 하지 않을 생각이었다.

발자국을 따라 왼쪽 좁은 복도로 들어섰다. 다음 갈림길에서 오른쪽으로 돌자 의자에 앉아 있는 해적과 눈이 마주쳤다.

"엉?"

바로 벽을 차고 뛰어올랐다.

컥―

찢어진 치맛자락이 우아하게 펼쳐지며 회전력을 얻은 발이 남자의 턱을 날렸다. 불행하게도, 하품하던 참이었던 듯 두 손을 머리 위로 들어 올린 채 입을 한껏 벌리고 있던 그는 그 입을 다물지도 못하고 바닥으로 내동댕이쳐졌다. 정신을 놓지 못하고 꿈틀거린 게 두 번째 불행. 덕분에 니 킥까지 얻어맞고 나서야 편히 누울 수 있었다.

그가 지키고 있던 문을 열자 두 걸음 앞, 지하로 내려가는 계단이 보였다. 제니스의 입가에 서늘한 미소가 스쳤다. 디카프넨의 꿈이 알아서 좌초되길 기다리는 게 오웬의 복수 방식이라면, 제니스의 취향은 역시 직접 짓밟아 주는 쪽.

응징은 손맛이지.

계단을 내려가는 그녀의 발걸음이 휘파람처럼 경쾌했다.

3

통.

통.

통.

투웅.

사다리가 끝나는 지점에서 뛰어내려 가볍게 착지했다. 반질반질한 바닥은 뜻밖에 큰 소리가 나지 않았다. 대신 발이 닿는 부분을 감지하는 센서가 달렸는지 희미한 조명이 켜지더니 그걸 시작으로 빛 한 점 없던 공간에 물이 스미듯 푸른빛이 번졌다. 제니스는 가만히 서서 눈앞에 드러난 새로운 공간을 천천히 바라보았다.

계단은 생각보다 깊었다. 그리고 그 끝에서 조금 더 걸어 들어가 발견한 던전의 입구는 놀라, 아니 이상했다.

그러니까 음, 이게 던전…… 이라고?

그녀가 말없이 동그란 입구를 바라봤다. 용이한 출입을 위해 주변을 넓게 파내고 무너지지 않도록 버팀목을 세워 둔 게 보였다. 아니 그러니까, 이게 던전이란 말이야? 음습한 지하 감옥, 이끼 낀 돌덩어리 같은 걸 상상하면 안 됐던 거야? 그런데 이야기책은 왜 죄다 그 모양이래?

우물을 닮고, 뚜껑이 달렸으며, 재질은 어둠 속에서도 은은한 빛이 나는 금속. 그 안을 들여다보며 제니스는 자신이 비상식적인 게 아니라 이 던전이 이상한 거라고 결론 내렸다. 그리고 그 던전 안에 도달한 지금, 오웬의 엉덩이를 뻥 차 주고 싶은 충동을 느꼈다. 눈은 장식인가?

'신천지였습니다.'

그건 맞는데, 이게 던전이냐.

제니스는 낯설면서도 익숙한 공간을 다시 한번 둘러봤다. 정확하게는 익숙한, 상상의 공간.

육각형이 누워 있는 모양의 길고 커다란 통로는 금속도 돌도 아닌 것 같았다. 크고 작은 벌집무늬가 만든 기하학적 선들로 가득한 벽은 푸른색 빛이 물결처럼 일렁였고, 아주 멀리서 디디디딩 디디디, 공간이 공명하듯 낮지만 맑고 단조로운 소리가 들렸다.

첫인상은 할리우드 SF 영화 촬영장.

물론 세트라고 하기엔 너무 고급스럽고 묵직한 느낌이지만.

'그들은 하늘을 날고 바닷속을 걸어 이 땅에 왔습니다.'

거기에 사용한 어떤 것, 일까?

출입구만 해도 잠수함이나 항공기의 해치와 비슷했다.

생각에 잠겨 쭉 뻗은 통로를 가만히 응시한 지 수 분, 제니스는 피식 웃으며 걸음을 옮겼다. 대답 없는 질문은 여기까지 하자. 어차피 진실은 천 년도 전에 해일에 휩쓸렸다지 않나.

그녀는 놀러 나온 어린아이처럼 통로를 구석구석 쏘다니며 보이는 대로 두드리고 잡아당겼다.

그러고 보니 오웬, 이 능구렁이 같은 영감탱이. 마법사에 대장로까지 혼자 해 처먹은 위인이 이걸 정말 던전으로 봤을 리 없다. 디카프넨의 실패를 그토록 확신하는 것만 봐도 그렇다. 일반인인 제니스를 위한 맞춤 설명이었을지 몰라도, 자신을 눈뜬장님 취급했다는 사실은 변하지 않는다.

역시 한 대로는 안 되겠다. 열 대는 걷어차 줘야지.

* * *

그 시각, 한 층 아래.

"실제로 본 감상이 어때?"

디카프넨이 계단을 내려가며 물었다. 그의 옆에서 걷던 장신의 검은 수염 남자는 떨리는 눈을 감추지 못했다.

"놀랍소."

과묵한 도살자라 불리는 그의 이름은 처크. 별명답게 감탄의 표현도 무뚝뚝했다.

"이런 비밀을 혼자 독점하고 있었다니 프랭코에게 배신감이 느껴지는군."

그렇게 말하는 가느다란 목소리의 주인공은 비열한 휴. 해적 사이에서도 질이 좋지 않기로 소문난 사내였다. 디카프넨은 마지막으로 가장 뒤에서 따라오는 사이킨을 바라봤다. 그는 디카프넨과 눈이 마주치자 어깨를 으쓱했다.

"재미있군요."

그뿐이었지만 디카프넨은 빙그레 미소 지으며 아래로 향하는 발걸음을 재촉했다.

"대륙 어디를 가도 이렇게 온전하고 거대한 유적은 존재하지 않아. 이곳의 비밀을 푼다는 건 고대 마도 시대의 진정한 힘에 한 발짝 다가서는 것. 그게 뭘 의미하는지 잘 생각해 봐. 그럼 지금보다 백배는 더 재밌어질 테니."

디카프넨이 자신했다.

처크, 휴, 사이킨. 이 세 명이 오늘 밤—아니 새벽—디카프넨이 포섭하기로 마음먹은 섬 내 핵심 인물이었다. 어젯밤 도착하자마자 이들을 개별적으로 만나 의중을 떠본 디카프넨은 보다 빠르고 확실한 결과를 위해 바로 초강수를 꺼냈다. 드루이드가와 그 측근들이 오랫동안 비밀로 지켜온 이 유적의 존재를 공개하는 것.

기존 수뇌부는 현재 섬에 남아 있는 이들을 알게 모르게 권력의 핵심에서 배제해 왔다. 섬 지하에 있는 비밀을 공유하지 않았다. 그 때문에 처음부터 드루이드였던 자들과 훗날 합류한 자들 사이에는 은근한 거리감이 존재했고, 10년 전 달리아 해군에게 대패해 대규모 인원 확충을 한 후엔 그 구별이 더 뚜렷해졌다.

디카프녠은 그런 이들을 달래고 윽박지르는 대신, 붙잡힌 드루이드에 대한 분노와 배신감을 부추기는 쪽을 택했다. 만에 하나 드루이드 일가 중 한 명이 탈출이라도 해 거북등섬으로 돌아온다 해도 판도를 뒤집을 수 없도록.

그는 첫 번째 층에 있는 고대 마도 문명인들의 거주 시설을 먼저 보여 주었다. 희미한 푸른 조명 아래 모든 것이 차가운 색으로 죽어 있었지만 놀라울 정도로 단순하고 독특한 모양의 가구, 앞에 서면 자동으로 열리는 문은 모두를 경악시켰다. 그리고 지금 가는 곳은 그것을 가능하게 하는 원천이 무엇인지 보여 주는 장소. 디카프녠이 이들에게 제시할 비전의 핵심이기도 했다.

"아니, 어디 갔다 이제 와요?"

두 층 아래 목적지에 도달했을 때였다. 스캇이 모퉁이에 쭈그리고 앉아 있다 조르르 달려 나왔다. 그를 본 디카프녠이 인상을 찌푸렸다.

"밖에서 분위기나 살피라고 했더니 여긴 뭐 하러 기어들어 와?"

"그 분위기 때문이죠."

"뭐?"

"이걸 큰일이라고 해야 할지 아니면 일이 나긴 났는데 큰일은 아니라고 해야 할지……."

디카프녠이 사납게 눈썹을 꿈틀거리자 말장난을 하던 스캇이 이크, 하며 본론으로 들어갔다.

"고 계집애가 도망을 갔습니다요."

뭐라고?

"계집애라니?"

휴가 흥미를 보이자 스캇이 냉큼 대답했다.

"제니스 린트벨이라고, 도련님이 이번에 티오렌에서 쓱싹해 온 귀족 영앱니다."

"호, 이 와중에 여자라니 할 건 다 하는군. 얼마나 예쁘기에 여기까지 챙겨 왔나?"

휴가 감탄과 비아냥거림이 섞인 감상을 전했다.

"일에 필요한 여자야. 나머지 얘긴 들어가서 하지."

"배에 불도 났습니다."

안으로 들어가려던 디카프넨이 우뚝 멈췄다. 그뿐만 아니라 처크, 휴, 사이킨과 그들을 따라온 해적 십여 명의 시선까지 모두 스캇에게 꽂혔다. 분위기에 놀란 그가 후다닥 덧붙였다.

"물론 당장 껐습니다. 모두 바로 달려갔으니까 지금쯤 확실히 꺼졌을 겁니다. 고 계집애가 저지른 일 같다는 말을 하려고 했습니다."

"헤, 맹랑한 년이네."

눈에서 힘을 푼 휴가 입술을 핥았다.

"도망쳤다고 해 봐야 어차피 섬 안. 여기 일이 끝나고 처리해도 늦지 않아. 할 말은 그게 다야?"

"헤헤헤, 중요한 일 아니었습니까요?"

"일하기 싫어 보고 핑계로 빠져나왔군."

"어이쿠, 도련님은 저를 너무 잘 아십니다요."

변명도 하지 않는 스캇을 보며 디카프넨이 혀를 찼다.

"구석에 조용히 입 다물고 있어."

"헤헤헤. 감사합니다요, 도련님."

스캇이 간사한 웃음을 터뜨렸다. 그는 신나게 뒤에 늘어선 해적 무리에 합류하더니 바로 시시덕거리기 시작했다. '조용히'가 무슨 뜻인지 저 인간 머리에 새겨 줄 기회가 언젠간 있겠지.

디카프넨은 짜증을 억누르며 빠르게 걸음을 옮겼다. 지금은 다른 일에 집중할 때였다.

안은 깜깜했다. 무엇이 튀어나올지 몰라 잔뜩 긴장한 처크, 휴, 사이킨과 달리 디카프넨은 거침없이 안으로 걸어 들어갔다. 하나, 둘, 셋. 3초 정도가 지나자 웅- 소리와 함께 벽에 띠를 두르듯 불이 켜졌다. 침침한 푸른빛 일색인 복도와 달리 옅은 노란색이 반구형의 공동을 따뜻하게 물들였다.

"지금까지 본 것과 확연히 다른 공간이군."

처크가 중얼거렸다. 바닥은 밤하늘처럼 검고 매끈했다. 언뜻 눈에 들어오는 곳만 봐도 이음새나 연결 부위가 전혀 보이지 않았다. 돔 모양의 천장은 이 층 높이였는데 우물 정자 모양의 구조물이 대들보처럼 머리 위를 가로지르고 있었다.

"여긴 뭘 하는 곳이지?"

휴가 물었다.

"이제 곧 알게 될 거야."

디카프넨은 거침없이 한쪽 구석으로 다가가 바닥에 무언가를 꽂았다. 그의 발치에 희미한 아지랑이 같은 게 일렁였다.

"여기도 있군."

디카프넨과 반대쪽으로 간 사이킨이 바닥을 내려다보며 중얼거렸다. 크기는 성인 남자가 한 발로 훌쩍 뛰어넘을 수 있을 정도의 원. 중앙에 손가락 하나가 들어갈 정도의 홈이 파여 있고 수십 개의 원이 낙서라도 한 듯 무작위로 겹쳐 있었다. 그 선 사이사이로 그가 읽을 수 있는 고대어가 한두 개 보였다. 어째선지 바로 위에서 내려다보지 않으면 시야에서 사라져 발견하기 어려웠다.

"마법진이지. 가장자리를 따라 일정한 간격으로 총 다섯 개가 있어."

그렇게 말하며 다가오는 디카프넨의 뒤로 빛이 일었다. 사이킨 주변에 모여 있던 모두가 눈을 크게 떴다.

"저건 뭐지?"

휴가 물었다.

"그동안의 성과를 보여 주려고. 사이킨, 네가 가져온 자료와 유물이 어디에 쓰였는지 궁금하지 않았나?"

사이킨이 조용히 웃었다.

"별로, 난 재밌으면 그만이니까. 하지만 이런 내막을 진작 알았다면, 더 재밌었을 것 같군."

"사과하지. 저 마법진을 깨우는 데 네 공이 아주 컸거든."

두 사람이 대화를 주고받는 사이 마법진에서 뿜어져 나오는 빛이 더 강해졌다. 회색으로 보이던 마법진이 은색으로, 다시 푸른색으로 변하며 수십 개의 원이 회전했다. 빛과 함께 눈에 보이지 않는 강력한 에너지가 폭발했다.

"저 안에 꽂은 게 뭐요?"

처크가 놀란 목소리로 물었다.

"마나 스톤. 귀족 가문에서 빼돌린 기물에서 발견했지. 이곳에 있는

마법진은 마나 스톤이 머금고 있는 마나에 특별한 성질을 부여해. 그
러면 성격이 변한 마나는 원래의 스톤에 머물지 못하고."

파앙-!

마법진 밖으로 넘칠 것 같던 빛무리가 바닥에 빛 선을 그리며 중앙
으로 돌진했다. 자세히 보니 회색 음영이 물길처럼 중앙을 향해 그어
져 있었다.

"이 공간 중앙엔 특별한 장치가 있어. 그곳으로 흘러들어 간 푸른
마나는 회전을 하며 저희끼리 뭉쳐지지."

디카프넨의 말이 끝나기가 무섭게 공기가 크게 진동하더니 밑 빠
진 독처럼 빛무리를 삼키던 중앙 부근 바닥에서 푸른 불꽃 덩어리가
솟아올랐다. 요동치는 마나의 소용돌이였다.

두우웅.

"아아."

"말도 안 돼……."

상상 이상으로 경이로운 장면이었다. 실에 매달린 것도 아닌데 천
천히 부상하기 시작한 푸른 덩어리는 빙글빙글 꽈배기처럼 꼬이며
어느 순간 맨눈으로 보기 어려울 정도로 강렬하게 빛났다.

"태양인가. 푸른 태양."

실제 태양처럼 따사롭기까지 했다. 한 걸음씩 앞으로 나온 해적들이
그것에서 눈을 떼지 못했다.

"저건…… 뭐라고 부르지?"

"블루 스톤. 내가 이름 붙였지."

턱을 치켜든 디카프넨이 자랑스러운 얼굴로 설명했다.

"처음 이 유적을 발견했을 때 이곳은 암흑천지였어. 당대 드루이

드는 사람들의 눈에 띄지 않는 은신처가 생겼다는 것만 좋아했다더군. 시간이 지나며 비밀 창고나 회의실 따위로도 쓰였지만 다 고만고만한 발상이었지. 여길 본격적으로 탐사할 마음을 먹은 건 놀랍게도 마티앙이 처음이었어."

디카프넨의 입가에 옅은 비웃음이 걸렸다.

"괴수가 사는 것도 아닌데 겁은 얼마나 많은지, 여기까지 오는 데 3년이 걸렸어. 내가 하일리움을 졸업하고 돌아왔을 때 프랭코가 처음 이곳을 보여 주었지. 너도 드루이드 남자가 되었으니 비밀을 엿볼 자격이 있다나? 그때 내가 얼마나 기가 막혔는지 모를 거야. 이런 보물을 100년 넘게 끌어안고 있으면서 숨어서 잠자는 데나 사용했다니!"

디카프넨이 뒤를 돌아봤다.

"블루 스톤이 만들어진 후 기적처럼 유적이 가동되기 시작했어. 오늘 너희가 겪은 것처럼 빛이 들어오고 문이 움직였지."

"하지만 이게 우리 일과 무슨 상관이지? 뭘 할 수 있는데?"

놀라움이 가신 휴가 뚱하게 나왔다.

"오, 제발. 멍청한 말라이처럼 말하지 마, 휴. 뭘 할 수 있냐고? 아무것도 못 하지. 그리고 '모든 것'을 할 수 있어. 모르겠어?"

디카프넨이 열변을 토했다. 말라이와 동급 취급을 당한 휴가 얼굴을 구겼다.

"위험하지는 않소?"

처크가 물었다.

"반반이야. 오웬 영감의 말에 따르면 원래 마나는 특별한 성질이 없어. 그런데 이 마법진은 그런 마나에 강제로 색깔을 부여해. 그 불안정성 때문에 폭발적인 에너지를 내는 거야."

"설마 터지기라도 한다는 거야?"

휴가 질색하는 얼굴로 위를 바라봤다.

푸른 태양은 어느새 천장에 가까워지고 있었다.

"안전장치가 되어 있어. 바로 이 공동이지."

디카프넨의 말에 안력을 돋워 위를 바라본 이들이 눈에 이채를 띠었다.

"설마 천장에 박힌 게⋯⋯."

"맞아, 블루 스톤. 딱 저기까지가 한계인 모양이야. 어떤 원리인 건지 저곳에 도달하면 회전과 집적을 멈추고 중앙에 위치한 홈에 수납 돼. 그때부터 이 유적의 에너지원으로 사용되는 거야."

시선을 내린 디카프넨이 뒤에 서 있는 해적들을 돌아봤다.

"말라이는 언제나 내 계획에 부정적이었어. 해적은 해적다운 일을 해야지 귀족이나 하는 짓에 매달리는 건 시간 낭비라고."

그러면서 천천히 모두와 눈을 맞췄다.

"하지만 티오렌이나 달리아가 이동 게이트의 원리를 알아서 소유하고 사용하나? 마도 문명이 가지는 가장 큰 장점은 작동 원리 따윈 몰라도 결과물이 나오고 그걸 이용할 수 있다는 거야. 해적답지 않다고? 그럼 해적이 아니면 되지! 해적 그 이상이 될 수 있는데 하지 않는 게 더 이상하지 않아?"

해적 그 이상.

디카프넨이 꿈꾸는 야망의 한 자락.

"미래를 꿈꿔 볼 만하다는 건 알겠소. 하지만 말라이의 걱정도 이해는 되는군. 당신 혼자 이 거대한 연구를 떠맡을 수 있겠소? 블루 스톤 이상의 성과를 얻을 자신이 있소?"

처크가 지적했다.

"드루이드 놈들이 왜 엠바로스 유적에 달려갔는지 알아? 그곳이 서고라는 추정 때문이지."

"실패했잖소. 다시 시도하기는 무리요."

"맞아. 실패한 곳에 미련을 둘 필요는 없지. 그래서 제니스 린트벨을 데려온 거야."

"그래, 그 맹랑한 계집앤 이 일과 무슨 관계지?"

"드루이드가 엠바로스에 매달리는 동안 난 티오렌 제국 린트벨에 갔었어. 서고는 그곳에도 있거든."

"그걸 어떻게 알았소?"

"오웬 영감을 족쳤지."

"하, 음흉한 영감탱이. 아무리 생각해도 구린 데가 있어. 뭔가 이상해."

"맞아. 숨기는 게 아주 많은 늙은이지. 상황이 정리되면 그 인간부터 제대로 털어 볼 생각이야."

디카프넨이 동의했다.

"각설하고, 린트벨 아오스산 유적은 소문도 나지 않았고 우리를 잡으려고 눈에 불을 켠 놈들도 없는 노다지야. 하지만 영지 성격상 검문도 심하고 관리들도 아주 꽉 막힌 놈들이라 우리가 직접 활동하긴 어려워. 그런 린트벨 백작의 유일한 약점이 바로 제니스 린트벨. 그녀를 빌미로 백작이 직접 유적을 발굴해 내 손에 바치게 할 거야."

"오오. 결혼이라도 할 셈인가?"

"그게 가장 편리하지."

"학자도 몇 명 더 필요할 것 같소. 귀족 영애를 데려오는 솜씨를 보니 사정 궁한 학자 한둘 더 데려오는 게 어려워 보이진 않소."

처크였다.

"그건 합류하겠다는 뜻?"

과묵한 도살자가 조용히 고개를 끄덕였다.

"휴, 당신은?"

"제니스 린트벨? 그 말괄량이를 내가 가지고 놀 수 있게 해 준다면 네 뜻을 따르지."

그는 처음부터 지금까지 그 생각뿐인 것 같았다. 그리고 이런 자들이 가장 다루기 쉬웠다.

"사이킨, 이제 당신만 남았군. 대답은?"

"당신의 계획은 허무맹랑합니다."

디카프넨의 이마가 미미하게 찌푸려지는 찰나.

"하지만 재밌겠네요."

사이킨이 고아하게 웃었다.

"드루이드는 어떻게 할 겁니까? 이곳을 실토하지 않는다는 보장이 없는데."

디카프넨이 비릿하게 웃었다.

"대륙에 남겨 놓고 온 자들이 몇 있어. 입을 막으라고 연락을 넣어야지."

"드루이드도 드루이드지만 당장은 저것부터 처리해야 할 것 같습니다. 아주 재밌는 걸 주워 왔군요, 디카프넨."

사이킨이 눈을 가늘게 뜨고 위를 바라보며 말했다. 그를 따라 고개를 들어 올린 모두가 눈을 크게 떴다. 우물 정자 모양의 구조물 위에 한 명의 소녀가 고개를 내밀고 있었다.

아우. 들켰네.

대들보 위를 슬금슬금 기어가던 제니스가 쓴웃음을 지으며 허리를 세웠다.

"거기서 뭘 합니까. 나의, 제니스?"

잠깐의 웅성거림이 지나간 후 디카프넨이 앞으로 나서며 달콤한 목소리로 물었다. 그 모습에 다시 한번 그가 어떤 자인지 깨달았다. 궁지에 몰려 있는 자를 짓밟는데 희열을 느끼는 타입.

하지만 이번엔 상대를 잘못 골랐다.

"그러게요. 저도 눈 뜨니 낯선 곳이라 깜짝 놀랐지 뭐예요. 이렇게 과한 이벤트를 준비했을 줄이야. 애썼네요, 타타크 공자. 지금은, 일단 산책 중이라고 해야겠죠?"

그렇게 노골적으로 나오면 이쪽도 그 반반한 얼굴에 흙탕물을 끼얹어 주고 싶어진다고.

제니스는 다리를 아래로 내리며 여유로운 자세로 걸터앉았다. 기다란 말상에 눈이 쭉 찢어진 해적 놈 하나가 잘려나간 치마 아래로 드러난 새하얀 종아리에 침을 질질 흘리는 게 보였다. 디카프넨의 미소가 천천히 굳어지는 것도.

"······놀라게 해 미안합니다. 당신을 보지 못한다고 생각하니 견딜 수 있어야지요. 혹시 그 일로 나에게 화났습니까?"

그냥 배우나 해 먹지 그랬냐. 연극사에 한 획이 아니라 두 획은 그었을 텐데.

"아니요. 실은 나도 기대하고 있었던 걸요, 언제쯤, 당신이, 본색을 드러내고 나를 초대할까······."

공동에 잠시 침묵이 흘렀다. 기대했던 '귀족 영애'와는 너무 동떨어진 인물의 등장에 해적들의 시선이 모두 디카프넨을 향했다. 도대체 뭘 집어 온 거냐는 얼굴로. 그의 볼이 잠시 경련을 일으키듯 푸들거렸다.

"본색이라니요. 제 초대가 일방적이긴 했지만, 그런 표현은 섭섭하군요."

"디카프넨."

제니스가 은근한 목소리로 그를 불렀다.

"당신은 생각보다 머리가 나쁘군요."

미소가 사라진 디카프넨의 눈에 한기가 돌았다. 머리가 나쁘다는 말, 싫어하나 보다. 그럼 귀에 박히도록 해 줘야지.

"설마하니 날 기억 못 할 줄은 몰랐어요. 매일 밤 내일은 나를 기억해 낼까, 맘 졸이며 기다렸는데. 그런 기억력으로 대장 노릇은 제대로 할 수 있겠어요?"

디카프넨의 입술이 서서히 비틀렸다.

"사랑스러운 제니스, 당신이 그렇게 말이 많은 여잔 줄 미처 몰랐습니다. 거기다 분별력도 떨어지고. 지금 본인이 어디 있는지 와닿지 않습니까? 제 초대가 너무 정중했나요?"

제니스가 고개를 뒤로 젖히며 깔깔 웃었다.

"어머, 그게 뭐요? 희망과 현실은 제대로 구분해요, 디카프넨. 지금 당신은 거기에 있고, 나는 여기에 있어요."

제니스가 손가락질하며 아래에 있는 그와 위에 있는 그녀의 거리를 상기시켰다. 디카프넨이 승리를 확신하는 비열한 미소를 지었다.

"아니, 곧 내 곁으로 오게 될 겁니다."

그 말이 끝나기가 무섭게 제니스가 올라앉아 있는 대들보 양옆으로 두 명의 해적이 나타났다. 디카프넨이 시간을 끄는 사이 슬그머니 사라져 이곳으로 올라오는 길을 찾았던 것.

"얌전하게 굴어요, 나의 제니스. 시작부터 그 고운 피부에 흠집 내고 싶지 않으면."

염려를 가장한 협박에 그녀가 피식 웃었다.

"마중은 필요 없는데."

"성의를 거절하면 안 되죠."

두 사람의 시선이 부딪히며 불꽃이 튀었다. 디카프넨의 눈이 한없이 차가워졌다. 포위당했는데도 긴장감이라곤 한 톨도 없는 그녀가 마음에 들지 않았다. 그가 기대한 건 이런 게 아니었다.

그때 끝까지 떠오른 푸른 태양이 제니스의 얼굴에 짙은 음영을 드리웠다. 예정된 순서에 따라 빛이 사그라지는 순간, 제니스의 입꼬리가 삐죽 휘었다.

툭—

파아아앗.

"뭐얏!"

노란 연기가 터졌다. 번개처럼 몸을 일으킨 제니스가 지척에 다가온 해적의 정강이를 걷어차 넘어뜨리고 공동 중앙으로 몸을 날렸다. 나머지 한 명이 허둥대며 손을 뻗었지만 그녀는 이미 허공으로 날아오른 후였다. 저 푸른 태양을 향해.

"아악!"

떨어지는 해적의 비명과 함께 아래는 아수라장이 되었다.

디카프넨과의 대화가 즐거워 노닥거린 게 아니다. 제니스도 노리고 있었다. 이른바 블루 스톤, 그것이 천장에 안착하는 순간을.

힘껏 뻗은 오른손에 홀로 빨려 들어가기 직전의 마나 덩어리가 잡혔다. 처음엔 사람 머리통만 하던 것이 어느새 제니스의 한 손에 들어올 정도로 압축되어 있었다. 보이지 않는 고무줄처럼 블루 스톤을 잡아당기는 힘을 거스르자 손바닥이 찢어질 듯 아팠다. 낙하하는 왼쪽 손끝에 맞은편 가로대의 모서리가 잡혔다. 그대로 한 바퀴 빙 돌아 오르자 아래의 정경이 한눈에 들어왔다.

"문을 열어!"

"그년을 잡아, 위로 올라가!"

어, 효과가 시험 사용했을 때보다 심하게 좋은데?

제니스가 고개를 갸웃했다. 일명 반짝이. 아밀라가 형광 염료 레시피를 가공해 연막탄과 비슷한 효과를 내게 만든 가루였다. 그걸 머리 장식에 넣어 왔는데 효과가 무지막지하다. 공동을 가득 채운 노란 반짝이가 구름처럼 증식하고 있었다. 이러다 위쪽에 있는 제니스의 시야마저 가릴 위기.

마침 해적 중 한 명이 기어가 문을 여는 데 성공했다. 공간이 넓어지며 노란 구름이 출렁이자 잠깐 머리통 하나가 튀어나왔다가 사라졌다. 노란 반짝이가 덕지덕지 붙은 머리는 은발이 아니라 금발로 보였다. 제니스는 망설임 없이 그쪽으로 몸을 날렸다.

"꾸엑!"

부지불식간에 머리통을 짓밟힌 누군가의 비명을 뒤로하고 힘차게 2차 도약. 허약한 지지대를 밟고도 균형을 잃지 않은 자신을 칭찬해 주고 싶다. 순식간에 문 앞에 도달한 그녀는 입구에서 콜록거리는 해적을 발로 걷어차 치우고 쏜살같이 튀어 나갔다.

"저저, 저!"

"쫓아!"

악에 받친 목소리는 디카프넨의 것. 기침 소리와 발소리가 요란하게 그녀의 뒤를 따르기 시작했다.

잃어버린 대지에 존재하는 사원처럼 고요하던 공간에 경박한 달음박질 소리와 욕설이 연이어 울렸다. 목표로 했던 장소가 코앞에 이르자 제니스는 마지막 하나 남은 연막탄, 반짝이를 던지고 모퉁이를 돌았다.

"으악, 망할 년!"

"또야?"

갈림길이 나올 때마다 하나씩. 그때마다 정확한 방향을 잡지 못한 해적들은 뿔뿔이 갈라져야 했다. 그런데도 계속 따라잡힌 건 성인과 아이의 차이를 메꿀 정도로 강하게 단련하지 못한 탓. 매번 잡을 만할 때마다 터지는 연막탄에 해적들도 독이 바짝 오른 상태였다. 오랜 시간 공기가 유입되지 않은 공간을 이상한 가루까지 들이마시며 달리자니 골이 빠개질 것 같았다.

해적들이 입을 가리고 속으로 쌍욕을 퍼부을 때, 제니스는 그들과 멀지 않은 곳에서 조용히 천장의 한쪽을 밀고 있었다. 은밀하게 드러난 검은 구멍 속으로 몸을 숨긴 그녀는 역시 조용하게 천장을 원상복구했다.

우아한 건 거기까지였다. 남은 건 팔꿈치가 까지도록 열심히 기어가는 일뿐.

블루 스톤.

에너지.

디카프넨이 마법진을 가동하는 것을 목격한 순간부터 떠올린 계획을 실행에 옮길 시간이었다.

* * *

오웬이 소위 던전이라고 소개해 준 구조물에 진입한 제니스는 아래층으로 내려가는 입구를 찾는 데 주력했다. 육각형의 통로를 씩씩하게 걸어 거침없이 전진했다. 규모가 보통이 아닌 듯 앞서 들어온 해적의 인기척은 전혀 느껴지지 않았다. 통로에는 일정 구간마다 자동으로 개폐되는 문이 설치되어 있었다. 그리고 문이 열리는 잠깐의 시간 동안 멈춰 선 그녀가 위쪽으로 시선을 돌렸을 때, 그것을 발견했다. 올록볼록한 격자무늬를 가진 패널. 무심히 그 위를 스쳐 지나간 시선이 3초 후 다시 돌아왔다.

에이 설마. 여기도 그런 게 있으려고.

생각은 그랬던 주제에 왔던 길을 되돌아가며 샅샅이 살폈다. 개폐문으로 나뉜 하나의 구역에 적어도 두 개씩은 있었다. 머릿속으로 계속 '설마'라고 생각하면서 손은 이미 그 패널을 뜯어내기 위해 용을 쓰는 중. 한참을 위에 매달려 낑낑거린 끝에 그냥 옆으로 밀면 미닫이창처럼 부드럽게 열린다는 사실을 알았다.

보는 사람도 없는데 얼굴이 화끈했다. 다른 세상, 다른 문명의 거대 구조물에도 '환기구'가 존재한다는 사실을 알아낸 공로와 상쇄시키면 없던 일이 되는 거다―라고 강력한 자기 최면을 걸었지만……. 쳇…… 실패했다.

그렇게 발견한 애증의 환기구는 제니스의 몸에 꼭 맞았다. 열여섯 살 소녀가 아니라면 도전하기 어려운 폭이었다. 20미르 정도를 기어가자 직진, 좌회전, 우회전, 위와 아래라는 다섯 가지 선택지에 도달했다. 그녀는 거침없이 아래로 떨어지는 구멍에 다리를 집어넣었다. 밑으로 내려갔다는 오웬의 증언 때문이기도 했고, 마침 들려온 디디딩 디디디, 음악 소리가 조금 더 선명해서이기도 했다.

직각으로 떨어질 것 같던 통로는 2미르 정도를 내려가자 비스듬히 꺾이더니 다시 평평해졌다. 얼마 안 가 다시 갈림길을 맞고 처음과 같은 선택을 했다. 그녀는 아래로, 아래로 내려갔다. 그리고 '아, 너무 내려왔나'라고 생각했을 때, 아주 선명한 소리가 들렸다.

디디디딩. 디디디.

그건 음악이 아니라 나른하면서도 기계적인 안내 음성이었다.

앞을 가로막은 격자무늬 패널을 이번엔 얌전히 밀고 나왔다. 천장이 아니라 벽 쪽에서 튀어나온 그녀는 성공적으로 바닥에 안착했다. 주위를 둘러본 제니스는 살짝 인상을 찌푸렸다.

처음 진입한 층과 분위기가 매우 달랐다. 몇 개 되지 않는 희미한 조명이 쉴 새 없이 깜박거리고 부서진 잔해처럼 보이는 구조물이 어지러이 널려 있었다. 선명해진 소리에 귀를 기울여 봤지만 무슨 뜻인지 알아들을 수 없었다. 그동안 고대어를 허투루 배웠나 보다.

제니스는 몇 걸음 앞에 있는 난간으로 다가갔다. 그녀가 도착한 곳은 거대한 복층 구조의 공간이었다. 바닥은 원형이고 천장과 벽은 매끄러운 반구형. 지금 그녀가 서 있는 곳은 테라스처럼 만들어진 이 층이었다. 그 이 층에서 난간 아래를 내려다본 제니스가 두 눈을 끔벅거렸다.

새까만 바닥 중앙에 바닥과 똑같이 검은 유리구슬이 놓여 있었다. 정정한다. 구슬이라기엔 좀 컸다. 거짓말 좀 보태 집채만 했다. 저 괴상한 건 뭔가 싶어 쳐다보는데 희미한 조명이 깜박거릴 때마다 검은 바닥이 일렁이는 것처럼 보였다. 상체를 앞으로 빼 한참을 노려보니 검은 공을 중심으로 다섯 개의 원이 꽃잎처럼 자리 잡고 있었다.

제니스는 관자놀이를 누르며 몸을 원위치시켰다. 눈에 너무 힘을 줬는지 머리가 아팠다. 이곳 공기 때문일지도 몰랐다. 묵직한 건 둘째 치더라도 온갖 나쁜 것들이 가라앉아 있는 양 끈적거리고 텁텁했다. '던전은 개뿔'이라고 비웃자마자 그 말이 너무 잘 어울리는 음울한 공동에 입장했다.

잠시 망설이던 제니스는 아래로 뛰어내려 검은 구 가까이 다가갔다. 유리처럼 반들반들한 표면이 깜박이는 불빛에 따라 제니스의 그림자를 비췄다 지웠다.

그 구의 주위를 천천히 돌았다. 어쩐지 손대기 꺼림칙했다. 그러다 처음 접근한 곳의 반대편에서 우뚝 걸음을 멈췄다. 깨지기 직전의 유리를 연상시키는 균열이 그녀의 키보다 조금 높은 곳에서 바닥까지 지그재그 모양으로 이어져 있었다.

'망가졌구나.'

그녀는 손대기 꺼림칙하다고 생각했던 것을 잠시 잊고 오팔처럼 다채로운 빛을 반사하는 균열 면에 손을 올렸다. 생각만큼 차갑지 않아 신기했다. 가장 크게 벌어진 곳을 가만히 바라보던 제니스가 천천히 몸을 기울였다. 이마를 붙이고 눈을 가까이 댔다. 순간 아무것도 없는 진한 어둠이 시야를 덮었다. 그저 검은색 2차원일 뿐인데 손을 넣으면 빨려 들어갈 것 같은 깊이가……

쿠웅!

정말 소리가 난 건 아니었다. 강제로 눈이 벌려지며 어딘가로 빨려 들어가는 느낌.

깜깜하던 시야가 갑자기 트이며 온갖 것들이 다가왔다. 별무리, 성운, 보랏빛과 붉은색의 향연, 은하, 혜성, 타오르는 태양. 너무 많은 것들이 부딪칠 듯 다가와 빠르게 그녀를 스쳐 지나갔다. 아름다운데 이상하게 숨이 막혔다.

박제된 세상.

그 생각을 떠올린 순간 선명하던 시야가 흐릿해지며 거칠게 튕겨나왔다.

헉.

허억. 그녀가 숨을 들이켜며 휘청거렸다. 검은 구에서 손을 떼고 한 발 뒤로 물러섰다.

후욱, 후욱.

뭐지, 누군가에게 목이라도 졸린 것 같은 이 상황은? 방금 무슨 일이 있었나?

……아니, 아무 일도 없었다.

제니스는 제가 묻고 제가 답했다. 머릿속이 백지장처럼 하얬다. 무언가가 더는 생각하지 말라 종용했다. 힐끗 검은 구를 바라본 그녀는 역시 기분 나쁜 물건이라고 인상을 찌푸렸다.

부서진 골동품에 관심을 끊은 그녀는 원래 있던 이 층으로 올라가는 계단을 찾아 몸을 돌렸다. 이곳에 들어온 목적에 충실하게, 디카프넨이나 찾으러 가야겠다.

환기구의 장점이 빠른 속도로 내려올 수 있는 것이라면 단점은 뭘까? 맞다. 아무 장비 없이 기어오르려면 엄청난 체력이 소모된다는 거다. 그런 이유로, 딱 한 층을 기어오른 제니스는 깔끔하게 더 이상의 등반을 포기했다. 인간이라면 직립 보행을 해야지, 암.

그녀는 그 결정을 실천에 옮기기 적합한 통로를 찾아 빨빨 기어갔다. 그 와중에 디카프넨의 목소리를 들은 건 아마도 신의 뜻이지 싶다.

호흡까지 멈추고 디카프넨과 그 일행의 동태에 귀 기울인 그녀는 갑자기 밝아진 쪽으로 조심스럽게 접근했다. 격자무늬 구멍 사이로 디카프넨과 그 일행이 보였다. 하지만 정작 제니스의 눈길을 사로잡은 건 아래로 내려다보이는 작은 공동의 구조였다.

검은 바닥. 다섯 개의 원.

규모만 작을 뿐 조금 전 제니스가 머물렀던 곳과 같은 형태였다.

그리고 잠시 후 등장한 블루 스톤.

어……?

아. 아아, 그런 거야?

그건 깨달음이라기보다는 확신이었다.

제니스는 얼마 전 떠나왔던 공간으로 다시 돌아왔다. 치마 아래 주머니에 넣어놓은 블루 스톤이 어쩐지 뜨겁게 느껴졌다. 디디디딩 디디디. 여전히 이해 못 할 말. 하지만 또한 알 것 같았다.

저건 경고다.

디카프넨이 자랑스럽게 보여준 것이 보조 엔진이라면 여긴 주 엔진실. 망가진 검은 태양은 아마도 이 거대 탈것의 추락 또는 침몰의 원인이었을 거다. 이곳에 존재했을 많은 사람이 미련 없이 떠나 버릴 정도로 치명상을 입은 것이다.

하지만 보다시피 결말이 애매했다.

사달이 난 그때 완벽하게 끝장나지 않은 탓에 오늘날 디카프녠의 욕망을 부추기는 심지가 되었다.

제니스가 주머니에서 블루 스톤을 꺼냈다. 매끈한 표면과 달리 내부는 아직도 힘차게 소용돌이치고 있었다. 디카프녠의 말이 옳다. 이건 가능성. 변수. 지금의 생태계를 교란하다 못해 날려 버릴 상위종.

그로 인한 대륙의 혼란을 방지하겠다는 대의…… 따위는 그녀가 알바 아니고. 디카프녠을 비롯한 해적님들의 꿈과 희망을 산산조각 내 가루로 만드는 데 매우 효과적이라는 점이 핵심 사항 되시겠다.

착한 사람만 나쁜 사람을 조심해야 하는 건 아니다. 나쁜 놈도 더 나쁜 놈을 만나지 않도록 주의해야 한다. 그렇지 않으면 자신처럼 아주 악질적인 인간에게 걸려, 이렇게 눈 깜박할 새 거덜이 나는 거지.

제니스는 회심의 미소를 지으며 다섯 개의 마법진 중 하나에 블루 스톤을 밀어 넣었다. 딱 맞는 동그란 홈이 그곳에 있었다. 그녀는 블루 스톤이 검은 태양을 활성화할 거라는 걸 그냥, 알았다.

디—

딩———

딩————!

존재감조차 희미하던 마법진이 블루 스톤을 머금는 순간 폭발적인 빛을 뿜었다. 그녀는 황급히 뒤로 물러섰다. 마법진 중앙에서 시작된 빛이 가장자리로 번져가며 공기가 요동치고 바람이 불었다. 디카프녠이 보여 준 것보다 몇 배는 큰 반응이었다. 완전히 활성화된 마법진은 수십 개의 빛줄기를 쉴 새 없이 꼬고 엮더니, 더는 담아둘 수 없다는 듯 예정된 길을 개방했다. 격렬한 에너지가 바다를 향하는 강물처럼 거침없이 죽은 태양을 향해 달려갔다.

두웅.

공간이 흔들리며 붉은 등이 점멸했다. 가는 진동과 함께 먼지가 들썩였다. 제니스는 식은땀을 흘리며 뒤로 물러섰다.

이건 생각보다 반응이 너무 빠른데?

그녀는 후다닥 자신이 빠져나온 환기구로 기어들어 갔다. 마지막 확인을 위해 뒤를 돌아보자 마그마 빛으로 물든 검은 태양이 덜덜덜 요동치며 부상하고 있었다.

어머나.

그것이 얼마나 거대하고 불안정한 힘인지 눈으로만 봐도 알 수 있었다. 제니스는 미친 듯이 왔던 길을 돌아갔다. 방금 본 광경에 대한 두서없는 상념이 머릿속에 떠올랐다.

하나의 마법진만으로도 가동이 가능한데 왜 바닥에는 다섯 개나 되는 마법진이 있었을까. 엘다니아인들은 강력한 에너지를 위해 마나의 불안정성을 유도했다. 그리고 더 큰 에너지를 위해 제각기 다른 성질의 마나를 충돌시켰다. 어떤 것은 서로에게 수렴했지만 어떤 것은 서로 반발했다. 그 각각의 작용을 능수능란하게 제어해 거대 함선을 하늘로 띄우고 바다를 갈랐다. 공간을 뛰어넘고, 밤하늘을 꿈꿨다.

윽…….

제니스는 지끈 머리를 울리는 통증에 잠시 바닥에 이마를 박았다. 저도 모르는 사이 호흡이 거칠어져 있었다. 하아, 하아. 왜 이런 얼토

당토않은 생각이 자꾸 떠오르는지 모르겠다.

정신을 차리기 위해 이리저리 목을 꺾어 근육을 풀어 준 그녀는 있는지도 몰랐던 자신의 상상력에 후한 점수를 주었다. '재능이 있어.' 자화자찬한 그녀는 대륙으로 돌아가면 소설을 한 번 써 보기로 했다. 왠지 잘할 수 있을 것 같았다.

그렇게 쓸데없는 생각을 하며 부지런히 기어간 제니스는 가까운 패널을 열고 조용한 통로에 내려섰다. 이제 탈출을 궁리할 때였다.

그리고.

"여기까지다. 건방진 계집."

제니스가 알고 있는 유일한 출구의 사다리를 올랐을 때 시퍼런 칼날이 그녀의 목에 드리워졌다.

"날고 기어 봐야 결국 여기로 나올 수밖에 없지."

디카프넨이 비릿한 얼굴로 그녀를 기다리고 있었다. 표정과는 상반된 노란색 반짝이 머리가 인상적이었다. 제니스는 반사적으로 튀어나오려는 웃음을 참으며 애써 심각한 표정을 지었다. 아예 머리 염색약을 개발해 볼까? 여기도 금발 좋아하는 사람 많던데.

"제기랄, 물건은 물건이네."

그녀를 찾아다니느라 꽤 고생했는지 휴가 기가 막힌 얼굴로 중얼거렸다. 디카프넨이 으르렁댔다.

"가져간 물건은 어딨지?"

"글쎄, 그게 있어야 할 곳?"

"분위기 파악을 못 하는군."

"먼저 사지를 하나 잘라 놓고 시작하는 게 좋겠소."

처크의 조용한 겁박에 제니스가 깐죽거렸다.

"왜, 그냥 콱 죽이지? 아, 내 시체는 필요 없나? 앨리스 셸리어트는 그럴듯하게 써먹었잖아?"

디카프넨과 델라신, 아니 사이킨의 얼굴이 굳었다.

"너…… 정말 정체가 뭐야?"

그녀가 어깨를 으쓱했다.

"질문이 뭐 그래? 본인이 납치해 놓고."

"더는 말장난 하지……."

"그런데 그거 알아? 너희 물 먹었어, 앨리스 셸리어트한테."

이목이 쏠린 걸 느낀 제니스가 방긋 웃으며 덧붙였다.

"걔 안 죽었거든."

"……."

"몰랐지? 병신들."

그녀가 디카프넨과 사이킨을 번갈아 바라보며 도발했다.

"그 싸구려 입은 확실히, 교육이 필요할 것 같군."

사이킨이 스산한 얼굴로 말하자 제니스가 비릿하게 웃었다.

"그쪽이 델라신이지? 그런 속이 빤한 계집애한테 속아 넘어가는 딱한 양반이 누군가 했는데, 참 멀쩡하게 생겼네?"

조롱당한 해적의 눈이 음험하게 가라앉았다. 제니스는 멈추지 않았다.

"당신이 일을 너무 허술하게 하는 바람에 그 바퀴벌레 같은 두 사람이 얼마나 남의 속 뒤집으며 잘 살고 있는지 모르지? 덕분에 당신 얼굴 대륙에 쫙 깔렸어."

사이킨이 품에서 대꼬챙이 같은 바늘을 꺼냈다.

"그렇게 말하는 걸 좋아하니 알고 있는 모든 걸 실토하게 해 주지. 아마 어미 배 속에 있었던 순간까지 전부 기억나게 될 거야."

당당하게 고문이 취미라는 커밍아웃을 듣는 사이, 웅— 발바닥에 잔떨림이 느껴졌다. 기다리고 있던 조짐에 그녀도 가만히 미소 지었다.

"그럴 기회가 있다면."

쿠궁!

제니스와 해적들이 딛고 선 땅이 아래로 혹 꺼졌다. 발끝을 울리던 미세한 진동에 집중하고 있던 그녀는 자신의 목에 칼을 겨눈 해적이 잠깐 균형을 잃은 사이 번개같이 턱을 올려쳤다. 당연히 칼도 뺏었다. 그리고 표정을 일그러뜨리며 달려드는 디카프넨의 얼굴을 칼등으로 후려쳤다.

"아악!"

속이 시원했다.

쿠릉.

쿵. 쿵. 쿵.

한 번의 굉음이 들릴 때마다 바닥이 들썩거렸다.

"이게 뭐야?"

"무슨 일이지?"

"에잇!"

우왕좌왕하던 해적들이 서로 눈빛을 주고받더니 누가 먼저랄 것 없이 서로를 밀치며 지상과 연결된 입구로 달려갔다. 제니스? 당연히 안중에도 없었다. 그들에겐 자신의 목숨이 가장 중요했다. 얻어 맞은 고통에 얼굴을 움켜잡고 있던 디카프넨만이 그곳에 남았다. 희게 질린 얼굴로 제니스와 바닥을 번갈아 쳐다보던 그의 눈동자가 사정없이 흔들렸다.

"왜, 왜 이래. 왜 이러는 거야……."

그는 넋이 나간 듯 혼잣말을 하며 부들부들 떨리는 손으로 바닥을 더듬었다. 무엇을 잃게 될지 예감한 사람처럼 진동이 커질 때마다 숨넘어가는 표정을 지었다. 디디디딩 디디디, 그 소리가 입구 밖까지 들렸다.

"너…… 무슨 짓을 한 거야?"

디카프넨이 눈꼬리를 사납게 치뜨며 제니스를 추궁했다.

"글쎄."

"무슨 짓을 했냐고 묻잖아!"

그가 발악하듯 고함을 질렀다. 제니스는 오연한 얼굴로 분노에 찬 디카프넨의 눈을 바라봤다. 처음으로 자신의 맨얼굴을 드러내고 차갑게 조소했다.

"마땅히 해야 할 일을 했어. 한참 전에 끝났어야 했던 일을. 너도 느끼고 있잖아? 이제, 무슨 일이 벌어질지."

"이이이, 망할 년! 죽여 버릴 거야!"

디카프넨이 악귀 같은 얼굴로 달려들었다. 제니스가 무표정한 얼굴로 손에 든 칼을 휘둘렀다.

"아악!"

그가 손에 든 검을 떨구며 다시 얼굴을 감싸 쥐었다. 이번엔 손가락 사이로 붉은 피가 후두둑 떨어졌다.

"하……. 이건 말도 안 돼……."

디카프넨이 자신의 손에 묻어난 피를 보며 실성한 듯 중얼거렸다. 제니스가 조용히 웃었다.

그러게 왜 린트벨을 건드려. 왜 나를 화나게 해.

왜, 나를, 깨워.

그녀는 깊게 가라앉은 눈으로 현실을 부정하는 디카프넨을 바라봤다.

필요하면 베어야 한다. 핏값이 두렵진 않다. 그걸로 번민할 만큼 섬세한 성격도 아니다. 하지만.

모를 수 있다면 몰라도 되었다. 플로라나 테린은 물론 제니스 린트벨 그녀 역시. 이번 생은 그렇게 살아도 좋을 뻔했다. 이 자식이 눈앞에 나타나 알짱거리지만 않았다면.

안 그래? 이 개새끼야.

그녀는 솟아오르는 살의를 억누르며 생긋 웃었다.

받은 건 갚아 줘야지. 그리고 제대로 된 채무자라면 이자도 잊지 않는 법이다.

"크크크, 빌어먹을 계집. 이제야 기억났어, 네년을 어디서 봤는지. 흐흐, 아르샤의 끄나풀인지도 모르고 내 발등 내가 찍었군."

디카프넨이 뒤늦게 이를 바득 갈았다. 미간과 볼을 가로지르는 자상에서 흘러내린 피가 그의 얼굴과 목을 적셨다.

아, 쏘리. 첫 방은 양보하기로 했는데 그만 본능적으로.

제니스는 맘에도 없는 변명을 듣지도 못할 사람에게 했다.

"그래, 아르샤에게 뭘 받기로 했지? 돈? 권력? 아니면 결혼이라도 해 준다고 하던가? 어리석은 년. 그게 뭐든 너 역시 이용당했을 뿐이야. 이 섬에서 살아 나갈 수 있을 것 같아?"

디카프넨이 혼자 소설을 썼다. 요즘 소설 쓰는 게 유행인가? 아까 그래서 당겼나?

"남이야."

"이……!"

쿠우웅—

잠시 주춤하던 진동이 다시 시작됐다. 간헐적인 떨림에도 균형을 유지하던 제니스까지 휘청거렸다.

맞아, 이거 터지기 일보 직전이었지?

디카프넨을 놀리는 재미가 쏠쏠해 발밑에서 무슨 일이 벌어지고 있는지 깜박했던 제니스는 황급히 몸을 돌렸다. 함께 있던 자에게 이제 끝이라는 말도, 안녕이라는 인사도 없이. 완벽히 무시했다.

"거기 서! 이 찢어 죽일 년! 가만두지 않을 테다!"

디카프넨이 악을 썼지만 신경 쓰지 않았다. 어차피 그녀의 볼일은 끝났으니까. 아직 어깨 위에 붙어 있는 그의 머리는 아르샤의 몫이었다.

제니스는 버팀목이 휘청거리는 통로를 지나 돌과 흙에 반쯤 뒤덮인 계단을 날렵하게 뛰어올랐다. 위장 건물의 좁은 복도를 돌아 문을 박차고 나오자 어느새 환하게 밝은 하늘이 그녀를 반겼다.

펑—

어이쿠야. 이건 또 뭔가.

전면에서 불길이 솟아올랐다. 술 창고에 불이 붙은 것 같았다. 쩌렁쩌렁한 고함이 저 멀리서 들린다. 잠깐 땅속에 다녀온 사이 무슨 일이 벌어진 거지?

의아했지만 머뭇거릴 새가 없었다. 독 오른 살쾡이가 쫓아오는 건 문제도 아니다. 그녀는 자신이 저지른 일의 결과를 누구보다 확신하고 있었다. 고로 1초라도 빨리 이 섬을 빠져나가야 했다.

제니스는 유일하게 배가 드나들 수 있는 남서 면으로 가기 위해 감시탑이 있던 언덕 위로 달려갔다. 그리고 예기치 못한 선객과 마주쳤다.

넝마가 된 옷, 피 칠갑을 한 얼굴, 한 손엔 방패, 한 손엔 대검을
든 남자의 등이 매우 익숙했다.

"테린?"

제니스가 너무 놀라 꽥 소리를 질렀다. 이상한 세상에 태어났다는
걸 알았던 세 살 때도 이렇게 당황하진 않았던 것 같다. 그녀의 목소
리에 획 뒤를 돌아본 남자의 두 눈이 이글거렸다.

"제니스."

그가 대검을 휘두르며 그녀를 향해 전진하기 시작했다. 앞을 막아선
해적들이 수수깡처럼 날아갔다. 뒤에서 덮치는 놈들을 보지도 않고 피
하더니 이제는 제니스를 향해 달리기 시작했다.

"제니스!"

"……오라버니."

"거기 꼼짝 마라, 이 망할 녀석!"

윽.

그녀가 움찔 뒷걸음질 쳤다. 테린은 마치 폭주 기관차 같았다. 어
떤 해적도 그의 상대가 되지 못했다. 저렇게 듬직한 아군인데, 왜
도망가고 싶은지 모르겠다.

4

테린이 그 마차의 뒤꽁무니를 목격한 것은 막 갱스톤 숲에 진입했을
때였다. 그가 들어온 쪽과 반대편으로 달려가는 마차의 먼지 구름을
잠깐 눈에 담은 테린은 생각만큼 사람이 없는 건 아니구나, 내심 안도

했다. 그리고 제니스를 찾아 전망으로 유명한 언덕이나 경치 좋은 산책길, 쉼터를 헤맸다.

없었다. 제니스도 없고 다른 사람도 없었다.

이미 돌아간 걸까? 자신이 괜한 유난을 떨었나? 그런 생각을 하며 정처 없이 걷다가 사람들이 잘 가지 않는 외진 곳까지 흘러들어 갔다. 정신을 차려 보니 길을 잃고 숲속을 뱅뱅 돌고 있었다.

다행히 멀지 않은 곳에서 별장 하나를 발견했다. 속으로 환호성을 지르며 달려간 그는 지친 말의 목도 축이고 길도 물어볼 생각이었다. 그러나 아무리 문을 두드려도 인기척이 없었다. 관리인이 없는 건가? 의아스러웠지만 마냥 기다릴 수 없어 결국 돌아 나왔다. 별장 앞 흙길에서 선명한 바큇자국을 발견한 건 그때였다.

숲에 들어설 때 본 마차가 떠올랐다.

'아, 이걸 따라가면 또 길을 잃을 염려는 없겠군.'

제니스가 숲에 없다는 결론을 내린 그는 편한 마음으로 터덜터덜 말을 몰았다. 여유가 없어 지나친 주변 풍광도 그제야 눈에 들어왔다. 이유야 어쨌든 오랜만에 야외에 나오니 기분이 좋았다. 딱 30분은.

별장에서 시작된 바큇자국이 점점 희미해졌다. 그건 이상한 일이었다. 한번 만들어진 흔적이 사라지려면 시간이 필요했다. 바람에 흙과 모래가 날리고, 비에 땅이 젖고, 동물과 인간이 다른 흔적을 덧칠하면서 천천히. 그게 자연스러운 거라면 자연스럽지 않은 경우도 있었다. 누군가에 의해 의도적으로 지워지는 것.

그 마차를 처음 본 게 언제지?

테린이 기억을 더듬었다. 대략 2시간 정도 전. 별장 문턱에선 그렇게 선명하던 것들이 이렇게 지워질 시간이 아니었다. 거기다 그 마차

외엔 이 숲에서 사람이라곤 보지 못했다. 석연치 않은 무언가가 마음 한구석을 잠식하자 그는 뭐에 홀린 듯 처음 마차를 목격했던 곳으로 달려갔다.

침음성이 나왔다. 의심에 쐐기라도 박듯 그 주변 모든 흔적이 말소되어 있었다. 그러나 그는 마차가 사라진 방향을 알고 있었다. 갱스턴 숲을 지나 로하샤이엄을 빠져나가는 그 길. 해는 이미 산등성이 위로 기울고 있었지만 테린은 망설임 없이 말 옆구리를 걷어찼다.

다시 마차의 흔적을 찾아낸 것은 해가 완전히 진 후, 로하샤이엄 경계 지역에서였다. 아니, 정정한다. 발견한 것은 흔적이 아니라 바로 그 마차였다. 야영을 하는 어슴푸레한 불빛을 멀리서 발견한 테린은 바로 말에서 내려 몸을 낮춰 접근했다.

마차의 수는 총 네 대. 그 외에 말을 탄 다수의 건장한 남자가 모두 일행이었다. 마차 두 대는 짐마차고 나머지 두 대는 사람을 위한 것이었다. 하나는 제법 고급스러운데 나머지 하나는 칙칙한 갈색에 장식 하나 없었다. 창문마저 손바닥만 했다. 대륙 전쟁 시절 횡행하던 인신 매매가 저런 마차를 통해 이뤄졌다는 사실을 떠올리자 테린의 가슴이 묵직해졌다.

늦은 저녁을 먹는 듯 일행의 반은 모닥불가에, 반은 주위 경계를 서고 있었다.

이상해.

이곳은 로하샤이엄. 마적이나 산적, 강도가 함부로 설칠 수 있는 곳이 아니었다. 아무리 야간이라고 해도 저렇게 주변을 경계할 필요가 없었다. 거기다 조금만 더 가면 미들렌이라는, 상인과 여행자들을 위한 마을이 있었다. 조금 늦더라도 그 마을에 들어가는 게 더 안전하고 편했을 텐데 왜 굳이 들판에서의 야영을 택했나.

수상해.

무리 중앙에 있는 젊은 남자는 대륙 중부에서 보기 어려운 은발이었다. 벤 하츠가 넌지시 전해 준 소문 속의 남자와 흡사하기도 했다. 여러모로 마음이 불편해진 테린은 뜬눈으로 밤을 새우며 그들을 지켜봤다. 그동안 갈색 마차의 문은 한 번도 열리지 않았다. 성과 없이 날이 밝자 그는 결정을 내려야 했다. 이들을 조금 더 지켜볼지, 아니면 기사단으로 복귀할지.

모범생의 한계랄까, 일단 쳐들어가 마차 내부를 확인한 후 그가 틀렸을 경우 사과하고 수습한다는 선택지는 그의 머릿속에 없었다. 그건 경우에 어긋나는 짓이었으니까. 정도를 지향하는 티오렌 귀족답게 테린은 좀 더 확실한 증거나 정황이 필요하다고 여겼다.

찝찝함을 남기고 돌아서느니 모든 것을 확실히 하자고 생각한 그는 이들의 뒤를 조금 더 밟기로 했다. 제니스가 하일리움으로 돌아갔다면 이 모든 일이 우스운 해프닝에 불과하겠지만 만에 하나라도 저 마차에 타고 있다면! 으, 상상하기도 싫다.

테린은 다음에 도착하는 마을에서 기사단에 소식을 전하거나 경비대에 협조를 요청하기로 했다. 정상적인 검문이라면 큰 실례는 아닐 테니까.

그러나 상황은 예기치 못한 방향으로 흘러갔다. 의심스러운 무리는 마을에 들르지 않고 바로 로하샤이엄을 빠져나갔다. 길목을 지키는 검문소에 사정 얘기를 할 겨를도 없어 기사단 동료에게 짧은 전언—수상한 마차를 추적 중—만 남기고 황급히 뒤를 따라가야 했다.

고생길의 시작이었다.

로하샤이엄을 벗어난 그들에게 새로운 무리가 합류했다. 상인처럼 보이는 그들은 여러 대의 수레를 가지고 있었다. 그들이 먹고 마시는 것을 보며 테린은 자신이 노숙할 아무런 준비가 되어 있지 않음을 깨달았다. 마을에 들르지 않으니 그가 가진 금전은 아무 소용없었다.

문제는 수가 늘어난 그들의 행보가 더 괴이하고 빨라졌다는 것. 합쳐진 무리는 한나절도 지나지 않아 다시 네 무리로 나뉘더니 갈림길에서 보란 듯이 흩어졌다.

망설이던 테린은 처음 그가 주목했던 갈색 마차의 뒤를 따랐다. 그들은 잠자는 시간까지 줄여 가며 달렸고 도중에 한 번 더 갈라졌다. 테린의 몰골은 날이 갈수록 엉망이 됐다. 말은 풀이라도 먹고 도랑물이라도 마시는데, 야생 열매를 잘못 먹은 그는 배앓이까지 해 퀭한 눈으로 앞서가는 일행을 노려봤다.

갈색 마차의 문은 그때까지도 열리지 않았다. 주변에서 어슬렁거리는 남자들이 몇 번 손바닥만 한 창을 열고 안을 들여다본 게 다였다. 안에 뭔가 있기는 있는 거였다. 그때까지도 테린은 그게 제니스가 아닐 수도 있다고 생각했다.

5일 만에 한적한 항구에 도착했다. 규모가 작아 어촌이라는 말이 더 어울리는 곳이었다. 일행은 마을 사람들과 안면이 있는지 꽤 친밀하게 인사를 주고받았다. 그들보다 더 수상쩍은 행색이 됐다는 걸 깨달은 테린은 마을로 들어가는 대신 야산을 넘어 해안가로 접근했다.

계속 마음에 걸린 은발머리 남자가 부두에 나타났다. 고깃배 사이에 정박해 있는 그들의 배는 언뜻 상선처럼 보였지만 교역을 하는 자치곤 나르는 짐이 많지 않았다. 한밤중에 승선 준비를 하는 것도 한없이 수상했다. 검 자루를 단단히 움켜잡은 그가 조심스럽게 접근하는데 은발머리 남자 바로 뒤에서 덩치 큰 거한이 튀어나왔다. 무언가를 둘러메고서.

테린의 동공이 확장됐다.

사람…… 여자다!

그의 발걸음이 빨라졌다. 뒷모습을 보이는 거한의 등에 대롱거리는 갈색 머리가 익숙했다. 가슴이 철렁 내려앉았다.

제니스!

비명이 목에 걸렸다. 이를 악문 테린이 허겁지겁 달려갔지만 순식간에 닻을 올린 배는 천천히 부둣가에서 멀어지고 있었다. 그는 정신없이 바다로 뛰어들었다. 자신이 수영을 해 본 적 없다는 사실도 잊고.

식수, 술, 식량, 생필품을 주로 실은 나머지 배 한 척이 조금 늦게 출발하지 않았더라면, 테린이 그 배의 닻에 매달리지 못했더라면, 아무도 모르는 의문의 개죽음을 당할 뻔했다.

그렇게 죽음의 위기를 한 번 넘긴 테린의 눈물겨운 밀항기가 시작됐다. 해적들은 뜯어진 식량 주머니를 발견할 때마다 배에 쥐가 있는 게 분명하다고 짜증을 냈다. 초조한 7일이 흐른 후 배는 이름 모를 작은 섬에 도착했다.

밤이 깊고 술 취한 해적들이 하나둘 곯아떨어지자 숨죽이고 있던 그도 활동을 시작했다. 먼저 함께 도착한 배부터 수색하고 있는데 얼마 되지 않아 청천벽력 같은 외침이 들렸다.

'계집이 사라졌다!'

아이고.

테린은 주저앉아 머리를 부여잡았다. 이 겁도 없는 게! 혼자서 뭘 할 수 있다고 섣불리 도망을 친단 말인가.

그의 존재를 알 리 없는 제니스에겐 당연한 선택일지 몰라도 테린은 걱정만 앞섰다. 가만히 있을 수 없다고 생각한 그는 벌떡 일어나 할 수 있는 가장 확실한 방법을 선택했다.

배에 남은 술통을 쓰러뜨리고 흘러나오는 술에 불을 붙였다. 그리고 바다에 뛰어들었을 때도 놓치지 않은 검 자루를 힘주어 잡았다. 이제 벌어질 일은 명백했다. 다행히, 그가 가장 자신 있는 일이었다.

'참 멋졌지.'

본인이 생각해도 그랬다. 배 세 척이 불탈 동안 수십 명의 해적을 해치웠다. 돛도 부수고 난간도 박살내고 어쩌다 보니 바닥에 구멍도 뚫었다. 그걸 본 해적들이 얼마나 미쳐 날뛰던지. 어후. 맹세컨대 나머지 두 척의 배는 절대 자신이 망가뜨린 게 아니다.

물론 다시 만난 제니스는 그런 도움이 전혀 필요 없었던 거 같아 살짝 눈물이 났지만.

그리고 이렇게, 운명의 시간이 다가왔다.

"여기서 뭘 하는 거냐?"

대검을 아래로 내리친 테린이 부리부리한 눈으로 물었다.

"그러는 오라버니는요?"

제니스가 단검을 날리려는 어느 해적의 못된 손을 응징했다.

"보면 모르냐?"

"봐도 도무지 알 수가 없어서 묻는 거예요. 여긴 어떻게 왔어요?"

"어떻게 오긴, 배 타고 왔지. 그런데 아직 내 질문에 대답하지 않은 것 같은데?"

테린이 대검을 횡으로 휘두르자 근방에 있던 해적들이 펄쩍 뛰며 한 발짝씩 물러섰다. 누군가 오우거같이 힘만 센 놈이라고 욕을 퍼부었다.

"불의의 사고를 당했는데 눈 뜨니 여기지 뭐예요."

제니스가 그 해적의 옆구리에 칼을 꽂았다.

"그런 것치곤 굉장히 적응을 잘한 것 같구나."

그녀의 활약을 곁눈질한 테린이 불만 범벅인 눈으로 말했다.

"아버지가 잘 키워 주신 덕분이죠."

잠시 비틀거린 그가 울컥해 소리쳤다.

"네가 호신이니 뭐니 하며 처음 검 자루를 잡았을 때 어떻게 해서든 뜯어말렸어야 했는데!"

그의 분노에 메이스를 휘두르던 해적의 턱이 날아갔다.

"도대체 왜 이런 놈들과 어울린 거냐? 데이지에게 다 듣고 왔으니 발뺌할 생각은 마라."

이빨을 흩날리며 쓰러지는 자를 방패로 내려찍기까지 했다.

제니스는 '데이지 너였냐, 이런 브루투스 같은!' 따위의 생각을 하며 "오라버니, 지금 중요한 건 그게 아니에요."라고 상황을 전하려 애썼다.

"말 돌릴 생각이라면 관둬라."

제니스와 등을 맞댄 테린이 단호하게 말했다.

"당장 이 섬을 떠나야 해요!"

"누군 그러고 싶지 않은 줄 아느냐? 주위를 좀 보고 그런 말을 해라."

그렇다. 그들은 지금 단일 타깃이 되어 엄청난 수의 해적에 둘러싸여 있었다.

"해적 따위는 문제가 아니에요."

제니스의 단언을 들은 '해적 따위'들의 분위기가 험악해졌다. 그러잖아도 어느 순간부터 몹시 억울한 기분이 들던 참이었다.

"씨발, 저년부터 잡아!"

"잡아서 아가리를 확……."

"상대를 도발하는 법은 어디서 배웠냐? 그런 거 안 해도 충분히 관심 받고 있다."

아가리 운운한 덩치 좋은 거한의 머리를 깨뜨린 테린이 탄식했다. 미묘한, 그러나 몇 번 겪어 익숙한 울림이 제니스의 발끝을 타고 올라오자 그녀도 더는 참지 못하고 버럭 소리를 질렀다.

"아 쫌! 이 섬이 곧 가라앉는단 말이에요, 말 좀 들어요!"

"……."

"……."

주변이 조용해졌다. 심지어 해적들마저 움직임을 멈추고 얼빠진 표정을 지었다.

"어, 어디서 말도 안 되는 거짓말을……."

누군가의 중얼거림에 맞아, 맞아 하는 웅성거림이 들불처럼 번졌다.

"그런데 아까 좀 이상하긴 했는데."

다시 조용해졌다. 너도 그랬냐, 나도 아까 뭔가 부르르 떨리는 느낌이 있긴 했어 등등의 경험담이 툭툭 튀어나왔다.

"하하하, 등신 같은 놈들. 그걸 믿냐? 이 섬이 가끔 그래."

어떤 놈이 대담한 척을 하며 분위기를 수습하려 했다.

"맞아, 저 연놈들이 여기서 빠져나가려고 수작을 부리는 거야."

한 놈이 동조하자 금세 분위기가 넘어갔다. 잠깐이나마 겁을 냈다는 사실을 부정하고 싶은지 제니스와 테린을 향하는 기세가 더 살벌해졌다. 그녀가 혀를 찼다.

"지금 니네 대가리들 어디 있어? 한 명이라도 보여?"

의기양양하던 해적들이 의외의 지적에 흠칫했다. 그들이 '정말 그러네.'라고 서로의 얼굴을 마주 보는데.

덜. 덜. 덜.

섬이 떨리기 시작했다.

"뭐, 뭐야?"

겁 많은 해적 하나가 땅에 납작 엎드리며 소리쳤다.

"이런 일은 한 번도 없었는데……."

다른 해적들의 얼굴에도 당혹감이 스칠 때 테린이 굳은 표정으로 제니스를 바라봤다.

"제니스."

"네, 오라버니."

"대가리가 뭐냐, 귀족 영애가."

그의 눈이 슬펐다.

"……사소한 데 신경 쓰지 말고, 뛰어요!"

제니스는 경계가 흐트러진 해적들 사이로 몸을 날렸다. 앞을 가로막은 자의 얼굴을 걷어차고, 머리를 밟고 올랐다. 설마 방금 한, 섬이 가라앉네 마네 한 말이 사실이었냐고 물어보려던 테린이 반사적으로 그 뒤를 따랐다.

방패를 집어 던져 길을 연 두 사람이 정신없이 언덕을 넘어 달리자

드드드드, 땅을 울리는 진동이 더 크고 또렷해졌다. 갈팡질팡하던 해적 중 몇이 제니스와 테린의 뒤를 따라 달리기 시작하자 다른 이들도 바로 그 흐름에 동참했다.

그러나.

그그그그쿠웅!

"으아아악!"

상황이 급전개되는 건 순식간이었다.

"말도 안 돼……."

"섬이 기운다!"

비명이 울려 퍼지며 수십 명의 해적이 땅으로 곤두박질쳤다. 경사를 구르다 일어난 자는 운이 좋았다. 몇몇은 잘못 떨어져 목이 꺾이고, 자기 무기에 찔려 피를 흘렸다.

디디디딩, 디- 디- 디-

"……!"

갑자기 들리기 시작한 괴이한 소리에 모두 숨을 죽였다. 전설에 나오는 세이렌의 노랫소리인 걸까? 어딘지 인간답지 못한 느낌에 모두 오싹한 표정을 지었다.

"땅속에서 들리는 것 같아."

"아니, 바다, 바다에서 나는데?"

덜-컹.

"우악!"

땅이 널을 뛰듯 위로 솟았다가 처음보다 더 낮게 꺼졌다. 이게 끝이 아니라는 듯 떨림은 점점 더 심해졌다. 해적들은 갈피를 잡지 못했다. 이 좁은 섬에서 어디로 가야 할지 알 수 없었다.

바닥에 엎어졌다 겨우 머리를 들어 올린 해적 하나가 멍하니 입을
벌렸다.

"미친……."

언덕배기가 있는 섬 중앙까지 파도가 덮쳤다.

으아아악!

거친 사내들의 비명을 배경 음악 삼아, 제니스와 테린은 앞만 보고
달렸다. 다행히 조금 더 빨리 움직인 사람들은 거주지로 지어진 건물
벽에 붙어 섬의 반절을 쓸어버린 파도를 피할 수 있었다. 하지만 안
심하긴 일렀다.

"오라버니, 배 몰 줄 알아요?"

제니스가 부두로 달리면서 물었다.

"몰라. 알아도 소용없을 거야."

"왜요?"

"몽땅 작살났거든."

뭐?

제니스가 놀라 테린을 바라보았지만 그는 뒤통수만 보이며 꿋꿋
하게 달렸다.

"설마 배에 불을 지른 게 오라버니였어요? 아니, 한 척은 남겨 놨어
야지, 생각이 있는 거예요, 없는 거예요!"

테린이 발끈했다.

"너 때문이거든? 너 없어졌다고 시끄러워지기에 시선을 돌리려고
그런 거야!"

"뜻은 좋았어도 결과가 엉망이잖아요!"

힘이 남아도는지 두 사람 모두 달리면서 잘도 소리를 질러 댔다.

"누가 섬이 꺼질 줄 알았나. 그런데 멀쩡하던 섬이 갑자기 왜……."

"……."

기세등등하던 제니스의 침묵에 테린은 뭔가를 느꼈다.

"……네가 그랬냐?"

"어머, 누가 들으면 오해하겠네요. 제가 무슨 능력으로 섬을 가라앉혀요?"

"야, 이……. 내 눈 똑바로 보고 아니라고 해 봐. 맙소사, 이 섬에 들어온 지 하루도 지나지 않았는데 그새 대형 사고를……!"

사고는 무슨.

제니스가 입을 삐죽거렸다. 남매의 정다운 말다툼은 거기까지였다.

키이이잉!

어디선가 쇠가 긁히는 것 같은 소리가 나며 저 멀리 있던 바다가 바로 눈앞으로 밀려왔다. 앞서 뛰던 해적 하나가 갑자기 덮친 파도에 속절없이 쓸려갔다.

"으아악, 살려 줘어어!"

의미 없는 메아리를 외면한 두 사람의 발이 빨라졌다. 섬은 점점 더 흔들리고 심상치 않은 굉음이 연이어 들렸다. 바다에서 나는 건지 땅속에서 나는 건지 분간도 가지 않았다.

제니스와 테린이 간신히 도달한 부둣가는 이미 난장판이었다. 저마다 혼자라도 빠져나가려고 정박해 있던 배의 문짝이나 판자를 뜯어내 바다로 뛰어들고 있었다.

"아주 제대로 부숴 놨네."

검게 그을린 세 척의 배는 건질 것도 없어 보였고 그나마 멀쩡해 보이는 나머지 두 척도 바닥에 구멍이 뚫렸는지 슬슬 가라앉고 있었다. 제니스의 따가운 시선에 테린이 변명했다.

"해적들이 너무 무식하게 덤비더라."

그래서 자신도 거칠게 대응할 수밖에 없었단다.

제니스는 테린의 해명을 귓등으로 들으며 주위를 뒤지기 시작했다. 쓸 만한 건 보이지 않았다. 큰 배에 딸려 있던 소선도 감쪽같이 사라진 게 아마 처음 지하를 뛰쳐나간 놈들이 타고 달아난 것 같았다.

어쨌거나 이가 없으면 잇몸으로 버텨야 한다. 뼈대를 드러내고 있는 갑판에서 제법 멀쩡한 술통 두 개를 구한 제니스는 속을 비우고 물이 통하지 않게 꼼꼼하게 막았다. 널려 있는 밧줄을 가져와 얼기설기 통이 빠져나가지 않게 묶은 그녀는 마지막으로 통과 자신을 연결하는 작업을 했다.

"죽어라, 이 원흉들!"

그 와중에 덤벼드는 해적은 테린이 처리했다. 절반은 제 살길 찾아 흩어졌지만, 악에 받친 몇몇은 여전히 두 사람을 쫓아왔다. 나 참, 이럴 시간 없다는데 그러네.

안타까웠지만 설명할 시간이 없어 머리를 까 줬다.

우여곡절 끝에 준비를 끝냈다. 각자 술통 하나씩 끌어안은 제니스와 테린이 요동치는 바다 앞에 섰다. 두 사람을 연결하는 밧줄이 허리에 매여 있었지만, 솔직히 바다에 뛰어든 뒤에 무슨 일이 벌어질지 아무도 몰랐다. 두 사람은 비장하게 서로를 바라봤다. 테린이 먼저 입을 열었다.

"나…… 수영할 줄 모른다."

대답하는 제니스의 목소리도 떨렸다.

"저도요."

생각해 보니 이번 생엔 해 본 적이 없었다.

그 대화가 유언인 양 잠시 침묵하던 두 사람은 누구랄 것 없이 동시에 바다로 뛰어들었다. 의도한 것은 아니었다. 딛고 있던 땅이 꺼지며 강제로 처박힌 것이지.

"흐에엑, 콜록, 콜록."

첫 방부터 물을 먹은 태린은 수면 위로 고개를 내밀자마자 기침을 토했다. 섬을 감싸고 있던 암초 몇 개가 굉음과 함께 바다 속으로 가라앉았다. 그럴 때마다 파도가 섬을 덮쳤다. 밖에서 보니 나지막하던 섬 동쪽이 휘청 들린 모양새였다. 섬은 부두가 있던 남서쪽으로 밀리듯 가라앉고 있었다. 거대한 땅덩어리에 밀린 물결이 출렁, 태린과 제니스를 들어 올렸다.

"으—아아악!"

허공으로 떠올랐다가 아래로 패대기쳐졌다. 바다 속으로 집어넣더니 하늘로 던져 올렸다. 태린은 물을 너무 많이 먹어 속이 메슥거렸다. 검을 든 이후 세상 무서울 게 없었는데, 물속으로 빨려 들어갈 때면 솜털이 곤두서며 심장이 쪼그라들었다. 여기가 지옥인가 싶었다.

자신도 이렇게 힘든데 제니스는 잘 버티고 있는 걸까? 걱정이 됐지만 돌아볼 틈이 없었다. 파도는—이걸 그냥 파도라고 부를 수 있다면—쉴 새 없이 몰아쳤고 등 뒤에선 아득한 비명과 쿵쾅거리는 폭발음이 끊임없이 들렸다. 태린은 또다시 다가오는 파도를 보며 두 눈을 질끈 감았다.

아버지가 어떤 선견지명이 있으셨던 게 분명하다. 장남이 젊은 나이에 비명횡사할 걸 미리 알고 늘그막에 막내를 낳으신 거지.

어쩐지 요즘 애정이 식은 거 같더라니. 이런 운명이 예정되어 있는 줄 알고 미리 정을 떼려 그러셨나 보다. 한마디 귀띔이라도 해 주셨으면 마음의 준비를 했을 텐데. 테린은 망상 속을 노닐며 현실을 외면했다.

우—

우—

우웅—

지금까지와는 다른 소리가 들렸다. 소리라기보다는 느낌, 바다를 통해 전해지는 파동이었다. 생경한 감각에 실눈을 뜬 그는 자신이 원래 있던 섬에서 꽤 멀리 떠내려왔음을 알았다.

먼저 목격한 것은 빛이었다. 섬 아래에서 올라온 빛이 채 가라앉지 않은 섬 해안가를 따라 사선으로 뻗어져 나왔다. 얼마나 강력한지 테린이 있는 곳까지 눈이 부셨다. 섬 둘레를 따라 링 형태이던 그것은 점점 하늘을 향해 뻗어진 기둥 모양으로 변했다. 해적들의 은신처였던 거북등섬은 가라앉다 못해 산산이 부서지고 있었다.

도대체 저 아래 무엇이 있었던 거지? 그가 근본적인 의문을 품었을 때.

파아아아앙!

폭발했다.

테린이 궁금해한 무언가가.

소리 대신 빛이 터졌다. 세상이 온통 새하얀 색으로 물들고 거대한 힘에 휩쓸린 몸은 파도에 실려 하늘을 날았다. 물속에 잠길 땐 보이지 않는 파장에 계속 얻어맞는 느낌이었고 물 밖에 나와도 숨쉬기가 어려웠다. 제3의 물질이 공기를 밀어내고 그 자리를 차지한 것 같았다. 그렇게 풍선처럼 확장된 기운이 질식할 정도로 천천히 흩어졌다.

테린은 초인적인 정신력으로 그 압박의 시간을 버텨 냈다. 다행히 조금씩 호흡이 편해져 크게 숨을 헐떡이는데, 표류하던 몸이 다시 섬 쪽으로 흘러가기 시작했다.

공간은 비워진 만큼 채워지길 원한다. 거대한 폭발로 주위를 모두 날려 버렸던 하나의 점을 향해, 바다가 움직였다.

테린은 허겁지겁 제니스가 아직 자신과 연결되어 있음을 확인했다. 기적 같은 일이었지만 기뻐하기엔 일렀다. 섬 아래 바닥에 구멍이라도 뚫렸는지, 시간이 지날수록 끌려가는 속도가 점점 빨라졌다.

그리고 잠시 후, 저 멀리에서 엄청난 소용돌이가 주변의 모든 것을 집어삼키는 것을 목격했다.

아! 젠장. 빌어먹을.

어머니, 점잖지 못한 말을 떠올린 저를 용서해 주십시오. 아들이 지금 생사의 기로에 서 있어 그렇습니다.

테린은 로하샤이엄에 남겨진 사람들을 떠올렸다. 자신이 말도 없이 사라져 많이 놀랐을 비이. 쥬안 파견은 당연히 물 건너갔을 테고, 아버지도 그의 부재를 아셨을 거다.

너무 걱정하지 마셨으면 좋겠는데. 아니 걱정을 해야 할 상황이긴 한데.

지금 생각하면 매 순간 영리하지 못했다는 자책이 들지만, 당시엔 최선이었다. 여동생이 납치됐을지도 모르는 상황에 어떤 사람이 냉정할 수 있겠는가.

하지만.

아버지, 참 씩씩하게도 키우셨습니다. 지금도 보십시오. 칼날처럼 살벌한 거대 소용돌이로 빨려 들어가고 있는데 눈 하나 깜짝 않는 저 강심장을. 남자로 태어났으면 대륙을 찜 쪄 먹는…… 으악, 으아악!

술통을 꼭 끌어안은 테린이 힘껏 비명을 질렀다. 물론 마음속으로만.

그와 제니스가 벌써 소용돌이의 가장자리로 진입해 빙글빙글 돌았다. 하늘이 돌고 세상이 돌았다. 돌고, 돌고, 돌고. 기억나는 건 품 안의 술통을 놓치면 죽는다는 것뿐. 아아, 점점 소용돌이의 중심으로……!

……응? 중심, 으로?

어느새 두 눈을 질끈 감았던가. 깜짝 놀라 퍼뜩 눈꺼풀을 들어 올린 테린이 멍한 얼굴로 주위를 둘러봤다.

어라.

소용돌이는, 어디, 갔지?

그가 눈을 끔벅이며 황급히 주위를 둘러봤다. 꿈이라도 꾼 건지 눈에 보이는 건 거짓말처럼 잔잔한 바다뿐이었다. 그리고.

"하아……."

조금 지친 듯한 제니스.

그래, 제니스. 너 괜찮은 거냐?

소리 내 묻고 싶었지만 기력이 다해 바로 말이 나오지 않았다. 그가 끙끙 소리를 내자 천천히 고개를 돌린 제니스가 설핏 웃었다. 짧은 침묵 후 테린도 맥 빠진 웃음을 터뜨렸다.

"하…… 하하……. 하하하."

아아. 이게 뭐야? 정말 끝난 건가?

가증스러울 정도로 잔잔해진 바다가 믿기지 않았다. 그 살벌하던 파도, 세상을 삼킬 듯했던 거센 소용돌이 모두 흔적 하나 없었다. 자신 옆에 둥둥 떠 있는 제니스가 아니라면 조금 전 겪은 모든 일을 환상이라 치부했으리라.

하지만.

'그래…… 끝났구나, 끝났어.'

뒤늦게 실감이 났다. 팔은 바위를 매단 듯 무겁고 머리는 깨질 듯 아팠지만 진한 안도감이 모든 괴로움을 잊게 했다. 찰싹찰싹 귀여운 잔물결에 흔들리며 테린은 '맙소사, 거기서 살아남았어.'라는 말을 몇 번이나 중얼거렸다.

해적과 싸우고, 섬을 탈출하고, 괴상한 폭발에 휘말렸던 모든 일이 아주 옛날에 있었던 일처럼 아득하게 느껴졌다. 문득 시야에 들어온 하늘이 참 맑았다.

좋구나.

좋긴 한데.

이제 어쩌지?

끝난 것도 좋고 살아남은 것도 좋은데 정말 어쩔…… 응?

"……제니스, 네 머리 위에 앉은 그 새는 뭐냐?"

그녀의 의견을 물으려던 테린이 흠칫 놀라 말했다. 힘이 빠진 듯 술통 위에 늘어져 있던 제니스가 피식 웃었다.

"제, 애완조예요."

"뭐?"

테린이 눈송이처럼 새하얀 몸통에 붉은 부리를 가진 작은 새를 놀란 눈으로 바라보았다.

해적에게 함께 잡혔던 건가? 그 난리통에서 살아남다니 굉장한⋯⋯.

"거기 괜찮습니까?"

으아악!

테린이 물속에서 퍼덕거렸다. 얼마나 놀랐는지 순간 잡고 있던 술통을 놓칠 정도였다. 그가 벌렁거리는 가슴을 부여잡고 뒤를 돌아보자 지척까지 다가온 거대한 배의 선수부가 보였다. 설마 다른 해적이 등장한 건가 긴장하는데 처음과는 다른 목소리가 들렸다.

"내가 또 늦었나?"

앳되지만, 위엄이 서려 있는 음성이었다.

"하아. 그렇다고 심술을 부리고 싶지만, 아닌 건 아니라고 해야겠죠? 어서 오세요, 대공 전하. 오늘은 딱 맞추셨네요."

제니스의 답변에 테린의 눈이 휘둥그레졌다.

"그거 다행이군. 영애의 심술이라니 상상하기도 싫네."

그렇게, 기다리던 아르샤 대공이 도착했다.

무언가의 끝

1

찢어진 치맛자락, 솔기가 터져 너덜거리는 소매. 바다에서 건져진 제니스의 괴란한 옷차림은 모두를 기함시켰다. 테린이 얼른 앞을 막아섰지만, 그의 모습 역시 추레하긴 마찬가지. 열흘이 넘는 노숙과 밀항, 마음고생이 만든 애처로운 몰골은 소금물에 절여지기까지 해 보는 이의 안타까움을 자아냈다.

그때 뜻밖의 사람이 등장했다.

"제 약혼녀에게 예지력이 있는 것 같습니다. 그녀가 챙겨 준 짐이 지금 두 분께 꼭 필요해 보이는군요."

"하버 공자?"

테린이 깜짝 놀랐다.

"여긴 어떻게?"

"플로라의 밀명을 받아 두 분을 찾아 나섰지요. 이렇게 무사하신 모습을 뵙게 돼 정말 기쁩니다."

로이드가 테린의 손을 잡으며 감격을 표했다.

"자, 서로 나눌 이야기가 많겠지만 잠시 뒤로 미뤄 두는 게 어떻겠는가?"

뒤에서 지켜보던 대공이 나섰다. 테린이 허리를 숙이려 하자 아르샤가 부드럽게 사양했다.

"정식 인사는 천천히 하지. 지금은 두 사람 모두 쉬어야 할 때야. 각자 씻고 쉴 수 있는 방을 준비해 주겠네. 수행원을 붙여 줄 테니 필요한 게 있으면 주저하지 말고 말하게."

"배려에 감사드립니다."

제니스가 당연하다는 듯 그 호의를 받아들였다. 그녀의 뒤를 어정쩡하게 쫓아간 테린이 각자의 방으로 갈라지기 전에 조용히 말했다.

"너, 나한테 설명해야 할 게 엄청 많은 것 같다?"

그녀가 순순히 고개를 끄덕였다.

"알고 있어요. 씻고 봐요."

그 말을 철석같이 믿었는데.

따뜻한 목욕 후 플로라가 혹시나 해 챙겨 줬다는 의복으로 갈아입고 찾아간 제니스의 방은 텅 비어 있었다.

"대공과 면담 중이십니다."

그녀의 시중을 들었던 선원의 말에 테린의 짙은 눈썹이 꿈틀거렸다.

쉬라고 할 땐 언제고 왜 뒤에서 남의 여동생을 오라 가라 하나. 그것도 오빠인 나도 모르게.

그는 못마땅한 얼굴로 방 안을 서성이며 그녀가 돌아오길 기다렸다.

생각해 보니 부른다고 쪼르르 달려간 제니스도 얄미웠다. 자신이 찾아올 걸 뻔히 알면서 자리를 비우나니. 도대체 그 대공이란 작자와 무슨 관계인 거지? 설마……

테린이 우뚝 그 자리에 섰다.

"로이드 하버 공자가 머무는 곳을 알려 주시오."

화르륵, 의혹의 불길을 피워 올린 그는 꿩 대신 닭을 찾아 발길을 돌렸다. 그 닭의 모가지라도 비틀 기세였다.

* * *

"충분히 쉬었나?"

"10분에 한 번씩 사람을 보내신 분이 하실 말씀은 아닌 것 같은데요."

딱 한 숟가락 먹은 수프를 그냥 두고 나와야 했던 제니스가 불만을 표했다.

"미안하네."

아르샤가 머리를 긁적였다.

"무슨 일이 있었던 건지 너무 궁금해 참을 수가 있어야지. 디카프넨과 해적들은 어떻게 된 건가? 배의 잔해가 보이기는 하던데. 그대를 발견하기 전 엄청난 빛의 기둥을 목격했네. 도대체 무슨 일이 있었던 거지?"

"해적들의 은신처가 가라앉았습니다."

제니스가 사실대로 고했다.

"뭐?"

아르샤가 벌떡 자리에서 일어났다.

"이 자리엔 원래 암초에 둘러싸인 작은 섬이 하나 있었습니다. 해적 드루이드의 근거지였죠. 섬 지하에 마도 문명 연구소가 있었던 것 같은데 모종의 이유로 폭발해 버렸습니다. 저야 납치된 입장이라 단편적인 내용밖에 모르겠네요. 다행히 오라버니가 어떻게 알고 따라오신 덕분에 제때 탈출할 수 있었죠. 그다음은 보신 바대로고요."

의자에 도로 앉은 아르샤가 턱을 쓰다듬으며 생각에 잠겼다.

"믿기 힘든 이야기로군."

"그렇죠. 빛의 기둥을 보신 직후 물길이 변하지 않던가요? 엄청난 소용돌이가 생겨 주위의 모든 것을 끌어당겼는데."

"맞네. 선장이 몹시 놀라더군. 게다가 긴 시간을 날아 지친 루루가 쉬다 말고 이쪽을 향해 날아올랐지."

"루루?"

제니스의 시선이 자신의 어깨와 팔뚝 위를 종종거리는 천조를 향했다. 하얀 새는 바다에서 제니스를 만난 이후 그녀의 근처를 떠나지 않았다.

"이걸 말하는 겁니까?"

"그렇게 귀여운 새에게 '이게' 뭔가? 하버 공자에게 물어보니 따로 이름이 없는 듯해 내가 붙였네. 어때? 어울리지 않나?"

아, 예. 그 말랑말랑한 소녀 감성 참 부럽습니다.

"찾아오는 건 어렵지 않았습니까?"

"그래, 좋은 길잡이가 있었으니까."

아르샤가 미소를 지으며 테이블 위를 가로지르는 '루루'의 머리를 쓰다듬었다. 그는 플로라를 만나 로이드와 합류한 이야기를 들려주었다.

"루루는 계속 서쪽으로 날아가려 했지만 우리는 남하해야 했네. 디카프넨이 바다로 나갈 것이 분명했기에 배를 구하는 게 급선무였어. 하지만 대륙 서쪽에서 내가 사용할 수 있는 힘과 인맥은 한계가 있었지."

"대륙 서부에 없는 영향력이 슈벨리안엔 있었다니 놀랍네요."

"하하. 그새 눈치챘나?"

"선원 절반이 대륙 남부인데 어떻게 모르겠습니까. 지금 그쪽과 사이가 껄끄러우실 텐데, 능력이 좋으시네요."

"뒷얘기가 궁금한가?"

"조금요."

"그 이야기를 들으면 피곤한 일에 발을 담그게 될지도 모르는데?"

아르샤가 무언가를 떠올린 듯 시비를 걸었다.

"아직도 꽁해 계세요?"

"상처가 컸네."

얼씨구.

"제게 진 빚 하나를 탕감해 드릴게요."

"정말인가?"

그가 기다렸다는 듯 달려들었다. 빚이 많다는 자각은 있는 모양이다.

"좋아. 곧 세상에 발표될 내용이니까 영애가 먼저 알아도 큰 문제

없지. 아, 노려보지 말게. 세상에 드러나지 않을 진실까지 말해 줄 테니. 변명 같겠지만, 내가 영애에게 약속했던 날 로하샤이엄에 도착하지 못한 것도 이 일 때문이었지."

아르샤의 눈이 즐겁게 반짝였다. 엠바로스 때문에 쥬안에서 생고생 중이라고 하더니 사람이 좀 변한 것 같다는 생각을 하던 제니스는, 그의 이야기가 끝났을 때 분노했다.

* * *

노아의 스물두 번째 날 키앙단스에 있는 아르샤의 임시 거처는 조용하면서도 분주했다. 그의 추상같은 명령에 따라 많은 수행원이 발 빠르게 필요한 일을 해치웠다. 드루이드를 잡아들이고, 쥬안을 상대할 대리자를 물색하고, 미리 잡힌 일정을 조정했다.

아르샤 역시 얀트 백작을 만나 차후의 일을 심도 있게 의논했다. 오후 3시경, 마침내 키앙단스를 떠날 준비가 됐다는 수행원의 보고를 듣고 몸을 일으키는데 레온이 당황한 얼굴로 들어왔다.

"대공, 문제가 생겼습니다."

"문제라니?"

아르샤의 목소리가 절로 날카로워졌다. 그는 이미 하루를 기다렸고 어떤 일이 있어도 이번 로하샤이엄행을 관철할 생각이었다. 그러나 레온이 조심스럽게 전한 말은 상상 밖의 것이었다.

"슈벨리안의 디오르 공작이 찾아왔습니다."

덧붙인 말은 더 놀라웠다.

"황제의 특사랍니다."

엔하르케 디오르 공작. 나이는 예순셋, 황제 빌헤르 3세와 허물없이 지내는 걸로 유명한 슈벨리안 제국 최고 귀족 중 하나.

그에겐 많은 '유명'한 것들이 따라 다녔다.

젊은 시절, 디오르 공작은 뛰어난 언변으로 슈벨리안 외교를 전담했다. 그리고 쉰이 되자 이제 놀아야 할 때라며 가족과 황제, 동료들의 만류를 단칼에 뿌리치고 은퇴했다.

그가 놀러 다니는 모습이 얼마나 많은 이의 가슴에 불을 질렀는지, 한때 슈벨리안 수도 프란체에 조기 은퇴 바람이 불어 제국 행정부처에 비상이 걸렸다.

한창 일해야 할 제국 중진들이 너도나도 사직하겠다고 나서는 바람에 다혈질로 알려진 빌헤르 3세가 '불경한 놈들, 나도 못한 은퇴를 네놈들이 먼저 하겠다고? 사직할 놈들은 먼저 내 선위 준비나 끝내고 와!'라고 일갈한 이야기는 유명했다.

이 일로 빌헤르 3세에게 엄청난 욕을 먹은 디오르 공작이 행정부처를 방문해 '내 밑으론 닥치고 10년 더해.'라고 했다는 비공식 일화는 더 유명했다.

즉, 그런 자가—유적 문제로 대립하고 있는 이 상황에—황제의 특사라는 이름으로 왔다는 건 반드시 성사시켜야 하는 중요한 일이 있다는 이야기.

바쁘다는 말로 거절하기엔 그 무게가 너무 무거웠다. 순간적으로 머리가 복잡해진 아르샤는 털썩 자리에 주저앉아 거칠게 얼굴을 쓸어내렸다. 손가락 사이로 무언가가 빠져나가는 환영이 눈앞에 어른거렸다. 고민은 짧았다. 그가 갈라진 목소리로 명했다.

"안으로 모셔라."

"음, 향이 참 좋군요."

차를 맛본 디오르 공작이 느긋하게 품평했다. 적진에 와 있다고 생각하기 어려운 여유였다.

"급한 용무가 있어 자리를 비우려던 참이었소. 슈벨리안의 사절을 박대하지 않았다는 명분은 충분히 세운 것 같으니 이제 본론을 듣고 싶소."

그늘진 얼굴로 앉아있던 아르샤가 재촉했다.

"듣던 것과 달리 성격이 급하시군요."

"공작이 때를 못 맞춘 탓이오."

아르샤가 쌀쌀맞게 응수했다.

"황제 폐하께서 저를 보내셨습니다."

"들었소."

"엠바로스 유적, 골치 아프시지요?"

아르샤의 눈길이 사나워졌다.

"누구 덕분에."

"이거 병 주고 약 주는 거 같아 좀 그렇습니다만, 저희와 손을 잡는 게 어떻습니까?"

디오르 공작이 능글맞게 말했다.

"무슨 뜻이오?"

아르샤가 날카롭게 되물었다. 찻잔을 내려놓은 디오르 공작이 상체를 앞으로 내밀었다.

"빙빙 돌려 말하지 않겠습니다. 아직 세상에 알려지진 않았지만 얼마 전 저희 측 동굴 탐사가 완료되었습니다. 산더미 같은 금과 은, 보석과 갑주, 보검들을 발견했지요."

굳어 있던 아르샤의 얼굴이 미미하게 흔들렸다. 그의 입꼬리가 파르르 떨렸다.

"유적이…… 아니었군."

"과연, 대번에 알아채시는군요. 우리로선 일이 아주 고약하게 됐습니다."

"그 사실을 내게 밝히는 이유는?"

디오르 공작이 빙그레 웃었다.

"공범이 되자는 제안을 하기 위해섭니다."

"하, 낙스가 왜 그래야 하지?"

"손해 볼 것 없으시니까요. 오늘의 협상이 결국 결렬되어 각자의 길을 간다고 생각해 보십시오. 훗날 사실이 밝혀져 슈벨리안이 망신당한다 해도, 티오렌이 끼어들어 낙스의 몫을 훔쳐간 후일 겁니다."

"티오렌이 끼어들기 전에, 내가 오늘 안 사실을 떠들 거란 생각은 들지 않소?"

"오, 신념의 헤이트가 말입니까? 그렇다면 사람을 잘못 본 제 목이 달아나겠지요."

"……."

"……."

서로를 탐색하는 냉정한 눈빛이 한동안 오간 후 디오르 공작이 품에서 봉투 하나를 꺼냈다.

"황제 폐하께서 이번 일을 위해 허락하신 것들입니다. 그분은 세상에 퍼진 소문과 똑같으신 분, 약속한 것은 반드시 지키시지요."

아르샤가 봉투를 열어 천천히 안에 든 내용을 확인했다.

"우리가 원하는 건 오직 하나, 오딘 공작의 영지에서 발견된 동굴이 유적이 아니라는 사실을 덮는 겁니다. 슈벨리안의 명예를 지키는데 합당한 수준의 대가라면, 그 무엇도 아끼지 말라는 명이 있으셨습니다."

디오르 공작이 은근한 어조로 덧붙였다. 아르샤가 잠시 생각하다 물었다.

"달리아는 어쩔 생각이오? 우리가 건네주는 물건이 단 하나라도 달리아의 손에 넘어간다면, 이 협상은 시작할 필요도 없소. 그건 실리 이전의 문제니까."

"오딘 공작이 알아서 해결할 겁니다. 장자 레시아스의 설레발이 이 사달을 만들었으니 그 정도 책임은 져야지요."

글쎄, 그게 말처럼 쉬울까?

아르샤가 고소를 삼켰다. 달리아의 미친 자존심을 모르는 이들은 사과나 금전적인 보상으로 이 사태를 해결할 수 있다고 생각할 것이다. 그러나 달리아 왕실이 삐뚤어지기 시작하면 얼마나 말도 안 되는 억지를 부리는지, 직접 당해 보지 않으면 모른다. 물론, 그가 상관할 바는 아니었다. 곤욕을 치르는 건 슈벨리안일 테니까.

"결정하셨습니까?"

이번엔 디오르 공작이 재촉했다. 가만히 정면을 응시하던 아르샤가 입을 열었다.

"논의해 보겠소."

* * *

"엠바로스 유적은 쥬안과 낙스, 슈벨리안 3자 공동 발굴로 정리될 거다. 기본적으로 각자가 3분지 1의 지분을 가지되 슈벨리안이 선

협상을 통해 쥬안이 가지는 지분을 사들일 예정이지. 겪어 보니 돈만 있으면 어렵지 않겠더군. 대륙 사람 모두가 마도 시대 유물을 '돈으로 가치를 매길 수 없는 것'으로 생각하진 않는다는 걸, 그곳에서 알았네. 더구나 슈벨리안은 아주 후한 값을 치를 준비가 되어 있지."

"그 지분을 정말 슈벨리안이 가지진 않겠죠?"

"물론. 세상에 발표되지 않을 어떤 문건에 그것을 낙스에 양도한다는 내용이 있을 테니까. 그 제안을 전하께 보고하고 진행하는 일 때문에 이틀을 소모했지. 그런 연이 생긴 덕분에 이런 대선단을 빌릴 수도 있었고. 그런데 영애, 그대의 안색이 점점 나빠지는군. 괜찮은 건가?"

"……물론입니다, 대공. 이야기가, 너무 흥미진진해 그렇습니다. 계속 듣고 싶군요."

정말 괜찮으냐고 재차 확인한 아르샤가 이야기를 이어갔다.

"오딘 공작령에서 발견한 보물은 슈벨리안에 소르델로 황가가 들어서기 전 지배자인 테콰이어 왕가의 것인 듯해. 멸망 당시 극도의 사치와 폭정으로 원성이 높았지. 당시 테콰이어의 왕궁을 무너뜨린 슈벨리안 초대 황제가 텅 비어 있는 국고를 보고 뒷목을 잡았다는 얘기가 있는데 모두 왕궁 밖에 빼돌려 두었던 모양이야. 그 동굴을 유적이라고 발표한 건 오딘 공작의 장자 레시아스. 마도 문명에 조예도 없으면서 사람 손을 탄 흔적이 있다는 사실 하나로 그런 억측을 한 거야. 발표 당시에도 공작이나 황실에 먼저 보고를 하지 않아 빌헤르 3세가 불쾌해했다는데, 이번 일로 완전히 미운털이 박혔지. 은퇴 전 제국에 헌신한 오딘 공작의 얼굴을 봐 표면적인 징계는 없겠지만, 후계자의 자리에서 물러나야 할 거야."

주절주절, 슈벨리안 오딘 공작령의 보물과 그 뒤에 숨겨진 이야기가 한참 계속됐지만 제니스의 귀엔 들리지 않았다.

"그러니까, 엠바로스를 둘러싼 모든 분쟁이 정리됐다는 거군요. 티오렌은 너무 재다 타이밍을 놓쳤고요."

"그렇지. 아마 지금쯤 협조 요청을 철회한다는 공문이 티오렌에 도착했을지도 몰라. 린트벨 공자가 쥬안에 파견될 예정이었다고 했나? 그 계획은 무산됐을 테니 무단 이탈을 수습하는 데 도움이 되지 않을까?"

도움 같은 소리 하고 있네. 그 입 다무세요, 대공 전하.

제니스가 경련이 이는 입꼬리를 당겼다.

"표정이 왜 그런가? 역시 몸이 좋지 않은 거로군."

"아니라니까요."

까득, 어금니를 물며 재차 부정했다. 아르샤가 눈치 없이 고개를 갸우뚱거리는데 노크 소리와 함께 수행원 하나가 들어왔다. 그는 제니스 쪽을 슬쩍 보더니 낮은 목소리로 보고했다.

"……그를, 잡았다고 합니다."

아르샤의 얼굴이 순식간에 굳었다. 그가 동원한 선단은 이 주위를 돌며 운 좋게 살아남은 해적을 건져 올리고 있었다. 그리고 오늘의 행운은 아르샤를 선택한 모양이었다.

"가 보세요."

제니스가 아무것도 모르는 척 권하자 아르샤도 사양하지 않았다.

"손님을 청해 놓고 미안하군."

"아닙니다."

그쪽이 미안해야 할 건 따로 있다고.

제니스가 속으로 구시렁거렸다. 그녀는 앞서 나가는 아르샤의 뒤를 따라 문 쪽으로 향했다. 묘하게 허둥대는 그를 보며 '정신이 번쩍 들게 한마디 해 줘야 하나'라는 생각이 들었지만, 잠깐의 고민 후 고개를 저었다. 어설프더라도 마지막 마무리는 그의 방식대로 하는 게 맞는 것 같아서.

문을 나선 두 사람은 인사를 나누고 각기 다른 방향으로 갈라졌다. 무거운 짐을 진 사람처럼 굽은 등으로 걸어가는 아르샤의 뒷모습을 잠시 바라본 제니스는 배 난간 너머로 시선을 돌렸다.

하아.

허탈했다.

섬이 있었던 자리. 저곳에 있던 디카프넨의 꿈을 산산조각 내고 좋아한 게 겨우 몇 시간 전인데, 이번엔 자신의 계획이 산산이 부서졌다. 아르샤에게 빚을 지우고 엠바로스산 유적 문제에 끼어들어 테린을 위한 무대 좀 만들어 보려 했더니 뭐? 벌써 끝나? 완전히?

보는 사람이 없으면 발이라도 구르며 짜증을 내고 싶은데 아르샤가 붙여 준 수행원이 두 눈을 멀뚱히 뜨고 서 있어 티도 못 내겠다.

아르샤 림 헤이트, 이 자식. 어떻게 이번에도 꽝이냐.

제니스는 이를 갈며 그와의 관계를 끊는 것을 진지하게 고민했다. 정말 도움이 안 되는 인간이다.

우아한 자세로 맑은 하늘을 올려다보며 온갖 욕과 한탄을—머릿속으로—토해 낸 그녀는 터덜터덜 걸어 자신의 선실로 돌아갔다. 식욕이 뚝 떨어져 남은 수프를 마저 먹을 생각도 들지 않았다.

제니스는 그대로 침대에 뛰어들었다. 억지로 외면하고 있던 피로가 기다렸다는 듯 밀려와 미처 열을 세기도 전에 꿈나라로 떠났다. 다시 찾아온 테린이 끈질기게 문을 두드리다 갔다는 건 안 비밀. 애꿎은 로이드만 테린의 집요함에 한참 더 시달렸다고 한다.

2

제니스와 헤어진 아르샤는 작은 배를 내려 다른 배로 옮겨 탔다. 기다리고 있던 더스틴이 굳은 얼굴로 아르샤를 맞았다. 더스틴을 따라 내려간 곳은 갑판 맨 아래층, 머리가 닿을 듯 낮은 천장에 희미한 등불 하나가 걸려 있었다. 그 어둑한 빛 아래 몇 개월간 아르샤를 고통으로 몰아넣은 남자, 디카프넨이 무릎 꿇려 있었다.

발소리에 뒤를 돌아본 레온이 고개를 숙였다.

"오셨습니까."

아르샤는 아무것도 듣지 못한 사람처럼 레온을 지나쳐 앞으로 걸어갔다. 두 손을 뒤로 포박당한 채 바닥을 내려다보고 있던 디카프넨이 천천히 고개를 들었다. 물에 젖은 은발 아래 무슨 생각을 하는지 알 수 없는 회색 눈동자가 아르샤를 직시했다. 그린 듯 아름다운 입술이 움직였다.

"드디어 왔군."

그가 나른한 미소를 지었다. 아르샤가 몇 년간 매일같이 봐 왔던 다정한 얼굴로.

"설마 그 계집애 뒤에 네가 있었을 줄이야. 제법이야. 덕분에 모든 게 엉망이 됐어. 하긴, 옛날부터 그랬지. 숙맥인 척하면서 은근히 할 건 다 하는 인간이 바로 너였어."

모든 것이 한 사람의 일방적인 착각 속에 지어진 모래성이었음을 증명했다.

그의 첫마디가 변명일지도 모른다 생각하다니 얼마나 순진한 발상이었나. 그에게 자신은 변명할 가치도 없는 존재인 것을.

아르샤가 고소했다. 제니스 린드벨이 맞았다. 디카프넨은 실수 따위를 한 게 아니었다.

"궁금한 게 있는데 물어봐도 되나? 어떻게 했기에 널 위해 납치당하는 것도 마다치 않았던 거지? 뭐라고 속살거리면 그게 되는 거야? 대공비의 자리라도 약속했나, 아니면 몸으로? 그쪽에 재능이 있는 줄은 몰랐는데. 하긴 레베카인가 뭔가 하는 년하고도 제법 놀았……."

아르샤가 주먹을 쥐고 달려들었다.

픽─

빗맞히는 바람에 오히려 아르샤가 균형을 잃고 휘청거렸다.

"큭, 설마 날 웃기려고 그러는 거야?"

픽!

쿠당탕.

이번엔 제대로 맞은 디카프넨이 바닥을 굴렀다.

"하, 꼴에 화가 나셨, 큭."

픽. 픽.

퍼억.

쓰러진 디카프넨을 깔고 앉은 아르샤가 미친 듯 주먹을 휘둘렀다. 입안이 찢어진 디카프넨의 입가가 붉은 피로 물들어도 멈추지 않았다. 그러나 어째선지 맞는 사람보다 때리는 아르샤의 얼굴이 더 괴롭게 일그러졌다. 보다 못한 더스틴이 나서려는 걸 레온이 막았다.

"흐윽…… 이 비겁한 새끼! 넌…… 쿨럭, 정정당당이란 걸 모르지?"

아르샤의 펀치에 사정없이 흔들리던 디카프넨이 비명처럼 외쳤다.

뭐……?

"지금도 봐. 흐, 나 하나 잡자고 이렇게 떼거리로 몰려온 걸. 크크, 내가 묶여 있지만 않았으면 넌 내 손끝도 못 건드렸어. 너무 불공평하지 않아? 할 줄 아는 거라곤 맹하게 웃는 것밖에 없는 네 주위에 사람이 바글바글 모여든다는 게. 겨우 그 잘난 핏줄, 혈통 때문에!"

디카프넨이 충혈된 눈으로 악다구니를 썼다.

"누구는 태어난 순간부터 경멸과 멸시의 대상이 되는데 누구는 기어 다닐 때부터 거들먹거린다는 게 말이 돼? 네가! 내 몫을 훔쳐 간 거야, 알아!"

"하…… 하하하……!"

아르샤가 참지 못하고 마른 웃음을 터뜨렸다.

"맙소사 정정당당이라니, 네 입에서 나올 수많은 개소리를 상상했지만, 그건 정말 생각도 못한 말이군. 정정당당이라고? 네가 감히 그 단어를 입에 올려? 아무 상관도 없는 레베카를 죽인 놈이!"

그의 분노에 피와 멍으로 얼룩진 디카프넨이 기괴하게 웃었다.

"다 가졌으니, 너도 하나쯤 잃어 봐야 공평하지 않겠어?"

"……"

아르샤가 아연한 표정을 지었다. 대단한 승리라도 거둔 듯 히죽대는 디카프넨을 내려다보며 천천히 얼굴을 굳혔다. 친구라 믿었던 자가 이런 사람이라니. 이렇게, 분노도 연민도 아까운 자라니.

가슴이 슬픔과 공허함으로 가득 찼다. 그를 생각하며 고통으로 삭인 밤이 덧없어서, 눈물이 났다.

퍼어억.

"큭!"

멈추었던 주먹질이 다시 시작됐다. 그러나 처음과 달리 감정이라곤 조금도 실리지 않은, 기계적인 움직임이었다. 마치 지겨운 무언가를 의무감으로 해치우는 느낌. 아르샤가 가슴 깊은 곳에 있는 것을 토해냈다.

"네가 어때서? 샤 타타크는 가벼운 이름인가? 수많은 군도인이 네 가문의 발치에 엎드려 기는데. 평민 아이들이 꿈도 못 꾸는 하일리움에 몸담고, 누구는 하루 벌어 하루 먹을 때 손 하나 까닥 안 하며 호화로운 생활을 누렸으면서 뭐가 그렇게 억울하지? 네가 제대로 된 귀족이었으면 달랐을 거 같아? 그랬어도 넌 내가 꼴 보기 싫었을 거야. 이제 알겠어, 네가 어떤 놈인지. 넌, 왕가에 태어났으면 제국에서 태어나지 못해 불만이었을 거고! 어느 제국 황실에서 태어났으면 황태자가 아니라 짜증이 났을 거야. 만약 황태자로 태어나 황제가 되었다면, 이 대륙 전체를 손아귀에 쥐지 못해 불행했겠지."

짓씹듯 한 자, 한 자 힘주어 말한 아르샤가 천천히 몸을 일으켰다. 두 볼이 퉁퉁 붓고 코뼈가 휜 디카프넨은 본래의 얼굴을 떠올리기 힘들 정도로 망가져 있었다. 정신을 잃었는지 신음도 내지 않는 그를 보며 마지막 말을 덧붙였다.

"넌 그냥 그런 인간이었어."

그런 쓰레기였다. 채워도 채워도 채워지지 않는 욕심을 가진 아귀. 그래서 참을 수 없이 슬프다. 그로 인해 얼룩진 추억과 사람이 너무 안타까워서.

넝마가 된 디카프넨을 물끄러미 내려다본 아르샤가 비틀거리며 등을 돌렸다. 더스틴이 부축하려 손을 내밀었지만 거세게 뿌리쳤다. 휘적휘적 걸어간 그가 호위를 위해 뒤에 서 있던 기사의 검을 뽑아 들자 지켜보던 이들이 깜짝 놀라 소리쳤다.

"대공!"

검을 내준 기사가—도로 빼앗지도 못하고—어쩔 줄 몰라 했다.

"왜 이러십니까, 대공?"

"왜긴. 내게 이렇게 더럽고 잔인한 세상을 알려 줬으니 그 답례로 직접 목을 잘라 줘야지."

"대공, 그런 일은 다른 사람에게 맡기십시오."

"맞습니다. 군이 직접 하실 필요 없으십니다."

레온과 더스틴이 간청했다.

"아니, 이건 내 일이야."

단호하게 고개를 저은 아르샤가 디카프넨에게 돌아와 묵직한 검 자루를 머리 위로 들어 올렸다. 시퍼런 예기를 뿜는 검 끝이 바닥에 누운 디카프넨의 목덜미를 노렸다. 아르샤가 중얼거렸다.

"나의 몫이야."

"아닙니다, 대공."

메마른 목소리가 귓가를 파고들며 어느새 다가온 주름진 손이 아르샤의 손목을 잡았다. 흠칫 놀란 그가 뒤를 돌아봤다.

"스승님……."

후발대로 합류하기로 했던 얀트 백작이 그곳에 있었다.

"이런 자 때문에 고귀한 손을 더럽히지 마십시오."

데니스가 아르샤의 손을 잡아 손등에 묻은 피를 닦아 냈다. 어설픈 주먹질에 여기저기 멍이 들고 피부가 벗겨져 있었다. 데니스의 손이 스칠 때마다 잘게 경련하는 것을 보니 뼈가 상했을지도 모른다.

"제가 해야 할 일입니다."

스승의 얼굴을 보자 감정이 북받친 아르샤의 목소리가 눈에 띄게 떨렸다.

"아니오. 굳이 따지자면, 딸을 잃고 가문까지 등진 이 늙은이의 몫이올시다."

데니스의 담담한 목소리에 아르샤의 입가가 경련했다. 하고 싶은 말은 많았지만 쉽게 입이 떨어지지 않았다. 그중 가장 묻고 싶은 것은 차마 입 밖에 내기 어려운 말.

'스승님은 제가 밉지도 않습니까? 제가 아니었다면 레베카는 이 일에 휘말리지 않을 수도 있었습니다.'

그 마음을 아는 듯 처연한 미소가 돌아왔다.

'인제 와서 그런 가정이 무슨 의미가 있겠습니까? 저는 이미 많은 것을 잃었고 하나 남은 제자마저 잃고 싶지 않은 것뿐입니다.'

데니스가 바닥에 널브러진 디카프넨에게 시선을 던졌다.

"분노는 받아 마땅한 자에게."

독백 같기도 하고 선언 같기도 한 말을 던진 그가 여전히 검을 움켜쥐고 있는 아르샤의 손가락을 하나씩 풀어냈다. 마지막 손가락을 떼어 내 검 자루가 온전히 데니스의 손으로 넘어갔을 때, 이번엔 아르샤가 말렸다.

"스승님, 스승님이 직접 하실 필요 없습니다."

데니스는 이 일을 알게 된 후 머리가 셌다. 말수가 줄고 몇 시간 동안 아무것도 하지 않고 멍하니 있는 날이 많았다. 열정으로 가득하던 눈동자에 허무가 깃드는 것을 지켜보기 힘들어 자주 만나러 가지도 못했다. 오직 디카프넨과 델라신을 쫓을 때만 텅 빈 눈동자가 광기로 빛났다. 아르샤는 그 어둠이 영영 그를 삼킬까 두려웠다. 그러나 데니스는 다정하면서도 단호한 얼굴로 아르샤의 염려를 거절했다.

"나가 계십시오. 팔에 힘이 없어 한 번에 끝낼 자신이 없습니다. 험한 장면을 보여 드리고 싶지 않군요."

"커헉…… 큭, 흐흐흐, 병신 새끼……. 다 죽어 가는 늙은이 뒤에 숨…… 쪽팔린……."

어느새 정신을 차린 건지 피와 가래가 섞인 침을 뱉어낸 디카프넨이 불분명한 발음으로 비아냥댔다. 건조한 얼굴로 그쪽을 쳐다본 데니스가 아르샤에게 고개를 돌렸다.

"신경 쓰지 마십시오. 겁에 질린 개일수록 시끄럽게 짖는 법입니다. 개새끼이긴 하나 저 죽을 건 아는 모양이지요."

데니스의 냉정한 반응에 아르샤는 아무 말도 못 했다. 무엇이 옳은지 판단이 서지 않았다. 지켜보고 있던 더스틴이 다가와 조심스럽게 아르샤의 팔을 잡아끌었다. 데니스가 그런 아르샤의 등을 밀었다. 한 걸음, 두 걸음. 머뭇대던 그가 체념의 한숨을 쉬며 등을 돌렸을 때, 데니스가 혼잣말처럼 나지막한 물음을 던졌다.

그래도.

"기억해 주시겠지요?"

넋조차 위로해 주지 못한 그 아이.

뒤돌아 서 있던 아르샤는 눈물을 흘리지 않기 위해 이를 악물었다.

'당연하지 않습니까? 한 점도 지우지 못할까, 그게 두려울 뿐입니다.'

* * *

뚜벅. 뚜벅. 뚜벅.

갑판으로 향하는 계단을 올랐다. 몇 걸음 오르자 끼익, 등 뒤에서
문 닫히는 소리가 들렸다. 아르샤는 전신을 타고 흐르는 오한에 가늘
게 떨었다.

자신이 받은 과분한 애정이 무거워 숨이 막혔다. 자신이 그런 가치가
있는 사람인지 의문이 들었다.

"델라신은?"

그가 갈라진 목소리로 물었다.

"제법 멀리 떨어진 곳에서 일찍 잡혔다고 들었습니다. 전해 온
말로는 바다에 노랗게 반짝이는 것이 있어 접근했더니 사람이었답
니다."

더스틴이 대답했다.

"노랗게 반짝여?"

"네. 디카프넨의 머리에도 이상한 가루가 묻어 있……."

생각 없이 말하던 더스틴이 아차 하며 입을 다물었다.

"그래……. 나도 보았지. 등불 때문에 그런 줄 알았는데."

더스틴이 황급히 말을 돌렸다.

"백작님이 요청하신 대로 사지를 결박하고 재갈을 물려 자진조차
할 수 없도록 해 놓았습니다. 아마 곱게 죽지는 못할 겁니다."

아르샤는 그 말을 듣고도 아무 대꾸 없이 멍하니 서 있었다.

"대공?"

"더스틴."

"네."

"이제 끝난 건가? 이렇게, 끝나는 건가?"

복수란, 그런 건가.

더스틴이 입을 다물고 안타까운 눈으로 대공을 바라봤다. 아르샤는 머릿속이 복잡했다. 아니, 아무 생각도 나지 않았다. 그냥 가슴이 답답했다.

역시 디카프넨의 목은 자신이 직접 베었어야 했나? 그럼 이 답답함이 해소되었을까?

조금은 후련했을까? 복수는 자기만족이라는데 어떻게 만족스러운 구석이 하나도 없지?

갑판으로 올라가는 계단 중간에 선 채 아르샤는 생각하고 또 생각했지만 아무것도 알 수 없었다. 아무것도 느껴지지 않았다. 텅 빈 공허만이 그곳에 있었다.

한참을 석상처럼 서 있던 그가 다시 계단을 올랐다. 노심초사하며 지켜보던 더스틴이 안도의 한숨을 삼키며 뒤를 따랐다. 갑판에 다다른 아르샤가 문득 말했다.

"술이 필요할 것 같아."

머리를 비워 줄 아주 독한 술.

거친 바람이 아르샤의 머리카락을 흐트러뜨리는 것을 바라보며 더스틴이 조용히 허리를 숙였다. 어느새 기운 해가 수평선을 향해 달려가고 있었다. 지는 해를 맞이한 바다는 누군가의 운명을 예고하듯 온통 붉은 노을에 잠겨 있었다.

3

세상에 어떤 밤을 복잡한 상념으로 하얗게 지샌 사람이 있다면, 더 없이 달콤한 잠으로 채운 이도 있는 법.

다음 날, 가벼운 아침 식사를 마친 후 테린, 로이드와 자리를 함께 한 제니스의 얼굴엔 자르르 윤기가 흘렀다. 숙면의 적나라한 증거를 확인한 로이드의 표정이 한층 더 우중충해졌다.

전날, 테린과 제니스가 각자의 방으로 떠난 후 로이드 역시 자신의 선실로 돌아갔다. 그는 재회의 기쁨과 흥분에 휩싸여 플로라에게 편지를 썼다. 두 사람의 무사함을 최대한 빨리 전하고 싶었다. 그런데 충분한 휴식 후 저녁 늦게야 얼굴을 볼 줄 알았던 테린이 갑자기 들이닥쳤다. 그리고 이글거리는 눈으로 추궁했다.

"대공이란 작자와 우리 제니스가 무슨 관계입니까?"

아르샤 대공과 린트벨 영애가 무슨 사이냐니? 그거야, 그거야 당연히…… 한마디로 말하긴 어려운 사이지.

"……"

그 잠깐의 침묵이 낳은 후폭풍은 거셌다.

아차 한 로이드가 재빨리 셀리어트 여행 시 친분을 쌓았는데 '특별하진 않은 사이'라고 열심히 설명했지만, 늦었다. 소용없었다. 아무 사이도 아닌데 대충 봐도 서른 척이 넘는 배를 끌고 구하러 왔다고?

"그런 비상식적인 일을 믿으란 겁니까?"

"글쎄요, 그건 저도 잘……. 그렇지만 절대 이상한 관계는 아닙니다."

얀트 영애의 죽음과 셀리어트 사건의 진실을 어디까지 털어놔야 할지 결정하지 못한 로이드에겐 그게 최선이었지만.

"잘 모른다면서 이상한 관계가 아니라는 그 확신은 뭡니까? 제가 무슨 관계냐고 물었지 이상하냐, 이상하지 않냐 물었습니까? 그리고 하버 공자가 말하는 이상한 관계라는 건 뭡니까? 공자야말로 이 상황을 이상하게 몰고 가려는 거 아닙니까?"

잘못된 최선이었던 모양이다.

"……."

린트벨 영애 그리고 플로라.

테린 경이 이상합니다. 아니면 원래 이런 사람이었나요?

로이드는 울고 싶어졌다.

다행히 혼자 온갖 추론을 하며 열탕과 냉탕을 오가던 테린은 제니스가 다시 선실로 돌아왔다는 소식을 듣자마자 바람처럼 달려 나갔다. 로이드는 안도의 한숨을 내쉬며 되찾은 평화에 감사했다. 아주 짧은 평화였다.

"……자요?"

"네. 많이 피곤했던 모양입니다. 하긴 그 난리를 겪었는데 아무렇지 않으면 그게 이상한 거죠."

10분도 채 지나지 않아 돌아온 테린은 제니스가 피곤한 상태라는 것이 몹시 마음에 드는 얼굴이었다. 그리고 로이드의 진정한 시련이 시작됐다.

"자, 아까 어디까지 얘기했지요? 셀리어트에서 우연히 만났다고요? 그 부분을 다시 말씀해 주시겠습니까?"

"……."

로이드는 항복했다.

옜다, 먹고 떨어져라, 라는 마음으로 자신이 아는 모든 것을 털어 놨다. 뒷감당은 린트벨 영애가 알아서 하겠지, 편한 대로 생각했다. 이 상황에 쿨쿨 꿈나라로 간 그녀가 나쁜 거다. 솔직히, 노크 소리도 듣지 못할 정도로 깊이 잠들었다는 말을 못 믿겠다. 다른 평범한 아가씨라면 그럴 수 있지만, 린트벨 영애는 아니었다. 온몸의 세포가 그렇게 말하고 있었다.

하지만 '아는 것을 모두 알려 준다'도 완벽한 해결책이 아니었다는 게 로이드의 비극이었다.

"하버 공자, 괜찮으세요? 이상하게 많이 피곤해 보입니다."

찻잔에 채워진 따뜻한 음료를 한 모금 음미한 제니스가 고개를 갸웃했다.

"어젯밤 늦도록 나와 대화를 나누느라 힘들었던 모양이야. 생각보다 체력이 약하더군."

테린이 대신 답했다.

"그랬군요. 어쩐지, 두 분 사이가 좀 가까워진 것 같았어요. 하지만 기사인 오라버니와 상인인 하버 공자의 체력을 비교하다니, 실례예요."

테린이 로이드를 바라보며 씩 웃었다.

"이 정도는 괜찮지? 이제 우린 친구니까."

"어머, 정말요?"

"그래. 진실한 우정은 소탈한 대화와 끈질긴 소통을 먹고 자라는 법이지. 플로라의 약혼자가 이렇게 속이 꽉 찬 녀석이라 얼마나 다행인지, 네일 형이 이 친구를 좋아하는 이유를 알겠어."

"저기……."

로이드가 참지 못하고 끼어들었다.

"얘기 중에 미안한데, 먼저 실례해도 될까? 두통이……."

그는 말하고 나서야 깨달았다. 정말로 머리가 깨지도록 아프다는 것을. 로이드는 원한이 어린 눈으로 두 사람을 바라보았다. 남매가 쌍으로 밤에 잠을 재우지 않는 취미가 있는 줄 몰랐다.

"저런, 몸이 좋지 않으면 당연히 쉬셔야죠. 오직 플로라의 부탁으로 여기까지 와 주신 하버 공자이신데요."

제니스가 너무 걱정스럽다는 표정으로 말했다.

"걱정해 주셔서 감사합니다. 그럼 두 분이 오붓하게 얘기 나누십시오."

사실 로이드도 이 자리에서 오갈 이야기가 궁금해 가능하면 자리를 지키고 싶었다. 하지만 테린이 지난밤 있었던 일을 멋대로 포장해 떠벌리는 걸 도저히 참고 들어줄 수가 없었다. 상인의 아들로 태어나 포커페이스의 중요성을 귀에 딱지가 앉도록 들었지만, 이 순간처럼 가슴에 와 닿았던 적은 없는 것 같다.

그는 제니스에게 너덜너덜한 미소를 던지며 미처 말하지 못한 자신의 마음을 전했다.

'다 집어치우고 제가 린트벨 영애의 '준비'를 도와드렸다는 사실만 발설하지 말아 주십시오. 특히 플로라에게요. 그녀가 그 사실을 알게 되면 좀 무서운 일이 생길 것 같습니다.'

디카프넨의 돌발 행동에 대비하기 위해 아밀라가 마련한 여러 대책—천일향, 천조, 반짝이 등—을 만들 재료를 발 빠르게 구해 준 이가 바로 로이드였다.

게다가 흉기나 다름없는 부츠, 갑옷의 역할을 하도록 특수 제작한 코르셋도 그가 관여한 물건. 그래서 조만간 사건이 터지겠구나, 짐작은 했지만 그게 로하샤이엄 밖으로 확장될 줄은 그도 몰랐다.

덕분에 플로라가 제니스의 납치를 언급했을 때 자연스럽게 놀랄 수 있었지만 '날 속이고 이것저것 준비를 했더라고요. 절대 가만두지 않을 거예요!'라고 포효하는 플로라를 보며 그녀에게 절대 말할 수 없는 비밀이 생겼음을 직감하기도 했다.

제니스는 그런 로이드의 마음을 다 안다는 듯 믿음직한 얼굴로 고개를 끄덕였다. 어젯밤의 악당도 쉬지 않고 입을 놀렸다.

"티오렌에 돌아가면 네일 형님과 함께 술이나 한잔하자고."

"하하, 그래."

뻔뻔한 자식.

기사만 아니었으면 콱. 백작 아들만 아니었으면 콱. 제니스 린트벨의 오빠만 아니었으면 콱!

표출하지 못한 울분이 눈가에 쌓여 검은 음영을 드리웠다. 수면 부족으로 멍한 머리를 부여잡고 자신의 방으로 돌아온 그는 침대로 쓰러지기 직전 전날 쓰다 만 편지를 힘겹게 마무리했다.

「플로라, 너무 보고 싶습니다.」

로이드의 모습이 문밖으로 사라지고 난 후 제니스가 테린을 향해 눈을 흘겼다.

"뭘 어쨌기에 사람이 하룻밤 만에 반쪽이 돼요?"

"험, 난 그냥 모든 걸 확실하게 하고 싶었을 뿐이다."

테린이 은근슬쩍 시선을 돌리며 변명했다. 그렇다. 확실하게 하려고 한 번 물은 것을 또 묻고, 또 묻고, 또 물은 것뿐이다. 확실하게 할 게 많아 동이 터 올 때까지 잡아 둔 건 좀 미안하지만.

"얘기는 어디까지 들으셨어요?"

"로이드가 아는 건 다 들은 것 같다."

테린은 레베카 앤트의 죽음과 셀리어트 영애 실종 사건, 플로라 덕분에 아르샤 대공과 연이 닿은 것, 그 사건의 흑막으로 예상되는 사내가 무슨 이유에선지 제니스에게 접근했고 연락을 받은 아르샤 대공이 로하샤이엄으로 오기 전 납치 사건이 발생, 만약을 대비한 제니스의 안배가 있어 바로 추적할 수 있었다는 사실 등을 읊었다.

"솔직히 믿기 어려운 부분이 다수 있다만, 그 녀석이 '루루'인 거냐?"

테린이 제니스의 찻잔 근처를 서성이는 새 한 마리를 가리켰다.

"네. 참고로 제가 지은 이름은 아니에요."

"그럴 것 같았다."

그건 무슨 뜻이죠? 왠지 기분이 나빠지려고 하네.

"하버 공자는 모르겠지만 디카프넨이 저에게 접근한 건 아르샤 대공 때문이 아니에요."

제니스는 넓은 아량으로 피어오른 의혹을 눈감아 줬다.

"나도 그자가 마도 문명 유물 때문에 그런 짓을 저지르고 다닌다는 소릴 들었을 때 눈치챘다."

테린이 팔짱을 끼며 등받이에 몸을 기댔다. 어깨를 으쓱한 제니스가 이때다 싶어 변명을 끼워 넣었다.

"그래서 적극적으로 움직일 수밖에 없었어요. 시간을 끌어 봤자 드래곤 이빨 협곡에 관한 정보가 더 퍼질 뿐이니까. 아르샤 대공에게도 일단은 함구했는데, 모르죠. 그 사실을 알고 있는 해적 한둘은 살아 있을지도."

테린이 땅이 꺼져라 한숨을 쉬었다.

"내가 늘 하는 말이다마는, 그런 일이 생기면 제일 먼저 나와 의논했어야지."

"곧 쥬안으로 떠나실 예정에, 이래저래 얽힌 게 많아 그랬죠. 설명해야 할 이야기도 산더미고."

"그 산더미, 언제든 들을 준비 되어 있거든?"

제니스가 피식 웃었다.

"알았어요, 오라버니. 일단 돌아가서 봐요. 아버지께서 아셔야 할 것도 있고, 아밀라도 소개해야 하니 겸사겸사 한 번에 처리하죠. 오라버니가 믿기 어려워하는 부분에 대해서도 좋아하시는 설명, 제대로 해 드릴게요."

"약속한 거다?"

재차 확인한 테린이 차를 한 모금 마시더니 다시 한숨을 내쉬었다.

"너와 나 사이는 대충 정리됐다 치고, 이제 어쩔 거냐? 하버 공자 말론 아버지가 로하샤이엄에 오셨다는데."

"그 문젠 예상 밖이긴 해요. 제가 없어지더라도 오라버니가 계시니 돌아갈 때까지 제 부재를 무마해 주실 거로 생각했거든요."

제니스가 말썽꾸러기 아이를 보는 시선으로 테린을 흘겨봤다.

"그런데 여기까지 따라오실 줄이야."

그가 흥 콧방귀를 뀌었다.

"네 비밀주의 탓이다."

"오라버니야말로 무단이탈로 징계 예정이라는 걸 걱정하셔야죠."

"동료에게 메모를 남겼는데 제대로 전해지지 않은 모양이야. 아니면 진지하게 받아들여지지 않았나?"

테린이 쓴웃음을 지었다.

사실 그 부분은 사건이 좀 있었다.

테린이 검문소에 남긴 전언이 중앙 기사단에 도달하기는 했다. 다만 자리에 없는 기사 '진'을 대신해 그 메모를 전해 주겠다고 받은 기사 콘라드에게 문제가 있었다.

중부 귀족 출신인 그는 테린을 골려 줄 요량으로 그 메모를 수신 자인 진에게 전하지 않았다. 테린의 행방불명이 길어지며 징계 이야 기가 나오자 비밀을 공유한 중부 출신 기사들은 신나게 '도박 빚을 지고 도망을 갔네.', '쥬안에 가겠다고 신청해 놓고 막상 닥치니 겁이 나 달아났네.' 같은 이야기를 지어내 퍼트리며 희희낙락했다.

하지만 헤이엄이 로하샤이엄에 오며 이야기가 달라졌다. 헤이엄은 당장 사람을 풀어 그날 테린과 제니스의 행적을 수소문했고 로하샤이 엄 제8검문소에서 테린과 인상착의가 같은 사람을 보았다는 증언을 확보했다. 테린이 남긴 메모를 중앙 기사단에 전달했다는 경비대원을 데리고 직접 기사단을 방문한 헤이엄은 결국 콘라드를 찾아냈다.

단장 케일럿 후작은 그의 방을 수색해 부주의하게 던져 놓은 테린의 쪽지를 발견했다. 콘라드는 뒤늦게 전하는 것을 잊어버렸을 뿐이라고 '당당하게' 항변해 케일럿 후작의 화를 돋웠다. 콘라드의 처지가 곤란 해지자 중부 출신 기사 여럿이 그를 두둔하며 징계까지 갈 문제는 아 니라고 반발했다.

그러다 두들겨 맞았다. 헤이엄에게.

중앙 기사단 훈련장에서 맨주먹으로 검을 쥔 기사 일곱을 작신작신 밟은 헤이엄은 억울하면 그 잘난 가문을 등에 업고 제대로 덤벼보라고 도발했다. 그는 테린이 이런 야료의 대상이 됐다는 것을 참을 수 없었고, 바른 정기를 지녀야 할 중앙 기사단 기사가 파벌 때문에 동료 기사에게 그런 수작을 부렸다는 것도 묵과할 수 없었다.

다음 날, 로하샤이엄에 머물고 있던 북부 귀족 다수가 헤이엄을 만나고 갔다. 그에게 얻어맞은 어린 기사들도 본인의 가문으로 달려가 자신이 당한 일을 읍소했다.

그들의 가문은 '뭐? 헤이엄 린트벨이?'라며 다소 의아하단 반응을 보였다. 그들이 보아 온 헤이엄은 몹시 과묵하고 양보를 할지언정 소란을 좋아하지 않는 사람이었다. 다만 자식 일에는 좀 남다르게 반응하나 보다 생각한 그들은 서로 모여 대응을 논의했다. 시발점이 뭐였든 가만있을 수 없다는 게 그들의 생각이었다.

곧 바꿔야 할 생각이었다.

북부 출신 기사들과 가문의 수장들이 속속 로하샤이엄으로 몰려 들어 와 일곱 가문을 성토했다. 제국 기사단 곳곳에서 얌전하게 근무하던 북부 출신이 중부 출신과 대립각을 세웠고 테린의 명예를 떨어뜨린 것을 보상하라고 시위했다. 린트벨의 정예 기사단 중 하나인 눈보라 기사단이 로하샤이엄에 나타났을 때, 긴장감은 정점에 달했다.

사실 이때의 헤이엄은 살짝 뚜껑이 열린 상태였다. 플로라에게서 들은 이야기는 놀라웠고 제니스는 정말 위험한 상황이었다. 정황상 테린이 뒤따라간 것이 확실했지만 세상 경험이 적은 그가 제대로 대처할지 걱정이었다.

그래서 더 안타까웠다. 그 전언이 날아가 버리지 않았다면, 그 보고를 진지하게 듣고 뒤를 추적했더라면, 그 의문의 무리가 티오렌을 벗어나기 전에 잡을 수 있었을지도 몰랐다. 그런데도 '단지 깜박한 것뿐인데'라고 건방을 떨다니, 새파란 애송이가!

헤이엄은 그때 알았다. 자신이 너무 참았음을. 너무 오래, 침묵했음을.

터트릴 땐 제대로 터트려야 한다.

그 결정을 전하기 위해 소집한 북부 귀족들이 단 한 명도 반대하지 않았을 때 헤이엄은 또 한 번 반성했다. 북부 귀족들의 불만이 이렇게 팽배해질 때까지 신경 쓰지 못한 건 그의 실책이었다.

군권을 가진 자로서 그 직분에 충실하고 힘을 남용하지 않고자 했다. 그래서 중앙과 거리를 두고 몸가짐을 조심했다. 과거의 귀족들은 그런 린트벨을 존중했는데 평화에 젖은 시간이 길어지자 그 호의를 당연하다고 생각하는 놈들이 생겼다.

헤이엄은 마음을 고쳐먹었다. 전쟁이 없어도 칼에 찔리면 죽는다는 것을 알려 줘야겠다고.

진심으로 해 보겠다는 헤이엄의 기세에 중부 귀족 가문들도 당황했다. 여론 몰이를 하려 했지만 첫 번째 명분은 린트벨에 있었다. 작위도 없는 가문의 3남, 4남이 백작에게 건방을 떤 것도 문제였다. 시중에 퍼진 테린에 관한 소문이 중부 출신 기사들의 입에서 나왔음도 확인됐다.

일곱 가문이 할 말이라곤 '왜 정식으로 항의하지 않고 다짜고짜 사람을 팼냐.' 뿐이었지만, 뒤집으면 일곱이 한 명에게 얻어맞은 게 자랑이냐는 조롱도 가능했다. 그것도 기사가.

남부 귀족들은 이기는 쪽이 내 편이라는 마인드로 구경했고, 황실도 침묵했다. 요즘 기세등등한 중부 귀족들의 건방이 황제 눈에도 거슬렸던 게 아니냐는 분석이 슬그머니 나왔다.

얼마 지나지 않아 일곱 가문의 대표가 허허 웃으며 헤이엄을 찾아왔다.

"철없는 아이들을 따끔하게 훈계해 주셨다는 이야기는 들었습니다. 가문 내에서도 자체적인 징계가 있을 겁니다. 아드님의 일은 죄송하게 되었습니다그려. 허허허."

한 마디로, 없던 일로 하고 넘어가자는 소리였다.

"보상은?"

헤이엄이 기세를 뿜으며.

"예?"

검을 반쯤 뽑았다.

"보상."

"……."

일곱 가문의 대표는 벌레 씹은 얼굴로 린트벨 저택을 떠났다. 얼마 후 린트벨이 그들로부터 한몫 단단히 뜯어냈다는 루머가 퍼졌고, 그 가문들이 린트벨을 향해 이를 박박 갈고 있다는 소식도 전해졌다. 한 지인이 그들을 적으로 만들어도 괜찮겠냐고 묻자 헤이엄이 이렇게 답했다고 한다.

"환영한다. 우린 그동안 적이 없어 무기력했다."

티오렌 황실은 물론 귀족들 모두가 린트벨과 북부를 다시 봤다는 이 사건은, 제니스와 테린이 돌아온 후에야 알게 될 이야기였다.

항해는 순조로웠다. 아르샤는 티오렌에 남아 있는 수하들에게 귀환을 알리는 서신을 날렸다. 아마 헤이엄에게도 소식이 가리라. 아르샤가 빌려 온 대선단 중 대부분이 슈벨리안으로 돌아갔고 다섯 척의 배만 북쪽으로 향했다.

제니스는 아르샤의 소개로 얀트 백작을 만났다. 그는 아무런 말 없이 제니스의 얼굴을 물끄러미 바라보았다. 마주 앉은 그녀와 얀트 백작은 꽤 오래 대작했다. 제니스가 만취해 테린의 등에 업혀 나갈 때까지.

술을 끊은 얀트 백작을 대신해 그녀가 두 배로 마셨다.

복수는 할 만하다. 가슴 속에 고름 덩어리를 끌어안고 사느니, 칼로 째고 짜내는 게 낫다. 하지만 그 끝은 분명 허무하다. 복수가 만족스러웠다면 그건 아마 당신이 잃은 것이 그만큼 사소한 것이었다는 뜻이리라.

그래도 제니스는 하지 않는 것보다 하는 게 낫다고 여겼다. 어떤 식으로든 끝이 있어야 다음이 시작되기 때문이다.

아르샤 역시 멍하니 있는 때가 많았다. 제니스 일행을 접대하는 데 소홀하지 않았지만, 가끔 정신을 빼놓고 있는 순간이 목격됐다. 오직 한 가지만 보고 달려온 사람이 그 목적을 이뤘을 때 느끼는 공허함이 그에게 있었다. 그 사실을 자각하고 있는 듯 그는 하선 후 닥칠 바쁜 일정을 오히려 고대하는 눈치였다.

그러던 어느 날, 아르샤가 제니스를 불렀다. 배가 티오렌에 닿기 하루 전이었다.

"정신이 없다 보니 이제야 이 말을 하는군. 제니스 린트벨, 그대의 도움과 헌신, 우정에 감사한다. 내게 원하는 것이 있는가? 그대 개인을 위한 것도 좋고, 가문을 위한 것도 좋다."

사실 이만한 신분의 권력자에게 지운 빚을 돈으로 받는 건 하수 중 하수다.

"돈으로 주세요."

그냥 하수하기로 했다.

"뭐?"

아르샤가 진심이냐는 얼굴로 그녀를 바라봤다.

"투자 건은 지난번에 거절하지 않았나?"

"투자금이 아니라 사례금을 주세요."

뒤끝 없게.

"그럼 투자처럼 규모가 크기 어려운데……. 아, 물론 영애의 도움이 사소했다는 뜻은 아니야."

"알아요."

제니스가 방긋 웃었다. 그녀는 그냥 먹고 떨어지기로 했다.

그래, 기다리다 보면 언젠가 아르샤 림 헤이트도 누군가의 든든한 조커가 되는 날이 있을 것이다. 그런데 왠지 그게 자신은 아닐 것 같다는 불길한 예감이 스멀스멀 피어올랐다.

슬픈 예감은 틀린 적이 없는 고로, 그녀는 여기서 손 털기로 했다. 쬐끔, 아니 실은 좀 많이 배가 아팠지만.

디세브너의 열 번째 날.

아르샤를 비롯한 제니스 일행은 티오렌 서부 이페릴 항구에 도착했다. 배가 부두에 닿기 전부터 모여 있는 인파가 눈에 들어왔다.

펄럭이는 익숙한 휘장, 늘어선 장정들의 기세가 남달랐다.

"내 눈이 잘못된 게 아니라면 눈보라 기사단 같다."

테린의 목소리가 떨렸다.

"제 눈에도 그러네요."

제니스도 살짝 동요했다.

"생각보다…… 일이 커진 것 같지?"

"아마도요."

"로이드, 돌아가는 분위기에 대해 뭐 아는 거 없어?"

테린이 급박한 얼굴로 근래—강제로—사귄 친구를 찾았다. 로이드가 담담한 표정으로 고개를 저었다.

"나도 잘 몰라. 플로라에게 받은 마지막 편지엔 백작님이 막 도착하셨다는 이야기뿐이었어."

거짓말이다. 실은 한 통의 서신을 더 받았다. 하지만 그 내용을 안다 해서 달라지는 것은 없을 거라고, 로이드는 당당하게 자기 합리화했다. 테린이 뻔뻔함과 융통성을 장착하는 동안 그는 뒤끝을 배웠다.

닻을 내리기 전 제니스 일행은 아르샤와 마지막 인사를 나눴다. 그는 잠깐 하선해 린트벨 백작을 만난 후 다시 배에 오를 예정이었다.

아르샤의 다음 목적지는 슈벨리안. 그는 제니스를 보며 입가를 잠그는 동작을 취했다. 공식 발표가 있기 전까지 두 나라의 연합을 함구해 달라는 뜻이었다. 덕분에 잊고 있던 어떤 사실을 떠올린 그녀의 입이 댓 발 나왔다.

에이 씨. 확, 떠들고 다닐까 보다.

4

항구 도시는 그 특성상 다른 지역에 비해 하루의 시작이 빨랐다. 고깃배는 새벽이 밝자마자 생업에 나서고 상선과 여객선은 분주히 짐을 내리거나 실었다.

일용직 인부들을 부리는 중간 관리자의 깐깐한 목소리와 오가다 시비가 붙은 건달들이 주먹다짐 벌이는 소리까지 섞여 시끌벅적한 아침이 시작되는 것이다.

이페릴 중심부에 있는 고급 여관 세아브리제 역시 요 며칠간 이 행렬에 강제로 동참 중이었다. '정숙하고 우아하게'란 서비스 정신 하나로 일군 30년 평판이 모래성처럼 무너지는 것을 보며, 세아브리제의 지배인 제리는 오늘도 눈물을 삼켰다.

하앗, 하앗, 하-앗!

크흑.

좋아하는 홍차 향을 음미하며 차분하고 고요한 새벽 여운을 즐긴 게 언제였던가.

뭐 3일 전이었다고? 이 음모에 빠진 지 고작 3일밖에 지나지 않았단 말인가.

안 돼! 한 주치를 선금으로 받았단 말이다. 크흐흑.

제리는 공터가 딸린 독립된 숙소를 찾는다는 손님에게 세아브리제 별관을 침을 튀겨 가며 자랑했던 3일 전의 자신을 후려치고 싶었다.

"혹시 나간다는 말은 없더냐?"

아직 희망은 있다. 어제 기다리던 사람이 도착하지 않았나? 고작

두 사람을 마중하기 위해 이 많은 인원이 대기했다는 게 어이없지만 언제는 귀족님들 사정이 이해 가던가.

"그런 얘긴 없었습니다."

금세 시무룩해진 제리가 안타까웠는지 아직 김이 올라오는 홍차에 설탕 하나를 더 넣어 주는 부지배인 토미.

"자네……!"

제리의 처진 눈망울에 감동의 눈물이 그렁거렸다. 그렇게 설탕을 들이붓다간 노년에 혹 갈 수도 있다며 하루에 먹을 수 있는 설탕의 양을 제한당한 지 수 년.

"식기 전에 어서 드십시오."

어깨를 토닥이는 토미의 머리 뒤로 후광이 보였다. 제리는 누가 뺏어갈세라 얼른 홍차가 든 찻잔을 들어 올렸다. 손끝을 녹이는 은근한 온기와 혀끝을 녹이는 달콤함에 온몸이 흐느적거렸다. 그렇게 잠시 현실을 잊었다.

하나!

핫.

둘!

하앗.

셋!

흐아압.

제니스는 우렁찬 기합 소리에 눈을 떴다. 잠깐 여기가 린트벨인가 고개를 갸우뚱했지만 곧 어제의 기억이 떠올랐다.

하앗, 하앗, 하앗!

"소리가 작다!"

"합!"

살짝 서리가 낀 창문 밖을 내다본 그녀가 작게 실소했다.

별로 넓지 않은 별관 마당에 눈보라 기사단원이 전부 모여 새벽 훈련을 하고 있었다. 대열 끄트머리에 넘치는 건 체력밖에 없는 테린의 모습도 보였다. 외지에 나와 있다고 훈련을 거를 거란 생각은 안 했지만, 이렇게 대대적으로 할 줄은 몰랐다.

별관과 본채를 가르는 담 너머로 쭉쭉 뻗어 나간 소리가 본채 손님들을 깨웠는지 여기저기서 신경질적으로 창문을 열어젖히는 사람들이 보였다. 아마 고상하게, 지배인을 통해 항의하는 사람도 있을 것이다.

일단 즉각 창문을 연 자들의 반응은 두 가지로 갈렸다.

"아, 거 좀⋯⋯."

수십 명의 부리부리한 눈동자가 자신을 향하자 살짝 질린 표정의 남자들과.

"어머, 어머, 어머!"

탈의한 상반신에서 김이 피어오르는 장관에 눈을 못 떼는 여자들. 담이 있으면 뭘 하나. 이 층에선 다 보이는걸.

* * *

"자, 그럼 누구부터 말해 보겠느냐?"

헤이엄이 딱딱한 표정으로 물었다. 기사단의 요란한 훈련이 끝난 후 그는 바로 테린과 제니스를 자신의 방으로 호출했다.

테린은 배에서 막 내렸을 때의 환대, 귀환을 축하하는 성대한 만찬,

지난밤의 편안한 잠자리까지가 헤이엄이 보여 줄 수 있는 인내심의 한계임을 깨달았다.

지금 그가 집중하고 있는 사람은 제니스겠지만, 영광의 기사단이나 베아트리체와 관련해 찔리는 게 많은 테린 역시 긴장하지 않을 수 없었다.

"아버지."

제니스가 진지한 얼굴로 그를 불렀다. 테린은 그녀가 어떤 이야기부터 시작할지 숨을 죽이고 기다렸다.

"그래."

헤이엄의 대답도 묵직했다.

"아침밥은 먹고 해요."

"……그럴까?"

어떻게 하면 가문의 수장으로서의 위엄을 보여 줄지 밤새도록 고민해 완성한 부리부리한 눈매와 꽉 다물린 입술선이 순식간에 힘을 잃었다. 기선 제압에 실패한 헤이엄이 우울한 얼굴로 식당을 찾았다.

두 시간 후, 제니스는 배를 빵빵하게 채우고 좋아하는 쿠링 차까지 한 잔 가득 담아 헤이엄의 방으로 돌아왔다. 헤이엄과 테린 역시 각자 좋아하는 차를 들고 창가에 앉아 그녀의 이야길 기다렸다.

"음, 어디서부터 얘기할까요? 플로라를 통해 어느 정도 들으셨다고 하니까 그녀가 모르는 이야기, 건국제 기간 찾아온 아르샤 대공이 무슨 이야기를 했는지부터 말씀드릴게요."

쿠링 차를 한 모금 마신 그녀가 만족스러운 미소를 띠며 서두를 열었다. 표정만 보면 '옆집 티 파티에 다녀왔어요.'라고 얘기하는 것 같았다.

　　　　　　　　　　＊　＊　＊

　"그러니까, 뭘 했다고?"

　"가라앉았다고요. 산산이 부서져서. 물론 그게 목적이었던 건 아니지만, 결과적으론 그렇게 되었습니다. 깔끔하죠, 아버지?"

　헤이엄은 아무 말도 못 했다. 한꺼번에 너무 많은 이야기를 들어 정신이 없기도 했다. 그는 제니스의 설명을 듣는 내내 여러 번 탄식을 토하고 주먹을 불끈 쥐었다. 셀리어트 사건의 내막을 다시 들으며 무릎을 쳤고 아르샤 대공의 사연이 등장했을 땐 씁쓸한 얼굴로 혀를 찼다. 디카프넨이 나타난 졸업 무도회 장면에선 이를 갈았고 차를 먹고 쓰러졌다는 부분에선 얼굴이 창백해졌다. 그리고 대단원을 장식한 거북등섬 침몰 사건에선 잠깐 정신을 잃었던 것 같다.

　왠지 낯설지가 않았다. 뭔가 기시감이……. 그러자 아득해지는 이성 너머로 얼핏 떠오르는 기억이 있었다.

　'이왕 터질 사고라면 아주 크게 터져야 합니다. 펑! 핵폭탄급으로. 비유하자면 섬 하나, 도시 하나 정도는 흔적도 없이 날려 버리게.'

　'무슨 일이 있었는지 누가 그랬는지, 어떤 흔적도 남지 않는 그런 사고요. 걱정하지 마세요, 아버지. 어디서도 린트벨이란 이름은 나오지 않을 겁니다.'

　아아…… 제니스. 정말 깔끔하구나. 하지만 그 말을 꼭 지킬 필요는 없었단다…….

　헤이엄은 부쩍 피곤해진 얼굴로 셋째 딸에게 간청했다.

　"다음에 이런 일이 생기면 꼭 나와 먼저 의논해다오."

　"오라버니와 똑같은 말을 하시는군요."

그는 옆에 앉은 테린을 힐긋 보더니 고개를 저었다.

"별 도움도 안 될 놈에게 시간 낭비하지 말고."

"아버지!"

"왜? 내가 틀린 말 했느냐? 이 녀석이 어디서 눈을 부라려?"

부자의 짧은 실랑이는 노련한 헤이엄의 승리로 끝났다. 살짝 상처 받은 가장으로서의 위엄과 권위가 치유되는 시간이었다.

헤이엄은 복잡한 머릿속을 정리해야겠다며 내쫓듯 두 사람을 몰아 냈다. 아무 추궁 없이 빠져나온 테린은 처음엔 살았다는 얼굴로 싱글 벙글하더니 시간이 갈수록 초조한 표정을 지었다.

세상엔 괘씸죄라는 게 있다. 먼저 자리를 물린 건 헤이엄이지만 테린이 말하지 못한 이야기가 어떤 내용인지 알고 나서도 '그래, 끝 까지 물어보지 않은 내 잘못이구나.' 이럴 것 같진 않았다.

고민하던 그는 여관 부지배인에게서 독한 술을 한 병 구했다. 남자 대 남자로 술 한잔하면서, 분위기 봐 가면서, 자신의 속사정을 털어 놓을 생각이었다.

제니스는 오직 운에 기댄 그의 계획을 응원해 주었다. 응원하는 척 했다. 20년간 봐 온 자신의 아버지를 저렇게 모르나 싶었다. 헤이엄은 신념이 강하고 물러서지 않는 자를 좋아했다. 제니스에게 약한 것도 그녀가 늘 꺾어도 꺾이지 않겠다는 의지를 보이기 때문이었다.

그런 헤이엄에게 멀쩡한 정신으로 해도 될까 말까 한 소릴 만취해서 한다면······.

음. 우리 오라버니, 오늘 아버지 손에 죽는 건가요? 명복을 빌어 줄게요.

다음 날 아침. 테린은 두 눈가를 시퍼렇게 물들이고 나타났다. 그를 목격한 기사단원 모두가 웃음을 참지 못했다. 테린은 창피해 쥐구멍에라도 숨고 싶은 얼굴이었지만, 속이 후련해 보이기도 했다.

기사단원들은 저들끼리 구석에 모여 테린이 무슨 잘못을 해 매를 불렀냐며 갖가지 추측을 했다. 아침 해가 떠오르는 섯처럼 사인스럽게, 소소한 금전이 오가고 내기가 형성됐다. 어쩐 일인지 얌전한 로이드까지 그 사이에 끼어 있었다. 많은 기사가 그 나이대 사내가 일으킬 사건이라면 당연히 '여자 문제'라고 입을 모았다. 내기는 상대가 어떤 여자인가로 세분되었다.

헤이엄은 딸에게 한 번, 아들에게 또 한 번 배신당하면 어떻게 되는지 보여주는 표본 같은 얼굴로 새벽 훈련에 참가했다. 그는 허무가 뚝뚝 흐르는 표정으로 삐죽 솟아 있는 이페릴 외곽 신전 지붕을 하염없이 바라봐 몇몇 감 좋은 기사들을 긴장시켰다. 그들은 저도 모르게 여관 별채를 빠져나가는 출입구를 막아섰다.

헤이엄과 일행은 로하샤이엄을 거쳐 린트벨로 돌아가기로 했다. 테린이 중앙 기사단에 들러 케일럿 후작에게 얼굴을 비춰야 했고, 제니스와 테린을 찾는 일에 나서 준 로이드와 하버가에 인사도 해야 했다. 다행히 '테린 린트벨은 어디로 사라졌는가?'라는 초반 이슈는 아르샤 대공의 전서로 다음과 같이 정리된 상태였다.

'중앙 기사단의 테린 린트벨은 극악무도한 인신매매범을 쫓아갔으며 잠깐 위기에 빠져 그들에게 붙잡혔다. 그러나 놀라운 기지로 탈출한 그는 바다 위에서 해적들과 싸워 이겼고 우연히 그들과 만난 아르샤 대공에게 범죄자들의 처리를 맡겼다. 아르샤 대공은 단신으로 해적들과 싸운 테린 경의 용기와 무력에 몹시 감탄하였다.'

아르샤가 할 수 있는 최선이었고 꽤 괜찮은 스토리였다. 그리고 그 이야기 어디에도 제니스에 관한 것은 없었다. 제니스는 그녀가 사라진 그날, 갑작스럽게 린트벨로 떠난 것으로 되어 있었다. 플로라의 작품이었다.

데이지를 통해 제니스가 남긴 편지를 확인한 그 새벽, 플로라는 제니스가 기대한 것 이상의 일을 해냈다.

그 짧은 순간 플로라는 냉정하게, 최악의 상황을 가정했다. 만약 누군가의 죽음이라는 생각하기도 싫은 결말을 맞게 된다면, 자신이 해야 하는 최선은 뭘까.

그건 제니스의 명예를 지키는 일이었다.

플로라는 디카프넨과 얽혀 죽은―혹은 죽은 것으로 알려진―레베카 얀트나 앨리스 셀리어트가 어떤 소문과 불명예를 떠안았는지 코앞에서 지켜본 사람이었다. 플로라는 데이지에게 바로 제니스의 짐을 꾸리도록 했다.

플로라가 아밀라를 만나는 사이 데이지는 하녀들이 모이는 휴게실로 가 '어젯밤 급히 떠난 제니스 아가씨를 따라 린트벨로 돌아가게 됐다.'고 작별 인사를 했다. 그녀는 실제로 그날 오후 하일리움을 떠나 린트벨로 향했다.

그 갑작스러운 전개가 의혹을 사지 않은 건 아니었다. 제일 먼저 베아트리체가 플로라를 불러 제니스에 관해 물었다. 플로라는 '백작 부인께 감기 기운이 있어 엔시아 언니가 서둘러 린트벨로 갔는데 그

감기가 심해졌다는 편지가 왔지 뭐예요. 그래서 제니스가 따로 인사도 하지 못하고 떠났어요.'라고 능청을 떨었다.

궁금해하는 북부 출신 영애들에겐 한 마디를 더 보냈다.

'근래 좀 번거로운 일이 있었잖아요? 누군가의 조언대로 린트벨로 돌아가는 게 좋겠다는 생각이 들었대요. 제니스가 인사 못하고 가서 미안하다고 전해 달래요.'

이 계통의 싹수 있는 새싹 플로라 필렌은, 혼자서도 참 잘했다.

테린의 무단이탈에 대한 징계는 두 달간의 근신으로 결정되었다. 이유가 뭐였든 '원칙'이란 문제가 있었고 파면된 중부 출신 기사들과 형평성도 맞춰야 했다. 하지만 말이 근신이지 휴가나 다름없었다. 케일럿 후작을 보러 가는 건 그 부분에 대해 인사를 하기 위해서였다.

정오 무렵, 헤이엄을 비롯한 일행이 이페릴을 떠났다. 여관 세아브리제의 지배인이 직접 나와 짐과 일행을 알뜰히 살피고 문밖까지 배웅했다. 그 인간미 넘치는 서비스가 마음에 들어 다시 올 일이 생기면 꼭 이 여관에 묵겠다고 약속했다. 지배인의 눈동자가 지진이라도 난 것처럼 흔들리는 게 엄청 감동한 듯했다.

5일 후 일행은 로하샤이엄에 도착했다. 가능한 한 모습을 드러내지 않고 이동하느라 죽을 맛이었던 제니스는 린트벨 저택에 당도하자마자 자신의 방으로 달려갔다.

이젠 두 발 뻗고 잘 수 있어!

그렇게 기쁜 마음으로 방문을 연 그녀는 그리워하던 침대와 만나기 전, 잊고 있던 복병을 먼저 맞닥뜨렸다.

                                    * * *

“이이이!”

픽. 돌덩어리 같은 무언가가 가슴팍을 후려쳤다.

컥. 야, 여기 내 방······.

생각은 말이 되어 나오지 못했고 제니스는 카펫 위에 대자로 뻗
었다. 플로라가 달려와 머리로 들이받은 덕분에.

“이 나쁜 년. 못된 년! 천하의 거짓말쟁이, 배신자!”

그녀의 고함이 귓가에 쩌렁쩌렁하게 울렸다.

“뭐가 어쩌고 어째? 만나서 몇 번 웃어 주기만 하면 돼? 아무 문제가
없어어어? 엉?”

그녀는 제니스의 상체에 올라타 목을 쥐고 흔들며 가슴에 맺힌
울분을 토해 냈다.

“그렇게 생각한 애가 아밀라에게 그런 걸 만들라고 해? 나쁜 년,
뭐 하러 돌아왔어. 가서 콱 죽어 버리지. 그렇게 늘 네 마음대로 할
거면······ 그냥 콱······ 죽어 버리지······ 뭐 하러······ 흐어엉······!”

툭. 툭. 툭. 눈물이 제니스의 쇄골 위로 떨어졌다. 픽. 픽. 픽. 플로
라의 주먹도 떨어졌다.

어디서 배웠는지—제니스가 가르쳤다—제법 야무지게 쥔 주먹으로
제니스의 가슴께를 살벌하게 내리쳤다.

“이제 너 같은 애랑 친구 안 해. 절교할 거야. 흐으윽, 다신 안 볼
거라고. 알아?”

분에 겨워 내지르는 주먹이 꽤 아팠지만, 제니스는 눈만 데구루루
굴리며 얼음 땡 자세를 유지했다. 퉁퉁 부은 눈으로 눈물 콧물 흘리는

플로라에게 뭐라고 하겠는가. 마음고생이 생각보다 심했던 것 같아 조금 미안하기도 했고 이럴 땐 찍소리도 하지 말아야 한다는 눈치 정도는 있었다.

……하지만, 그래도 콧물은 좀 어떻게…… 야!

한참 주먹질을 하다 무슨 생각인지 얼굴과 팔을 더듬거리던 그녀가 제니스의 드레스 자락을 들췄다. 그 안으로 머리를 들이민 플로라가 허벅지까지 손을 쑥 들이밀자 제니스가 기겁했다.

"뭐 하는 거야?"

"큿, 닥치고 가만있어. 긁힌 거 하나당 한 대야."

……헐.

콧물 줄줄 흘리며 하는 말이 왜 이렇게 박력 있는지. 기세에 밀린 제니스가 간지러움에 움찔거리다 다시 드러누웠다.

에라, 모르겠다. 마음대로 해라.

플로라는 선언한 대로 제니스의 종아리와 허벅지를 매의 눈으로 살피더니 여기저기 긁힌 상처를 발견할 때마다 찰싹찰싹 매섭게 응징했다.

"야, 한 대 더 때린 거 같거든?"

제니스의 항변에 플로라가 코를 팽 풀었다. 제니스의 치맛자락에.

"내 맘이야."

제니스의 입꼬리가 파르르 떨렸다.

'이게 아주 날을 잡았구먼.'

플로라는 오늘 무슨 짓을 해도 제니스가 져 주리란 걸 기민하게 눈치챈 것 같았다. 크흥, 크흥. 발치에선 계속 코를 푸는 소리가 들리고, 제니스는 진저리를 치며 현실을 외면했다.

이렇게 더러운 응징을 받을 줄 알았다면 플로라 뒤통수를 때리기 전에 한 번은 심사숙고하는 건데.

정처 없이 방황하던 그녀의 시선이 바르르 잔가지를 떨어 대는 창밖 나무에 멎었다. 청초한 초겨울 바람이 모두의 뺨을 후려치던, 디세브너의 열일곱 번째 날이었다.

그리고 얼마 후, 엠바로스에 대한 낙스와 슈벨리안의 협상 타결이 공식 발표된 날. 제니스를 비롯한 린트벨 일가는 그리운 북쪽으로 떠났다.

제5장

종장

느닷없는 유물과 비밀과 진언

1

낙스와 슈벨리안의 깜짝 연합 소식은 겨울을 맞아 차갑게 식어 가던 대륙을 뜨겁게 달구었다. 특히 달리아는 눈에서 불을 뿜으며 아무 조건 없이 슈벨리안을 지지한 그들의 우의를 짓밟았다고 길길이 날뛰었다. 그리고 오딘 공작가가 국혼을 취소하자는 연락을 넣자 참지 못하고 뒤로 넘어갔다.

달리아는 오딘 공작가에서 들고 온 보상 목록을 보지도 않고 던져 버렸다.

—국혼이 일개 가문 간의 혼사인가? 국가 간의 약속이고 지엄한 동맹의 증거다. 그걸 한쪽 마음대로 뒤집는 법이 어디 있는가.

―부득이한 상황이다. 결혼할 당사자가 좀처럼 기력을 회복하지 못하고 있다.(실제로 오딘 공작은 사달이 난 후 뒷목을 잡고 쓰러져 자리보전 중이었다.) 병자를 식장에 세울 수는 없는 노릇 아닌가. 어린 왕녀의 앞날을 생각해서라도 빨리 없던 일로 하는 게 맞다.

―지금 고양이 쥐 생각하나?

―왕녀의 평판이 걱정되는 거라면 우리 쪽에서 그녀의 격에 맞는 건실한 청년을 찾아 주겠다.

―됐다. 국혼이 아니면 싫다. 약속은 약속이다. 정 그 결혼을 무르고 싶으면 엠바로스 유적에서 나온 유물을 달라.

―뭐라? 그쪽 입으로 조건 없는 우의라고 하지 않았나?

―달리아의 자존심을 땅에 처박았으니 그 정도 보상은 해야 한다.

―하, 웃기는군. 그건 당신들이 정하는 게 아니다. 우리가 제안한 보상이 싫으면 관둬라. 국혼을 취소하기 싫으면 하지 마라. 달리아의 조건 없는 호의 잘 받겠다. 기다려라. 일단 공작님이 거동할 수 있게 되시면 그때 다시 얘기하자. 쯧, 당신들은 그 어린 왕녀에게 미안하지도 않나?

―뭐라고, 이놈들이!

따위의 신경전과 원색적인 비난이 오간 건 비밀도 아니었다.

마지막 회담장에서 체면, 신분, 계급장 다 떼고 난장판을 벌인 양측 인사들은 그 후 각자 버티기에 들어갔고, 타국 사교계에 즐거운 안줏거리를 제공했다.

티오렌도 썩 기분이 좋지 않았다. 체면상 크게 동요하는 모습을 보이진 않았지만, 닭 쫓던 개 지붕 쳐다보는 꼴이 된 건 사실이었다.

슈벨리안이 달리아와 드잡이질을 하느라 정신없는 사이 낙스는 바란카도 군도와 첨예한 갈등을 빚었다. 낙스에 드나드는 상선과 상선 호위 용병을 대대적으로 조사해 신원이 불확실하거나 보증인이 없는 자의 활동을 제한하기 시작했다.

이에 대해 용병들의 고향, 바란카도 군도에서 정식으로 항의하자 낙스는 기다렸다는 듯 그들과 해적의 연계가 의심된다고 주장했다. 바란카도 군도는 즉각 말도 안 되는 모함이라고 반발했지만, 낙스가 아무 준비 없이 불씨를 던진 건 아니었다.

그동안 따로 아르샤의 지시를 받은 정보원들이 낙스는 물론 동부 소국과 남부까지, 해적들에게 피해를 본 상단과 상선을 찾아다니며 당시 정황을 자세히 조사했다.

그 결과 용병들과의 계약 해지를 예고했던 상단이나 상선이 약속이라도 한 듯 큰 피해를 보았다는 사실을 밝혀냈다. 그런 상단은 결국 호위 계약을 유지하거나 더 늘리는 선택을 해야 했고 어떤 곳은 피해가 너무 커 파산하기도 했다. 게다가 바란카도 군도 출신 용병단들이 대륙 출신 신규 용병단의 창단을 조직적으로 방해했다는 증언이 하나둘 나오며 결백을 주장하던 바란카도 군도는 궁지에 몰렸다.

그런 바란카도 군도를 구한 건, 아니 시간을 벌어 준 건 쥬안에서 흘러나온 한 소문이었다.

'슈벨리안과 낙스는 이미 엠바로스 유적 발굴을 완료했다. 그리고 발견된 유물 대부분이 고대 마도 문명 시절 기록물이다.'

기록물…… 기록물이라고?

대륙이 발칵 뒤집혔다.

　　　　　　　　　　* * *

　티오렌 황성 본궁 대회의실.

　"제가 말하지 않았습니까, 빨리 결정해야 한다고. 가치도 애매한 유적 따위 신경 쓸 것 없다고 하신 분들 뭐라고 말 좀 해 보십시오."

　"지금이라도 쥬안과 다시 교섭해 보는 게 어떻습니까?"

　"그쪽은 끝났습니다. 알아보니 이미 쥬안에 할당된 몫을 슈벨리안에 팔아 치웠더군요. 이 정보가 어디서 샜겠습니까? 쥬안입니다. 그들도 유적에서 그런 게 나올 줄은 꿈에도 몰랐던 거지요. 사실을 안 이후에 허겁지겁 기록물이면 돈을 더 받아야 한다고 요구했다가 단칼에 거절당했답니다."

　"그래서 욱한 마음에 정보를 흘렸군. 다른 나라가 낙스와 슈벨리안을 물어뜯어 주길 바라며."

　"낙스의 젊은 대공이 제법입니다. 슈벨리안과 교섭한 사람도 그렇지요? 두 나라가 손을 잡은 건 지금 생각해도 절묘한 한 수입니다."

　"헤이트 왕가의 위상이 크게 올랐습니다. 유적의 위치를 추적해 낸 데다가 타국과 협상해 직접 발굴에 참여하고, 결국 자신들의 몫 이상을 챙겨 가지 않았습니까? 자금이야 꽤 들었겠지만 그 정도면 성공적이지요. 낙스가 이번 발굴물에서 뭔가를 얻어 낸다면 달리아도 긴장해야 할 겁니다."

　"달리아야 긴장 정도가 아니라 지금 미쳐서 날뛰고 있지 않습니까? 슈벨리안과 돌아올 수 없는 강을 건너고 있던데요?"

　"적당한 보상을 받고 물러서기엔 자존심이 상했겠지요. 유물이 기록물이 아니더라도 쉽게 포기하지 못했을 텐데 이젠 어떤 억지를 부려서라도 원하는 걸 얻어 내려 할 겁니다."

"애초 먼저 끼어든 건 달리아였건만."

"그런 걸 인정할 위인들이 아니잖습니까?"

아, 그랬죠?

하하하.

동조하는 낮은 웃음소리가 경직된 회의실 분위기를 조금 풀어 주었다.

"저도 따라 웃었지만 이건 남의 일이 아닙니다. 우리도 이 사태를 심각하게 생각해야 합니다. 티오렌이 오랜 시간 대륙의 중심으로 군림할 수 있었던 건 아슈트 공작령에 있는 이동 게이트의 힘이 큽니다. 슈벨리안이나 낙스에서 그와 비견되는 것을 손에 넣는다면 어떤 식으로든 본국에 위협이 될 겁니다."

"슈벨리안과 협상해 일부를 양도받는 게 어떻습니까?"

"그들이 그런 협상에 응하겠습니까?"

"낙스와의 동맹도 생각 못 했던 일 아닙니까? 일단 부딪쳐 보지요."

"꼭 우리가 먼저 숙이고 들어가야 합니까?"

분위기가 조금씩 과열되며 의견이 갈렸다. 회의장에 모인 귀족들은 너도나도 목소리를 높이며 자신이 옳다고 말했다. 가장 높은 단상에 앉아 이를 내려다보던 황제 안트리온의 얼굴이 조금씩 구겨졌다.

탕!

그가 손을 내리치자 그제야 화들짝 놀란 귀족들이 입을 다물었다.

"모두 쓸데없는 소리뿐이로군. 짐이 듣고 싶은 건 강 건너 불구경하는 듯한 그대들의 감상이 아니라, 본국이 그 기록물에 영향력을 행사할 방법이다."

안트리온의 일침에 모두 꿀 먹은 벙어리가 되었다. 혀를 찬 황제가 명령했다.

"회의는 내일 이 시간 다시 열겠다. 부디 한 명이라도 명쾌한 해결책을 들고 오라."

안트리온이 몹시 못마땅한 얼굴로 자리를 뜨자 회의실은 다시 시장 골목 같은 웅성거림으로 가득 찼다. 같은 파벌끼리, 친구끼리, 또는 정치적 입장이 다른 사람들끼리 격렬한 논쟁이 오갔다.

회의실을 벗어난 안트리온은 등 뒤에서 희미하게 흘러나오는 소음을 들으며 그 안에서 제발, 그럴싸한 생각 하나 나와 주길 바랐다.

사실 안트리온은 표현하는 것 이상으로 심기가 불편했다. 티오렌을 웃음거리로 만든 낙스와 슈벨리안이 얄미웠고 버릇없는 강아지처럼 이랬다저랬다 한 쥬안도 용서할 수 없었다. 그 유적 하나 때문에 티오렌이 당장 어떻게 될 것처럼 위기론을 떠드는 귀족들도 꼴 보기 싫었다.

아. 생각이 길어지니 울화가 깊어진다.

집무실을 향해 걷던 안트리온이 방향을 틀어 가끔 쉴 때 들르는 전용 휴게실로 향했다. 조용히 차라도 한잔하며 이 부글거리는 마음을 다스려야 오후 일정을 소화할 수 있을 듯했다. 눈치 빠른 시종장이 종종걸음으로 앞서가 문을 열어 주었다.

응?

휴게실로 들어가 좋아하는 의자에 앉은 황제가 고개를 갸우뚱했다. 그의 전용 공간답게 고급스럽게 꾸며진 휴게실 내부는 여느 때와 같으면서도 뭔가 다른 느낌이 났다. 폭신한 쿠션에 몸을 묻은 그는 한참을 살피다 마침내 차이점을 찾아냈다.

"향이, 참 좋구나."

"베아트리체 황녀님이 다녀가셨습니다."

그림자처럼 뒤에 서 있던 시종장 데라도가 답했다.

"베아트리체가?"

"네. 머리를 맑게 해 준다는 쉬르카 나뭇가지와 꽃을 직접 화병에 담아 오셨습니다."

안트리온이 주위를 둘러보니 과연 눈을 편하게 하는 연둣빛 가지와 흰색 꽃이 소담스럽게 담긴 화병이 여러 개 보였다.

"하하, 내 머리가 이리 아플 걸 그 애가 어찌 알았을꼬."

데라도가 허리를 숙이고 조곤조곤 답했다.

"며칠 전 소신을 불러 폐하의 심기가 상하셨냐 하문하신 적이 있습니다. 엠바로스 유적 문제로 크게 화를 내신 다음 날이었지요. 그 후 매일 이곳에 들러 꽃을 갈아 두십니다."

"이런, 그게 언제 얘긴가? 매일이라니, 내가 오지 않는 동안 계속 헛수고를 한 게 아닌가. 차라리 집무실로 오지 않고?"

근래 바빠서 이 휴게실에 발길이 뜸했거늘.

"소신도 그렇게 말씀드렸지만 국사를 돌보는 곳에 황녀가 사사로이 드나들면 많은 이들이 번거로워진다 하셨습니다."

안트리온이 기특하단 얼굴로 고개를 끄덕였다.

"그 애가 그렇게 속이 깊어. 내 딸이어서가 아니라 참 잘 컸지?"

"하하. 이를 말씀입니까."

"질리에타도 귀여운 짓을 곧잘 하지만 고건 가끔 속이 빤하단 말이야."

"송구하오나, 욕심이 과하십니다. 두 분 모두 나무랄 데 없이 자라셨습니다."

시종장의 적절한 아부에 안트리온이 기분 좋은 웃음을 터뜨렸다. 그가 가볍게 손짓하자 시종 하나가 제일 가까운 곳에 있던 화병을 안트리온 바로 옆 탁자로 옮겨 주었다.

"음. 좋구나. 정말 머리가 맑아지는 기분이야. 쉬르카 나무 향이 이렇게 진했던가? 진하면서도 상쾌하구나."

"소신도 이렇게 진한 것은 처음 봅니다. 베아트리체 님께서 온실에 있는 것 중 가장 생기 있는 가지로 골라 오신다니 그래서가 아닐는지요."

"허허허. 좋구나, 좋아. 두통이 사르르 녹는 기분이로고."

화병을 가까이 놓고 한참을 향에 심취해 있던 안트리온이 어느 순간 조용해지더니 곧 도로롱 낮게 코를 골았다. 예정에 없던 낮잠이었지만 데라도는 놀란 기색 하나 없이 황제의 어깨에 담요를 덮어 주었다.

황제는 일이 많다. 고민해야 할 것도 신경 써야 할 것도 산더미였다. 피곤함에 지쳐 떨어지지 않는 한 숙면을 취하기 어려운 마당에 이런 자연스러운 낮잠은 반길 만한 것이었다. 그래도 앉은 자세로 오래 주무시는 건 좋지 않으니 30분이 지나면 깨워 드려야겠다고, 데라도는 작게 미소 지었다.

그 후 3일간 이어진 대책 회의는 별 소득 없이 끝났다. 기록물이라는 말조차 소문일 뿐이니 진상 확인부터 하자는 것이 유일한 결론이었다. 역정을 내고 회의실을 나온 안트리온은 아픈 머리를 부여잡고 휴게실에 들었다. 딸아이가 준비한 소소한 선물을 음미하는 이 짧은 시간이 요 3일간 그가 느낀 유일한 즐거움이었다.

오늘도 휴게실 군데군데를 장식한 싱싱한 꽃이 그를 맞았다.

"오늘은 치라테로구나."

치라테는 약초의 일종으로 차로 마시면 피로 회복에 좋다고 알려진 식물이었다. 휴게실에 가득한 은근한 향이 날 선 신경을 누그러뜨려 주는 게 향 자체에도 효능이 있는 것 같았다. 눈치 빠른 시종장이 내온 치라테 차까지 마시자 눈가와 목이 따뜻해지며 온몸에 온기가 돌았다.

'이제야 좀 살겠구나.'

노곤해진 몸을 등받이에 기댄 안트리온은 다시 머릿속을 점령하는 골치 아픈 상념을 휘휘 쫓으며 이 짧은 평화를 만끽하고자 했다. 가까이 둔 치라테 꽃을 만지작거리며 머리를 비우는데 문득 베아트리체의 얼굴을 본 지 오래되었다는 생각이 들었다.

아버지와 딸이라 해도 각자의 궁을 가지고 생활하는 황족이 서로 얼굴을 맞댈 일은 많지 않았다. 공식적인 자리를 제외하고 두 달에 한 번 있는 황실 만찬이 서로의 안부를 묻는 유일한 자리인데, 여러 일정이 쌓인 안트리온은 그나마도 전부 참석하기 어려웠다. 그러니 베아트리체가 하일리움에 가고 난 후엔 얼굴을 본 횟수가 손에 꼽을 정도.

잠시 생각에 잠겼던 안트리온이 충동적으로 자리에서 일어났다.

* * *

"폐하, 여기까지 어쩐 일이세요?"

베아트리체가 타람 궁 입구로 달려 나왔다.

"내 딸 보러 오는 데 이유가 필요한가."

안트리온이 농을 쳤다.

"바쁘실 텐데 쉬지도 못하시는 게 걱정되어 그러지요. 부르시면 바로 달려갔을 텐데."

베아트리체가 안트리온을 따라 걸으며 사근사근 말했다.

"요즘 네 덕분에 아주 잘 쉬고 있단다."

그녀의 볼이 살짝 붉어졌다.

"도움이 되었다니 기뻐요."

그사이 타람 궁 시녀들이 바삐 움직여 가장 따뜻하고 경치가 좋은 곳에 티 테이블을 차렸다.

"그래, 뭘 하고 있었느냐?"

베아트리체와 마주 앉은 안트리온이 먼저 물었다.

"하일리움에서 만난 영애들에게 안부 편지를 쓰고 있었어요."

"오, 친구를 많이 사귀었나 보구나. 좋을 때지. 그래, 어떤 아가씨가 눈에 띄더냐?"

"음."

그녀가 진지한 얼굴로 생각에 잠겼다.

"이번에 들어온 낙스의 크리스티나 공녀가 참 재기 발랄했습니다. 달리아의 로렐 왕녀도 생각보다 의젓했고요."

"달리아의 로렐 왕녀가?"

안트리온이 반문했다.

"달리아의 어린 왕녀에 대해 나도 들은 게 있다만, 네가 좋아할

만한 성격은 아니었던 거로 기억한다."

베아트리체가 사르르 웃었다.

"처음엔 그랬습니다. 하지만 이번 국혼을 받아들이는 모습을 보고 제가 그녀를 오해하고 있을지도 모른다는 생각이 들었습니다."

"아, 국혼...... 그랬지. 상대 나이가 꽤 많다고 들었다. 큰 결심이었을 텐데 이렇게 시끄러워져 버렸으니 속이 말이 아니겠구나. 베아트리체야."

"네, 폐하."

"혹시 섭섭했느냐?"

찻잔을 내려놓던 그녀가 멈칫했다.

"쥬안으로의 파견을 논의할 때 티오렌과 쥬안도 국혼을 추진하자는 말이 나왔지. 네가 눈과 귀가 없는 것도 아니니 분명 들었을 터, 이 아비에게 서운하더냐?"

베아트리체가 살짝 체념 어린 미소를 지었다.

"어찌 서운할 수 있겠어요, 폐하? 황녀로 태어난 저의 숙명인 것을요. 나라에 보탬이 된다면 언제라도 저의 의무를 다해야지요. 다만......."

시선을 떨어뜨린 그녀가 가만히 잔 받침의 둘레를 만지작거렸다.

"티오렌이 아니라 타국으로 가는구나 싶어 조금 아쉽긴 했어요. 가끔 폐하와 어머니 얼굴을 볼 수 있게 티오렌 사람이면 좋겠다고 생각했었거든요."

"내 그렇게 해 주마."

안트리온이 바로 단언하자 멍한 표정을 지었던 베아트리체가 만개한 꽃처럼 활짝 웃었다. 그 미소에 주변이 환해졌다.

그녀는 황제의 손에 자신의 손을 포개며 말했다.

"말씀만 들어도 기뻐요, 폐하. 그러니 방금 한 말은 마음에 담아 두지 마세요. 그런 어리광을 부릴 수 있어, 폐하의 딸로 태어나서 너무 행복하니까요."

안트리온은 다른 손으로 자신의 손등을 감싼 베아트리체의 작은 손을 다독였다. 창가로 스며든 햇살이 두 부녀를 따뜻하게 감싸 안았다.

베아트리체를 만나고 돌아가는 안트리온의 마음이 훈훈함으로 가득 찼다. 많은 왕가가 권력 다툼으로 남보다 못한 사이가 되는데 자기 자식들은 어쩌면 저렇게 하나같이 바르고 예쁘게 컸는지 모르겠다.

'후후후. 역시 우리 시아렌은 남다른 데가 있단 말이야.'

안트리온은 남부끄러운 줄도 모르고 그렇게 자화자찬했다. 간만에 세상이 아름답게 보였다. 골치를 썩이는 그 마도 문명 기록물인지 뭔지도 곧 해결될 게 분명했다. 우리가 누군가, 대륙 최강 대국 티오렌 아닌가. 크하하하.

그는 낮게 콧노래를 흥얼거리며 고개를 주억였다. 자주 말하는데, 짧은 평화였다.

걱정하지 마시라고, 낙스며 슈벨리안 고위 귀족은 자기가 꼭 잡고 있다고 큰소리 탕탕 쳤던 놈들이, 하루 이틀이 지나자 하나같이 빈손으로 기어들어 왔다. 안트리온은 다시 치솟는 혈압에 뒷목을 잡았다. 베아트리체 버프도 이번엔 소용없을 것 같았다.

헤이엄 린트벨이 알현 신청을 한 건 바로 그즈음이었다.

"린트벨 백작이?"

"네."

"내 생일에도 따로 선물 한 번 들고 찾아온 적 없던 이가 무슨 바람인가? 신년제도 아직 기한이 넉넉하게 남았거늘."

"중부와의 마찰을 계기로 그들도 변화의 필요성을 체감한 게 아니겠습니까?"

일정을 담당하는 비서관 시칠리 백작이 자신의 추측을 내놨다.

"조용하기만 하던 린트벨이 세상으로 나올 준비를 한다라……."

안트리온은 턱을 쓰다듬으며 과연 헤이엄의 용건이 무엇일지 머릿속에 떠오르는 것을 하나하나 짚어 보았다.

린트벨 백작은 독대를 원했다. 안 될 것도 없었지만 안트리온은 그의 오른팔인 다니엘 공작을 동석시켰다. 헤이엄이 어떻게 나오는지 확인하고 싶어서였다. 다니엘 공작은 바빠 죽겠는데 괜한 일로 사람 귀찮게 한다고 통통 부은 얼굴로 툴툴거렸다.

"하늘 아래 꺼지지 않는 바른 등불, 위대한 티오렌의 황제 폐하를 뵙습니다."

알현실에 들어온 헤이엄이 절도 있는 동작으로 무릎을 꿇었다. 대부분의 귀족이 세 줄씩 읊어 대는 미사여구를 그는 늘 한 줄로 끝내곤 했다.

"일어나게. 이렇게 가까이서 얼굴 보는 게 얼마 만인지 모르겠군."

"송구합니다, 폐하."

"알면 자주 좀 들르게. 그대가 알현을 신청했다는 소릴 듣고 깜짝 놀라게 하지 말고. 매년 신년 회의에 1시간 얼굴 내밀고 사라지는 사람이 무슨 일인가 싶어 여기 다니엘 공작까지 불렀지 뭔가."

몸을 일으킨 헤이엄은 눈이 마주친 다니엘 공작에게도 가볍게 묵례했다.

"독대를 원했던데 들어주지 못해 미안하군."

"아닙니다. 폐하께서 믿으시는 눈과 귀라면 저 또한 믿사옵니다."

헤이엄은 개의치 않았다.

"하하하. 그대도 그런 달콤한 말을 할 줄 아나? 그래, 무슨 일이 있어 독대까지 청했는지 어디 한번 들어 볼까?"

"보여 드릴 물건이 있습니다."

헤이엄이 들고 온 나무 상자를 다니엘 공작에게 넘겼다. 안트리온이 두 눈을 휘둥그레 떴다. 뭐지? 보석, 장신구, 아니면 무기? 정말 헤이엄이 지금까지의 중도 성향을 버리고 정계에 진출을……

다니엘 공작이 건네준 나무 상자 안에는 회색 석판이 들어 있었다.

진출을…… 하려는 건, 아니로군.

"이게 뭔가?"

"고대 마도 문명 시대의 기록물입니다."

뭐?

안트리온과 다니엘 공작의 움직임이 동시에 멎었다. 두 사람의 시선이 천천히 상자 안으로 돌아갔다.

"……"

"……"

아무리 봐도 평범한 석판이었다.

"저희는 그 물건을 기록석이라고 부릅니다. 그곳에 기록된 내용을 읽으려면 마나석이 필요합니다."

헤이엄은 품에서 분필처럼 생긴 유백색 막대를 꺼내 다니엘 공작에게 건넸다.

"직접 해 보게."

안트리온의 말에 헤이엄이 두 사람에게 다가갔다. 그는 스스럼없이 석판 가장자리에 있는 네모난 홈에 마나석이라 명명한 물건을 가져다 댔다. 마나석 막대는 자석처럼 석판에 달라붙었다.

딩.

맑은 음에 다니엘 공작이 움찔했다. 쥐고 있던 석판이 옅게 떨렸다. 동시에 잡음처럼 치직, 빛이 일더니 알 수 없는 문양과 고대 문자가 석판 위에 떠올랐다.

"제목과 표집니다."

헤이엄이 담담한 목소리로 설명했다.

톡톡톡.

"오른쪽을 두드리면 다음 페이지로, 왼쪽을 두드리면 전 페이지로 넘어갑니다. 상단을 두드리면 특정 페이지를 고를 수 있고 하단을 두드리면 닫힙니다."

안트리온과 다니엘 공작이 얼떨떨한 얼굴로 그 장면을 멍하니 바라봤다. 회색 석판 위로 고대어가 빼곡히 떠오르고 두드릴 때마다 종이가 넘어가는 것처럼 다른 페이지가 나타났다. 모든 것이 너무 비현실적이었다.

"이걸 어떻게……?"

다니엘 공작이 간신히 꺼낸 질문에 헤이엄이 답했다.

"대륙이 엠바로스 문제로 시끄러울 때, 린트벨에서도 유적이 발견되었습니다."

안트리온이 자리에서 벌떡 일어났다.

"그게 정말인가?"

"네. 때가 좋지 않아 폐하께 바로 아뢰지 못했습니다. 그동안 자체적으로 이 석판이 무엇인지 어떻게 작동하는지 알아내 일부분을 해석했습니다. 그런데 그 내용이 과히 심상치 않아 폐하께 먼저 보고 드리기 위해 왔습니다."

안트리온이 얼굴을 굳히며 시종장에게 눈짓했다. 바로 고개를 숙인 데라도가 조용히 알현실 밖으로 사라졌다. 이제 황제가 허락하기 전까지 아무도 이곳에 접근하지 못할 것이다.

"심상치 않은 내용이라니?"

"좋은 소식은 아닙니다. 한마디로 말씀드릴 사항은 아니니 상자에 들어 있는 해석본을 참고해 주십시오."

안트리온의 손이 빨라졌다. 석판을 작은 탁자 위에 올려놓은 그는 나무 상자 아래를 차지하고 있던 반 뼘 분량의 종이 뭉치를 꺼냈다. 헤이엄의 간단한 브리핑이 이어졌다.

"그 기록석의 제목은 《식민지 경영 보고서》입니다. 고대 마도인들이 알카오 대륙 관리 현황을 상부에 보고하기 위해 작성한 거로 추측하고 있습니다."

"……."

벌써 몇 장 넘기지도 않은 안트리온의 얼굴이 딱딱하게 굳었다. 해석본을 이해하는 데는 많은 시간이 필요하지 않았다. 그가 늘 보는 게 이런 보고서니까. 그 속에 쓰인 단어 몇 개가 몹시 신경에 거슬린다는 것을 제외하면 아무 문제없었다.

발견, 탐사, 점령, 노예, 원주민, 야만, 교육, 자원 농장…….

탁—

안트리온은 채 열 장도 읽지 않은 해석본을 덮었다.

"차라리, 다시 파묻어 버리지 그랬나?"

그의 목소리가 칼날처럼 날카로웠다.

"제가 가장 먼저 한 생각도 그것이었습니다. 몽땅 가루로 만들어 원래 있던 땅속에 처박아 버리면 모두가 행복할 수 있겠구나."

"그런데 왜 하지 않았지?"

안트리온이 추궁했다.

"긍지란 그렇게 세우는 게 아니라고 배웠고, 그렇게 믿기 때문입니다."

"하."

황제는 탄식인지 비아냥거림인지 모를 감탄사를 토했다. 잠시 헤이엄의 정수리를 노려보던 그가 잠긴 목소리로 물었다.

"발견된 유물은 이것 하나인가?"

"아닙니다. 린트벨에서 발견된 유적은 일종의 서고이자 연구소로 보입니다. 다수의 기록석이 확인되었습니다."

"내용을 모두 확인했나?"

"서너 개 정도를 시도했고 폐하께 바친 기록석의 해석 진도가 가장 빨랐습니다."

"파묻어 버리지 않았다면 그것을 황실에 바칠 생각인가?"

"아닙니다."

이번엔 다니엘 공작조차 놀라고 불쾌한 얼굴로 헤이엄을 노려봤다.

"아니라고?"

"린트벨에서 발견된 것이니 린트벨의 것입니다. 이동 게이트가 제국의 관리를 받는다 해도 아슈트 공작의 것인 것처럼 말입니다."

이동 게이트 사용료의 절반이 아슈트 공작의 몫이었다.

"린트벨이 그런 욕심을 부릴 줄은 몰랐군."

안트리온이 눈이 점점 차가워졌다.

"욕심입니까?"

헤이엄이 맑은 눈으로 안트리온을 바라보았다. 황제는 입매를 굳히며 헤이엄의 시선을 외면했다.

"그렇다면 이 물건을 왜 폐하께 바쳤나?"

다니엘 공작이 물었다. 헤이엄은 깊게 심호흡했다. 여기서부터가 중요했다.

"말씀드렸다시피, 폐하께서 아셔야 하는 내용이기 때문입니다. 이 땅의 진실과 앞으로 다가올 피할 수 없는 흐름을."

"진실이라고?"

반문하는 안트리온의 미소가 삐뚜름했다.

"이 기록석이 의미하는 치욕스러운 과거가?"

헤이엄이 안트리온과 눈을 맞췄다.

"폐하, 무엇이 두려우십니까?"

"……!"

"흔적조차 제대로 남기지 못한, 까마득하게 먼 옛날의 이야기입니다. 폐하께서 왜 그런 과거의 망령을 두려워하십니까? 지금 우리가 누리는 이 땅의 문명을 그들이 만들었습니까? 아니요. 그들은 어느 날 몰아친 해일에 휘말려 흔적도 없이 사라졌습니다."

안트리온은 침묵했고 헤이엄의 낮은 목소리가 이어졌다.

"그 허허벌판에 초막을 짓고, 마을을 만들고, 짐승을 사냥하며 나라를 세운 것은 우리의 선조입니다. 우리는 홀로서기에 성공해 오늘날 눈부신 번영을 누리고 있습니다. 이는 자부심을 가질 일이지 부끄러워할 일이 아닙니다."

"모두가 그대처럼 생각하진 않아. 이 사실이 세상에 알려지면 대륙의 질서가 흔들리고 크나큰 혼란이 닥칠 것이다."

안트리온이 준엄한 얼굴로 말했다.

"맞습니다. 아마 그래서 낙스와 슈벨리안도 크게 당황하고 있을 겁니다."

"낙스와 슈벨리안?"

"저는 그들 역시 저와 같은 내용의 기록석을 발견했으리라 생각합니다. 보관된 대다수의 기록물이 일종의 관리, 경영 일지입니다. 어디로 얼마를 보내고, 얼마의 자원을 채취했으며, 노예들의 상태는 어떠한지."

"그만!"

안트리온이 얼굴을 일그러뜨리며 일갈했지만 헤이엄은 움츠러드는 기색도 없이 계속 말했다.

"이 기록을 해석한 사람이 그런 말을 하더군요. 비밀이 생긴다면 10년은 덮을 수 있다. 100년, 1000년도 가능하다. 그러나, 언젠가는 드러난다…… 폐하."

헤이엄이 흔들리지 않는 눈으로 황제를 불렀다.

"폐하께서 외면하고자 하신다면 오늘은 덮을 수 있습니다. 내일도 모레도 가능합니다. 하지만 완벽한 비밀은 없고 결국은 모두 밝혀지고 말 것입니다. 만약 이 비밀이 천 년 후에 드러나면, 그땐 만족스러우시겠습니까?"

안트리온은 아무 말 없이 헤이엄을 등졌다. 헤이엄은 그 등을 보며 조용히 자신의 진심을 전했다.

"폐하, 저는 때가 되었다고 생각합니다. 가끔 그런 것을 느끼지 않으십니까? 개인의 의지와 욕심으로 막을 수 없는 거대한 물결의 존재를. 티오렌이 건국되던 당시를 떠올려 보십시오. 수많은 영웅이 자신의 왕국을 세우기 위해 궐기한 것은 거스를 수 없는 시대의 요구였으며 운명이었습니다. 200년 전의 대륙 전쟁은 어떻습니까? 평화를 원하는 나라도 피해갈 수 없는 거대한 파도였습니다. 저는 지금 그와 닮은 세 번째 물결이 우리를 덮쳐 오고 있다고 생각합니다. 마도 문명의 실체에 한 발짝 다가서는 증거가 대륙의 남쪽과 북쪽에서 동시에 발견된 것이 그냥 우연일까요? 폐하께서도 아실 겁니다. 그런 흐름은 억지로 누르고 막는다고 해결되는 게 아니라는 것을."

"백작은 도대체 무슨 그림을 그리고 있는 건가?"

안트리온이 조금 황망한 얼굴로 헤이엄을 돌아봤다. 헤이엄은 한쪽 무릎을 꿇으며 진지한 얼굴로 안트리온을 올려다봤다. 열망 가득한 눈으로 말했다.

"폐하, 그 물결 위에 배를 띄우십시오. 그 누구보다 빠르게, 모두를 앞서 가십시오. 낙스와 슈벨리안을 만나, 허둥대고 있는 그들의 리더가 되십시오. 그 진실을 언제, 어떤 식으로 대륙에 알릴지 결정하십시오. 역사는 승리자의 것입니다. 그리고 지금 이 땅의 승리자는 우리지, 과거의 망령이 아닙니다."

태양을 등진 안트리온이 어떤 표정을 짓고 있는지 알 수 없었다. 설령 보았다 해도 그 속내를 짐작하기는 어려웠으리라.

"피곤하군. 오늘은 이만 물러가라."

안트리온의 목소리에선 아무것도 묻어나지 않았다.

헤이엄은 말없이 절했다.

2

헤이엄에게 다시 입궁하라는 연락이 온 건 그로부터 3일 후였다. 이번에 안내된 곳은 알현실이 아니라 황제의 측근들만 드나든다는 은밀한 내실. 그곳엔 지난번에 본 다니엘 공작과 장성해 국정에 참여 중인 황태자가 함께 있었다.

"과인은 백작이 던지고 간 문제로 며칠 밤을 설쳤는데 백작은 얼굴이 너무 좋아 보이는군."

안트리온은 헤이엄을 보자마자 시비를 걸었다.

"송구합니다. 폐하."

흥. 황제가 콧방귀를 뀌었다.

"백작의 뜻은 얼추 이해했다. 그러나 아직 결정을 내리진 않았어. 오늘은 다른 것을 확인하기 위해 불렀다."

"하문하십시오."

"유물을 바칠 것은 아니나 내게 존재를 알려 왔다. 황제에게 알려야 할 진실이란 핑계 외에 따로 원하는 것도 있겠지? 무엇인가?"

"린트벨에 유물이 있음이 알려지면 티오렌이 시끄러워질 것입니다. 시기하고 질투하며 어떻게든 한 발 걸치려는 자들이 생기겠지요. 그런 불온한 무리가 무섭지는 않사오나 불필요한 다툼으로 티오렌이 혼란스러워지는 것도 원치 않습니다. 하여 요청합니다. 유물의 주인이 린트벨임을 황제 폐하께서 공식적으로 인정해 주십시오."

"그럼 짐은 무얼 얻지?"

안트리온이 뚱한 얼굴로 물었다.

"매해 두 개의 기록석을 폐하에 바치겠습니다. 기록석의 해석과 연구를 통해 알게 된 정보는 황실과 가장 먼저 공유하겠으며, 공개 여부 또한 폐하께 맡기겠습니다. 황실 이외의 가문이나 집단, 개인과 기록석을 주고받는 일체의 거래를 하지 않겠습니다."

유물은 린트벨이 쥐고 있겠으나 그 유물로 휘두를 힘은 황제에게 위임하겠다는 제안.

안트리온은 숙고해 보겠다고 답한 뒤 헤이엄을 돌려보냈다.

그가 물러가고 난 후 황태자와 다니엘 공작이 서로 의견을 주고받았다.

"이 기록석이 정말 세상에 내놓을 만한 가치가 있는 걸까요? 그런 내용을 담고 있는데 말입니다."

"린트벨 백작의 의견은 지나치게 이상적입니다. 현실적인 사람이라 생각했는데 의외군요."

"폐하, 무슨 생각을 그리 골똘히 하십니까?"

다니엘 공작이 대화에 참여하지 않고 홀로 생각에 잠긴 안트리온에게 물었다.

"린트벨에 대해 생각하였다."

"마음에 걸리는 것이 있으십니까?"

안트리온이 피식 웃었다.

"공작도 들어본 적이 있겠지? 황제에게 대대로 내려오는 어떤 책에 대해서 말이야."

"아."

짚이는 게 있는 모양이었다.

"가문 총람 말씀입니까?"

황태자가 끼어들었다. 안트리온이 고개를 끄덕였다.

"뭐라고 적혀 있었습니까?"

황태자의 눈이 호기심으로 반짝였다.

가문 총람은 티오렌 황제가 대대로 물려받는 일종의 지침서로 자국 귀족은 물론 타국 귀족, 황족, 왕족들에 대한 개인적인 견해가 기록된 책이었다. 선황제들의 통찰력과 정치적 견해를 엿볼 수 있는데, 제위를 물려받은 후대가 신하를 대하는 기본 방향을 정하는 데 도움을 주기 위해 작성되기 시작했다고 한다.—아니면 그냥 뒷말이 하고 싶었던 걸지도. 기행을 빵 먹듯 일삼았던 스타라 1세를 생각하면 상당히 신빙성 있는 가정이다—정치란 사람으로 시작해 사람으로 끝나는 일이기 때문이다.

"사람도 집단도 시간이 지나면 변하게 마련이지. 티오렌의 영광된 개국을 함께 했지만 망해 사라진 가문도 여럿, 권력에 물들어 타락한 가문도 있었다. 반면에 질릴 정도로 한결같은 성향을 유지하는 가문도 몇 있는데 티오렌에 있는 그런 가문들 중 하나가……."

"오."

"린트벨이다."

"선황께서는 뭐라고 평하셨습니까?"

다니엘 공작이 물었다. 잠깐 생각하던 안트리온이 답했다.

"언제나 거기 있을 것이다."

다니엘 공작이 고개를 끄덕였다.

"전대 린트벨 백작을 상당히 좋아하셨지요."

"가장 혹평한 분은 브레디세 4세셨지. '대대로 재미없는 위인들. 총애할 필요는 없으나 멀리하지도 마라.'라고 쓰셨더군."

공작이 쓴웃음을 지었다. 브레디세 4세는 칭찬과 아부를 좋아하는 거로 꽤 유명했던 황제였다.

"그 외에는 대부분 그 강직한 기질과 충성심에 대한 얘기였는데 문득 샤트린 3세가 남기신 말씀이 떠올라서 말이야."

"좀 달랐습니까?"

"린트벨이 네게 와 인사보다 긴말을 간한다면 귀 기울여 들으라."

피이, 황태자가 바람 빠지는 소리를 내며 야유했지만 안트리온은 개의치 않았다.

"실제로 헤이엄 그가 그렇게 긴 얘길 하는 건 처음 들었다."

"뜻밖에 능변이더군요."

"진심을 말해서겠지."

안트리온의 대꾸에 다니엘 공작이 '어라, 이거 봐라?'라는 표정을 지었다.

"뭡니까, 이미 마음을 정하신 거였습니까?"

안트리온이 어린애처럼 입을 삐죽였다.

"그럼 어떤 군주가 그런 말을 듣고 꼬리를 빼나?"

다니엘 공작은 그럴 줄 알았다는 얼굴로 절레절레 고개를 저었다.

"하긴 시아렌 황가가 허세와 명예욕 빼면 뭐가 남습니까?"

"어허, 무엄한 주둥이로고."

머리가 희끗희끗해지기 시작한 두 중년은 황태자가 지켜보고 있다는 것도 잊고 홍안의 소년처럼 말씨름을 벌였다. 황태자는 이미 결론을 내렸으면서 자기는 왜 불렀냐고 짜증을 내며 돌아갔다. 안트리온이 결정에 찬성하냐고 묻자 '지금은 아바마마가 황제니 하고 싶은 대로 하십시오.'라고 시큰둥하게 대답했다.

"저거 또 만사가 귀찮은 모양이로군."

황제가 혀를 차며 황태자 제디안의 심리 상태를 정확하게 짚어 냈다. 다음 대 황제가 될 제디안은 성격도 원만하고 똑똑하고 일도 제법 잘했지만, 가끔 발작처럼 찾아오는 저 게으름 병이 문제였다. 그 시기엔 생각하는 것 자체를 귀찮아해 휘하 보좌관들이 결재 서류를 들고 발을 동동 굴렀다.

"저거 그냥 둘 건가? 어떻게 좀 해 보게."

안트리온이 다니엘 공작에게 해결책을 촉구했다.

"제가 왜요? 제가 보좌할 것도 아닌데."

"허…… 이런 고얀 늙은이를 봤나. 자네는 우리 티오렌의 미래가 걱정되지도 않는가?"

"송구하오나 제가 죽고 난 뒤의 일은 관심 없습니다. 수행하는 인사가 고생 좀 하겠지만, 그게 저와 무슨 상관입니까? 제일 골치 아픈 놈이 알아서 하겠지요."

다니엘 공작은 당당하게, 나만 괜찮으면 된다는 이기주의를 선언했다.

"허허. 자넨 참 나쁜 어른일세."

"침묵으로 동의하시는 폐하도 오십보백보입니다."

"허허허, 그 입 다물라, 공작."

오래된 악우답게, 죽이 척척 맞았다.

소소한 한담을 조금 더 나눈 다니엘 공작도 처리해야 할 일정이 있어 곧 자리를 떴다. 혼자 남은 안트리온은 헤이엄이 내건 조건에 대해 장고에 들어갔다. 린트벨의 돌직구는 충분히 경험했으니 이번엔 협상력을 알아볼 차례 아니겠는가. 그때 데라도가 조용히 들어와 황제의 원기를 돋울 차를 내놨다.

"베아트리체 님께서 폐하를 위해 특별히 보내셨습니다."

"그래?"

안트리온은 즐거운 마음으로 찻잔을 들어 올렸다.

"오. 오늘도 향이 무척 좋구나. 내가 요즘 이 맛에 격무를 견디……노라……."

으음.

홀짝.

아무 말 없이 맑은 차를 모두 비운 안트리온은 빈 찻잔을 가만히 내려놓으며 방금 떠오른 상념의 꼬리를 붙잡았다.

어디 보자.

둘이 서면 그림은 꽤 괜찮고, 좀 추운 지방인 게 걸리지만 아비가 정정하니 장남이 린트벨에 자리 잡는 건 한참 후가 될 터. 적응할 시간은 그 정도면 충분하지. 음, 나쁘지 않아. 안트리온은 홀로 고개를 주억였다.

린트벨가의 장남 테린 린트벨이 아직 미혼이었다. 그를 사위로 삼는다면 여러 말 하지 않아도 린트벨을 지지한다는 확실한 의사 표현이 될 것이다. 징징대는 귀족들을 하나하나 붙잡고 그 사실을 머리에 박아 주지 않아도 되는 것이다.

린트벨 백작도 본인이 요구한 '황제의 인정'을 위해 필요한 조치라고 설명하면 그 필요성을 충분히 이해할 테고. 물론, 그게 아니더라도 황실과의 혼사를 거절하는 건 정치적으로 상당히 부담스러운 일. 헤이엄은 순순히 고개를 끄덕이리라.

'그런데 아무나 내 사위가 될 순 없거든. 그런 영광을 차지하려면 성의 표시를 제대로 해야지.'

예를 들면 고대 마도 문명 유물 같은.

1년에 기록석 두 개는 너무 적지 않나? 후후후, 암, 그렇고말고.

딱 맞는 방법을 찾았다고 생각한 안트리온이 혼자 음흉하게 웃었다. 린트벨 백작의 요구와 베아트리체의 소망이 한꺼번에 해결되니 이 아니 좋을쏘냐. 게다가 린트벨을 지켜보며 얻게 될 새로운 즐거움도 기대됐다.

린트벨은 가문을 연 이후부터 지금까지 계속 북부에 머물며 중앙과 거리를 뒀다. 그 때문에 청렴하고 강직하다는 인상이 강해 알게 모르게 지방 귀족들의 구심점이 됐다.

그런 린트벨이 유적의 주인이 되고 황실과 엮이면 싫어도 중앙 정계에 얼굴을 내밀어야 한다. 그저 알고만 지내던 귀족들이 온갖 속셈을 숨기고 치근덕거리는 진짜 복마전에.

그렇게 급변한 환경 속에서 린트벨은 과연 어디까지 린트벨다울 수 있을까?

'어쩌면 윗대와 다른 이야길 가문 총람에 적게 될지도 모르지.'

흥미로운 관전 포인트를 발견한 안트리온은 벌써 웃음이 났다. 느닷없는 유물과 느닷없는 비밀, 또 느닷없는 진언으로 자신을 당황하게 만든 헤이엄이 곤혹스러워하는 모습을 보고 싶어 그러는 건 절대, 아니었다.

정말이다.

Sweet Home

1

「보내 준 물건은 잘 쓰고 있어요. 영애의 말대로 화병에 넣는 물에 탔더니 향도 진해지고 효과가 즉각적이었어요. 무엇보다 아바마마께 정말 도움이 된 것 같아 기뻐요.」

베아트리체의 감사 편지였다. 제니스는 베아트리체에게 아밀라가 만든 약물 하나를 선물했다.

이 세계에도 식물의 방향을 이용하는 아로마 요법이 존재했다. 약물은 그런 방향 효과를 높이는 증폭제였다. 제니스가 사용해 보니 긴장 완화와 스트레스 해소에 직방이었다.

—는 베아트리체에게 알려진 표면적인 사실이었고.

실제론 여기에 마법 하나가 추가되었다. 향을 맡을 때 머릿속에 떠올린 사람을 깊이 인식하게 되는, 일종의 매혹 마법이었다. 시종장이 베아트리체의 공을 꿀꺽하지만 않는다면 아마 부녀 사이가 매우 돈독해질 것이다.

「황제 폐하는 청개구리 같은 면이 있으십니다. 아버지와 공작 각하께서 대화하는 걸 몰래 엿들었는데, 조금만 심술이 나도 누가 원하는 걸 곧이곧대로 들어주는 법이 없으시대요. 그러니 황제 폐하께 원하는 것이 있다면 절대 먼저 졸라서는 안 됩니다. 자연스럽게 폐하의 호의를 사거나, 아니면 바라는 쪽을 선택하도록 유도하는 것이 가장 좋습니다.」

실세 가문의 영애답게 이자벨의 정보는 유용했다.

「계속 황제 폐하의 시선 안에 있도록 황녀님을 독려하겠습니다. 그런데 그런 행동이 이번 일에 도움이 되는 건 확실합니까?」

제니스의 일도 열심히 도와주었다. 중간중간 불안함을 드러내기도 했지만 그건 제니스가 어떻게 해 줄 수 있는 부분이 아니었다. 확실한 건 아무것도 없었다. 변수는 어디에나 존재하고 사람의 마음을 흔드는 일은 특히 더 그러니까.

「백작께서 황제 폐하를 알현하고 오셨네. 하고 싶은 말씀은 모두

하셨다고, 이제 기다리는 일만 남았다고 하시는군. 과연 백작께서 자신하신 대로 될지, 기대 반 걱정 반일세.」

하버 남작도 중간 상황을 알리는 편지를 보냈다. 꾹꾹 눌러 쓴 서체가 살짝 떨리는 것이 노회한 상인도 어지간히 긴장되는 모양이었다.

그는 헤이엄의 요청으로 제누아의 초순쯤 린트벨에 왔다. 린트벨은 하버 남작에게 드래곤 이빨 협곡의 유적을 공개하고 그 처리까지 함께 의논하기로 했다.

산전수전 다 겪은 상인답게 그는 산맥 탐사 중간에 발생한 이 돌발 상황을 유연하게 받아들였다. 이야기 도중 황녀와 테린의 관계가 나와 잠깐 휘청거리기는 했지만.

계산적인 그는 제니스와 죽이 맞는 구석이 많았다. 하버 남작도 그 사실을 느꼈는지 그녀와 눈이 마주칠 때마다 아주 오묘한 표정을 지었다. 사실 제니스가 회의에 참석한다는 말을 들었던 순간부터 그런 얼굴이긴 했다. 그리고 로이드에게 뭐라고 했는지 얼마 후 그에게서 우는 소리 가득한 편지 한 장이 날아왔다.

'지금 거기서 무슨 일이 벌어지고 있는 겁니까? 아버지가 절 가문 명부에서 파 버리겠다고 하십니다. 그런데 마도 문명 유적이 발굴되었다는 게 사실입니까? 저에게도 비밀로 하시다니 너무합니다.'라고 징징거리는.

답장은 플로라에게 맡겼다. 하버 남작이 뭘 눈치챘든 이제 그 두 사람이 감당할 문제 아니겠는가.

발견된 유물의 처리를 두곤 의견이 크게 두 가지로 갈렸다.

숨길 것 없이 모두 공개하자고 주장한 쪽은 헤이엄이었고, 적당히 선별해 황실과 거래를 하자고 주장한 사람은 제니스와 하버 남작이었다. 그러나 늘 타인의 의견을 귀 기울여 듣던 헤이엄이 이번만은 완강했다.

"지금 중요한 것은 이 순간을 모면하는 것이 아니오. 우리의 결정이 티오렌과 대륙의 미래에 큰 영향을 끼칠 거라는 사실이지. 그런 경우엔 눈앞의 이익이나 효율, 위험성 따위로 일을 판단해선 안 되오. 무엇이 더 바람직한지를 봐야지. 그리고 한마디 덧붙이자면, 린트벨은 지금까지 어떤 위기도 돌아서 간 적이 없소."

헤이엄이 위풍당당하게 가슴을 내밀자 몸을 사리자던 가신들이 순식간에 돌변해 '오오, 과연 주군이십니다!'라고 손가락을 치켜세웠다. 그들의 머릿속엔 마지막 문장만 남은 게 분명했다.

"……."

"……."

제니스와 하버 남작은 결국 두 손을 들었다.

참 잘나셨어요, 아버지. 제니스가 속으로 구시렁거렸다.

기본 입장은 헤이엄이 정했지만 그로 인해 파생될 세부적인 사항은 가신과 밑에 있는 사람들 몫이었다. 제니스와 하버 남작의 손까지 탄 최종 작전은 시아렌 황가의 과시욕을 자극하는 데 초점을 맞췄다.

제니스는 이자벨과 베아트리체로부터 황제 안트리온의 기질, 성향, 버릇 등을 쭉쭉 뽑아냈다. 하버 남작은 황궁 소식을 자기 집 응접실처럼 들여다보는 그녀를 어느새 탐나는 눈으로 바라봤다.

쥬안에서 흘러나온 소문 때문에 황제의 스트레스가 극에 달했다고 생각될 무렵, 헤이엄이 황제를 만나기 위해 로하샤이엄으로 떠났다. 경과를 관찰하고 헤이엄을 보좌하기 위해 하버 남작이 밀착 동행했다. 제니스 본인이 가고 싶었지만 여러 가지 문제가 발목을 잡았다.

먼저 플로라와 테린이 지난 학기말 제니스에게 발생한 소문이 아직 완전히 해소되지 않았다는 것을 이유로 강력한 반대를 표했고, 마르티아도 '겨울엔 온 가족이 함께'라는 원칙이 지켜지길 바랐다. 헤이엄이 부득이하게 자리를 비운다고 하더라도 말이다.

린트벨을 방문한 반가운 손님도 접대해야 했고, 게다가.

"아니 이런 망측한 물건을 아가씨께 내밀겠다는 겁니까?"

"약을 다루는 자가 그 무슨 편견에 찌든 소린가. 약도 독도 모두 사람을 살리고 죽일 수 있음을 알아야지."

……저 말썽꾸러기들도 관리해야 했다.

"그러니까 기어코 내밀겠다는 말씀이시구려?"

"자네가 몰라서 그러네. 이 약으로 말하자면 초천재인 내가 돈을 갈퀴로 긁어모을 수 있었던 원동력……."

제니스는 닫힌 창문 너머에서 희미하게 들려오는 실랑이를 들으며 삐뚜름하게 웃었다.

기록석 관리, 연구의 공식적인 책임자는 네일이었지만 실질적인 비공식 책임자는 제니스였다. 그건 유물의 분류와 연구를 몽땅 떠맡은 두 사람, 아밀라와 오웬이 제니스의 책임하에 있었기 때문이었다.

"아가씨!"

"아가씨이!"

두 사람이 동시에 문을 박차고 들어왔다. 씩씩거리는 것을 보니 일 층을 지나 이 층까지 오는 사이 감정이 더 격해져 눈에 뵈는 게 없는 것 같았다.

"아가씨, 다시 한번 생각해 보세요. 이런 자를 가문에 들이는 건 한 점 오욕 없던 린트벨 300년 역사에 먹칠하는 겁니다."

아밀라가 먼저 포문을 열었다.

"아이고 아가씨, 이런 꽉 막힌 여잘 어디서 찾으셨습니까? 이 약으로 말씀드릴 것 같으면 저에게 황금손이라는 별칭을 안겨 준 바로 그 정으브으으."

아밀라가 시뻘게진 얼굴로 오웬의 입을 틀어막았다. 춥다고 닥치는 대로 옷을 껴입은 그는 산자락 눈사람과 구별되지 않는 동글동글한 사지를 흔들며 살기 위해 발버둥 쳤다.

"으……으브브븝!"

가관이었다. 이마에 십자 마크를 단 제니스가 조용히 선언했다.

"교육을 받은 지 여러 날이 지났는데 아직도 노크하는 법을 모르다니 정말 실망이네. 욜라 부인에게 책임을 물어야겠어."

엎치락뒤치락하던 두 사람이 순식간에 돌처럼 굳었다. 넋을 잃은 표정으로 제니스를 바라보던 아밀라가 먼저 정신을 차렸다.

"저는 문을 두드리려 했는데 저자가 다짜고짜 열었습니다."

그녀는 재빨리 동료—이자 원수—를 팔았다.

"뭐라고? 아닙니다, 아가씨. 급하게 오느라 몸이 미끄러져 그랬습니다. 저 여자야말로 아가씨를 뵙고도 인사를 드리지 않았습니다."

오웬도 얼른 되받아쳤다. 제니스가 한쪽 입꼬리를 올리며 상냥한 얼굴로 전달했다.

"그렇다는군요, 욜라 부인. 두 사람 다 잘못했으니 적절한 훈계와 재교육을 부탁합니다."

나무토막처럼 굳어 버린 오웬과 아밀라가 설마 하는 눈으로 뒤를 돌아보았다. 그들이 활짝 열어젖혀 둔 문 너머엔 머리카락 한 올 흐트러지지 않은 중년 여인이 서늘한 안광을 뿌리며 서 있었다.

"알겠습니다. 아가씨."

그녀가 가볍게 허리를 숙이며 제니스의 지시를 받아들였다. 그 모습을 본 오웬은 허거걱 놀란 숨을 삼켰고 아밀라는 현기증이 난 사람처럼 휘청거렸다. 그들의 동요를 못 본 척 지나친 욜라 부인이 제니스에게 다가와 용건을 전했다.

"마님께서 중앙 테라스에서 기다리십니다."

"알겠어요."

그리고 떨고 있는 1남 1녀에게 차가운 미소를 던졌다.

"그럼 두 분은 저를 따라오세요. 지금 당장."

아밀라와 오웬은 사형장에 끌려가는 죄수처럼 어깨를 늘어뜨린 채 욜라 부인의 뒤를 따랐다. 반항은 생각도 못 하는 가련한 눈동자. 제발 마음을 돌려 달라는 두 사람의 간절한 눈빛을 제니스는 끝내 모른 척했다.

제니스가 오웬을 다시 만난 것은 아르샤의 배에 오른 지 3일이 지났을 때였다. 섬 주위 수색을 마친 아르샤는 사로잡은 해적들을 심문하고 대부분 참수했다. 그나마 죄질이 가볍다고 생각되는 자만 낙스에서 종신 노역형에 처할 예정이었다. 그렇게 일이 마무리되던 즈음 아르샤가 제니스를 불렀다.

"이자가 그대를 안다고 난리인데 사실인가?"

"크허어엉, 아가씨! 살아 계실 줄 알았습니다."

제니스를 본 오웬이 눈물을 뚝뚝 흘리며 소리쳤다. 얼마나 반가워하는지 누가 보면 그녀의 오래된 노복이라도 되는 줄 알았을 것이다.

"그러는 영감이야말로, 살아 있었군요."

제니스의 말투가 쌀쌀맞자 오웬이 다급하게 매달렸다.

"아이고 왜 그러십니까, 아가씨. 아가씨 말씀대로 거기서 꼼짝하지 않았습니다. 그런데 섬이 제멋대로 쪼개지더니 정신을 차려보니 바닷속 아니겠습니까? 제발 이분들께 제가 해적들과 한패가 아니라는 걸 좀 말씀드려 주십시오."

"내가 왜?"

"흐어어엉, 천사 같은 아가씨이이! 살려 주십시오. 한 번 살려 주신 목숨, 끝까지 살려 주십시오. 네에에에에?"

하. 제니스는 헛바람을 뿜을 뻔했다.

이거 어디서 한 번 들어 본 말 같은데? 같은 라트 일족이라 이거냐. 물에서 건져 놓으니 보따리도 내놓으라는 생떼까지 닮았다니, 마법사들끼리 뭐 커뮤니티라도 해? 위기 돌파 필생 전략은 이런 거다 같은 주제로?

그녀가 고개를 설레설레 저은 후 아르샤를 바라봤다.

"죽이실 건가요?"

"아는 자인가?"

"해적들의 감옥에 갇혀 있는 것을 보았어요. 하지만 그게 해적이 아니라는 증거는 아니겠지요."

'아가씨!' 오웬의 애걸복걸이 다시 이어졌지만 시끄럽다는 한마디로 잠재웠다. 그랬더니 이번엔 두 눈 가득 눈물을 담고 애절한 시선을 쏘아 댄다. '살려만 주시면 뭐든 하겠습니다. 제발!'이라고.

"이미 죽이기로 하셨으면 그렇게 하시고, 아니면 저에게 주세요."

"이유는?"

제니스가 웃음기를 지우며 낮은 목소리로 중얼거렸다.

"제가 보이고 싶지 않은 모습을 본 사람이에요."

게다가 쓸데없이 아는 게 너무 많지.

해석은 자유라고, 무슨 상상의 나래를 펴는 것인지 굉장히 미안한 얼굴을 한 아르샤가 '내 생각이 짧았군.'이라고 사과했다. 오웬을 넘겨 달라는 그녀의 부탁도 들어주었다. 어느 모로 보아도 해적과 거리가 멀어 보이는 노인이었지만 그냥 놓아주기도 찜찜했는데 제니스가 처리를 맡아 준다면 안심이었다. 겸사겸사 그녀에게 진 마음의 빛을 갚는 기분이기도 했고.

그렇게 안도와 불안이 교차하는 얼굴로 제니스 일행에 합류한 오웬은 린트벨에 도착하고 어느 정도 시간이 지나자 초반에 보인 의기소침한 모습에서 벗어나 조금씩 예전 모습을 되찾았다. 즉 일상화한 잘난 체, 호의호식 주의, 뻔뻔함 같은 것들이 슬슬 모습을 드러냈다.

아밀라는 질색했다. 그녀는 오웬의 모든 것을 싫어했다. 같은 라트 일족에, 마법사라는 교차점이 있다는 사실까지 불행해했다.

"아가씨, 길에서 아무거나 주워 오지 마세요."

냉기가 뚝뚝 떨어지는 목소리였다. 오웬을 처음 본 자리에서 그랬으니 말 다한 거지. 아니, 처음 본 자리는 아닌 걸까? 아무리 봐도 이건 이미 아는 사이. 뭔가 역사와 사연이 꿈틀대는 애증의 천적 관계였다. 수다스러운 오웬까지 아무 말 않는 게 아주 수상쩍었다.

뭐, 과거가 어쨌든 지금부터는 사이좋게 지내길 바라. 욜라 부인의 교육에서 살아남는다면 싫어도 깊은 전우애로 맺어지게 될 테니. 이게 다 만나기만 하면 으르렁대는 두 사람을 위한 주인님의 깊은 뜻임을 알아다오.

* * *

"어서 오렴 제니스."

백작 부인 마르티아가 부드러운 미소로 제니스를 맞았다. 중앙 테라스에는 마르티아와 엔시아 그리고 셀리어트 자작 부인 로시아네가 먼저 자리를 잡고 있었다.

"제가 늦었군요. 죄송합니다, 어머니. 죄송합니다, 자작 부인."

제니스가 무릎을 굽히며 두 사람에게 사과했다.

"어머 우리 사이에 무슨. 신경 쓰지 말아요, 제니스."

로시아네가 화사하게 웃으며 손사래를 쳤다. 그녀는 약 2주 전부터 린트벨에 머무르고 있었다.

제니스의 소개로 마르티아와 편지를 주고받게 된 로시아네는 늘 한번 린트벨을 방문하겠다고 말해 왔다. 하지만 그 말을 이렇게 빨리 실행에 옮길 줄은 아무도 몰랐다. 그것도 몹시 추운 린트벨이 특히 추운 계절을 골라서. 린트벨의 겨울이 셀리어트보다 세 배는 춥다는 걸 몰랐던 걸까?

의문은 네일이 풀어 주었다. 그는 셀리어트에 나가 있는 트로잔 준남작과 업무상 긴밀히 연락하고 있었다.

"셀리어트 자작과 싸운 것 같다."

제니스는 잠시 할 말을 잃었다. 부부 싸움 때문에 린트벨까지 오다니, 늦바람이 무섭다지만 참 뜨거운 부부였다. 이러다 셀리어트 자작까지 나타나고, 세상에서 가장 재미있다는 드라마를 공짜로 시청하게 되는 건 아닌지 모르겠다.

어쨌거나 그런 내색 전혀 없는 로시아네의 관대함에 감사를 표한 제니스가 다소곳이 자신의 자리에 앉았다.

"좀 일찍 다녀."

엔시아였다. 으. 네, 언니. 제니스가 슬쩍 시선을 피했다.

그녀에게 마르티아가 아프다는 거짓말을 한 여파는 컸다. 린트벨에 돌아온 후 만난 그녀는 제니스를 볼 때마다 옆구리를 꼬집으며 무슨 꿍꿍이였냐고 추궁했다. 데이지까지 먼저 린트벨로 돌아왔으니 그런 의심을 사는 게 당연했다.

마르티아와 엔시아는 테린이 없어졌다는 건 알았지만 제니스가 납치됐던 건 몰랐다. 데이지가 홀로 돌아온 건 '아가씨의 지시'라고 말한 데다 헤이엄도 로하샤이엄에 가서야 제니스가 없어진 걸 알았기 때문이다.

그는 마르티아가 걱정할까 소식을 전하는 걸 미뤘고, 다행히 제니스는 조용하고 신속하게 제자리로 돌아왔다. 마르티아는 그 후 들은 헤이엄과 테린의 설명에 한 점 의문도 가지지 않았지만 엔시아는 아니었다. 그녀는 제니스에 대한 감시와 관찰의 눈길을 멈추지 않았다.

"아. 아무리 봐도 장관이에요. 이렇게 많은 눈이 내릴 수 있다니 너무 놀라워요."

티타임이 시작된 후 창밖을 내다보던 로시아네가 감탄했다. 그녀가 이곳에 온 후 하루에 한 번씩 하는 말이었다.

현재 제니스를 비롯한 린트벨 일가와 로시아네가 머무는 곳은 린트벨성 아래 딜랑 마을에 자리한 개인 저택이었다. 린트벨성의 추위를 견디지 못하는 백작 부인을 위한 거처로, 여린 이미지와 달리 강단 있는 마르티아는 대부분 비워 두는 곳이기도 했다. 그러나 린트벨성은 중요한 손님—상당한 금액을 투자한 가문의 안주인—을 대접하기에 적당한 곳이 아니었고, 외부인의 출입을 제한하는 문제도 있어 이곳을 단장해 로시아네를 맞았다.

중앙 테라스는 겨울에도 바깥 경치를 감상할 수 있도록 지어진 곳이었다. 반구형으로 돌출된 구조는 가장자리가 모두 유리로 마감되어 언덕 아래 딜랑 마을이 한눈에 내려다보였다. 특히 지금처럼 눈이 쌓인 날이면 아름다운 설경을 감상할 수 있었다.

"셀리어트의 겨울은 어떤가요?"

마르티아가 웃으며 물었다.

"말씀드리기 민망하지만 제법 춥고 흐린 날이 많아요. 눈은 몇 년에 한 번 정도 오는데 이 정도로 쌓이는 일은 없지요."

"눈이 쌓이지 않는 겨울이라니, 전 그게 오히려 신기해요, 부인."

엔시아도 대화에 참여했다.

"어머, 그럴 수도 있겠군요. 그럼 내년엔 백작 부인과 엔시아 양이 저희 셀리어트에 들러 주세요. 린트벨만큼 장엄하진 않지만 소소한 아름다움이 있는 곳이랍니다."

콜록. 제니스가 작게 기침했다.

……소소하다니요, 대륙에서 둘째가라면 서러운 휴양지인데. 플로라는 며칠간 입을 다물지 못했답니다.

"초대해 주신다면 기꺼이 가겠어요. 괜찮죠, 어머니?"

마르티아의 눈치를 살핀 엔시아가 얼른 대답했다. 말은 안 했지만 제니스와 플로라의 셸리어트 여행이 많이 부러웠던 것 같다.

"자작가에 폐가 되지 않는다면 그렇게 하자구나."

"폐라니요, 린트벨이라면 언제나 대환영인걸요. 어머, 눈이 더 오네요. 세상에!"

로시아네가 창가로 달려가 유리창에 얼굴을 바짝 붙였다.

"너무 신비로워요. 떠날 날짜가 가까워진다는 게 슬프네요."

"호호호, 그렇게 마음에 들어요?"

"네, 백작 부인. 집으로 가져가고 싶을 정도예요."

그녀의 말에 모두 웃음을 터트렸다.

"그럼 가져가세요."

잔웃음을 갈무리한 마르티아가 불쑥 말했다.

"네?"

"우리 제니스가 부인을 위해서 솜씨를 발휘해 줄 거랍니다. 그렇지, 제니스?"

"……그럼요, 어머니."

제니스가 화사하게 웃었다.

'아, 진짜. 할 일 엄청 많은데.'

라는 불만을 미소 뒤에 숨기며 로시아네에게 다정하게 말했다.

"오늘 늦은 것에 대한 사과의 선물이라고 생각해 주세요."

"아이참, 그 일은 신경 쓸 필요 없다니까요. 하지만 주신다는 선물은 감사히 받겠어요. 백작 부인께서 입에 침이 마르도록 칭찬한 제니스의 자수 실력이 너무 궁금하거든요."

"호호호, 자랑하는 것 같아 좀 그렇지만 정말 훌륭하답니다."

"호호호, 너무 기대돼요."

"하하, 하……."

어머니, 그게 사실이긴 한데 동네방네 그러시니 제가 좀 민망하네요.

제니스가 억지웃음으로 호응하는 와중, 엔시아가 단호한 목소리로 제목은 자신이 짓겠다고 통보했다.

2

그날 밤, 제니스는 투덜거리며 수틀을 잡았다. 낮에는 유물과 관련된 일을 해야 하므로 저녁 이후밖에 시간이 나지 않았다. 자작 부인이 돌아갈 때까지 완성하려면 시간이 빠듯했다.

낮과 다르게 휑한 중앙 테라스에 홀로 자리를 잡은 그녀는 창밖을 바라보며 신중하게 밑그림을 그렸다. 협곡 가장자리를 따라 세워진 린트벨성은 요요한 달빛 아래 검은 거인처럼 보였고, 소복한 흰 눈을 머리에 인 딜랑 마을은 동화 속에 나오는 얼음 요정들의 보금자리 같았다.

제니스는 그런 아이 같은 감상을 떠올린 자신이 재미있어 피식 웃음을 흘렸다.

생각해 보면 지난 10여 개월간 참 많은 일이 있었다.

플로라는 첫사랑에 빠졌고, 자신은 욱하는 마음에 그 철없는 사랑 놀음을 한손 거들었다.

우르르 몰려다니며 이유 없는 호의와 적의를 생산하는 귀족 아이들의 삶을 엿보았고, 원하는 것이 있으면 무조건 앞으로 달려 나가 움켜쥐는, 순수하게 이기적이고 재수 없는 한 소녀를 알았다.

웬만한 귀족은 눈 아래로 보는 왕족인 주제에 열심히 뒤통수나 맞고 다니는 어수룩한 대공과 그를 알차게 우려먹은 나쁜 놈도 만났다.

그리고 어느 순간, 린트벨을 떠날 때만 해도 확고하던 관찰자이자 방관자의 자리를 벗어나 있는 자신을 발견했다. 언제 그렇게 되었는지 모르겠다. 자신은 생각보다 음…… 기분파였던 모양이다.

"아이참, 여기 계셨던 거예요?"

데이지가 화로를 들고 나타났다.

"이 추운데 숄도 안 걸치고!"

잔소리가 덤처럼 따라왔다.

"거봐, 내 말이 맞잖아. 혼자 궁상떨고 있을 줄 알았어."

플로라가 건들거리며 다가왔다.

"언제 왔어?"

"아까."

그녀가 제니스의 옆자리를 차지하고 앉았다. 제니스의 발치에 화로를 내려놓은 데이지가 그새 티 세트를 챙겨 종종거리며 다가왔다.

"남작 부인께선 평안하시지?"

"응."

"필렌에 좀 더 있을 줄 알았더니?"

"서러워서."

제니스가 푸 웃었다. 필렌 남작 부인의 아들 사랑은 유명했다. 어느 가문이나 딸보다 아들을 우선했지만 남작 부인은 그런 성향이 좀 심했다. 그동안은 네일이 로하샤이엄에 있어 직접적인 차별을 느끼지 못했던 플로라가 이번 겨울 상대적 박탈감을 톡톡히 맛본 모양이었다.

"뭐 해?"

"보는 대로."

제니스의 수틀을 넘겨다본 플로라가 자리에서 일어나 창가로 다가갔다. 옅게 김이 서린 유리를 살짝 문지르고 내다본 바깥 풍경은 눈을 깜박이는 게 아까울 정도로 아름다웠다. 달이 밝은 밤이었다.

"좋다……."

창틀에 몸을 기댄 플로라가 작게 중얼거렸다.

"이 풍경을 보는 것도 몇 년 남지 않은 거겠지?"

"아마."

제니스가 솔직하게 답했다. 툴란 산맥 개발 사업이 어이없이 파투 나지 않는 한, 플로라는 하일리움을 졸업하자마자 바로 결혼하게 될 것이다. 2년. 십 대 소녀에게 길다면 긴 시간이지만 놓아야 할 것들을 생각하면 안타까울 정도로 짧은 시간이기도 했다.

"로이드에게 여기서 살자고 졸라 볼까?"

제니스의 입가에 비웃음이 떠올랐다.

"하버 남작이 참 좋아하시겠구나."

"흥. 생각도 못 하니?"

플로라가 가자미눈을 하며 제니스의 옆으로 돌아왔다. 그녀는 데이지가 가져다준 쿠키를 손끝으로 부수며 입을 삐죽거렸다.

"기분이 싱숭생숭해."

"왜?"

"그냥……. 얼마 후면 익숙하던 이 모든 것들과 이별해야 하는구나 싶어서. 어머니와 아버지 얼굴을 당연하게 보는 시간도 얼마 남지 않은 거잖아. 그런데 우리 어머닌 네일 오라버니만 신경 쓰느라 나랑은 눈도 안 마주친다니까."

제니스는 수틀에서 눈을 떼 쿠키를 가루로 만들고 있는 플로라를 쳐다봤다.

"그러는 너도 만난 지 두 달 된 남자 때문에 죽네 사네 하다가 남작님이 알면 뒤로 넘어갈……."

"친구야."

"왜."

"거기까지 해."

테이블 위의 쿠키가 모두 형체를 잃은 게 보였다. 친구가 그런 말을 할 때 적절한 호응과 콧소리 섞인 위로가 필요한 법이라고 충고한 플로라는, 피곤했는지 교양 없이 하품을 쩍 하며 몸을 비틀었다.

"가서 자."

아마 데이지가 발 빠르게 플로라의 방을 준비해 두었을 거다.

"그럴까? 그러고 보니 여기서 자는 거 굉장히 오랜만이네. 너는 계속 있을 거야?"

"응. 좀 더 해야 돼."

"들었어, 자작 부인께 선물로 드리기로 했다고. 아, 인사드려야 하는데 너무 늦었나?"

"많이 늦었지."

고개를 주억거린 플로라가 뛰듯이 자리에서 폴짝 일어났다. 수고하라는 말을 남긴 그녀는 미련 없이 제니스의 곁을 떠났다.

테라스는 다시 고요함을 되찾았고 화로의 열기는 아직 후끈했다. 제니스는 잠시 수틀을 내려놓고 조금 전 플로라가 섰던 창가로 다가 갔다. 더 짙어진 밤이 긴 그림자를 드리우고 있었다.

'좋네…….'

창밖을 내다본 제니스가 동의했다.

사실 플로라의 사정은 그녀 혼자만의 것이 아니었다. 그건 제니스에게도 얼마 남지 않은 일. 길면 5년, 그 이상 미혼으로 남는다면 영락없이 문제 있는 노처녀 소리를 들을 것이다.

조금 더 빨랐으면 좋았을까?

자신에게 던져진 두 번째 인생, 처음 경험하는 가족이라는 울타리. 그 모든 것을 인정하는 것이.

모든 부모가 자식을 사랑하지는 않는다. 하지만 자식을 사랑하는 부모도 많다. 확률적으로 후자가 훨씬 더 많은데 제니스는 그걸 인정하기가 힘들었다.

사람은 위선적이니까. 성인 대 성인은 솔직하기라도 하지, 아이를 대하는 어른은 조금 더 가식적이다. 버릇처럼 좋은 사람인 척한다.

괜찮다고 해도 마음이 변할지 몰라, 힘들고 불편한 일이 닥치면 순식간에 얼굴을 바꿀지 몰라, 그러니 조금 더 지켜보자.

그게 16년이었다. 끊임없는 시험을 던진 16년.

'이래도 나를 버리지 않을 건가요?'

앨리스 셀리어트에게 느낀 강한 거부감은 동족 혐오였을지도 모른다. 로시아네는 앨리스가 가족의 애정을 확인하기 위해 계속 사건을 일으키는 거라고 말했다. 그건 제니스가 무의식중에 던지는 이 끊임없는 시험과도 닮아 있었다.

물론 지금도 인정할지 말지 고민 중이긴 하다. 과대망상에 빠진 사춘기 소녀와 동급이라니, 너무 자존심 상하는 결론이라.

　다시 화로 옆으로 돌아온 그녀는 밑그림이 그려진 천 위에 신중하게 첫 수를 놓았다. 화로에서 번진 붉은 빛이 그녀의 한쪽 볼을 발갛게 물들였다. 누가 그랬다. 여행은 돌아오기 위해 떠나는 거라고.

　제니스는 좀 낯 뜨겁지만, 그만 인정하기로 했다. 그녀가 긴 여행을 끝내고 이제 막 돌아왔음을. 여기가 그녀의 집임을.

에필로그

에필로그

1

새로운 한 해를 여는 첫 번째 달, 페임이 시작됐다.

로시아네는 빨리 돌아오라는 셀리어트 자작의 독촉—용서를 비는—편지에 예정보다 일찍 떠났고, 신년제까지 참석한 헤이엄은 고대하던 소식을 가지고 린트벨로 돌아왔다. 린트벨 일가와 가신들은 동구 밖은 아니고, 린트벨성 앞까지 나가 그를 맞았다. 테린은 열에 들뜬 얼굴로 헤이엄의 주위를 뱅뱅 맴돌다 엉덩이를 걷어차였다.

편지로 대략적인 소식을 미리 전해 들었지만, 테린과 베아트리체의 약혼 증서를 직접 확인하니 새삼 감회가 새로웠다. 황제는 두 가문의 연대와 원활한 소통을 위해 린트벨가의 장남 테린과 8황녀 베아트리체의 결혼을 요구했다. 황실의 신임을 귀족들에게 보여 주기 위해 그 정도는 해야 한다는 논리에, 헤이엄은 충성스러운 얼굴로—천연덕스럽게—그 제의를 수락했다.

황제에게 내줘야 할 게 늘어났지만 애초 유물에서 파생되는 권력은 린트벨의 관심사가 아니었다. 가지고 있어 봤자 피곤하기만 했다. '정치'는 의욕과 마음만으로 할 수 있는 게 아니었고, 린트벨이 그 영역에 발을 디디려면 조금 더 많은 경험과 시간이 필요했다.

헤이엄은 매해 다섯 개의 기록석을 황실에 넘기기로 했다. 또한 황제가 보낸 학자나 관리가 1년에 두 달 동안 유물이 발견된 유적에 거주하며 연구할 수 있도록 했다. 린트벨이 얻은 유물은 오직 황실을 통해서만 세상에 공개될 예정이었고 시아렌 황가는 귀족과 타국의 간섭을 확실히 견제해 주겠다고 약속했다.

테린과 베아트리체의 약혼식은 테린의 근신이 끝나는 마야의 끝자락으로 결정됐다. 티오렌에도 기록물이 있다는 사실을 빨리 공개하고 싶은 황제는 일의 진행을 서두르고 있었다. 자세한 얘기는 없었지만 낙스, 슈벨리안과도 접촉을 시도한 것 같았다. 세 명의 군주가 모두 같은 생각일 순 없으니 타협점을 찾으려면 꽤 오랜 시간이 필요할 터였다.

의도했던 일이 성공적으로 끝나 모두 축배를 드는 가운데, 제니스 혼자 김빠진 얼굴을 했다. 그녀는 아쉽고 씁쓸한 마음으로 오웬의 최면 마법 연구를 중단시켰다. 황제의 선택을 유도하는 이 작전의 성공률을 그리 크게 보지 않았던 그녀는 혼자 다른 수작을 부려 볼 요량이었다. 좀 과격하고, 단순하며, 비도덕적인 방식으로.

그런데 어수룩하게만 보이던 부친이 대뜸 '대성공'이란 결과를 가지고 돌아왔다. 쓸데없이 설레발을 친 그녀만 체면을 구겼다.

황제, 그렇게 쉬운 남자일 줄이야. 실망이다.

테린 린트벨과 베아트리체 황녀의 약혼이 잠깐 사람들의 시선을 끌긴 했지만, 사실 대륙은 다른 대형 이슈로 정신이 없었다. 낙스의 공격으로 궁지에 몰린 바란카도 군도가 일을 쳤다.

그들은 일부 국가가 밀약해 바란카도 군도를 중상 모략하는데 아무도 그들을 도와주지 않는다며 대륙을 싸잡아 비난했다. '진심으로 이 땅의 평화를 위해 헌신한 결과가 이런 것일 줄 몰랐소!' 끝까지 피해자란 태도를 고수한 그들은 아말 제국에 보호를 요청했다. 그리고 아말은 이를 수락했다.

100년 가까이 침묵하던 대륙 공공의 적, 아말이 대외 활동을 선언한 것이다.

각국 수뇌부가 긴급 회동을 했고 아말의 이번 결정에 대한 온갖 분석이 쏟아져 나왔다. 재계, 학계도 요동쳤다. '아말'이란 이름이 가지는 파급력이 그 정도였다.

그리고 제니스는 '아버지가 신기라도 있는 거야?' 따위의 태평스러운 생각을 했다. 지난해 이맘때쯤엔 상상도 하지 못했던 굵직한 사건들이 한 달 또는 며칠 간격으로 연이어 벌어지고 있었으니까.

천 년 넘게 묻혀 있던 고대 마도 문명의 비밀이 벗겨질 조짐이 보이고, 낙스, 슈벨리안, 티오렌이 조심스럽게 삼각 연대를 논의 중이었다. 그리고 마치 그런 움직임을 간과하지 않겠다는 듯 광활한 북쪽 땅의 지배자 아말이 기지개를 켰다.

이 모든 일이 우연이라면 우연이지만, 겹쳐진 우연은 운명이 되고, 쌓인 운명은 피할 수 없는 거대한 흐름이 된다. 아마 예민한 위정자들은 느끼고 있을 것이다. 그들이 의도하지 않은 어떤 변화가 알카오 대륙 곳곳으로 번지고 있음을.

바야흐로, 바람이 불고 있었다.

그리고 그 바람에 알게 모르게 일조한 제니스 린트벨 역시 조금 변화된 일상을 맞았다.

"아가씨, 이런 파괴적인 마나는 어디서 얻으셨어요?"

제니스가 납치되었다가 로하샤이엄으로 돌아왔을 때 그녀를 본 아밀라의 첫마디였다.

"파괴적인 마나?"

"첫인상이 그래요. 굉장히 사납고 불안정해 보입니다. 느껴지시는 게 없으세요?"

느껴지는 건 없지만, 짚이는 건 있지.

검은 태양. 무의식적으로 다가갔던 균열. 엿보았지만 기억나지 않는 세계. 폭발 시 온몸을 울리며 파고들던 파동.

"잘 모르겠는데?"

그러나 제니스는 시침 뚝 뗐고, 아밀라는 불경하게 혀를 찼다.

"둔하시긴."

그녀는 제니스 주위를 빙빙 돌며 뭔가를 고심했다. 아밀라의 말론 사람은 누구나 소량의 마나를 몸에 품고 있다고 했다. 제니스도 그랬고 납치되기 전 그녀의 마나는 그냥 평범했다는 것. 고민하던 아밀라가 한참 만에 말했다.

"저희 일족에 내려오는 마나를 다스리는 법을 배워 보시겠어요? 그대로 두면 자연스럽게 흩어질 것 같기도 한데, 사람 일은 모르는 거잖아요."

잠깐 생각한 제니스가 곧 고개를 끄덕였다.

"그렇게 하지."

사람 일은 정말, 모르는 거니까.

"그럼 나도 이제 마법사가 되는 건가?"

제니스의 말에 아밀라가 풋 웃었다.

"죄송한데 허황한 기대는 하지 마세요. 동화책에 나오는 마법은 대부분 허구입니다. 특히 사람을 개구리로 만드는 마법 같은 건 없어요. 어휴 개구리라니, 하고 많은 것 중 왜 하필 개구리죠?"

제니스가 질색하는 아밀라에게 검지를 좌우로 흔들며 혀를 찼다.

"편견을 버리게. 그게 얼마나 낭만적인 마법인데 그러나?"

잘생긴 왕자와 비위 강한 공주가 필요하긴 하지만 말이다.

그녀의 속마음을 알 리 없는—알아도 별 소용없겠지만—아밀라가 고개를 절레절레 저으며 돌아섰다.

"품격 있고 긍지 높은 주인님이 되어 달란 말은 하지 않겠습니다."

그녀는 '그건 일찌감치 포기했습니다.'라고 하며 먼 하늘을 응시했다. 축 처진 어깨가 안쓰러웠다.

"대신 상식적인 사고와 보편적인 감성만은 지켜 주시길. 제발, 부탁드립니다."

음. 뭔가 쉬우면서도 불가능해 보이는 요구였다.

제니스가 상큼하게 웃으며 "노력해 보겠네."라고 답했다. 성의라곤 한 톨도 없는 응대에 아밀라의 주름만 진해졌다. 고통받는 그녀를 보며 제니스는 '역시 선택은 정말 신중해야 하는 거구나'라는 깨달음을 얻었다. 참, 나빴다.

제니스의 몸에 평균 이상의 마나가 깃들었다는 보고를 받은 헤이엄은 그녀가 기록석 연구에 관여할 수 있는 권한을 주었다. 그쪽 분야의 지식을 직접 쌓아 혹시 모를 이상이나 변화에 빠르게 대처하라는 배려였다. 아밀라가 위험한 건 아니라고 구구절절 설명했지만, '아버지'의 마음은 그렇지 않았던 것.

덕분에 제니스의 하루는 매우 바빴다. 날이 풀린 후 드래곤 이빨 협곡 유적에서 진행할 연구 목록을 미리 작성해 둬야 했고, 발견된 기록석의 1차 분류도 끝내야 했다. 추정 중요도에 따라 녹색, 적색, 은색 라벨을 붙이고 먼저 해석할 기록석을 선별하는 게 목표였다.

기록석 대부분이 《물자 수송 현황》, 《원주민 관리 실태》, 《산맥 탐사 개발 진척 상황》 같은 것들이었지만 《이동 게이트 마나 회로도》, 《마나 길라잡이, 따라만 하면 나도 마법사》 같은 것들도 종종 눈에 띄었다.

그중 《이동 게이트 마나 회로도》는 테린과 베아트리체의 약혼 예물 형태로 황실에 넘길 예정이었다. 린트벨이 당장 소화하기 힘든 물건이었고 초반에 황제에게 생색을 좀 낼 필요도 있었다. 물론 오웬과 아밀라가 며칠 밤을 새워 정성스럽게 베껴 둔 후다. 그 작업을 끝낸 두 사람은 제니스가 한 번 가능성을 제기했던 '복사' 기능을 찾아 기록석을 분해라도 할 기세였다.

창밖 훈련장에선 신입 레인저들의 기합 소리가 들리고, 제니스는 마나 제어법과 고대 문자 심화 학습에 돌입했다. 정식 연구원으로 승진시켜 달라는 오웬의 징징거림을 다스리고—아밀라는 수석 연구원, 아직 관찰 대상인 오웬은 견습이다—가끔 서류 지옥에 빠져 있는 테린을 찾아가 차를 마시거나 약을 올렸다. 물론 대개 후자였다.

린트벨은 평화롭고 활기찼다.

유물, 황가와의 약혼, 추후 툴란 산맥 개발 방향 등에 대한 문제가 한차례 정리되자 헤이엄은 이와 관련한 사람을 모두 초대해 연회를 열었다. 그동안의 노력과 성과를 치하하고 린트벨과 북부의 새로운 도약을 기원하기 위해서.

그게 오늘이었다.

제니스는 또 귀찮은 일이 생겼다며 자기 방에 틀어박혔다. 공부 겸 해석 작업을 돕기 위해 가문의 보고에서 가지고 나온 기록석 하나를 끼고 앉아 콘셉트를 잡았다. 일명 '나 지금 너무 바빠요'다.

가지고 온 기록석의 분류는 녹색 라벨. 뭐든 상관없다는 생각에 그냥 손에 잡히는 대로 들고 와 지금에야 제목을 확인했다. 《출/입항 보고서》. 딱 봐도 지루한 날짜와 숫자, 화물 번호가 나열되어 있을 것 같은 물건이었다.

역시 겨우 세 페이지를 해석한 제니스는 '도대체 이런 내용이 얼마나 더 있는 거야?'라는 의문을 해소하기 위해 마지막 페이지가 나올 때까지 기록석의 오른쪽을 열심히 두드렸다. 근성 있는 반복 작업 끝에 245페이지가 마지막이라는 것을 확인한 그녀는 망설임 없이 펜을 놓았다. 갑자기 머리가 아프고 어깨가 뻐근한 게 스트레칭이 절실했다. 생각난 김에 폭신한 카펫 위에서 막 팔 굽혀 펴기를 시작하는데.

"아가씨, 지금 뭐 하시는 거예요?"

데이지가 쳐들어왔다.

"그러니까…… 건강을 위한 운동?"

"지금 그럴 시간 없거든요? 저녁에 만찬이 있다고 말씀드렸잖아요.

먼저 목욕부터 하셔야죠, 어서요."

"그거 말인데, 안 가면 안 될까? 나 지금 해야 할 일 엄청 많은데."

몸을 일으킨 제니스가 뻔뻔스럽게 방금 내팽개친 기록석을 가리키며 불쌍한 표정을 지었다.

"그리고 나 하나 빠져도 아무도 모를 거야."

"모르긴 뭘 몰라요."

안 통했다. 데이지는 제니스가 뭐라 반박하기도 전에 그녀를 욕실로 몰아넣었다. 그곳에서도 한참 말씨름이 이어졌지만, 머리부터 발끝까지 순식간에 씻겨지고 성과 없이 내쫓겼다. 제니스는 불퉁한 얼굴로 화장대 앞에 앉았다. 그리고 머리를 말리고 옷을 고르고 화장하고 장신구를 고르며 2차전을 시작했다.

"그거 싫어."

"이게 어울려요."

"너무 무거워."

"엄살 피지 마세요. 이거보다 몇 배는 더 무거운 모래주머니를 덥석 덥석 드는 분이."

쳇. 어쩌다 체력 단련하는 모습을 보여선.

빠져나갈 길이 없다는 걸 깨달은 그녀는 결국 현실을 받아들였다. 오늘 만찬은 웬만한 북부 귀족이 모두 참석하는 대규모. 아침부터 모여든 사람들로 린트벨성이 북적북적했다. 덕분에 우리 아가씨 기죽지 말라고 데이지도 기합이 팍 들어간 상태였다. 정작 아가씬 원하지 않는데 말이다.

그러거나 말거나, 제니스의 주위를 빙빙 돌며 매의 눈으로 마지막 점검을 시작한 데이지가 따끔한 잔소리를 퍼부었다.

"어깨 펴시고 입 집어넣으세요. 못생겨 보이잖아요."

아 네, 데이지 님.

제니스가 꿈지럭거리며 자세를 바로 하자 뭐가 마음에 안 드는지 잔뜩 미간을 찌푸리더니 맙소사, 다른 드레스를 가져와 모든 것을 처음부터 다시 시작했다. 반항은 무참히 짓밟혔다.

그렇게 몇 시간의 험난한 준비 끝에 겨우 합격점을 받은 제니스는 내가 이러려고 체력 단련을 했나 우울해하며 만찬장으로 향했다.

두 주종이 옥신각신하며 떠난 방 안, 어느새 잊힌 기록석 하나가 테이블 위에서 애처롭게 깜박였다. '저기요. 제가요. 누구는 구경이라도 한 번 하려고 온갖 기를 쓰는 꽤 귀한 몸이거든요?' 그렇게 항변하는 것 같았다.

제니스가 마지막으로 열어 놓은 245페이지가 몇 번 반짝이다 완전히 어두워졌다.

엘다니아력 xx. xx.
블루 드래곤 포세니아
[xxx급 공수 양용 멀티 전함] 출항 승인
탑승 인원: xxx
화물 총량: xx,xxx,xxx
출항지: xxxx
목적지: x xxx x
예정 항로: xxx-x-xx-xxx

자신이 날려 버린 천 년 전 유물이 한때 드래곤이라 불리며 바다와 하늘을 종횡하던 물건이라는 건 아직 제니스도 알지 못하는 이야기.

그리고 계속 게으름을 피우면 영영 모를 이야기.

* * *

린트벨 내성 대연회장이 오랜만에 반짝반짝 빛났다. 천장 높이 샹들리에가 걸리고 묵직한 석상과 갑옷 조형물은 번들번들 광이 났다. 화려한 커튼과 테이블보, 촛불들이 보석처럼 대연회장을 수놓았다.

성장한 가신들과 평소 보기 드문 예복 차림을 한 수석 기사가 연회장을 누볐다. 오랜만의 연회가 마냥 즐거운 부인과 소녀들의 재잘거림이 음악처럼 흐르고 다소 격식을 내려놓은 만찬은 축제처럼 흥겨웠다.

삼삼오오 모여 앉은 문관들은 지난 1년간의 노고—서류 지옥—를 영웅담처럼 떠벌렸다.

'그건 고생도 아닐세. 제2경로 탐사 지원팀에 무슨 일이 있었는지 아나?' 같은 레퍼토리가 돌림 노래처럼 이어지고 수십 번은 돌고 돈 노래가 '그래, 우리 진짜 개고생했지, 흐흑.'으로 마무리돼 좀 짠하기도 했다.

"하하하. 테린 경은 못 본 사이 더 훤칠해졌소이다."

황녀와의 약혼 소식이 알려진 테린 주위엔 사람이 끊이지 않았고.

"어쩜 피부가 이렇게 좋으세요? 따님과 나란히 서 계시니 자매 같으세요. 비결이 있으면 저희에게도 좀 알려 주세요."

마르티아는 귀부인들에게 둘러싸여 머리카락 한 올 보기 힘들었다. 엔시아는 바쁜 마르티아를 대신해 만찬의 분위기와 속도를 조절하느라 정신이 없었다.

달이 높아지고 밤이 깊어지자 어린 소년 소녀들이 아쉬운 얼굴로 연회장을 떠났다. 가라고 한 사람은 없지만 기꺼이 침실로 물러난 제니스는 너무 웃어 경련이 이는 입가를 주물렀다. 오랜만에 했더니 근육이 좀 땅기는 것 같았다.

그리고 얼마 후, 이젠 마땅히 그래야 한다는 것처럼 플로라가 나타났다. 주방에서 빼낸 대륙 남부 샤아르산 마고주를 전리품처럼 자랑하며. 이제는 빼도 박도 못하는 상습범 되시겠다.

따뜻한 벽난로 앞에 쪼그리고 앉은 두 소녀는 능숙하게 술병을 땄다. 잠자리를 봐 주러 왔던 데이지가 '전 아무것도 못 봤어요.'라며 뒷걸음질 쳐 사라진 밤, 어느새 창밖엔 또 눈이 내렸다.

"와, 이거 밤새도록 올 기센데? 자작 부인이 보셨으면 엄청 좋아하셨을 거야."

흩날리는 눈발을 본 플로라가 키들거렸다. 볼이 발간 게 몇 모금 마셨다고 벌써 취기가 오른 모양.

"그런데 셀리어트 영애와 카란 공자는 어떻게 됐을까? 잘 살고 있을까? 혹 소식이 있냐고 자작 부인께 여쭤 볼까 하다가 관뒀어."

"잘했어. 생각나게 해 뭐 하려고."

"저기, 그 남자 말이야."

플로라가 제니스에게 바싹 다가와 앉았다.

"누구?"

"그 나쁜 놈. 디카프넨 뭐시기. ……죽었……을까?"

아……. 아마 그렇겠지?

제니스는 아르샤에게 디카프넨의 처리에 관해 어떤 질문도 하지 않았다. 궁금한 기색도 비치지 않았다. 괜찮은지도 묻지 않았다. 괜찮을 리 없으니까. 다만 후회 없는 선택이었길.

눈빛만으로 제니스의 대답을 읽은 플로라가 멍한 표정을 짓더니 놀란 사람처럼 후다닥 머리를 흔들었다.

"으, 복잡해. 생각하지 말아야지. 즐거운 일만 떠올려야지. 그러니까…… 그래! 테린 오라버니와 베아트리체 님! 꺅, 두 분 정말 결혼하는 거야? 정말, 정말, 정말?"

그래. 정말. 정말. 정말.

그러니까 내 목은 좀 놔.

제니스가 달관한 표정으로 플로라의 손에 잡혀 흔들거렸다.

뒤늦게 테린과 황녀의 관계를 들은 플로라의 분노는 매서웠다. 제니스가 납치당했다 돌아왔을 때보다 딱 열 배 더 화냈다.

"어떻게 그런 얘길 숨길 수 있어, 이 플로라 필렌에게? 너의 제일 친한 친구이자 유일한 소꿉친구에게? 엉? 엉? 엉!"

숨기려고 한 게 아니라 깜박한 거야. 그때 이런저런 일이 많았잖아.

"테린 오라버니가 수상하다고 가장 먼저 말한 게 나였는데!"

그래, 그건 좀 미안해.

"그때 뭐라 그랬더라? '세상 모든 사람이 다 너랑 로이드 같진 않아.' 였던가?"

……알았어. 죽을죄를 지었음이야.

손발이 닳게 빌었던 것 같다. 징글징글한 년. 요즘 전투력이 너무 상승한 것 같다. 플로라 따위를 상대로 이런 저조한 승률이라니, 반성…… 아니다. 어른이 애를 이겨 먹어 뭐하겠는가. 저것도 다 한때지.

"헤헤헤. 아무리 생각해도 실감이 안 나."

다행히, 제니스의 목을 미련 없이 던져 버린 플로라가 이번엔 벽난로 앞을 빙글빙글 돌며 헤픈 웃음을 터뜨렸다. 조금 전 손아귀 힘에서 어느 정도 눈치채긴 했는데.

'취했군. 완전히 취했어.'

술도 약하면서 왜 매번 훔쳐 오는지 모르겠다. 습관이라도 든 건가? 쯧, 도벽이라니 우아하지 못하게.

"우리 영지에서 마도 문명 유적이 발굴되다니, 너무 환상적이야. 브라보! 만세! 예!"

네네.

"천 년 전, 신비한 나라엔~ 도대체 무슨 일이 있었던 걸까요? 아~ 궁금해, 궁금해~ 너무너무 궁금해~."

요즘 고대 마도 문명의 숨겨진 이야기에 심취한 플로라는 걸핏하면 아밀라와 오웬을 찾아가 뭐라도 더 얘기해 달라고 조르고 있었다. 일을 못 하겠다고, 제발 자제 좀 시켜 달라고 민원이 들어올 정도였다.

"뭐, 망할 만한 일이 있었겠지."

제니스의 시큰둥한 반응에 플로라가 격렬하게 반발했다.

"이 감성 실종자! 어떻게 이런 극적인 이야기가 궁금하지 않을 수 있어?"

흥. 낮게 코웃음 친 제니스가 눈을 가늘게 뜨며 뜬금없는 화두를 던졌다.

"사람은 왜 태어나고 죽는 걸까?"

"뭐?"

"죽으면 어디로 가는 걸까? 신을 만나게 될까…… 아니면 다시 태어나게 될까? 넌 궁금하지 않아?"

"으, 그딴 게 왜 궁금해? 아니, 그걸 생각한다고 알 수 있어?"

플로라가 질색했다.

"그래? 의외네."

제니스가 어깨를 으쓱했다.

"인간의 삶이야말로 진짜 미스터린데, 넌 왜 그런 사소한 일만 궁금하니?"

"……."

허. 잠시 멍한 표정을 지었던 플로라의 볼이 주인의 심경을 대변하듯 격하게 실룩였다. 잠시 후 그녀가 말했다.

"……딴 건 몰라도 한 가지는 알겠다."

"뭘?"

"너, 지금 되게 재수 없어."

"풋."

"진짜, 정말, 아주, 몹시― 엄청나게!"

"큿…… 하하하!"

어느새 발갛게 달아오른 볼을 한 제니스가 탕탕, 바닥을 내리치며 폭소했다.―애도 취했다―그녀의 웃음이 멈출 기미가 없자 울컥한 플로라가 침대 위에 놓여 있던 베개를 냅다 집어 던졌다.

"뭘 잘했다고 웃어! 진짜 착한 나니까 너랑 친구해 주는 거야, 알아?"

푸하하하, 제니스의 웃음은 멈추지 않고, 두 소녀의 귀여운 다툼이 한참이나 이어진 유쾌한 밤. 검고 시린 하늘에 흰 눈송이가 꽃잎처럼 휘날렸다.

2

테린과 베아트리체의 약혼과 기록석의 공개는 로하샤이엄 정계와 사교계에 엄청난 충격을 던졌다. 설레발치길 좋아하는 사람들은 벌써 '린트벨 백작이 정계 진출을 선언했다', '테린 경이 중앙 기사단 단장 자리를 예약했다'는 둥, 이야기를 만들어 냈다.

덕분에 린트벨 저택은 연일 문전성시, 제니스 역시 알지도 못하는 수많은 소녀의 편지와 초대를 받았다. 약혼식 때문에 로하샤이엄에 왔던 헤이엄은 린트벨로 도망갈 기회만 엿보는 중이고 제니스는 하일리움 기숙사가 열리자마자 짐을 쌌다. 하일리움에선 또래 소녀들만 상대하면 되니 그나마 나을 거란 판단이었다.

그런데, 첫날부터 이건 무슨 상황인지.

"아말이라고요?"

"그렇습니다."

베아트리체가 긴장한 얼굴로 고개를 끄덕였다.

제니스는 하일리움 기숙사에 들기 무섭게 베아트리체의 호출을 받았다. 같이 티타임이나 하자는 건 줄 알았는데 와 보니 크리스티나 공녀와 로렐 왕녀까지 있었다.

두 사람은 서로 고개만 까닥하고 말 한마디 나누지 않는 상태. 불편할 게 뻔한 그들을 굳이 한자리에 불렀다면 뭔가 다른 일이 있다는 뜻이리라.

"아말이 본격적으로 국제 사회에 진출하겠다고 선언한 것은 알고 계시지요?"

세 소녀가 고개를 끄덕였다.

아말은 바란카도 군도의 보호 요청을 받아들인 후 그곳을 자치령으로 선언했다. 당연히 낙스는 강력하게 반발하며 해적의 뒷배가 되려는 거냐고 아말을 질타했다.

아말은 이 비난에 빠르고 냉정하게 반응했다. 바란카도 군도의 네 맹주 중 하나인 타타크가에 모든 책임을 물어 가주 일가와 수뇌부를 몽땅 처형한 것이다. 조사 결과 해적과 손을 잡은 건 타타크가 하나였다며.

자신들이 그렇게 한순간에 버려질 거라고 꿈에도 생각하지 못한 바란카도 군도는 놀람과 공포에 빠졌다. 무슨 짓이냐고, 우리는 보호를 요청한 거라고 말 한마디 못 할 정도로.

그들은 본능적으로 일이 잘못됐다는 걸 느꼈다. 아말을 회유하기 위해 바친 재물과 충성 맹세가 그들에게 아무 의미 없었다는 걸 그제야 알았다.

준 돈이 있으니 군도인을 함부로 하지 않으리라 착각했던 네 맹주는, 아니 이제 세 명이 된 맹주는 바닥에 납작 엎드렸다. 그저 본보기가 된 가문이 자신의 가문이 아니란 것에 안도하며 숨도 크게 쉬지 못했다.

대륙은 그 신속하고 무자비한 대응에 잠시 말을 잃었고, 오래된 옛 기억을 떠올렸다. 아말이 티오렌 이남 국가들의 공공의 적으로 취급받은 이유를.

대륙 중부와 아말의 사이가 본격적으로 틀어진 건 대륙 전쟁 당시지만 그 전에도 두 지역은 사이가 좋지 못했다. 귀족 문화가 자리를 잡아가며 명예와 명분을 중시했던 중부와, 척박한 환경 때문에 실리와 힘을 숭상했던 북쪽 아말은 서로 문화적 위화감이 컸다. 여기에 전쟁까지 겹치자 상대방에 대한 혐오와 적의가 극에 이르렀고 대륙 중부 여론은 아말을 '야만스러운 종자'로 낙인찍었다.

잊고 있던 아말의 참모습을 새삼 확인한 대륙은 흠칫 놀라 파드득거렸다. 그러나 경계 일색일 줄 알았던 분위기가 묘한 기류를 띠었다. 생각보다 많은 나라가 아말의 등장을 은밀히 환영했다.

갑작스러운 마도 문명 기록물의 발견, 낙스, 슈벨리안, 티오렌의 회동. 큰 파도가 오기 직전의 고요함을 다른 나라의 수뇌부도 감지하기 시작했고 세 나라의 독주를 견제할 대항마가 절실하던 순간이었다.

북쪽 땅 대부분이 쓸모없는 동토라지만 그 광활한 대지를 흔들림 없이 지키는 아말의 단결력과 강인함은 예전부터 유명했다. 좋은 관계를 쌓아 그 기세를 빌려 올 수 있다면 손해 보는 장사는 아니었다.

아말은 그들을 반기는 여러 나라를 방문해 학문과 문화 교류를 확대할 것을 약속했다. 지리적으로 가까웠던 바란카도 군도와 알음알음하던 밀무역 대신 정상적인 교역 항구도 열기로 했다. 그들은 티오렌도 방문했다. 그리고 놀랍게도 황족과 고위 귀족 자제들의 로하샤이엄 체류를 요청했다. 대륙의 중심 티오렌의 문화와 사교계를 경험해 보고 싶다는 이유였다.

티오렌 귀족들도 시아렌 황가도 최고란 수식어에 너무 약했다. 황제 안트리온은 호탕하게 웃으며 아말 귀족들의 하일리움 입학을 허가했다. 그런데 그 첫 타자가 무려 세 명의 황자일 줄이야.

"하일리움에 머무는 제국의 황녀로서 이곳을 처음 방문한 타국의 귀빈을 접대해야 할 의무가 있습니다."

베아트리체는 창백한 얼굴로 설명을 마무리했다. 크리스티나와 로렐이 얼굴을 구기며 자리에서 일어났다. 아니 그런 자리에 우리는 왜 불러⋯⋯.

"대륙에서 수위를 차지하는 왕국의 대표시니 함께 자리하는 게 마땅하지 않을까요?"

"⋯⋯."

"⋯⋯."

달아나려던 크리스티나와 로렐이 한숨을 쉬며 다시 엉덩이를 붙였다. 여기서 빠지면 스스로 '대륙에서 수위를 차지하는'이라는 수식어를 부정하는 게 되는데 누구 좋아하라고 그러겠는가. 베아트리체의 수가 제대로 통했다.

"그럼 전 이만."

그러나 그런 타이틀에 관심 없는 제니스는 가벼운 마음으로 자리에서 일어났다. 국제 관계는 높으신 아가씨들이 알아서 관리하시고 자신은 그동안 누리지 못한 게으르고 안락한⋯⋯.

턱.

탁.

꾹.

그녀는 자신의 손과 어깨, 드레스를 부여잡은 세 개의 손을 주목했다.

"왜 이러십니까?"

황녀. 왕녀. 공녀.

"왜 그러긴요. 요즘 대륙에서 가장 화젯거리인 귀빈을 소개해 주려고 그러죠. 호호호. 우리 성의를 무시하지 마세요, 린트벨 영애."

크리스티나가 천연덕스럽게 웃었다.

"그대가 가면, 우리는 누가 지키나?"

로렐은 훨씬 뻔뻔했고.

"제니스가 옆에 있으면 정말 든든할 거 같아요."

베아트리체는 눈물 작전으로 나왔다.

……이것들이 진짜. 내가 지난 학기 신세 진 게 있어 참는다. 아니 도대체 뭐가 무섭다고 이러는 거야? 게네는 머리가 두 개고 다리가 세 개래? 응?

이래서 동화는 안 된다. 애들을 망친다.

* * *

아말의 황자들을 초대한 티타임은 베아트리체의 거처 디미올라관의 볕 좋은 정원에서 열렸다.

내부에 들이기는 영 부담스럽다는 베아트리체의 마음을—제니스를 제외한—모두가 이해했다.

"라마드 레 아난드라 하오. 이렇게 아리따운 아가씨들을 만나게 될 줄 알았더라면 조금 더 빨리 이곳에 왔을 텐데. 헛되이 보낸 지난날이 아쉽구려."

느끼한 말을 아무렇지 않게 내뱉는 이 남자는 아말의 둘째 황자로 나이는 스물일곱. 하일리움에 다닐 나이는 아니지만 대륙 최고의 교육 기관을 꼭, 견학하고 싶다고 요청해 1년간 이곳 기숙사에 머물기로 했단다. 더욱 손쉽게 대륙 각국의 문화를 접할 장소로 하일리움을 선택했다나.

두 번째 남자는 3황자 카이산 레 아난드였다. 스물다섯 살인 그는 무뚝뚝한 얼굴로 고개를 까닥였고 마지막으로 인사를 나눈 4황자는 두 형보다 훌쩍 어린 열일곱 살이었다.

벌써 노련한 정치인의 냄새를 풍기는 형들과 다르게 뽀얀 피부, 호기심 가득한 눈동자가 인상적인 소년이었다. 그는 정치외교학부 수업에 참여하며 정상적인 하일리움 생활을 해나갈 예정이라고 밝혔다.

그런데 저 또랑또랑한 눈빛이 어딘가 익숙…… 할 리가 없지. 순진해 보여서 그런 걸…….

아니, 확실히 익숙한 느낌인데. 뭐지?

제니스는 앞선 두 남자의 인사를 건성으로 들으며 거인처럼 큰 그들 사이에 수줍게 서 있는 소년을 바라봤다. 부서질 듯한 백금발 아래 청아한 푸른색 눈동자가 아주 아름다웠다.

그녀의 집요한 시선을 느꼈는지 4황자가 어리둥절한 표정으로 제니스를 바라봤다. 깜박, 깜박, 깜박. 그늘 한 점 없는 눈동자가 조용히 의문을 띠었다.

"……."

"……."

저벅, 저벅, 저벅.

제니스는 누가 막을 새도 없이 앞으로 걸어 나갔다.

"린트벨 영애……?"

크리스티나가 뒤늦게 속삭였지만 제니스는 이미 오늘 처음 만난 동갑내기 소년의 코앞에 서 있었다.

"이름이?"

어디선가 숨넘어가는 소리가 들린 것도 같다.

"어…… 세이드 레 아난드…… 요."

"난 제니스 린트벨."

그녀는 놀라서 두 눈을 빠르게 깜박이는 소년을 바라보며 피식 웃었다. 참 이상했다. 똑같은 얼굴도 아닌데 왜 이런 확신이 드는 걸까? 이 소년이 바로 그라고. 그는 기억도 못 하는 것 같은데.

"영애, 내게 할 말이 있습니까?"

세이드가 조심스럽게 물었다. 굉장히 순한 성격 같았다.

하긴, 아무렴 어떤가. 그가 기억하건 말건 중요한 건 자신이 그를 알아봤다는 거다. 이게 동양에서 말하는 인연이라는 걸까? 불교 신자도 아니고 과거에 연연하는 성격도 아니지만, 반갑기는 했다.

그래서 그랬다.

"너, 내 거 할래?"

이번엔 잘해 줄게.

"……!"

소리 없는 비명이 여기저기서 울리는 걸 아는지 모르는지, 제니스는 소년의 눈동자만 뚫어지라 쳐다봤다. 이 상황을 이해 못 한 세이드의 눈동자가 혼란스럽게 흔들렸다.

제니스도 알고 있었다. 그녀의 삶은 지난 생의 연장선이 아니란 걸. 메리 베일은 죽었고 화이트012의 사랑도 끝났다. 그는 자신만 큼이나 아무 미련 없었을 거다. 그런 두 사람의 마주침을 운명으로 만들지 해프닝으로 지나칠지는 오직 제니스의 선택.

앞뒤 계산 같은 건 없었다. 자고로 제대로 된 열일곱 살이라면 엄마 아빠 몰래 화끈한 불장난 한 번 쳐 주는 게 당연…….

"누가 그래!"

천둥 같은 외침과 함께 몸이 질질 뒤로 끌려갔다. 이자벨이었다. 언제 왔지?

"미쳤어요? 불장난? 정신이 어떻게 된 거 아니에요?"

그녀가 창백한 얼굴로 속삭였다. 아니 으르렁거렸다. 어? 어떻게 알았지? 속으로 생각한 줄 알았는데 소리 내어 말했나 보다.

"영애의 성격이 극히 되바라진 건 알고 있었지만, 이건 세상에! 지금 누구한테 무슨 말을 지껄였는지 알고는 있나요?"

다른 한쪽 옆구리에 달라붙은 크리스티나가 구제 불능의 문제아를 보는 시선으로 제니스를 쏘아봤다. 그녀가 뭐라고 대답하려는 찰나 어느새 다가온 로렐 왕녀가 턱, 입을 막았다.

"아니, 아무 말도 하지 마라."

그 짧은 순간, 제니스의 위험성에 대해 완벽한 공감대를 형성한 세 소녀는 결사적인 표정으로 그녀를 끌어냈다. 찬란한 봄 햇살 아래 마련된 티 테이블에 어울리지 않는 침묵이 흘렀다.

충격 속에 홀로 남겨진 베아트리체가 어색한 미소를 지며 세 명의 황자를 바라봤다. 한마디로 웃는 게, 웃는 게 아니었다.

"아, ……어, 어쩌죠. 제가…… 지금…… 너무 머리가 아파서. 무례인 건 알지만, 오늘은 이만 자리를 파해야 할 것 같아요."

그녀는 숨도 쉬지 않고 말했다. 그리고 온 힘을 다해 머리를 짚으며 인상을 찡그렸다. 당황스럽고 울고 싶고 이대로 정신을 놔 버리고 싶은 마음이 뒤섞인 얼굴로, 그녀는 겨우 마지막 대사를 뱉었다.

"배웅은 힘들 것 같아요. 그럼 안녕히 가세요."

베아트리체는 비틀거리며, 그러나 광속으로 그 자리를 벗어났다. 곁을 지키던 시녀들까지 몽땅, 함께 있던 네 명의 소녀가 사라진 방향을 향해 달음박질쳤다. 대단한 무례였지만, 알 게 뭔가. 그걸 떠올릴 이성도 남아 있지 않았다.

기분 좋게 차 마시러 왔다가 난데없는 봉변을 당한 세 남자는 황당함에 입을 다물지 못했다.

"형님, 지금 무슨 일이 벌어진 겁니까?"

과묵한 카이산이 이례적으로 먼저 입을 열었다.

"글쎄다. 나도 잘 모르겠구나. 잠시 꿈을 꾼 모양이야. 실제로 그런 말을 했을 리가 없는데…… 하하하."

"하하하, 역시 그렇죠?"

"……그런데 역시라니, 너도 무슨 소릴 들은 거냐?"

두 형제가 침묵으로 서로를 마주 보는데 청천벽력 같은 소리가 들렸다.

"나…… 할래요, 그거."

"뭐?"

"뭐라고?"

세이드가 볼을 붉히며 몽롱한 눈으로 두 형을 바라봤다.

"형님, 이게 구애라는 거죠? 얼굴이 화끈거리고 가슴이 막 쿵쾅쿵쾅해요. 이렇게 멋진 일이라고 왜 말씀해 주지 않으셨어요?"

라마드와 카이산은 순간 덮쳐 온 현기증에 비틀거리며 테이블을 짚었다.

세이드 레 아난드. 아난드 황실이 애지중지하는 늦둥이 황자.

외모는 눈과 얼음의 신이 현신한 것처럼 차갑고 도도한데 성격은 한없이 맹하다. 덕분에 조금 더 어릴 땐 얼마나 많은 납치, 유괴 시도에 시달렸던가. 성인인 라마드와 카이산이 체면을 돌보지 않고 하일리움까지 따라온 것도 그런 그를 지키기 위해서였다.

그런데 방금, 공개적으로, 납치, 유괴보다 더 무섭고 심한 짓을 당한 것 같은 이 기분은 뭐지?—그렇다. 바로 헌팅이다—그들은 그렇게 무식하고 용감한 십 대 소녀가 있을 거라곤 상상도 하지 못했다.

그러나 그건 약과였다. 잠시 후 떠올린 어떤 사실에 두 사람은 더 큰 혼란에 빠졌다.

잠깐만, 그게 환청이 아니라면 그 여자애 '제니스 린트벨'이라고 하지 않았나? 설마, 우리가 아는 그 린트벨?

2차 충격이 그들을 덮쳤다.

"이, 이건 선전 포고인가?"

"형님!"

갓 허물을 벗은 작은 나비가 어설픈 날갯짓으로 혼돈에 빠진 두 남자 사이를 유유히 가로질렀다.

녹색 순이 꽃망울을 틔우고 싱그러운 봄바람이 소년, 소녀들의 방심을 뒤흔드는 계절. 끝과 시작이 서로 옷깃을 스치며 아직은 누구도 알지 못할 새로운 이야기가 움텄다.

원래 사람, 사랑, 인생이 그렇게 돌고, 돌고, 도는 거라지.

⟨The End⟩

외전

쉿, 비밀이야

1

"아! 오늘도 맑은 아침. 안녕, 이름 모를 새야. 조금 전 나의 잠을 깨운 맑은 지저귐 정말 고마워. 안녕, 나를 중심으로 도는 세상아. 오늘 하루도 잘 부탁해."

일어나자마자 침실 창문을 활짝 연 플로라가 눈부시게 파란 하늘을 향해 손을 흔들며 그렇게 외쳤다.

벌써 한 달 가까이 이어진 그녀의 첫 일과를 오늘도 고스란히 지켜봐야 했던 하녀 린다는, 한숨을 푹 쉬며 정리하던 이불을 팡팡 내리쳤다.

모시는 아가씨가 행복한 건 좋은 일이지만, 정말 좋은 일이지만!

"콜록. 린다, 먼지 나잖니?"

"어머, 죄송해요. 아가씨."

팡팡팡.

참아 주기 힘든 것도 있기 마련이다.

그런 아랫사람의 고충을 전혀 눈치채지 못한 플로라는 어느 때보다 바쁘고 행복한 하루하루를 보내고 있었다.

공부에 큰 뜻이 있는 건 아니었지만 남들 하는 만큼은 했고, 귀엽고 사랑스러운 후배들과의 티타임은 언제나 환영. 물론 사교·취미 활동에도 더없이 열정적이었다.

특히 요즘 그녀가 관심을 기울이고 있는 분야는 바로 최신 유행. 이와 관련한 모임 '모자와 장갑의 상관관계', '숨겨진 옷집 탐방', '꽃보다 보석' 등등에 남다른 열의로 임하는 중이었다.

"도대체 그 세 곳이 다른 게 뭐야?"

제니스가 이해할 수 없다는 얼굴로 묻긴 했다. 그래서 플로라도 말똥말똥 뜬 눈으로, 똑같이 이해할 수 없다는 표정을 지으며 대답해 줬다.

"어머, 그게 무슨 소리야? 이름만 들어도 하늘하고 땅만큼 다른데. 모자, 장갑, 옷, 보석. 겹치는 게 하나도 없잖니?"

"······아. 그래?"

"그래."

"그렇군. 열심히 해."

"물론이지!"

플로라는 씩씩하게 대답했다. 속은 부글부글 끓었지만 말이다.

저저, 저 엄청 한심하다는 표정 좀 봐. 애가 남자 때문에 꾸미는데 눈이 돌아갔구나, 그런 생각하는 거 눈에 다 보이거든? 캭! 이게 전부 누구 때문인데!

라고, 울분을 토했던 기억이 아직도 선명하다. 오죽했으면 그날 밤 혼자 과일주를 땄겠는가. 일이 원하는 대로 되어도 그렇게 기분이 더러울 수 있다니, 참 신기했다.

그 외에도 몇몇 소소한 문제가 있었지만, 생각하지 말자. 슬퍼지니까. 대신 플로라의 나머지 일상은 더할 나위 없이 완벽했다.

로이드는 다정하고 새로 만난 친구들은 멋졌으며, 오전 수업으로 선택한 '신화와 미스터리' 수업도 재미있었다.

그런 만족스러운 일과를 반쯤 마치고 다다른 어느 날의 오후 3시 30분.

'모자와 장갑의 상관관계' 모임이 예정보다 일찍 끝난 그녀는 콧노래를 흥얼거리며 기숙사로 향했다. 교양학부 대부분이 아직 티타임과 오후 취미 활동에 열중하고 있을 시간. 낮은 담장을 따라 쭉 이어진 오솔길엔 그녀밖에 없었다.

'와. 이런 것도 좋네.'

사람의 시선이 없는 구불구불한 산책길이 마음에 든 플로라는 폴짝폴짝, 경쾌하게 뜀박질을 했다. 모임 내내 눈치를 보느라 받은 스트레스가 싹 날아가는 기분이었다.

그 기분에 취해 경쾌함이 오두방정으로 바뀐 것도 몰랐다. 덕분에 갑자기 앞쪽에 나타난 사람에게 자유롭게 활개 치는 팔다리를 그대로 보여 주고 말았다.

'엄마야.'

깜짝 놀라 급하게 펄럭이는 치마를 다잡았지만 소용없었다. 10미르 앞, 커다란 산티노스 나무 아래 선 소녀는 이미 플로라를 지그시 바라보고 있었다.

'윽. 이 시간에 여기서 사람을 만나리라곤 생각도 못 했는데……!'

두 볼이 달아오른 플로라는 흠흠 헛기침을 하며 괜히 드레스 자락을 툭툭 쳤다. 곁눈질로 자신을 곤란에 빠뜨린 소녀를 훔쳐보는 것도 잊지 않았다.

'어? 저 사람은…….'

그녀를 알아본 플로라가 다른 의미로 또 놀랐다. 허리까지 늘어뜨린 풍성한 초콜릿색 머리카락과 같은 색의 크고 맑은 눈동자. 키아라 폰테 공작 영애.

슈벨리안 출신으로 올해 하일리움 3년 차가 되는 교양학부 최고 인기인이었다.

'친절하고 다정해.'

'가끔 엉뚱한 면도 있지만.'

'그 사슴 같은 눈망울이란!'

'연상이지만 너무 귀여워!'

그녀와 제법 가까운 사이로 알려진 크리스티나 공녀도 비슷한 말을 했다. 언제나 활기차고 장난기가 넘치며 친구 사귀는 걸 좋아하는 수다쟁이라고.

'딱 그렇게만 아는 게 좋아요.'

그런 알 수 없는 말을 덧붙이긴 했지만 말이다.

그런 키아라의 주변엔 언제나 사람이 많았다. 모나지 않은 성격에 높은 신분이란 후광까지 있었으니까. 모르긴 몰라도 플로라보다 일정이 두 배, 세 배는 더 많을 사람이었다.

'그런 사람이 왜 여기 혼자 있지?'

플로라가 의아함에 고개를 갸우뚱하는데, 눈이 마주쳤다. 키아라가 눈꼬리를 휘며 매력적인 눈웃음을 던졌다.

'응?'

그리고 플로라를 향해 살짝 고개를 까닥이는 게 아닌가!

저, 저요?

세 번째로 깜짝 놀란 플로라가 황급히 마주 인사했다. 그 급한 마음을 몸이 따라가지 못해 허리를 숙인 것도 아니요, 무릎을 굽힌 것도 아닌 매우 어정쩡한 자세였다는 게 눈물 나지만.

다행히 비웃음이 돌아오진 않았다. 키아라는 다시 고개를 돌려 정면을 바라보았고, 잠시 눈동자를 데구루루 굴린 플로라는 그녀의 휴식을 방해할까, 살금살금 조심스러운 걸음으로 자리를 떴다. 그리고 완만하게 휘어진 길을 돌아 키아라의 모습이 보이지 않게 되었을 때야 솟아오르는 감동에 몸을 던졌다.

"뭐야, 뭐야. 진짜, 엄청 상냥하잖아?"

팔짝팔짝 뛰며 다시 오두방정을 떨었다. 그녀와 키아라 사이엔 아무런 접점이 없었다. 건너, 건너 아는 사이도 아닌 생판 모르는 남! 그런데도 한적한 길에서 우연히 마주쳤다고 먼저 인사를 해 줄 줄이야.

역시, 명성은 그냥 쌓이는 게 아니었어!

흥분한 플로라는 이 굉장한 이야기를 누구에게 먼저 알릴지 행복한 고민에 빠졌다. 그녀와 동조해 신나게 '세상에, 그런 일이 있었군요. 멋져요!'를 연발해 줄 훌륭한 청자라면……. 많다. 매우 많다. 제니스만 빼면 돼!

그렇게 경쾌한 걸음걸이를 되찾은 플로라는 신나게 콧노래를 흥얼거리며 오늘도 너무 멋진 하루였다고 푸흐흐 웃음을 터트렸다. 키아라가 왜 홀로 그곳에 있었는지 더는 궁금하지 않았다.

* * *

음…… 이걸 도대체 어떻게 생각해야 할까?

플로라는 의문에 찬 얼굴로 저 멀리 서 있는 키아라를 바라봤다. 2주 전 우연히 이 길에서 그녀를 만난 이후, 벌써 세 번째 마주침이었다.

뭐지? 설마…… 따돌림이라도 당하는 건가? 저렇게 예쁘고 신분도 짱짱한데? 아니야. 교양학부 최고 인기인이 갑자기 그럴 리 없어. 그랬다면 벌써 소문이 났겠지.

근처에 있는 나무 뒤에 몸을 숨긴 플로라는 처음 본 날과 똑같은 자리에 서 있는 키아라를 바라보며 풀리지 않는 수수께끼에 혼자 끙끙거렸다.

그녀가 고민하거나 말거나, 살짝 나무 그늘을 벗어난 곳에 선 키아라는 지그시 눈을 내리깔고 머리 위로 쏟아지는 오후의 부드러운 햇살을 즐기고 있었다. 그 얼굴이 너무 평화로워 홀린 듯 바라보던 플로라는 문득, 숨어서 이러고 있는 자신이 한심해졌다.

'나 뭐 하는 거냐, 사람을 몰래 훔쳐보기나 하고. 그녀는 단지 혼자 있는 시간이 필요한 것뿐이야.'

플로라는 틈만 나면 폭주하는 자신의 혈기왕성한 상상력을 질책했다. 나름 파란만장한 열여섯 살을 보냈더니 모든 일이 곧이곧대로 보이지 않는 부작용이 남았다.

그때 오후 4시를 알리는 은은한 종소리가 들렸다. 잠시 후 담장 너머가 소란스러워지더니 왁자지껄한 대화와 둔한 발소리가 우르르 몰려왔다.

이 오솔길은 교양학부 최외곽, 담장 너머는 또 다른 정원이었지만 굳이 구분하자면 행정경영학부의 영역이었다. 그리고 그 순간, 호수처럼 잔잔하던 키아라의 얼굴에 변화가 찾아왔다.

나른하던 눈동자에 생기가 돌고 풀려 있던 입꼬리가 긴장으로 굳었다. 그녀는 먹이를 발견한 맹수처럼 반짝이는 눈동자로 한 지점을 뚫어져라 쳐다봤다.

시선이 미묘하게 움직이는 거로 봐 한 지점이 아니라 아마도 한 사람······.

······.

오, 신이시여.

플로라가 터져 나오려는 신음을 삼켰다.

설마, 그런 건가요? 귀하게 자란 저 아가씨에게도 그 쓰리고 달콤하며 위험한 감정이 찾아오고 만 건가요?

그녀는 상상력에 고삐를 매겠다는 다짐을 어디다 내팽개쳤는지, 가능한 한 고개를 길게 빼 키아라의 지긋한 시선 끝에 있는 사람이 누군지 확인하려고 용을 썼다. 그러나 담장 양쪽에 펼쳐진 무성한 나뭇잎이 교묘하게 시야를 가려, 꽤 낮고 묵직한 목소리 외엔 아무것도 알아낼 수 없었다. 그사이 두런거리는 말소리와 인기척이 잦아들자 키아라 또한 볼일이 끝났다는 듯 자리를 떴다. 그 모습을 본 플로라는 역시 자신의 추측이 맞았다고 발을 동동 굴렀다.

흐잉. 우리 예쁜 키아라 언니 어떡해!

아무도 하라고 한 적 없는 걱정을 홀로 시작했다.

2

'어떻게 하면 좋을까?'

다시 말하지만, 아무도 하라고 한 적 없는 고민이었다. 플로라의 추측이 사실이든 아니든 그녀와는 상관없는 일이었다. 두 사람은 한적한 길에서 잠깐 마주친 게 전부였고, 설령 그들이 서로 아는 사이였다고 해도 모르는 척해 주는 게 나을 일.

그렇게 결론을 냈는데도 자꾸 생각이 났다. 뭔가를 해야 할 것 같았다.

플로라는 로이드를 만나러 갈 준비를 하는 도중에도 머리카락을 쥐어뜯으며 이 출구 없는 번뇌를 머릿속에서 지워 버리기 위해 애썼다. 당연히, 공들여 정리한 머리를 망가뜨린 죄로 린다의 폭풍 잔소리를 들었다.

생각해 보면 자신과 로이드는 정말 운이 좋았다. 마음에 불이 붙어 주변이 잘 보이지 않던 시절, 제니스의 찬물 공격에 정신이 번쩍 들었으니까.

덕분에 그녀가 제공한 아슬아슬한 외나무다리를 이 악물고 건널 결심을 했고, 이렇게 마음 놓고 데이트를 즐길 수 있는 상황이 됐다. 모두 제니스와 네일 덕분이었다.

그게 문제일지도 몰랐다.

플로라의 마음 깊은 곳엔 미약한 부채감이 있었다. 그녀가 다른 사람의 도움을 받아 이 행복을 쟁취했듯이, 그녀도 그녀의 도움을 간절히 바라는 사람을 외면해선 안 된다는 생각이.

"플로라, 무슨 생각을 그렇게 합니까?"

로이드가 넋 놓고 있는 그녀를 불렀다.

"아……. 우왓! 미안해요, 로이드."

두 사람이 자주 가는 찻집, 디저트를 든 채 멍하니 허공을 바라보던 플로라가 화들짝 정신을 차렸다. 로이드가 걱정스러운 얼굴로 물었다.

"하일리움에 무슨 일 있습니까? 오늘 내내 마음이 다른 곳에 가 있는 사람 같습니다."

"아……. 그렇게 티가 났어요?"

"네, 엄청."

"미안해요. 신경 쓰이는 일이 좀 있어서."

플로라가 포크를 내려놓으며 사과했다.

"흐음. 그랬군요. 6일 만에 만나는 저보다 더 신경 쓰이는 무언가라……."

"윽. 미안해요, 로이드. 화났어요?"

"아니요, 화가 아니라 질투가 났습니다. 나 말고 다른 건 아무것도 생각하지 말았으면 좋겠는데."

……어머.

어머, 어머, 어머.

"진짜…… 적당히 해요."

플로라가 발개진 얼굴로 눈을 흘기자 로이드가 쿡쿡 웃으며 살짝 흘러내린 그녀의 머리카락을 귀 뒤로 넘겨 주었다. 놀리는 거라는 걸 알면서도 얼굴이 화끈 달아올랐다.

아아, 이것도 문제다. 너무 행복하다. 세상이 자신을 중심으로 돈다고 착각하게 만드는 이 아찔함. 넘치는 흥분과 충족감에 가슴이 벅차다. 방금처럼 유들유들하게 구는 경우가 늘어 조금 곤란할 때도 있지만 그래도 멋지다.

에헤헤. 연애, 라는 게 이렇게 좋은데, 어떻게 모두 같이 할 방법이 없을까? 그러면 온 세상이 행복해질 텐데. 흐흐흐.

플로라는 그렇게 제니스가 알았다면 '응, 아냐. 안 돼. 사고 치지 마. 머릿속에 있는 그 생각을 당장 지워.'라고 단칼에 단속했을 생각을 하며 헤벌쭉 웃었다. 자신의 연인을 따뜻한 눈으로 바라봤다.

"요즘 일은 어때요?"

"여전히 눈 코 뜰 새 없이 바쁩니다."

"아이, 힘들어서 어떡해요?"

"견뎌 내야죠. 우리에겐 좋은 일이니까요."

"그건 그래요."

고개를 끄덕인 플로라가 문득 무언가를 떠올린 듯 상체를 앞으로 내밀며 작은 목소리로 물었다.

"남작님은 여전히 의심하는 눈치세요?"

로이드도 따라서 목소리를 낮췄다.

"아무래도 그런 것 같습니다만, 걱정하지 마십시오. 요즘 너무 바빠서 저도 얼굴 보기 힘들거든요. 아마 우리 일은 생각할 겨를도 없을 겁니다."

"아, 다행이에요. 지난겨울엔 정말 가슴이 철렁했다니까요."

몇 개월 전 뭔가 이상함을 눈치챈 하버 남작의 거센 추궁에 오들오들 떨었던 두 사람이었다.

'절 그렇게 대담한 성격으로 보셨다니 아들이라고 너무 잘 봐 주시는 거 아닙니까?'

'호오. 그러니까 처음부터 끝까지 모두 우연이다?'

'아니요, 운명이었던 거죠.'

그 마지막 말에 하버 남작님이 뒷골을 잡았다지.

어쩌려고 그렇게 대담하게 굴었냐고 플로라가 걱정하자 로이드가 아주 비장한 얼굴로 말했다. 이왕 우길 거라면 누구보다 뻔뻔해야 한다고.

다행히, 시간은 그들 편이었다. 무역로 개척 사업에 드래곤 이빨 협곡에서 발견된 유적, 테린과 베아트리체의 약혼까지 맞물려 해야 할 일이 물밀듯 밀려들었고, 하버 남작은 그 일에 떠밀려 나중을 기약할 수밖에 없었다.

"일이, 계속 많았으면 좋겠어요."

플로라가 소망했고.

"그럴 겁니다. 지금 추세로 봐선 1년은 꼼짝 못 하실 것 같습니다. 그때쯤이면 지금의 의문은 아무래도 좋을 일이 되지 않겠습니까?"

로이드가 자신했다.

"그래도 마지막까지 긴장의 끈을 놓지 말아요."

"물론입니다, 플로라."

그녀의 당부에 로이드가 플로라의 손을 꼭 쥐었다. 역시, 아들딸 키워 봤자 아무 소용없다.

그렇게 로이드와 즐겁게 지내고 돌아가는 길, 플로라의 마음은 긍정의 에너지로 가득 찼다. 며칠간 그녀를 괴롭힌 문제도 어렵지 않게 느껴졌다.

'맞아. 물어보면 되지.'

정말 그런지 아닌지, 도와줄 일이 있는지 없는지.

생각해 보면 자신이 처음 제니스에게 바란 것도 그렇게 거창한 것이 아니었다. 자신의 마음에 대한 작은 공감과 응원. 네가 나쁜 짓을 하는 건 아니라는 위로. 그러면 충분했다. 어쩌면 키아라 폰테도 그럴지 몰랐다.

* * *

"또 뵙습니다."

네 번째 만남이 이뤄진 날, 4시를 알리는 종소리를 들으며 플로라는 키아라 폰테에게 말을 걸었다. 제니스에게 쓸데없이 강력한 추진력의 소유자라고 욕을 먹는 그녀다웠다.

"아. 가끔 이곳에서 만나는 분이군요?"

"네. 플로라 필렌이라고 합니다. 티오렌 북부 출신이죠. 혹시 제가 혼자 있는 시간을 방해한 건지……?"

플로라의 조심스러운 물음에 키아라가 방긋 웃으며 고개를 저었다.

"후훗. 그렇지 않아요. 조금 적적하다 싶었는데 이렇게 말동무가 생기니 좋네요."

크으. 공작 영애가 어쩜 이렇게 소탈하고 친절하지?

플로라는 홀로 감동하며 조금 더 소소한 이야기를 주고받았다. 그리고 얼마 후 용기를 내 본론을 꺼냈다.

"저기, 공녀. 외람된 질문이 하나 있습니다."

"음? 그게 뭐죠?"

"본의 아니게…… 이곳에 혼자 계신 공녀를 여러 번 뵀어요."

"아아. 그랬죠."

"공녀와 함께 자리하길 바라는 이들이 구름처럼 많은데, 왜 홀로 이리 한적한 곳에 계세요?"

플로라의 물음에 키아라가 살짝 콧잔등을 찡그렸다.

"흐음, 글쎄요……. 굳이 말하자면 우연히 옛 생각이 나서랄까. 호호호."

말을 아끼는 그녀를 보며 살짝 침을 삼킨 플로라가 조심스럽게 운을 뗐다.

"혹시…… 오후 4시에 만나는 그분 때문인가요?"

"어머."

키아라가 놀란 표정으로 플로라를 바라보았다.

"그게 보였어요? 눈썰미가 정말 좋으시네요."

이번엔 플로라가 눈을 똥그랗게 떴다.

뭐지? 이 먹이를 발견한 독수리의 활강처럼 빠른 인정은?

순진무구한 얼굴로 웃는 키아라 대신 가슴이 덜컥 내려앉은 플로라는 황급히 주위를 둘러보며 혹시 누가 듣지는 않았을까 촉각을 곤두세웠다.

아니 사람 좋은 거도 정도가 있지, 경계심이 없어도 너무 없는 거 아냐?

"일단, 감……사합니다. 제가 관찰력이 좋다는 얘기를 가끔 들어요. 아, 그렇다고 무슨 의도를 가지고 지켜본 건 아니고요."

"호호, 당연하죠. 뭐 하러 그러겠어요?"

…….

아니다, 이 아가씨야! 나쁜 의도를 가지고 당신을 지켜볼 사람이 왜 없냐. 세상에 못된 사람이 얼마나 많은데!

그러나 그런 플로라의 마음속 절규를 전혀 듣지 못한 키아라는 어느새 묻지 않은 얘기까지 술술 했다.

"한 10년 됐나……? 어릴 때 어머니가 아프셔서 잠깐 조용한 곳으로 요양을 간 적이 있어요. 저도 따라갔죠. 그때 만난 그 지역 영주의 아들이 바로 저 사람이에요."

키아라가 마침 담장 위로 살짝 머리통이 보이는 한 사람을 가리켰다. 단정한 검은 머리에 조금 짓궂어 보이는 황금색 눈동자가 매력적인 소년이었다.

"굳이 정의하자면 소꿉친구겠지만, 그렇게 자주 어울린 건 아니라 저쪽은 절 기억하지 못할 수도 있어요."

"저런."

심지어 짝사랑이라니! 플로라는 안타까움에 가슴이 저렸다.

"사실 나만 의식하고 있다는 게 자존심 상하기도 해요."

"어머, 그런 말씀 마세요. 그게 어디 마음대로 되나요."

플로라가 온몸을 동원해 부정하자 키아라가 아련하게 웃었다.

"그렇게 말해 줘서 고마워요. 가끔 생각해요……. 헤어질 때 그 말만 했어도 이렇게 미련이 남지는 않았을 거라고."

"어떤, 말이요?"

"음……. 그건……."

키아라가 보기 드물게 난감한 표정을 지었다.

"앗. 죄송해요. 제가 무례하게 별걸 다 캐물었네요."

"후후. 아니에요. 하지만 필렌 영애에게 말하긴 좀 그러니까 이해해 줘요."

"그럼요."

"사실 긴 시간 저도 잊고 지냈어요. 그런데 얼마 전 우연히 이 자리에서 저 사람을 본 순간, 망각 저편에 있던 기억이 파도처럼 밀려오지 뭐예요. 그리고 정신을 차려 보면 여기 와 있고."

"아아……. 그러셨구나……."

"네. 정말 성가시다니까요."

음? 성가서?

"혹시나 해 기회를 노리고 있는데 쉽지 않네요."

키아라가 버릇처럼 콧등을 찡긋거렸다.

"……?"

"친구가 많거든요."

그녀의 손끝이 여러 개의 머리통과 함께 멀어지는 검은 머리를 가리켰다.

어?

"그 말씀은……?"

"네. 늦었지만 10년 전에 하지 못한 이야길 지금 하려고요. 그래야 이 마음이 정리될 것 같아요. 그런데 좀처럼 혼자 있지를 않네요."

키아라가 조용히 한숨을 내쉬었다.

……우와. 와. 와.

"필렌 영애 생각에도 제가 별거 아닌 일에 너무 집착하는 것 같나요?"

"네? 별거 아니라뇨, 절대 아니에요!"

플로라는 한 번 더 온몸을 동원해 부정했다.

"그렇죠?"

플로라의 동조에 신난 키아라가 반짝반짝 눈을 빛냈다.

"그럼요. 정면 돌파라니, 정말 용기 있는 선택이에요."

그 말을 들은 키아라가 사르르 요정처럼 웃었다.

"그런 격려는 처음이에요. 말만이라도 고마워요."

아아. 플로라의 가슴이 쿵 떨어졌다. 한 살 연상이라는 게 믿기지 않는 사랑스러운 미소였다. 그녀는 마음을 뒤흔드는 지고한 인류애에 —혹은 그냥 팬심에— 한 손을 번쩍 들었다.

"제가 도와드릴게요!"

"네?"

"저만 믿으세요, 공녀님!"

"음⋯⋯. 그것 참⋯⋯ 고맙기는 한데⋯⋯."

플로라는 어리둥절해하는 키아라의 손을 꼭 잡고 두 눈에 화르르 불꽃을 피워올렸다.

'언니, 미련 따위 떨쳐 버리고 우리 같이 행복해져요!'

그런 이글거림이었다.

3

오랜만에 가진 제니스와의 티타임. 그녀가 툭 던졌다.

"너, 요즘 바쁘다?"

"응. 모임이 많아서."

플로라도 무심하게 대답했다. 이제 이 정도는 움찔거리지 않고 말할 수 있게 된 자신이 대견했다.

"그 최신 유행 분석 모임?"

"응. 유행이라는 게 어제 다르고, 오늘 또 다른 거라서 한시도 방심할 수 없거든. 그리고 분석이 아니라 주도! 그게 우리 모임의 목적이란다."

플로라가 준비해 둔 설정을 열심히 주워섬겼다.

"그런 거 치곤 새로 사는 게 없다던데?"

앗, 그걸 지적할 줄이야.

"누, 누가 그래?"

"린다가."

"그거야⋯⋯ 아직 안 찾아왔으니까 그렇지. 워낙 신경을 쓰고 있어서 가봉이 아직⋯⋯. 린다 고게 너한테 별 얘길 다 하네."

플로라가 황급히 린다에게 화살을 돌렸다.

"미리 말해 뒀지. 네 쇼핑이 선을 넘는지 안 넘는지 두 눈 부릅뜨고 지켜보라고."

"와, 기가 막혀. 우리가 좀 격의 없는 사이긴 한데 너무 간섭하는 거 아냐? 나의 린다에게 왜 네가 일을 시켜?"

플로라가 일부러 새침하게 쏘아붙였다.

"그러는 너도 데이지한테 나 요새 뭐 하고 다니냐고 물어봤다며?"

윽.

"내 일정이 궁금하면 직접 물어보지 왜 뒤에서 캐고 다녀, 나쁜 짓이라도 꾸미는 사람처럼."

불시에 들어온 공격에 화들짝 놀란 플로라가 버럭 소리를 질렀다.

"나쁜 짓은 무슨, 아니거든!"

"알아. 플로라 따위가 무슨."

"야!"

"칭찬이었어."

"어디가!"

"음흉하고 음습한 일과는 전혀 상관없는 맑은 성정의 소유자라는 뜻으로 한 말이야."

"아니잖아!"

"맞아."

"맞긴 개뿔!"

그날의 티타임은 그걸로 끝났다. 놀란 데이지가 달려와 사력을 다해 말리지 않았다면, 꽤 값나가는 티 테이블이 두 동강 나 버렸을지도 모른다.

어휴, 못된 년. 고건 어떻게 하면 내 부아를 채울 수 있나, 종일 그것만 연구하는 게 분명해.

휘적휘적 자신의 방으로 돌아가던 플로라는 새삼 그런 제니스를 걱정하는 사람들이 떠올라 설레설레 고개를 저었다. 세상에서 가장 쓸모없는 걱정이 제니스 린트벨 걱정인데 그걸 모르시다니.

* * *

"그럼 지금부터 '재난에 대비하는, 국경을 초월한 숭고한 소녀들의 비상 대책 본부' 열다섯 번째 정기 회의를 시작하도록 하겠습니다."

또랑또랑한 목소리가 어두운 방 안을 울렸다.

이르게 커튼이 내려진 곳에는 테이블 위에 놓인 세 개의 촛불만이 희미한 빛을 드리웠다. 그 빛 속을 간간이 드나들며 찻잔을 잡는 손은 모두 여섯⋯⋯. 아니 플로라까지 일곱. 언뜻 드러나는 면면이 놀라웠다.

"지난번에도 한 말이지만, 꼭 이렇게 자주 모여야 하나?"

날카로운 목소리가 사회자를 질타했다.

"왜요? 주 2회면 적당하지요."

기다렸다는 듯 나긋나긋한 목소리가 반론했다.

"흥. 또 그대인가?"

첫 번째 목소리가 짜증을 냈다.

"한가한 누구는 모르겠지만, 나는 꽤 바쁜 몸이야. 겨울을 보내며 해이해진 기강을 다잡고 새로 입학한 아이들을 불러 격려도 해야 하지. 다들 그럴 시기 아닌가?"

"오, 저런."

두 번째 목소리가 안타까움을 표했다.

"또 무고한 영애들을 쥐 잡듯 잡으신 건가요? 목에 핏대를 세운다고 권위가 서는 게 아닌데, 누군가의 무지에 여러 사람이 고생하네요."

"하! 무례하군, 공녀. 그대야말로 조국으로 돌아가 그 부족한 예의 범절을 다시 쌓을 생각은 정녕 없는가?"

언제나 그랬듯 아웅다웅하는 두 사람의 신경전이 모임의 서두를 열었다. 처음엔 말리는 시늉을 하던 베아트리체와 에스더, 이자벨도 얼마 안 가 두 손 두 발 다 들었다.

해 봤자 아무 소용없다는 게 주된 이유였지만, 이건 이거대로 나쁘지 않다는 분위기도 있었다.

슈벨리안을 사이에 둔 엠바로스 유적 사건으로 달리아와 낙스의 관계는 어느 때보다 험악했다. 그 분위기를 반영해, 학기가 열리기 직전 베아트리체의 초대를 받았던 두 사람은 아예 서로를 쳐다보지도 말도 섞지도 않았다.

그 진짜 냉전을 잠깐이나마 경험했던 베아트리체는 오히려 현재의 소란을 반겼다. '그래, 이래야 크리스티나와 로렐이지.' 하고. 그 부분에 면역이 없는 플로라만 죽을 맛이었다.

하긴 그 두 사람만 문제겠는가? 플로라에겐 이곳에 있는 이들 모두가, 숨만 쉬어도 어렵고 불편한 사람들. 그나마 에스더와 이자벨이 그녀를 챙겨 주었지만, 한 걸음 떨어져서 보면 그들도 플로라와 다른 세계의 사람인 건 마찬가지였다. 한 사람씩 따로 볼 땐 괜찮았는데 이렇게 무더기로 만나니 심장에 안 좋았다. 오죽하면 차 한 잔, 쿠키 몇 조각을 먹고 소화 불량에 걸렸겠는가.

그래도 시간이 약이라고, 주 2회 꾸역꾸역 자리를 차지하고 있다 보니 그 어렵던 것들이 조금씩 익숙해지긴 했다. 이렇게 혼자 딴생각을 할 정도로.

'먼저 콜린 브로우의 일정과 동선을 파악해야 해. 내가 직접…… 하기엔 무리가 있지. 그럼 누구에게 부탁하지?'

콜린 브로우는 바로 키아라의 추억 속의 그 남자였다. 자의든 아니든 우리 키아라 언니를 힘들게 한 얄미운 놈. 그의 활동 반경에 대한 정보가 필요했다.

제일 먼저 떠오른 건 로이드였다. 하지만 안 그래도 바쁜 사람에게 개인적인 일까지 부탁하고 싶지 않았다.

'걱정하기도 할 테고……. 그럼 제니스? 아……. 아니야.'

절대 안 되지.

그녀를 끌어들일 수 있다면 천군만마를 얻는 것과 같겠지만, 이번 일 자체를 달가워하지 않을 확률이 높았다. 게다가 찬성해도 문제였다. 붙어 있는 시간이 늘어나면 분명 플로라의 비밀을 눈치챌 테니까.

탕!

깜짝이야.

"그게 무슨 소리지?"

로렐의 노성에 플로라의 정신이 현실로 돌아왔다.

"그러게요. 이 모임을 강력하게 주장한 프레이스 영애의 의견에 따라 금쪽같은 시간을 쏟아붓고 있는 건 우리예요."

크리스티나의 동조에 이자벨이 무뚝뚝하게 대답했다.

"불쾌하셨다면 죄송합니다."

가만히 들어 보니 오늘 두 사람의 공방이 길어져 이자벨이 한 마디 한 모양이다. '인제 그만 좀 하시죠. 지금 우리의 시간 낭비에 가장 큰 일조를 하고 계신 건 바로 두 분이세요.'라고.

모든 일을 베아트리체 위주로 생각하는 그녀는 그 외의 사람에겐 참 가차 없었다. 비에 젖은 아기 양처럼 애처로운 얼굴로 제니스를 찾아왔던 일을 기억하는 플로라로선 굉장히 받아들이기 힘든 모습이랄까.

"우리가 조금 길게 담소를 나눴기로서니."

"그런 무례한 타박을 하나?"

"평소 그대의 의견에 여러 번 힘을 실어 주었건만."

"이런 푸대접이라니."

"실망이에요."

"실망이야."

크리스티나와 로렐이 짜기라도 한 것처럼 현란한 연합 공격을 펼쳤다. 신기하게 이럴 땐 또 둘이 죽이 척척 잘 맞는다. 다행히 베아트리체가 나서 일이 더 커지지는 않았다.

그 일련의 상황을 지켜본 플로라는 조용히 차만 홀짝였다. 해야 할 일도 많고 생각해야 할 일도 많은데 여기서 이렇게 시간을 죽여야 하는 현실이 슬펐다.

'내가 어쩌다 이 고래들 사이에 꼽사리를 끼게 되어선……'

…….

왜긴 왜겠는가.

그녀의 삶에 이런 평지풍파를 일으킬 사람은 딱 하나뿐인걸.

* * *

때는 바야흐로 쌓인 눈이 셔벗처럼 녹아내리던 에브릴의 두 번째 날.

하일리움 신학기가 시작되자마자 베아트리체의 호출을 받은 플로라는 뛸 듯이 놀랐다.

'꺄아. 웬일이지? 무슨 일로 날 찾으시는 걸까?'

테린과 약혼했으니 린트벨 산하 가문을 두루두루 살피시려는 건가,

혼자 설레발을 치며 쭐레쭐레 이자벨의 뒤를 따라나섰었다. 그렇게 도착한 곳이 이곳, 디미올라관에서 조금 떨어진 낯선 건물이었다.

그리고 왜 디미올라관이 아니라 여기로 왔나, 이상하게 생각하는 그녀 앞에 세 사람이 나타났다. 베아트리체와 로렐 왕녀에 크리스티나 공녀까지.

뭐지, 이 이상한 조합은……?

들뜬 마음이 식으며 따라온 불길한 예감에 플로라는 그나마 안면이 있는 이자벨에게 필사적으로 신호를 보냈다.

이거 뭐냐고.

이 사람들이 왜 잡아먹을 거 같은 눈으로 나를 보냐고.

이유는 곧 밝혀졌다. 제니스가 아말 4황자에게 던진 말이 화근이었다.

"호호, 농담도 잘하십니다."

이야기를 모두 들은 플로라가 웃었다.

"아니다."

로렐이 부정했다.

"그럼 잘못 들으셨을 거예요."

"바로 옆에서 들었다."

"그럼 제니스가 그날 많이 아팠나 봐요. 열이 올라 제정신이 아니었던 거죠."

"우리 중에서 가장 멀쩡했다."

"아! 그럼 술에 취했나 보네요. 이건 비밀인데, 가끔 과음할 때가 있어요. 그러면 겉보기엔 멀쩡한데 입은 아무 말이나 하죠. 그런 후 깨어나면 몽땅 잊어버려서 사람 열 받게 하고. 하하하. 한번 불러서 물어 보세요. 아마 지금 말씀하신 일, 하나도 기억 못 할 거예요."

무리수까지 동원한 플로라의 노력이 눈물겨웠지만.

"그 후 그녀와 진지한 대화를 했어요."

"실수했다고 하더군."

"우리의 우려를 충분히 공감하며."

"존중하겠다고 했지요."

모두가 한목소리로 하는 말에 플로라는 그만 두 눈을 감았다.

……맙소사.

"그런데 이상하지요?"

"만족스러운 대답을 들었는데 계속 찜찜한 거예요."

"내 말이. 전혀 믿음이 가지 않아."

당연하죠.

고개 숙인 플로라가 속으로 중얼거렸다. 그 말이 사실이라면, 정말 그런 말이 제니스의 입에서 나왔다면, 그게 진심이라면!

순순히 알았다고, 잘못했다고 할 리가 없었다.

'존중은 개뿔!'

"밀가루로 빵을 만든다고 해도 의심해 봐야 할 타이밍이잖아……."

플로라의 허탈한 중얼거림에 로렐이 테이블을 탕 내리쳤다.

"역시 그랬나?"

"제가 뭐랬어요? 전혀 진실하지 않은 눈이라고 했잖아요."

이자벨도 목소리를 높였다. 제니스가 그녀에게 인심을 많이 잃었나 보다. 아니면 실체를 너무 보여 줬거나.

어쨌든 얼떨결에 나온 플로라의 증언은 그들의 의심에 쐐기를 박았다. 베아트리체는 침통한 표정으로 입을 다물었고 로렐은 혀를 찼다.

크리스티나는 열이 나는지 계속 부채질을 하고 이자벨은 씩씩거리며 방 안을 서성였다.

플로라가 방금 들은 그 꿈같은 이야기를 다시 곱씹는데, 어느새 정신을 차린 네 명이 머리를 맞대고 쑥덕거렸다. 이 일이 밖으로 새어 나가면 제니스 혼자의 문제로 끝나지 않는다고 입을 모았다.

"그녀의 철딱서니 없는 야욕을 철저히 분쇄해 하일리움의 평화를 지키겠어요."

"얼굴에 넘어간 게 분명해. 전에도 그러더니, 겉모습에 혹하는 그 속물근성을 내 기필코 뜯어고쳐 주지."

결연한 얼굴로 그렇게 선언한 네 사람은 듣기에도 말하기에도 길고 괴상한 이름의 모임을 발족했다.

'재난에 대비하는, 국경을 초월한 숭고한 소녀들의 비상 대책 본부.'

이른바 '비대본'.

그리고 여전히 멍한 상태에서 벗어나지 못한 플로라에게 말했다.

"필렌 영애의 도움이 필요해요. 제니스의 일거수일투족을 살펴 주세요."

"네? 제가요?"

플로라가 화들짝 놀랐다.

"그래요. 누구보다 그녀와 가까우니 평소와 다른 움직임이 있으면 바로 알 수 있잖아요?"

그거야 그렇지만……

"예를 들면, 아말의 4황자와 만나거나 연락하려는 낌새 같은 것 말이다."

로렐이 눈을 부라리며 콕 집어 말했다.

"하지만……. 알겠습니다."

난감했지만 거절할 수 없었다. 이들이 신분이 까마득하게 높아서가 아니었다. 말은 하일리움의 평화, 교양학부의 명예 운운했지만, 정말은 제니스를 진심으로 걱정해서임을 느껴서였다.

"걸리기만 해 봐라. 요절을 내 주겠다."

물론, 말은 안 그랬지만 말이다.

그 후 일은 일사천리였다. 베아트리체가 힘을 써 잠시 모임 장소로 썼던 빈 건물을 본부로 정했고 회원도 두 명 더 들어왔다. 로렐이 먼저 타샤니아 랑생 후작 영애를 합류시켰고 그걸 본 크리스티나는 에스더를 끌어들였다.

베아트리체는 이 모든 걸 제니스가 모르길 바랐다. 덕분에 플로라만 유행에 미친 사람이 됐다.

'모자와 장갑의 상관관계', '꽃보다 보석'은 주 2회 열리는 비대본을 숨기기 위한 유령 모임. 일부러 제니스가 관심을 가지지 않을 분야를 고른 전략은 적중했지만, 그에 따른 오해도 감수해야 했다.

어휴. 이게 다 누구 때문인데. 진짜 캭!

하여튼, 불행인지 다행인지 그 후 한 달이 흐를 동안 제니스는 조용히 하일리움 생활을 이어 갔다. 지나가는 투로도 아말의 4황자를 입에 올리지 않았다.

그러자 초기에 잠깐 진지하던 비대본도 점점 분위기가 느슨해졌다. 각자의 영향력을 동원해 요즘 아말 4황자는 어떻게 지낸다더라, 정보를 교환하고, 제니스에 대한 플로라의 짧은 보고가 끝나면 할 일이 없었다. 차를 마시며 잡담을 나누는 게 다니 슬슬 이 모임을 계속해야 하는지 회의를 느끼는 사람이 생길 수밖에 없었다.

결국, 가장 먼저 싫증을 느낀 로렐이 모임 횟수를 줄이자는 애기를 꺼냈고, 오늘 두 번째 타자가 등장했다.

"저, 시간과 효율에 관한 애기가 나와서 말인데요……."

대개 이야기를 경청하는 쪽인 에스더가 오랜만에 입을 열었다.

"처음 여러분의 말씀을 듣고 나름 큰일이라고 생각해 동참했지만, 지금까지의 정황을 보면 당시 여러분의 심려가 좀 지나쳤던 게 아닌가 싶어요."

"으흠."

로렐이 약간 불편한 신음을 내뱉었다. 어느 정도 흥미를 잃어버리긴 했지만, 지난 결정이 오판이었다는 지적이 달가울 리 없었다.

"모든 게 우리의 오해라고 생각해?"

크리스티나가 느긋한 어조로 물었다.

"그런 건 아니에요, 크리스티나. 하지만 이렇게 생각해 볼 수는 있잖아요. 당시 여러분의 충고를 그녀가 충분히 귀담아들었다고."

이번엔 베아트리체가 입을 열었다.

"샤린테 영애의 믿음과 긍정적인 사고는 정말 바람직합니다. 우리의 활동이 지나치게 추상적이기도 하고요. 하지만……. 그래요. 이상하게 생각할지도 모르겠지만, 전 여전히 보이는 게 전부가 아니라는 생각이 들어요. 제니스는……."

"방심해선 안 될 아가씨예요."

크리스티나가 절레절레 고개를 저었다.

"생각하는 것도 행동하는 것도 그렇게 발칙한 이는 처음 보았다."

로렐까지 망설임 없이 동의하자 에스더는 큰 혼란에 빠졌다. 그들이 제니스에게 내리는 평가를 이해할 수 없었다.

"에스더, 그 장면을 직접 목격하지 않은 넌 몰라. 게다가 네 앞에서는 얼마나 내숭을 떠는지 아니?"

"그게 정말인가?"

"하. 말도 마시길. 우리가 아는 제니스 린트벨과는 완전히 다른 사람이더라고요."

크리스티나가 입을 삐죽이며 불평했다.

쏟아지는 반론에 잠시 움찔했던 에스더가 한 번 더 용기를 냈다.

"하지만 여러분의 주장과 달리, 아무 일도 일어나지 않은 지 벌써 한 달인걸요?"

그 말엔 반박할 수 없는지 모두 입을 다물었다.

제니스, 내 친구지만 정말 대단한 녀석.

플로라는 마음속으로 조용히 박수를 쳤다. 대륙의 날고 기는 모든 귀족 영애들이 모인다는 이 하일리움에서, 나름 행세 좀 한다는 아가씨들이 몇이나 모여 이런 수고를 하게 만들다니.

그 비뚤어진 성격으로 언제 저 사람들과 친구가 된 거니? 응?

비결이 뭔지 정말 궁금했다. 교양학부는 물론 하일리움 전반에 영향력을 행사할 수 있는 친구라니 너무 멋지다. 일상생활은 물론 키아라 같은 사람들의 어려움을 해소하는 데도 큰 힘이 되겠지?

"······."

거기까지 생각한 플로라가 잠시 고개를 갸웃했다.

'잠깐만. 나 방금 되게 괜찮은 생각을 한 거 같아!'

옹기옹기 모여 앉은 여섯 소녀를 바라보며, 그녀의 머리가 빠르게 회전했다. 소녀들 사이의 대화도 정리되기 시작했다.

"사실 아무 일도 일어나지 않는 거야말로 가장 좋은 일이죠."

"맞습니다. 그걸 불평할 순 없지요."

"일단 정기 모임 횟수를 줄이는 건 고려해 볼 만하다고 생각해요."

"후후, 내 말이 그 말이다."

자기 의견이 반영된 로렐이 잘난 척을 했다.

"저기……."

생각과 동시에 행동에 들어가는 플로라가 조용히 입을 뗐다.

"걱정이네요. 그렇게 됐을 때 남는 시간에 온갖 일과 사람에 간섭하고 다닐 누군가가 떠올라서."

"뭐라? 공녀는 언제나 내게 지나치게 관심이 많군."

단칼에 무시당했지만 꿋꿋하게 한 번 더 불렀다.

"저기요……."

"무슨 일이죠, 필렌 영애?"

다행히 두 번째 시도는 베아트리체가 아는 척을 해 주었다.

"여러분께 한 가지 드릴 말씀이 있어서요……."

"응? 뭐지? 린트벨 영애에 대해 빠뜨린 얘기가 있나?"

"그건 아니고요. 그러니까, 우리가 모이는 이 시간이 그냥 흘러가는 것에 대해 여러분의 심려가 크신 것 같아서요. 그렇다면 이런 활동은 어떠세요?"

모두의 시선이 플로라를 향했다.

4

기대가 크면 실망도 크다던가?

플로라의 이야기가 전부 끝난 후, 베아트리체가 깊은 한숨을 내쉬며 이마를 짚었다. 이자벨이 발을 구르며 그녀의 마음을 대변했다.

"맙소사, 대체 교양학부에 무슨 일이 벌어지고 있는 거죠? 누가 사악한 저주라도 내린 거예요? 왜 너도나도 멋대로 굴지 못해 안달이냐고요."

"저기……."

"그동안 잊고 지냈다면서요? 그럼 다시 잊어버리면 되지 만나긴 뭘 만나요?"

"정리를……."

"정리 같은 소리 하시네요. 만나고 나서 역시 안 되겠다, 그 사람 아니면 죽을 거 같다 그러면 어쩔 거냐구요!"

"어머, 프레이스 영애가 의외로 그런 심리에 밝나 봐요?"

"공녀!"

"호호, 뭘 그렇게 화내요? 저도 처음엔 어이가 없었는데 프레이스 영애가 그렇게 화를 내니 왠지 감싸 주고 싶어지잖아요."

"쯧쯧, 감싸 주긴 무얼! 가만 보니 모두 배가 불렀어. 사는 게 지루한가? 그래서 그런 얄팍한 감정을 좇아 제 발등 제가 찍겠다던가?"

로렐이 무섭게 호통쳤다.

"그게, 마음이 마음대로 되는 것은 아니라서요. 이를테면, 마차 사고 같은 것으로, 의지와 무관하게 일어나는, 천재지변인 거죠."

눈치를 보면서도 더듬더듬, 할 말은 다 하는 플로라를 이자벨이 어처구니없다는 얼굴로 바라봤다.

"그래서 그런 일을 도와주자?"

"나쁜 일은 아니잖아요."

"좋은 일도 아니죠."

"당사자에겐 좋은 일……."

"그래, 그 철없는 당사자는 도대체 누군가요?"

"이런 분위기에서 말하기에는 좀……."

"하, 진짜 기막혀서!"

이자벨이 손부채질 하며 아예 돌아앉았다.

"호호, 인제 보니 필렌 영애, 정말 재밌는 분이군요. 좀 경솔하기도 하고."

크리스티나가 찻잔을 내려놓으며 말했다.

"가련하고 안타까운 처지에 놓인 친구를 돕고 싶다는 영애 개인의 마음은 더없이 훌륭하지만, 우리의 시간을 너무 쉽게 생각하지 말아요. 필렌 영애의 주장과 달리, 이런 게 바로 시간 낭비예요."

"아니에요."

놀랍게도 플로라가 바로 반박했다.

"……아니라고요?"

"네. 이 모임의 목적을 생각해 보세요, 공녀. 우리의 목표물이 얼마나 천방지축이며 어디로 튈지 모르는 모난 공 같은지. 조금 전 에스더의 태평스러운 말에 한숨 쉬신 분들!"

에스더가 움찔하는 가운데 플로라가 목소리를 높였다.

"그 마음 알아요. 제 입으로 이런 말 하기 뭐하지만……."

그녀가 확신을 담아 말했다.

"앞으로 여러분이 무엇을 상상하든, 전혀 다른 것을 보게 될 거예요. 제니스의 친구로 보낸 제 인생의 절반을 걸고 말할 수 있어요."

"그녀의 위험성에 대해 다시 말할 필요는 없어요."

제니스에 대한 이자벨의 평가는 대단히 박하고 확고했다.

"그러니까 이건 몸풀기 같은 거죠."

플로라가 진지한 눈으로 좌중을 둘러봤다.

"사건이 벌어진 그날, 아말의 황자들을 두고 그냥 도망치셨다면서요? 죄송한데, 그런 상황이 또 일어나지 않을 거라고 장담하지 마세요."

그 말에 그 자리에 있었던 네 명이 동시에 몸을 부르르 떨었다. 지금 생각해도 눈앞이 아찔했다. 무슨 정신으로 제니스를 디미올라관 안으로 데려갔는지 모른다.

그 후 그녀를 응접실 가운데 앉혀 놓고 '지금 네가 무슨 일을 저질렀는지 아느냐.'고 엄히 질책했지만, 생글생글 웃으며 '뭐 큰일이야 있겠어요?'라고 말하는 기막힌 꼴만 보았다. 그 말에 거의 한 마리 야수가 된 이자벨이 목이 찢어져라 몰아붙인 후에야 코를 긁적이며 그러더라.

'음. 들어 보니 제가 잘못했네요. 사과할까요?'

'아니!'

'근처에도 가지 마라.'

'제발 그 입도 다물고요.'

세 명이 몇 번이나 다그치고 나서야 좁쌀만큼 수긍한 눈치였다.

'네네. 여러분이 걱정하시는 바는 아주 잘 알겠어요. 조심할 테니 걱정하지 마세요. 뭐, 우연히 마주치는 것까지야 어쩔 수 없겠지만.'

아아. 마지막까지 토를 다는 그 모습이란.

나중에 베아트리체가 들어와 한 번 더 다짐을 받았지만 도저히 안심되지 않았다. 그래서 플로라를 불러내고 이런 모임까지 만들지 않았나.

그 마음을 들여다보기라도 한 듯, 플로라가 부채질했다.

"그거 아세요? 우연을 만들어 내는 거야말로 제니스의 특기랍니다."

살살 선동했다.

"그러니 연습이 필요해요. 돌발 상황이 발생했을 때 얼마나 잘 대처할 수 있는지, 누가 어떤 역할을 맡는 게 좋은지. 어렵게 생각하지 마세요. 이건 하일리움과 대륙의 평화를 지키는 거국적인 일이잖아요? 경험을 쌓을 수 있다면, 거기에 얽힌 사소한 개인사가 뭐 그리 중요하겠어요?"

"……."

잠시의 침묵 후 이자벨이 툭 내뱉었다.

"저 요사스러운 혓바닥을 보니 린트벨 영애의 친구가 맞았어요."

"과연."

모두의 고개가 미미하게 끄덕여졌다.

"뻔한 수작인 게 보이지만, 꽤 그럴듯한 얘기였다."

로렐이 눈을 가늘게 뜨고 테이블을 톡톡 두드렸다.

"나도 흥미가 생겼어요."

"아니, 두 분 그게 무슨 말씀이세요?"

깜짝 놀란 이자벨이 소리쳤다.

"왜요? '린트벨 영애를 상대하려면 연습이 필요하다.' 상당히 설득력 있는 주장이잖아요? 베아트리체 님은 어떻게 생각하세요?"

"저도 손발을 맞춰 봐야 한다는 부분에 동의해요."

"황녀님!"

이자벨이 자리에서 벌떡 일어났다.

"연습이 필요하다고 해도 꼭 이번 일일 필요는 없습니다. 샤린테 영애, 랑생 영애도 가만있지 말고 뭐라고 말씀 좀 해 보세요!"

이자벨이 간절한 얼굴로 도움을 청했지만, 에스더와 타샤니아는 안타깝다는 눈빛만 던졌다. 그들은 알고 있었다. 누가 뭐래도 모임을 주도하는 건 저기서 희희낙락하는 세 명이고, 결론은 이미 났다는 것을.

그 사실을 증명하듯 크리스티나가 부채를 살랑이며 최종 선고를 내렸다.

"좋아요. 그 가련한 사연의 주인공, 어디 한번 데려와 봐요."

목적을 이룬 플로라가 두 주먹을 불끈 쥐었다.

* * *

그로부터 3일 후.

"오늘은 더 어둡네요."

크리스티나가 두 개의 초를 가리키자 베아트리체가 살짝 수줍은 미소를 지었다.

"오늘 다룰 특별 안건에 어울리게, 비밀스러운 분위기를 강조해 봤어요."

"어쩐지. 느낌 괜찮은데요?"

"호호, 고마워요, 크리스티나."

"콜린 브로우라는 남자에 대해 알아보겠다고 한 건 어떻게 됐지?"

로렐이 시비 겸 확인 겸 두 사람의 대화에 끼어들었다.

"훗, 제가 누군가요? 이미 한 주간의 일정을 손에 넣었답니다."

"보안은? 일을 맡긴 건 믿을 만한 자였겠지?"

"어머, 두말하면 입 아픈 소리네요. 에스더의 사촌이 행정경영학부에 있어요. 차후 필요한 다른 정보도 그가 도와줄 거예요."

"왜 그런 것을 알아봐 달라고 하는지 그쪽에서 궁금해지지는 않던가요?"

이자벨이 뚱한 표정으로 물었다.

"전혀요. 예전부터 제 말을 참 잘 들었어요. 그렇지, 에스더?"

"……그랬죠."

에스더가 떨떠름한 얼굴로 고개를 끄덕였다.

사실 행정경영학부에 있는 그녀의 사촌은 크리스티나라면 학을 뗐다. 가끔 어울리던 유년 시절, 자기 말을 들어줄 때까지 심술을 부리던 그녀를 기억하기 때문이었다. 크리스티나 본인은 까맣게 잊어버린 것 같지만 말이다.

"참, 혹시 보셨나요? 드디어 야유회 공고가 떴어요."

"보았다. 이번에는 에하레 강변이더군."

"제 생각엔 그때가 적기인 것 같아요."

"좋은 생각입니다. 인파가 몰리니 우연히 같은 자리에 있었다고 변명하기도 쉬울 것 같네요."

그때 퉁퉁 부은 얼굴로 뒤로 물러나 있던 이자벨이 자기도 모르게 끼어들었다.

"아니죠, 굳이 고르자면 야유회 준비로 모두가 들떴을 때가 더 낫죠. 각자 준비로 바빠서 타인이 뭘 하든 신경 쓰지 않을 테니까요."

그러곤 '헉, 내가 무슨 소릴…….'이라는 얼굴로 입을 막았다. 크리스티나가 고개를 끄덕였다.

"일리 있어요. 그럼 그자의 외출 일정을 추가 조사하겠어요."

"부탁합니다, 크리스티나."

"흥. 썩 내키지는 않지만 우리 손을 타게 된 이상 한 점의 허술함도 용납할 수 없지."

"호호, 물론이죠."

그때 낮은 노크 소리가 들렸다. 대화를 멈춘 여섯 명이 눈을 빛냈다.

"드디어 왔군."

오늘은 플로라가 제안한 일의 구체적인 사항을 논의할 뿐만 아니라 그 사연의 주인공을 만나는 날.

"그래, 어떤 아가씨가 필렌 영애를 홀딱 홀려 냈는지 어디 한번 볼까요?"

크리스티나가 화려한 오색 깃털로 만들어진 가면을 쓰며 중얼거렸다. 나머지 사람들도 각자 준비한 가면을 꺼냈다.

플로라는 그들이 정체를 드러내 서로 불편해질 필요가 있겠냐고 말했다. 여기 모인 개개인이 워낙 유명해 그쪽에서 눈치챌 수도 있겠지만 추측과 확신은 엄연히 다르지 않냐고.

비대본 회원들은 그 말이 꽤 그럴듯하다고 생각했다. 플로라가 누굴 데려오든 그 입을 막을 자신이 있었지만, 이런 방식도 나름 재미있겠다고.

그래서 내친김에 가명도 정하며 비밀스러운 분위기를 잔뜩 냈다. 시큰둥하던 분위기가 은근히 달아올랐다. 원래, 하지 말라는 짓을 할 때가 가장 짜릿한 법이니까.

그렇게 순진한 여섯 명의 소녀를 나쁜 짓으로 이끈 플로라가 천진난만한 얼굴로 다가왔다. 또각또각, 두 개의 발소리가 울렸다.

"앗, 왜 이렇게 어둡죠?"

"비밀 모임이니까요. 자, 제 손을 잡으세요."

"고마워요, 필……. 아니 폭주하는 야……생마님?"

"맞아요. 너무 길면 그냥 폭야라고 부르세요."

"호호, 그거 재밌네요."

속닥거리는 소리가 가까워졌다. 낯선 이를 안내해 방 중앙으로 걸어온 플로라가 희미한 빛 사이로 드러나는 사람들을 함께 온 이에게 소개했다.

"사랑스러운 토끼님, 이분들이 바로 당신을 도와줄 '하일리움 비밀 수호대' 분들이세요."

'하일리움 비밀 수호대'는 키아라의 일을 해결할 동안 쓰일 임시 이름이었다.

"어머, 모두 저처럼 가면을 쓰고 계시네요. 하일리움에 2년 넘게 있었는데 이런 모임이 있다는 소리는 처음 들어요."

"비밀이니까요."

플로라가 장난스럽게 속삭였다.

"그런데 정확히 뭘 수호하는 거죠?"

"음……. 하일리움 소녀들의 행복?"

플로라의 능청에 키아라가 열렬히 호응했다.

"아아, 멋지기도 하지! 반가워요, 여러분. 일단, 사랑스러운 토끼라고 불러 주세요."

키아라가 해맑게 인사하자 플로라가 기대에 찬 눈으로 비대본 회원들을 바라봤다. 그러나 촛불 사이로 보이는 여섯 개의 가면은 조용히 침묵을 지켰다.

"……호호, 저희 회원님들이 원체 과묵하세요. 여기 오른쪽에 계신 분부터 제가 소개해 드릴게요. 성실한 다람쥐님, 도도한 고양이님, 반짝반짝 황금잉어님, 영리한 앵무새님, 얌전한 사슴님, 까칠한 매님 이세요."

"……."

그러나 소개가 끝난 후에도 여섯 명은 미동도 하지 않았다. 당황한 플로라가 황급히 덧붙였다.

"괜……찮아요. 아직 어색해서 그러시는 거예요."

영문을 알지 못하는 그녀의 눈동자가 흔들렸다.

'뭐지? 뭔가 실수한 게 있나? 인제 와서 마음이 바뀌었나?'

플로라가 이유를 알지 못해 안절부절못하는데 이를 악문 듯한 크리스티나의 목소리가 들렸다.

"이게…… 도대체 무슨 상황이죠?"

그 차갑고 낮은 속삭임에 키아라가 고개를 갸웃했다.

"어? 이 목소린 크리스……."

"영리한 앵무새."

"……음? 아닌데? 한 번 더 들으니 확실히 크리……."

"영·리·한·앵·무·새."

크리스티나가 으르렁거리는 목소리도 한 글자씩 또박또박 말했다.

"참고로, 줄여서 부르는 것도 안 돼요. 지금도 충분히 우스꽝스러우니까. 하! 그리고 네가 왜 여기 있는지 나야말로 기가 막히거든?"

어느 때보다 격한 크리스티나의 반응에 플로라가 깜짝 놀랐다.

앗. 그러고 보니 두 사람 친구였지? 으악, 어떡해. 깜박했다! 그래도 그렇지, 어떻게 바로 들키냐?

"어머, 크……. 아니 영리한 앵무새님. 나야말로 놀랐잖아요. 이런 모임에 있다고 왜 말 안 했어요? 좋은 일인데. 아. 혹시 오른손이 하는 일을 왼손이 모르게 하라, 그런 거예요?"

크리스티나가 얼굴을 감싸며 손을 내저었다.

"너, 잠깐 조용히 해 봐. 이게 무슨 상황인지 나 생각 좀 하게."

"어머, 성질은. 너 때문에 분위기 싸해진 것 좀 보세요."

능청스럽게 대꾸하는 키아라를 이기지 못한 크리스티나가 결국 이마를 짚었다.

"그래. 다 집어치우고 일단 나가서 얘기 좀 해."

그녀가 앞으로 나서며 재촉하자 키아라가 얄밉게 혀를 내밀었다.

"싫어요, 영리한 앵무새님. 서로 모르는 사이에 이러시면 곤란하죠."

"너!"

크리스티나가 쥐고 있던 부채를 집어 던질 것 같은 눈으로 노려봤지만, 키아라는 눈 하나 깜짝하지 않았다.

"두 분. 잠시 자리에 앉아 주세요."

두 눈을 깜박이며 역시 혼란과 난감함을 피력하던 베아트리체가 살짝 한숨을 쉬며 둘 사이를 중재했다.

"사랑스러운 토끼님, 우리 모임에 오신 것을 환영합니다. 저는 반짝반짝 황금잉어라고 불러 주세요."

"반갑습니다, 반짝반짝 황금잉어님. 요즘 좀 격조했죠?"

"네……. 그랬죠."

어색하게 대답한 그녀가 도도한 고양이를 비롯한 다른 회원들을 다시 소개하며 겨우 분위기를 정리했다.

"하일리움에 이런 멋진 분들이 일곱 명이나 계시다니 놀라워요. 다른 분들과도 친하게 지내고 싶은데 누군지 전혀 알 수가 없어 아쉽네요."

호호호, 늘 발랄하게 느껴지던 키아라의 웃음이 오늘따라 의뭉스러웠다.

"그런데 저도 그렇고 여러분도 그렇고, 가명이 좀 길어서 불편하네요. 정말 줄여서 불러야 하나?"

"무슨 소리. 미들 네임도 포기했는데 여기서 더 줄일 수는 없다."

침묵하던 로렐이 대뜸 반대했다.

"어머!"

"뭐지?"

"저, 그러면 안 되는데, 도도한 고양이님이 누구신지 알 거 같아요!"

"호, 그런가? 하긴, 나의 위엄과 기품이 이딴 가면 하나로 가려질 리 없지. 하하하."

하하…… 하…….

플로라도 따라 웃었다. 크리스티나가 들통난 건 그렇다 쳐도 어떻게 나머지도 몽땅……. 이건 정말 웃어도 웃는 게 아니었다. 그런 플로라에게 이자벨이 달려왔다.

"왜, 그 사람이, 키아라 폰테 공녀라고, 말하지 않았죠?"

어둠 속에서, 낮은 목소리로 섬뜩하게 따져 물었다.

"엑? 프레이스 영애도 알았어요? 저분이 키아라 폰테 공녀인 걸?"

이자벨이 무언가를 참는 얼굴로 심호흡했다.

"바보예요? 어떻게 그걸 모를 수 있어요?"

"와. 모두 대단하시네요. 전…… 잘 모르겠던데………. 여긴 어둡기도 하고……."

"……."

이자벨은 다시 거칠어진 호흡을 다스렸다.

"후……. 늘 정기적으로 만나는 분들인데 가면 하나 썼다고 눈치 못 채겠어요?"

"아아……. 그렇구나."

"아아? 그렇구나?"

결국 이자벨이 뒷골을 잡았다. 플로라가 그런 그녀를 가증스럽게, 열심히 위로했다.

"전에도 말했지만, 확신과 추측은 다른 거잖아요. 그러니까…… 아직은…… 추측 아닌가요?"

"추측……. 그래요, 눈 가리고 아웅이지만 그건 그렇다 치고……. 맙소사…… 그럼 그 이야기의 주인공이 폰테 공녀라는 거잖아요? 그래요?"

"그……렇죠? 그러니까, 여기까지 오……셨죠?"

플로라가 우물쭈물 대답하자 이자벨이 두 눈을 질끈 감으며 비틀거렸다.

"어떻게…… 폰테 공녀까지…… 모두 미쳤어. 다들 이성은 어디다 갖다 버린 거냐고……."

그녀가 충격과 공포에 빠져 허우적거리는 사이 개인적인 인사를 끝낸 소녀들이 본격적인 논의를 시작했다.

"먼저, 우리가 도와드릴 그 만남이, 그 남자와 당신의 마지막 만남이라는 걸 분명히 해 주세요. 그 조건이 없다면 우린 절대 이 일에 나서지 않을 겁니다."

베아트리체가 나름의 선결 사항을 분명히 했다.

"당연하죠. 여러분의 너그러움에 경의를 표해요."

"흠흠. 좋아. 혹, 해야 할 말을 정리하는데 곤란을 겪고 있다면 내게 살짝 말해. 괜찮은 문장가를 소개해 주지."

"어머, 배려에 감사드려요. 도도한 고양이님. 하지만 괜찮습니다. 말씀드리기 부끄럽지만 할 말은 이미 정해 놓았거든요. 속으로 너무 오래 되뇐 말이라 가슴에 인처럼 박혔죠. 후후후. 그 마음 그대로, 아무 꾸밈없이 전하고 싶어요."

그 대담한 말에 충격 받은 크리스티나가 '진짜였어?'라고 중얼거리며 구석 자리에 주저앉았다. 로렐이 혀를 찼다.

"그래, 이런 성격이란 소문을 듣긴 했지. 개인적으론 그대의 행동을 옹호하지 않지만, 기왕 이렇게 된 것 원하는 결과를 얻길 바라."

키아라가 그렇게 말하는 로렐의 손을 덥석 잡았다.

"어쩜. 도도한 고양이님은 정말 상냥하시군요."

"큼큼. 몰랐나? 소문이 쫙 났을 텐데?"

로렐이 콧대를 세우며 어깨를 쫙 폈다. 그리고 갑자기 없던 의욕을 불태우기 시작했다.

"방금 좋은 생각이 났어. 그대가 등장할 때 사방에서 꽃잎이 휘날리는 거야. 마치 운명처럼."

저기, 왕녀님. 운명이 되면 안 되는데요?

화들짝 놀란 플로라가 그건 아니라는 눈빛을 던졌지만 로렐에게 닿진 못했다.

"그리고 퇴장도 등장만큼 중요하다. 무조건 나중에 도착해서 먼저 떠나야 해."

"맞습니다. 그게 레이디의 품격이죠."

로렐의 말이라면 일단 동의하고 보는 타샤니아가 맞장구를 쳤다.

"등 뒤로 노을이 깔리고 음악 소리가 들리면 좋을 거 같아요."

믿었던 베아트리체까지 합세했다.

볼이 발간 걸 보니 그런 로망이 있나 보다. 이건 적어 뒀다가 테린 오라버니에게 알려……. 아니 지금 그게 중요한 게 아니지.

플로라가 급히 산으로 가는 아가씨들을 막아섰다.

"여러분, 죄송하지만 이건 시작이 아니라 끝을 위한 만남이에요. 아무 생각 없던 상대방 가슴에 불을 지르면 안 돼요."

우리 예쁜 키아라 언니가 그런 특수 효과까지 동원하면 누가 반하지 않겠어요?

하지만 로렐은 요지부동이었다.

"무슨 소리! 목적이 무엇이든 누구와 함께 있든, 우리는 언제나 고귀하고 아름다워야 해."

그 확고한 반박에 할 말을 잃은 플로라의 귓가에 또다시 이자벨의 속삭임이 들렸다.

"축하해요, 필렌 영애. 로렐 왕녀께서 아주, 적극적으로 도와주실 모양이네요."

아. 하하하…….

플로라가 웃었다. 웃는데 왜 눈에서 땀이 나는지 알 수 없었다.

아. 오늘도 맑은 아침.

안녕, 이름 모를 새야. 조금 전 나의 잠을 깨운 맑은 지저귐 정말 고마워. 안녕, 나를 중심으로 도는 세상아. 오늘 하루도 잘 부탁해.

"진짜, 최고로 잘 부탁해."

아침 일찍 창문을 연 플로라는 두 손을 맞잡고 어느 때보다 엄숙하고 간절하게 첫 일과를 시작했다. 평소와는 다른 경건함에 린다가 고개를 갸웃거릴 정도였다.

그날 아침의 특별함은 그것만이 아니었다. 드레스 룸을 신중하게 들여다본 플로라는 그녀에게 매우 의미 있는 것들을 쏙쏙 골라냈다. 로이드를 처음 만날 난 신었던 구두, 메시아 거리에서 하버 남작 부인을 만날 때 입었던 드레스, 훗날 그녀에게서 선물 받은 모자까지.

운명과 경험, 성공을 상징하는 물건으로 온몸을 도배했다.

'좋아, 완벽해.'

거울 앞에서 마지막 점검을 마친 플로라가 어깨를 쫙 폈다. 불순한 의도로 선택한 모자와 드레스, 구두가 제각기 따로 놀았지만, 좋은 기억 덕분인지 자신감이 마구 솟구쳤다. 준비를 모두 끝낸 그녀는 힘찬 걸음으로 기숙사를 나섰다. 오늘이 바로 지난 며칠간 야심 차게 준비한 회심의 디데이.

"안녕, 플로라."

"히익!"

"뭐야, 왜 그렇게 놀라?"

"그, 그러게."

플로라는 기둥을 붙잡고 벌렁거리는 심장을 다독였다. 하필 기숙사 건물 입구에서 딱 제니스와 마주칠 줄이야. 이 계집앤 왜 갑자기 튀어나와 사람을 놀라게 하는지 모르겠다.

"오늘은 웬일로 빨리 가네?"

"으응. 일이 좀 있어서."

"하긴, 원래도 얼굴 보기 힘들더니 요 며칠은 특히 더 그렇더라?"

"하하, 그……랬나?"

플로라가 억지로 입꼬리를 당기며 잘 모르겠단 표정을 지었다. 얼마 전 자신의 목적을 위해 제니스를 판 기억이 선명해, 그녀의 눈을 똑바로 보기 힘들었다.

으으. 어떻게 하면 최대한 빨리, 그리고 무사히 제니스와 헤어질 수 있을까?

플로라는 필사적으로 머리를 굴렸다.

"바닥에 뭐 있어?"

"아아니."

"그런데 왜 그렇게 땅바닥만 쳐다봐?"

"음……. 오늘 내 그림자가 좀 예쁜 것 같아서?"

"야유회 준비는?"

윽. 뭐야? 야유할 가치도 없다 이거냐?

무시해 주길 바랐지만 정말 무시당하자 울컥한 플로라가 퉁명스럽게 대답했다.

"하고 있지."

"누구와? 마리, 캐서린, 클라라, 테일러 모두 아니라던데?"

"모임 사람들이랑."

"······흐음."

"뭐, 뭐? 새로운 친구들과 조금 더 시간을 보내는 게 잘못이야?
이제 2년 차도 됐으니 사교의 폭을 넓혀야지. 왜, 너도 끼워 줘?"

자기도 모르게 위험한 도발을 던진 플로라가 가슴을 콩닥거리며
대답을 기다렸다.

"······아니, 난 복고는 별로라."

다행히 거절의 말이 돌아왔는데 그 내용이 미묘했다. 무슨 소린가
싶어 그녀의 시선을 따라 고개를 내리자 오늘 공들여 고른 드레스가
보였다.

그래. 1년 전에 즐겨 입던 거다.

'쳇. 쓸데없이 기억력만 좋아선.'

입을 삐죽 내민 플로라가 일부러 목소리를 높였다.

"흥. 네가 패션을 아니? 원래 유행은 돌고 도는 거야."

"그래. 많이 돌아라."

그러더니 쌩하니 뒤돌아 제 갈 길을 가는 게 아닌가?

"야, 말이 좀 이상하잖아. 기분 나쁘게 주어, 목적어는 왜 생략해!"

플로라가 바락 소리쳤지만 이미 제니스는 저만치 멀어진 후. 그녀의
모습이 점처럼 작아질 때까지 쏘아본 플로라가 발을 구르며 울분을 토
했다.

"뭐야. 저건 맨날 자기 말만 하고 사라져!"

최대한 빠르게, 그리고 무사히 제니스와 헤어졌는데 왜 하나도 기
쁘지 않은지 모르겠다. 플로라는 의문의 패배감에 얼굴을 구기며 터
덜터덜 자리를 떴다.

얼마 후, 그곳에서 한참 멀어진 제니스가 걸음을 멈추고 뒤를 돌아봤다. 그녀의 눈이 슬쩍 가늘어졌다.

요즘 플로라가 이상하다.

전에도 이 말을 했던 것 같은데, 그렇다. 그녀가 또 이상하다. 처음도 아니고 두 번째도 아니고 인제 분기마다 일어나는 정기 이벤트 같은 느낌이라 별 감흥은 없지만, 일단 그렇다.

이상한 열망이 이글거리는 눈으로 자신을 집요하게 바라보는가 하면, 어떤 날은 눈을 피하며 맥락 없는 헛소리를 해 댄다. 불필요해 보이는 모임을 몇 개나 들어 몸이 열 개라도 모자라는 주제에, 자신의 교우 관계나 일정에 사사건건 간섭은 얼마나 하는지.

가장 압권인 건 자신의 개인적인 서신을 데이지를 통해 감찰하려는 불순한 의도가 포착됐다는 거다. 하, 플로라 주제에 말이다.

이걸 죽여 살려, 아니 추궁해 말아, 꽤 고민했지만 일단 두고 보기로 했다. 지난해, 너무 싸고돈 것 같다는 생각도 들어서.

사자는 새끼를 강하게 키우기 위해 절벽 아래로 굴린다지 않나? 물론 플로라에게 그렇게까지 할 생각은 없지만, 자기가 뛰어내렸다면 혼자 기어 올라와 보는 것도 좋은 경험이 되리라.

응? 그냥 귀찮아서 그러는 거 아니냐고? 어허, 이 사람들이! 그 입 다물라.

* * *

오전 11시.

키아라를 포함한 여덟 명이 모두 예의 아지트에 모였다. 이미 무용

지물이 된 가면을 꿋꿋하게 쓰고, 플로라의 최종 브리핑을 들었다.

"목표는 오늘 오후 제라늄 거리의 카페 '빅스윗'에 나타날 예정입니다. 우리는 이미 그곳의 대여를 완료했으며 목표가 주문할 '스윗스윗라이크유'도 차질 없이 준비했습니다. 모두 얌전한 사슴님께서 크게 힘써 주신 덕분입니다."

소녀들이 박수를 치자 에스더가 살짝 고개를 숙여 답례했다. 플로라의 말이 이어졌다.

"최소한의 직원들만 주방에 머물 겁니다. 홀 응대는 반짝반짝 황금잉어님이 추천하신 J양과 N양이 맡아 주실 예정이며 사랑스러운 토끼님은 이 층 준비된 곳에서 영리한 앵무새님과 함께 목표를 기다려 주십시오."

"쯧, 레이디는 먼저 가서 기다리는 게 아니라고 내 그토록 말했건만!"

아직 포기하지 못한 로렐이 툴툴거렸다.

"보안상 사랑스러운 토끼님의 움직임을 최소화하는 게 좋겠다고, 도도한 고양이님도 동의하셨습니다."

"그건 그랬지. 하지만 악단도 섭외하지 않다니 실망이야."

"죄송합니다. 이 층 창가 아래 악단이 웅크리고 있는 것 자체가 수상한 모양새라서요. 대신, 도도한 고양이님이 탁월한 안목으로 재탄생시킨 카페 이 층이, 말씀하신 문제를 충분히 보완해 주리라 믿어 의심치 않습니다."

플로라가 능숙하게 달래자 로렐이 냉큼 으스댔다.

"후후후, 물론이다. 내 어제 그곳을 우리의 격에 맞게 모조리 뜯어 고쳐 놓았느니라."

"어머, 그런 수고를! 전 쓰레기 소각장 옆이나 마구간, 창고여도 상관없었는데 말이죠."

키아라가 감격을 표하자 로렐의 얼굴이 한층 의기양양해졌다. 이야기를 듣던 에스더의 얼굴만 우중충해졌다. 필립에게 미안해서. 근래, 여러 사람에게 미안한 그녀였다.

"목표가 카페에 입장하면 주문을 받은 후 이 층으로 올려 보냅니다. 영리한 앵무새님이 자연스럽게 자리를 비켜 주시면, 사랑스러운 토끼님이 준비한 말을 전합니다. 시간은 최대 20분, 오랜만의 해후에 감회가 남다르시겠지만, 부디 짧고 굵게 부탁드립니다. 그 후 용건을 끝낸 사랑스러운 토끼님이 삼 층 임시 본부로 합류하시면 J양이 준비한 케이크를 목표에게 전달, 작전을 종료합니다. 이상입니다. 질문, 받겠습니다."

"다른 손님도 있을 텐데, 어떻게 관리할 거죠?"

크리스티나가 새침한 얼굴로 물었다. 그녀는 계획이 조금씩 모양을 갖춰 가는 내내, 불편한 심기를 숨기지 않았다. 키아라가 요리조리 도망 다니며 상대를 해 주지 않아 약이 잔뜩 오른 상태였다.

"해당 시간, 도도한 고양이님이 이 층을 모두 예약했다는 핑계를 댈 예정입니다."

"어머, 그거라면 정말 개미 새끼 하나 얼씬하지 않겠네요."

크리스티나가 엉뚱한 곳에 화풀이를 했지만 로렐은 가볍게 콧방귀를 뀌었다.

"당연하지. 모두 나의 위엄에 승복할 것이야. 계획은 이게 단가?"

"네."

"생각보다 간단하군."

"그러게요. 현장에서 할 일은 그다지 없네요. 영리한 앵무새님만 좀 수고를 해 주세요."

베아트리체가 당부하자 크리스티나가 마지못해 고개를 끄덕였다.

"제가 보기엔 정말 멋진 계획입니다. 애써 주신 분들, 모두 수고하셨습니다. 아, 사랑스러운 토끼님이 보기엔 어떠신가요?"

"호호, 너무 과분한 계획이라 몸 둘 바를 모르겠어요. 설령 일이 잘 못된다 해도 여러분이 기울여 주신 마음, 절대 잊지 않겠어요."

"어허, 잘되지 않을 리가 있는가?"

"어머, 그렇죠? 호호호."

로렐이 큰소리를 탕탕 치자 키아라가 까르르 웃었다. 그녀가 좋아하는 모습을 보니 플로라도 기뻤다. 짧은 기간 온갖 말도 안 되는 계획을 뜯어말리느라 지친 심신이 위로받는 느낌이었다.

"좋습니다. 그럼 흩어졌다가 다시 모이는 건가요?"

"네. 오후 4시까지 순차적으로 카페 '빅스윗' 삼 층으로 와 주세요. 저와 J, N은 준비를 위해 먼저 가 있도록 하겠습니다."

플로라가 씩씩하게 외쳤다. '드디어'란 생각에 가슴이 두근거렸다.

* * *

콜린 브로우는 며칠간 이상한 경험을 했다. 누군가 지켜보는 것처럼 자주 뒤통수가 간지럽고, 한 주간의 일정표를 끼워 놓은 노트를 잃어버렸다가 다시 찾는가 하면, 잘 알지도 못하는 사람의 초대를 받기도 했다.

낙스 출신으로 같은 행정경영학부 2년 차. 콜린과 별 교류가 없던 후배가 며칠 전 갑자기 찾아와 '평소 선배님의 명성을 익히 들었습니다. 괜찮으시다면 앞으로 좋은 관계를 쌓고 싶습니다.'라고 하는 게 아닌가?

너무 뜬금없긴 했지만, 가문도 평판도 괜찮은 사람이라 거절할 이유가 없었다. 그랬더니 바로 집에 저녁을 먹으러 오라고 초대했다. 사교성이 그렇게 좋은 축은 아니었던 것 같은데 의외로 적극적이었다.

자신이 그렇게 마음에 들었나? 하하하.

다만 그 후 묘한 일이 있긴 했다. 이상할 정도로 자주 그의 이름이 들렸다.

특히 그의 어머니가 특정 가게의 케이크를 매우 좋아한다는 이야길 하루에 세 번이나 들었다. 수업을 앞둔 복도에서, 정원 한가운데 잠시 머문 시원한 나무 밑에서, 점심 도중 바로 옆 테이블에서.

그래서 오지 않을 수 없었다. 제라늄 거리의 카페 '빅스윗'.

여기서 그 스윗스윗라이크유인지 뭔지를 사 가지 않으면 천하에 매너 없고 무신경한 놈이 될 것 같아서.

하지만 막상 도착하니 화사한 가게 외관에 쉽게 발이 떨어지지 않았다. 길로 난 창문을 통해 언뜻 들여다보이는 안도 아리따운 숙녀들로 가득. 동행이 있으면 모를까, 남자 혼자 들어가기에는 좀 민망했다.

'그냥 돌아갈까? 선물이 꼭 여기 케이크여야 한다는 법은 없잖아. 가는 길에 있는 꽃집에서 골라도 괜찮을 거야.'

그렇게 이 난관을 돌파하는 대신 피해 갈 생각을 하고 있는데, 멀지 않은 곳에서 낯익은 얼굴이 다가왔다.

"콜린? 왜 길가에 멍하니 서 있어?"

"아, 허버트? 약속 있다고 하지 않았어?"

"있지. 시간이 좀 남아서 산책 중. 넌?"

"나? 아! 마침 잘 만났어."

"응?"

"아무래도 혼자보다는 둘이 낫겠지."

포기하려는 순간 나타난 지원군에 콜린이 마음을 정했다.

"뭐가?"

뭐긴 뭐야, 이런 거지.

콜린은 허버트가 상황 파악을 하기 전에 얼른 그의 팔을 꽉 움켜잡 았다. 그리고 어, 하는 사이 카페 '빅스윗'의 문을 힘차게 열었다.

"어서 오세요."

디저트 가게에 어울리지 않는 뭔가 엄숙한 목소리였다. 콜린은 어색하게 계산대로 가 3일 내내 귀에 박히도록 들은 메뉴를 주문 했다.

"스……윗스윗……라이크유 한 상자, 포장."

며칠간 그랬던 것처럼 또 묘하게 뒤통수가 간지러웠다. 그가 슬그 머니 고개를 돌리자 강제로 끌려 들어온 허버트가 어이없는 얼굴로 그를 바라보고 있었다. 콜린이 웃으며 달랬다.

"오늘 초대받은 집에 가져갈 선물. 그쪽 어머니가 좋아하신대."

"난 또. 그런데 특이하시네. 그 스윗 뭐시기, 좀 많이 달아서 우리 어머닌 별로라고 하시던데."

"유명한가 봐?"

"응. 어린 아가씨들은 굉장히 좋아해."

"손님, 해당 제품은 주방에서 마무리에 조금 시간이 걸린다고 합니다. 잠시 이 층에서 기다려 주시겠습니까?"

"아. 그럼 그냥 여기……."

거기까지 말하며 슬쩍 뒤를 돌아보니 빈자리가 보이지 않았다.

"알겠습니다. 얼마나 기다려야 합니까?"

"아주…… 잠깐이요."

"약속이 있으니 최대한 빨리 부탁드립니다."

"물론입니다. 이리로."

여직원이 직접 자리를 안내하겠다고 나섰다.

"오래 걸린대?"

"아니, 잠깐이면 된대."

"그냥 나 먼저 가면 안 돼?"

"어허, 친구. 우리의 우정이 겨우 이 정도였던 건가?"

"이 정도면 감지덕지 아냐? 그리고 여기 뭔가 온몸이 간지러운 느낌이야."

"응. 그래서 나도 혼자는 발이 떨어지지 않더라."

"아무튼. 오늘 일, 기억해 둘 거야."

"하하하. 미안. 앗."

콜린이 계단을 오르다 말고 멈춰 섰다. 먼저 가던 여직원이 창백한 얼굴로 뒤돌아서서였다.

"두 분…… 함께…… 올라가시는 건가요……?"

응? 무슨 당연한 소릴…….

콜린은 그 질문에 자신이 포착하지 못한 다른 의미가 있나, 고개를 갸우뚱했다.

"네. 동행입니다."

"안…… 됩니다."

"네?"

"자리가…….."

"저기요, 무슨 말을 하는 겁니까. 빨리…… 우앗!"

재촉하던 허버트가 갑자기 비틀거렸다. 계단 옆에 있는 좁은 복도에서 쏜살같이 튀어나온 누군가가 그에게 달려와 다짜고짜 부딪쳤다.

"뭐야?"

허버트가 인상을 찌푸리며 뒤로 도는데 그의 등과 옆구리를 본 콜린이 깜짝 놀라 소리쳤다.

"허버트, 너 옷이……!"

팔을 들어 옷 상태를 확인한 허버트가 와락 얼굴을 구겼다.

"으악, 이게 뭐야?"

황급히 다시 앞을 보자 직원이라고 보기엔 좀 어려 보이는 소녀가, 달콤한 향기가 나는 붉은 액체가 잔뜩 묻은 손을 어정쩡하게 든 채 서 있었다.

"죄송합니다. 정말 죄송합니다."

"으, 이게 뭡니까? 딸기향 시럽?"

"네. 제가 급히 씻으러 가다가 그만…….."

"아니, 손을 씻는데 왜 홀로 나옵니까?"

"그러게요……. 제가 왜 그랬을까요……. 죄, 죄송합니다!"

그녀가 울 것 같은 얼굴로 연신 사과했다.

"저, 옷은 어떻게든 세탁이라든가, 변상이라든가 무조건 해 드리겠습니다. 그러니 이리로! 이리로 와 주세요!"

소녀가 손을 내밀며 간절한 얼굴로 요청했다. 허버트가 기겁했다.

"그 손!"

"우앗, 죄송합니다."

여전히 시럽 범벅인 자신의 손을 보고 자기가 놀란 소녀가 말릴 새도 없이 드레스 자락에 벅벅 두 손을 닦았다.

"아니, 뭐 그렇게까지……."

허버트가 난감한 표정으로 말끝을 흐렸다. 옷을 더럽힌 것보다 수습으로 보이는 어린 직원의 부산스러움이 더 불편했다.

"그럼 이제 모시겠습니다."

옷에 시럽을 모두 닦아 낸 소녀가 조심스럽게 손끝을 내밀어 허버트의 소맷자락을 잡았다.

"어후. 됐습니다. 아니, 뭐 그렇게까지 사과하지 않아도, 아니 저기 이건 좀 놓고, 이봐요, 좀 천천히 가요."

허버트는 그렇게 이상할 정도로 집요한 수습 직원의 손에 이끌려 복도 안쪽 직원 룸으로 사라졌다.

'하. 이게 무슨 난리냐.'

콜린은 황당함에 혀를 찼다. 이 가게는 직원 관리를 어떻게 하기에 손님에게 이런 실수를 하는지 모르겠다. 게다가 큰 소란이 났는데도 지배인급으로 보이는 사람은 코빼기도 보이지 않다니, 일을 하는 건가 마는 건가.

불쾌해진 콜린은 이 부분을 단단히 따지겠다고 마음먹으며 허버트의 뒤를 따랐다. 처음 자리를 안내해 주겠다고 한 직원이 그의 앞을 막지 않았다면 그랬을 것이다.

"뭡니까?"

"그러니까…… 이 층으로…….”

"아니, 방금 내 친구 못 봤습니까?"

콜린의 질타에 희게 질린 직원의 표정이 사뭇 결연했다.

"죄송하게도, 직원 룸이 좁아 여러 명이 들어가기 어렵습니다. 그러니 손님은 부디, 이 층에서 기다려 주십시오. 친구분의 의복은 조속히, 무조건, 완벽하게 처리하겠습니다."

콜린은 순간 말문이 막혔다.

……뭐지? 이곳을 지나가려면 나를 베고 가라고 외치는 것 같은 이 비장함은?

사명감으로 활활 불타오르다 못해 악에 받친 느낌마저 들었다.

"……지배인에게 정식으로 항의할 겁니다."

"물론입니다. 다만 그를 위해 손님이 직접 움직이실 필요는 없으십니다. 마침 지배인님이 출타 중이기도 하고요. 돌아오시는 즉시 손님을 찾아뵙도록 말씀드리겠습니다."

그녀의 흔들림 없는 태도에 살짝 얼굴을 굳힌 콜린이 잠시 후 한발 물러섰다.

"그 약속, 반드시 지켜야 할 겁니다."

"물론입니다. 양해해 주셔서 감사합니다."

그녀가 절도 있게 허리를 숙였다. 디저트 가게 직원이라기엔 지나치게 격식을 갖춘 몸놀림이었다.

어쨌거나 그녀의 재촉에 다시 이 층으로 발길을 돌렸다. 뭐라고 콕 찍어 말하기 어려운 억지스러운 전개에 기분이 나빠졌다.

'시간이 꽤 지났는데 아직도 그 스윗 어쩌고 케이크는 준비되지

않은 건가?'

생각해 보니 그걸 사러 온 것부터가 잘못된 선택이었던 것 같다.

"어서, 이 층으로."

거기다 잠시 멈췄더니 득달같이 날아오는 재촉.

그놈의 이 층으로, 이 층으로. 뭐야, 이 가게. 이 층에 데려가 살찌운 후 잡아먹기라도 할 셈인가?

정말 이상한 곳이었다. 그리고 그 생각은 마지막 계단을 올라 이 층에 들어섰을 때 더 확고해졌다.

입구를 반쯤 가리며 드리워진 묵직한 커튼, 그 안쪽엔 폭신한 고급 카펫이 쭉 깔려 있었다. 윤이 반짝반짝 나는 새 가구는 언뜻 보기에도 최고급이었고 그 위를 장식한 촛대나 화병도 평범한 물건이 아니었다.

공간 구성도 그랬다. 디저트 가게가 아니라 어느 부유한 귀족가의 응접실을 그대로 옮겨 놓은 모습이었다. 의자도 중앙에 놓인 낮은 테이블 하나를 중심으로 넉넉히 원을 그리며 놓여 있었다.

그런 모습에 조금 얼떨떨해하며 안으로 들어서는데 중앙에 앉아 있던 한 사람이 마침 나가려는 참인지 벌떡 일어나 입구 쪽으로 걸어왔다. 이유 없이 찬바람을 일으키며 그를 스쳐 지나가는데 눈빛이 아주 새침했다.

뭐야? 저 아가씨는?

가게가 맘에 안 드니 손님도 별로였다. 무엇보다 여기서 기다리라고 데려온 게 맞나 싶었다. 그가 확인을 위해 뒤돌아서자 커튼 뒤에 서 있던 직원이 당황한 표정으로 손을 내밀었다.

응?

퍼억.

그녀에게서 뻗어 나온 하얀 손이 그를 안쪽으로 힘차게 밀었다. 균형을 잃은 그가 급하게 발을 옮기다가 뒤로 쿵 엉덩방아를 찧는 사이, 스르륵 커튼이 풀려 시야를 가렸다.

이게 무슨!

난데없는 봉변에 얼굴이 빨갛게 달아오른 그가 막 소리를 지르려는 찰나, 목소리 하나가 들렸다.

"오랜만이야, 콜린 브로우."

몸을 일으킨 그가 천천히 뒤를 돌아봤다.

6

미쳤어, 미쳤어. 이제 어쩔 거야?

두 손에 시럽을 바르고 콜린 브로우의 친구를 향해 돌진했던 플로라는 이미 돌이킬 수 없게 된 재킷을 물수건으로 문지르며 이를 악물었다.

"저기, 그러면 더 번질 것 같은데……."

보다 못한 허버트에게 지적당한 후에야 현실을 외면하고 싶어 기계적으로 움직이던 손을 멈췄다.

"죄, 죄송합니다. 손님. 제가 책임지고 같은 옷으로 준비하겠습니다. 실례지만 어느 가게에서 맞추셨나요?"

플로라가 솟아오르는 절망감을 숨기며 간신히 미소 지었다.

"카이로 거리 '하디스'라는 곳인데……."

"그 가게에 신사분의 치수가 있을까요?"

"그렇죠. 단골이니까."

"그럼 그곳에서 당장 수배해 오겠습니다."

허버트의 말을 들은 플로라가 눈을 빛내며 말릴 새도 없이 뛰어나 갔다.

그는 자신 앞에 차를 내려놓는, 정식 직원으로 보이는 여성에게 우려를 표했다.

"그런데, 그게 되겠습니까? 야유회가 코앞이라 모든 숍이 여유가 없을 텐데. 그리고 빨리 해결해 줘야 합니다. 1시간 후 약속이 있습니다."

"그 부분은 저희가 알아서 하겠습니다. 걱정하지 마십시오."

무슨 자신감인지 정말 걱정하지 않는 눈치였다.

"알겠습니다. 그럼 전 이만 친구가 있는 이 층에……."

"안 됩니다!"

갑작스러운 외침에 깜짝 놀란 허버트가 반쯤 뗀 엉덩이를 다시 의자에 내려놓았다.

"왜…… 안 됩니까?"

"저희…… 가게 지침이 그렇습니다. 손님께 그런 실수를 저질러 놓고 어떻게 홀로 돌아가 기다리라고 말할 수 있겠습니까?"

혼자가 아니라 거기 친구가 있다만.

그런 눈으로 물끄러미 직원을 쳐다보자 흔들리는 눈으로 시선을 외면하며 웅얼거렸다.

"아직 사과가 끝나지 않았습니다. 그러니 안 됩니다."

허허. 뭐지 이건?

허버트가 턱 끝을 긁적였다. 적반하장이라는 말도 떠오르고 주객이 전도됐다는 생각도 들었지만 화가 나진 않았다. 사건이 일어난 후 내내, 자신들이 큰 소리 낼 처지가 아니라는 걸 잊어버릴 만큼 당황한 게 눈에 보여서.

당장 해결해 주겠다고 큰소리 탕탕 친 것도 다 허세 같았다. 자리를 비웠다는 상관이 무서운 사람인가? 옷값이 많이 부담되나? 아니면 이 일로 혹 일자리를 잃을까 봐?

여러 추측을 떠올린 그는 안쓰러운 마음에 이 정도 무례는 눈감아 주기로 했다. 다가오는 약속에 입고 갈 옷만 준비해 주면 까다롭게 굴지 않겠다고.

'아. 나 지금 너무 신사적인 것 같아.'

자가 칭찬으로 생각을 마무리한 허버트가 어깨를 으쓱이며 자신을 이 가게에 끌고 온 친구를 떠올렸다. 그러고 보니 그 녀석…….

'따라오지도 않고 너무한 거 아냐?'

살짝 이를 간 그는 나중에라도 이 빚을 톡톡히 받아 내기로 했다.

* * *

그 시각, 작전을 총괄하는 임시 본부 삼 층은 혼란의 도가니였다.

콜린 브로우를 키아라에게 안내한 니나가 핼쑥한 얼굴로 삼 층에 올라와 자신의 죄를 고했다.

"죽여 주세요, 베아트리체 님."

"……무슨 일인데 그러니?"

"목표는 무사히 이 층에 입장했나요?"

"그것이······."

머뭇거리던 니나가 실토했다.

"그분이 계속 입구에서 머뭇거리셔서요. 어째서인지 한 발 들어갔다가 다시 나오려고 하시잖아요. 그래서 그만······."

"그만?"

"그냥 왜 그러시냐 물으려고 했던 것뿐인데······ 커튼 자락을 잘못 밟는 바람에 그만······."

"아, 그래서 어떻게 됐다는 건가?"

로렐이 역정을 냈다.

"밀어 버렸습니다."

좌중이 조용해졌다.

"콜······ 아니 목표를?"

베아트리체가 떨리는 목소리로 물었다.

"네에······. 죄송합니다. 베아트리체 님."

"어허."

"그래서 어떻게 됐죠?"

이자벨이 다급한 얼굴로 물었다.

"저도 잘 모르겠습니다. 너무 놀라 그냥 도망치고 말았어요."

"저런······."

"안됩니다, 니나. 당장 내려가서 그 남자가 자리를 박차고 나갔는지 아니면 폰테 영애, 아니 사랑스러운 토끼님과 대화 중인지 확인하도록 하세요."

이자벨이 엄한 얼굴로 말하자 니나가 풀죽은 얼굴로 총총 사라졌다.

"어째서 그런 실수를······."

베아트리체가 얼굴을 감싸며 탄식했다. 그때 벌컥 문을 열고 들어온 플로라가 외쳤다.

"카이로 거리 하디스라는 가게의 남성 재킷이 필요합니다!"

"오, 필렌 영애."

"친구와 함께 올 줄은 생각도 못 했는데, 멋진 순발력이었습니다."

모두가 그녀의 대처를 칭찬했다.

"감사합니다, 베아트리체 님. 그런데 당장 1시간 내로 새 옷이 필요합니다."

"후훗, 또 내가 활약할 시간이군. 타샤니아."

로렐이 자신감 있게 나섰다.

"네, 왕녀님. 사람을 보내겠습니다."

"재킷뿐 아니라 한 벌을 맞춰 보내라고 해. 혹 똑같은 물건이 없다면 더 고급으로 대체하고. 그리고…… 필렌 영애가 갈아입을 옷도 같이 준비해."

플로라의 드레스가 얼룩진 것을 본 로렐이 혀를 찼다.

"배려에 감사드립니다, 왕녀님."

플로라가 깊이 허리를 숙이자 타샤니아가 빠르게 처리하겠다며 서둘러 방을 떠났다. 그러나 그게 끝이 아니었다.

"큰일 났습니다."

밑에서 콜린의 친구를 전담해야 할 줄리아가 숨을 몰아쉬며 올라왔다.

"또 무슨 일입니까?"

이자벨이 지친 목소리로 물었다.

"세크틸드 부인이라는 분이 오셨습니다."

"그게 누군가요?"

"설마……."

로렐이 미간을 찌푸렸다.

"로렐 왕녀께서 이 층을 모두 빌리셨다는 말을 듣더니 무조건 인사를 드려야겠다고 난립니다. 직원들이 시간을 끌고 있지만 무작정 만류하기 어렵습니다. 왕녀께서 답을 주셔야 할 듯합니다."

"하필이면……."

로렐이 이마를 짚었다.

"아는 분입니까? 제겐 생소한 이름입니다만."

베아트리체의 질문에 로렐이 한숨을 쉬었다.

"황녀께서 모르는 게 당연하오. 굳이 관계를 따지자면 사돈의 팔촌의 고모할머니의 조카딸 정도 되려나……."

그게 뭡니까.

"남이잖습니까?"

"맞소. 그러나 할머님을 키운 유모의 딸이라오. 지금도 1년의 절반을 왕궁에서 지내며 할머님의 말상대를 하오. 나쁜 사람은 아니지만 입이 가볍고 골을 잘 내는 노인이라 이 자리에서 그녀를 박대하면 할머님께 달려가 뭐라고 할지 벌써 머리가 아프오."

얘기를 듣기만 했는데 우리 머리도 아프네요.

그런 표정의 대표 주자 이자벨이 조심스럽게 말했다.

"그럼 이곳으로 모시는 건?"

"대여한 이 층을 내버려 두고 말인가?"

"이상하죠?"

"많이 이상합니다."

결국 로렐이 자리에서 벌떡 일어났다.

"내가 그녀를 데리고 이곳을 떠나겠다."

"앗, 그러면 뒤는 어쩌고요? 왕녀가 떠나면 이 층을 격리할 명분이
사라집니다."

플로라가 깜짝 놀라 펄쩍 뛰었다.

"다른 방법이 없지 않나?"

결국 로렐이 총총히 자리를 뜨자 남은 사람의 얼굴에 다급함이 어
렸다.

"아직 손님이 많죠?"

"네, 일 층을 만석으로 만들려고 무료 쿠폰을 뿌렸는데 그게 과했
던 것 같아요."

에스더가 초조한 얼굴로 말했다.

"이 층 상황은 어떻습니까?"

"니나가 다시 올라오지 않는 거로 봐 콜린 브로우가 그 자리를 뛰
쳐나오진 않은 것 같습니다."

그 부분에선 모두 안도의 한숨을 내쉬었다.

"휴, 다행이네요."

"두 사람이 만난 지 얼마나 지났죠?"

"5분? 7분? 어떡하죠? 아직 10분도 지나지는 않은 것 같은데."

"비상사태니 5분이든 10분이든 바로 끝낼 수밖에 없어요. 제가 가
서 상황을 보고 처리하겠어요."

크리스티나가 급히 이 층으로 내려갔다. 아래가 소란스러운 걸 보
니 로렐이 세크틸드 부인이라는 사람을 만나 인사를 나누고 있는 듯
했다.

발소리를 죽여 이 층 입구로 다가간 크리스티나는 묵직한 커튼을 조심스럽게 젖혔다. 살짝 안을 보고 끼어들어야지 했는데…….

퍽.

스윗스윗라이크유가 허공을 날아 콜린 브로우의 얼굴을 강타하는 모습을 목격했다. 키아라가 의기양양한 얼굴로 외치는 것도.

"훗, 이건 10년 전 네가 망가뜨린 딸기 케이크의 복수. 맛이 어떠냐! 이 땅꼬마야!"

"망할……."

이를 악문 콜린 브로우의 잎에서 거친 말이 흘러나왔다.

"기억 보정도 정도가 있지, 네가 내 기사단 세트를 망가뜨린 게 먼저였다는 걸 벌써 잊었냐?"

"무슨 소리야, 그 전에 내가 가장 아끼는 드레스에 주스를 쏟았잖아."

"네가 내 이야기책을 호수에 던져서였지!"

"쩨쩨하게 그걸 10년이 지나도록 기억하고 있었어?"

"10년이 지난 지금 딸기 케이크의 복수 운운하는 사람이 누굴 쩨쩨하대?"

"뭐가 됐든 날 심술궂고 못생긴 두꺼비라고 한 건 용서할 수 없어."

"너야말로, 자기 유리한 것만 말하는 건 옛날이랑 똑같네."

아, 신이시여.

크리스티나가 두 눈을 질끈 감았다. 처음부터 이상하긴 했다. 몸만 컸지 어른스러움과는 하늘과 땅만큼 거리가 먼 저 장난꾸러기에게 그런 감성적인 과거가 있다는 게 도저히 믿기지 않았었는데……. 역시 이런 반전이 숨어 있었다.

"그만. 거기까지 하고 당장 나와."

참지 못하고 뛰어든 크리스티나가 이를 악물고 말했다. 놀란 콜린 브로우가 흠칫하며 뒤를 돌아보았다. 키아라가 손을 흔들며 그녀를 반겼다.

"앗, 벌써 왔어? 이제 시작……."

"죽을래?"

크리스티나의 시선이 살벌해졌다.

"아이고 무서워라. 알았어. 후훗, 그럼 재회 인사는 여기까지 할까? 덕분에 즐거운 시간이었어. 그럼 난 약속이 있어서 이만, 안녕."

흥이 잔뜩 오른 키아라는 크리스티나에게 끌려 나가면서도 끝까지 조잘댔다. 지칠 줄 모르는 그 집요함에 크리스티나가 학을 뗐다.

신이시여. 제발 이 망아지에게 자제심이란 걸 선물해 주세요. 제가 울화병으로 쓰러지기 전에요.

그렇게 삶의 버거움을 호소하며 이 층을 빠져나오자 기다리고 있던 줄리아가 스윗스윗라이크유 한 상자를 들고 반대 방향으로 걸어갔다. 잠시 후 그녀의 비명이 들리며 사연 많은 비대본의 첫 작전이 막을 내렸다.

* * *

오후 5시.

콜린 브로우와 그의 친구 허버트가 카페 '빅스윗'을 떠났다. 올 때와는 다른 정장을 차려입은 허버트는 꽤 만족한 얼굴이었지만, 진득한 크림으로 세수를 해야 했던 콜린 브로우는 어디 야산이라도 하나

날려 버릴 분위기였다.

어쩌다 보니 카페 직원이 된 플로라는 줄리아, 니나 등과 함께 떠나는 그들을 문밖까지 나와 배웅했다. 두 사람이 카페에서 겪은 불행에 진심으로 유감을 표했다.

다행히 콜린 브로우는 카페 직원들이 키아라와 관련 있다고 생각하지는 않는 듯했다. 그러나 바짝 독이 오른 눈으로 다음에 만나면 절대 가만두지 않겠다고 이를 벅벅 가는 모습을 보니 등에서 식은땀이 났다.

도대체 어디서부터 무엇이 잘못된 걸까?

카페 '빅스윗'에 영업 종료 팻말을 건 플로라가 하늘을 바라보며 깊이 탄식했다. 이미 줄리아로부터 스윗스윗라이크유를 입이 아니라 얼굴로 먹은 콜린 브로우의 이야기를 들어 알고 있었다. 본인이 직접 그랬을 리는 없으니 범인은 하나.

키아라 언니, 왜 그랬어요? 이게 무슨 일이죠?

뒷정리를 끝내고 하일리움으로 돌아가는 플로라의 발걸음이 돌이라도 매단 듯 무거웠다.

비대본의 아지트.

이번에는 초를 있는 대로 켰는데도 누구 하나 쥐도 새도 모르게 묻어 버릴 듯한 칙칙함이 방 전체에 흘렀다.

끈질기게 달라붙는 세크틸드 부인을 떼어 낸 로렐과 플로라가 도착하자, 오늘 일을 정리하기 위한 모임이 시작됐다. 키아라를 데리고 도망치듯 '빅스윗'을 떠났던 크리스티나가 먼저 입을 열었다.

"좀 이상하긴 했어요. 제가 아는 그녀와는 도저히 어울리지 않는 애절한 사연이었거든요. 그래서 제대로 확인하려고 여러 번 찾아갔는데 미꾸라지처럼 요리조리 빠져나가더라고요."

"그래서 진실은 뭐죠? 두 사람은 어떤 관계였던 겁니까?"

베아트리체가 물었다.

"어릴 때 공작 부인이 요양을 갔던 영지의 자제는 맞아요. 그러나 필렌 영애의 설명처럼 순수하고 아련한 추억의 상대는 아니었어요. 오히려 사이가 나쁘다 못해 최악이었답니다."

"아니, 왜요?"

"첫 대면에 키아라를 보고 뚱뚱하다고 놀려서요. 어릴 땐…… 조금…… 그랬거든요."

크리스티나가 한숨을 쉬며 덧붙였다.

"아아."

로렐이 뭔가를 떠올린 듯 격하게 고개를 끄덕였다.

"언뜻 들은 기억이 난다. 그런데 조금이 아니라 많이 그랬다고 하던데?"

크리스티나가 발끈했다.

"어머. 언제나 내면의 아름다움을 강조하시는 왕녀께서 설마 그런 일을 재밌어하시는 건 아니겠죠?"

로렐이 뜨끔한 얼굴로 딴청을 피우자 크리스티나도 더는 따지지 않았다. 어쨌거나 지금은 그녀가 아쉬운 처지였다.

"그 후로 매일 전쟁이었던 거죠. 서로의 장난감을 망가뜨리고, 좋아하는 물건을 숨기고, 약점을 폭로하고……."

"허허."

"그러니까 이건……."

"네, 복수였어요. 그 영지를 떠나기 직전 있었던 말싸움에서 밀린 게 잊히지가 않았답니다. '빨리 돌아가, 이 심술궂고 못생긴 두꺼비야.'라는 말에 놀라 울음을 터뜨렸는데 그게 끝이었던 게 너무 분해서…… 라네요."

크리스티나 본인도 어이가 없는지 말끝을 흐렸다.

"……두꺼비는 너무했네요."

베아트리체가 웃어야 할지 울어야 할지 모를 얼굴로 말했다. 그 사이 자세를 바로 한 크리스티나가 진지한 얼굴로 고개 숙였다.

"철없는 친구를 대신해, 이 자리에 계신 모든 분께 사과드려요. 여러분이 좋은 마음으로 꾸며 주신 일을 그 애가 엉망으로 만들었어요. 죄송합니다. 부디 넓은 마음으로 용서해 주시길."

"확실히, 놀림당한 것 같아 기분이 좋지 않군."

적극적으로 의견을 냈던 로렐이 싸늘한 표정을 지었다.

"크리스티나 님이 아니라 폰테 공녀가 직접 사과해야 할 문제 아닌가요?"

이자벨도 단호하게 말했다.

"그럼 필렌 영애도 한통속이었던 건가?"

로렐의 지적에 여섯 명의 시선이 죽은 듯이 웅크리고 있는 플로라에게 꽂혔다. 그녀가 창백한 얼굴로 억지 미소를 지었다.

"아닙니다."

"그럼 왜 그대는 사실과 다른 이야길 했지?"

그러게요. 그게 왜 그럴까요…….

"필렌 영애는 폰테 공녀의 일을 어떻게 알았습니까?"

베아트리체의 물음에 플로라는 기억을 더듬어 키아라와 만난 상황,

했던 대화를 간략하게 옮겼다. 이야기가 끝나자 로렐과 크리스티나가 깔끔하게 정리했다.

"결국, 확정적인 말은 한마디도 하지 않았는데."

"혼자 앞서갔군요."

"으윽. 죄송합니다."

플로라가 고개를 숙였다.

"내 이토록 기막힌 일은 처음 당해 본다. 일의 경위가 그런 줄도 모르고 그 난리를 쳤다니!"

로렐이 역정을 내자 베아트리체가 나서 다독였다.

"필렌 영애가 경솔했던 것은 맞지만 나쁜 의도를 가지고 그랬던 건 아니니 너무 나무라지 마세요. 게다가 그런 이면의 진실이 아니었다면 폰테 공녀나 우리에게 매우 불행한 하루가 될 뻔하지 않았나요?"

오늘 '빅스윗'에서 벌어진 돌발 상황을 상기시킨 그녀의 말에 모두 신음을 삼켰다. 그 단순한 작전이 어쩜 그렇게 삐걱거릴 수 있는지 지금 생각해도 놀라웠다.

만약 키아라가 콜린 브로우에게 정말 좋은 감정을 가졌고 아름다운 정리를 원했다면 그녀는 울면서 하일리움으로 돌아왔을 것이다. 억지로 친구를 떼어 내고 바닥으로 밀어 넘어뜨린 후 과거의 추억을 곱씹어 보자고 해 봐야 그게 귀에 들어오겠는가.

"하아. 한 명이라도 좋았다니 다행인 겁니까?"

이자벨이 기가 막힌 듯 중얼거렸다.

"하지만 결과가 그랬다고 물색없이 설레발을 친 죄가 없어지는 건 아니지."

"맞습니다."

로렐의 말에 타샤니아가 맞장구를 치자 플로라가 바로 무릎을 꿇고 죄를 청했다.

"입이 열 개라도 할 말이 없습니다. 여러분의 심기를 어지럽힌 저의 불민함을 부디 용서해 주세요."

그때 에스더가 조심스럽게 플로라의 편을 들었다.

"왕녀, 부디 선처해 주세요. 하고자 한 바는 모두 이루지 않았습니까?"

"모두 이루었다니, 그게 무슨 소린가?"

"잊어버리고 계신 것 같은데, 우리의 목적은 폰테 공녀의 사적인 소망을 들어주는 게 아니었습니다. 우리 모임이 어떤 일을 해낼 수 있는지 역량을 확인해 보자는 것이었지요. 그리고 그 부분은 소정의 성과를 거뒀다고 생각합니다."

"아."

소녀들은 그제야 플로라가 그들을 끌어들이기 위해 내세웠던 명분을 떠올렸다. 제니스란 위험에 대비하기 위한 예행연습. 시작은 그랬는데 사연의 주인공이 워낙 뜻밖의 사람이라 언젠가부터 무게 추가 그쪽으로 기울고 말았다.

"애초에 손발을 맞춰 본다는 취지에서 시작한 일, 거기에 연루된 개인의 사정은 크게 신경 쓸 문제가 아니라고…… 이미 결론이 나지 않았나요? 그러니 지금 알게 된 약간의 변동 사항도 그리 중요한 문제는 아닌…… 거죠."

에스더가 주변 눈치를 살피며 말을 마무리했다. 플로라가 구세주를 만난 얼굴로 그녀를 바라봤다.

에스더. 당신은 지상에서 태어난 천사가 분명해요.

나쁘지 않은 분위기를 느낀 에스더가 힘을 내 최대 난적 로렐을 맞춤 공략하기까지 했다.

"그리고 로렐 왕녀께 정말 감탄했습니다."

"나……에게?"

"네. 전 그저 아는 사람의 카페를 빌리는 데 힘을 보탠 것 외에는 한 일이 없습니다. 하지만 왕녀는 아니셨죠. 완벽한 무대를 만들어 내셨고 위기마다 해결책을 제시하셨어요. 과감히 결단하고 빠르게 움직이셨습니다. 덕분에 우리가 추구한 우연한 만남, 인상적인 대화, 바람처럼 홀연한 퇴장, 이 세 가지가 모두 성공적으로 이루어졌어요. 정말 대단하세요, 왕녀."

"흠흠. 늘 있는 일에 감탄은 무슨."

로렐이 표정 관리를 하느라 입가를 실룩였다. 그리고 그녀를 제외한 네 명도 그 표정 관리에 실패했다.

아니 그걸 말이라고 하나?

물론 콜린 브로우 입장에선 우연히 만났고, 인상적이다 못해 기가 막힌 대화였을 것이며, 상대가 바람처럼 사라진 게 맞지만. 그걸 그렇게 포장하나?

순간 이자벨이 뒤통수를 맞았다는 얼굴로 말했다.

"맙소사, 샤린테 영애……. 그래요, 당신도 린트벨 영애의 친구였어요……. 보셨어요, 베아트리체 님? 요사스러운 혀가 한 명 더 늘었어요!"

제니스 린트벨을 격려라도 해야 이 오염을 막을 수 있는 건가요?

이자벨이 절망적으로 외치자 뭔가 복잡한 느낌을 담은 다섯 개의 시선이 에스더의 얼굴에 꽂혔다.

에스더는 억울했다. 그녀는 단지 친구를 돕기 위해 최선을 다했을 뿐인데.

무엇보다, 플로라. 당신마저 그런 눈이면 어떡해요?

그러게 말이다.

7

어둑하게 땅거미가 깔리는 시각. 플로라는 기숙사를 향해 터벅터벅 무거운 발걸음을 옮겼다. 에구구. 절로 앓는 소리가 났다. 교양이고 뭐고 그냥 길바닥에 드러눕고 싶을 만큼 피곤했다.

'……정말 큰일 날 뻔했지.'

조금 전 비대본에서 있었던 있을 떠올린 플로라가 부르르 몸을 떨었다. 사람 인생 훅 가는 거 한순간이라더니, 까딱하면 자신이 그럴 뻔했다.

키아라가 나타나지 않았다면 말이다.

참 낮도깨비 같은 아가씨였다. 약속도 통보도 없이 무작정 들이닥친 그녀 덕분에 뜬금없이 고개를 쳐든 '제니스 격리' 논쟁이 빠르게 종결됐다.

키아라는 당혹해하는 회원들의 손에 바리바리 싸 온 선물을 안기며 자신이 저지른 무례를 사과하고 회유했다. 어떻게 알았는지 각자의 취향을 제대로 저격하는 놀라운 선별로 토라진 아가씨들의 마음을 사로잡았다.

특히 이자벨에게 선물한 『대륙 식물도감』 최신판이 눈에 띄었다. 얼마 전에 개정해 1센드 더 두꺼워졌다는 말에 얼마나 좋아하던지.

"저 때문에 많이 당황하셨죠? 미안합니다. 여러분이 오해하고 계신 것을 알았지만 좋은 기회를 놓치고 싶지 않은 마음에 무례를 저질렀어요. 겨우 이런 물건 몇 개로 용서받을 수 없다는 것을 알아요. 다만 제가 깊이 반성하고 있고 추후 어떤 형태로든 보답할 거라는 점을 기억해 주세요."

그녀가 여러 번 허리를 숙이며 이 일을 빚으로 달아 놓겠다고 말하니, 가장 불쾌해했던 로렐까지 뚱한 얼굴을 거두고 사과를 받아들였다. 슈벨리안이 그녀와의 국혼을 뒤집고 그로 인한 논쟁이 아직 계속되고 있는 걸 생각하면 놀랍도록 뒤끝 없는 모습이었다.

그 놀라움을 눈치챈 로렐이 쏘아붙였다.

"왜? 내가 찻잔이라도 집어 던질 줄 알았나?"

"그럴 리가요. 다만 소문이란 참 믿을 게 못 된다는 걸, 다시 한번 깨달았을 뿐이에요. 이렇게 가까이서 왕녀의 됨됨이를 뵈니 현재 양국 간의 마찰이 더 안타깝게 느껴지네요."

"흥. 제 복을 제가 찬 걸 어쩌겠어. 나중에 땅을 치며 후회하지나 말라지."

말은 퉁명스러웠으나 칭찬에 약한 사람답게 입꼬리가 샐쭉 올라갔다.

사실 그녀의 처지가 참 미묘했다.

개인적으로는 나이 많은 노인과 결혼하지 않게 되어 다행이지만 국가적으로는 일방적인 파기에 자존심이 상했다. 그리고 한 치도 양보하지 않는 양측 때문에 문제가 봉합될 기미도 보이지 않았다. 이

대치가 길어지면 중간에 긴 로렐만 혼기를 놓쳐 노처녀 소리를 듣게 될 터였다.

일차원적으로 생각하면 그런 상황을 만든 슈벨리안 출신인 키아라에게 로렐의 적의가 퍼부어져도 이상하지 않았다. 그러나 플로라가 처음 키아라를 데려왔을 때부터 지금까지, 로렐에게선 일절 그런 기색을 느낄 수 없었다.

얼마 전까지만 해도 교양학부의 골칫덩어리로 취급되던 그녀의 그릇이 이 정도였나, 베아트리체는 놀라지 않을 수 없었다. 그런 베아트리체의 귀에 키아라의 말이 흘러들어 왔다.

"왕녀뿐만이 아니에요. 이 모임 회원 모두에게 크게 감동한걸요. 그래서 결심했답니다."

"뭘?"

일련의 과정을 불안한 눈으로 지켜보던 크리스티나가 더 불안해진 눈으로 물었다.

"하일리움 행복 수호대, 저도 가입하겠어요. 제가 도움을 받았으니 저도 하일리움 소녀들의 행복을 위해 이 한 몸 불사르겠어요!"

"……."

억지를 써도 밉지 않은 게 그녀의 매력이었지만, 결국 또 크리스티나에게 끌려 나갔다. 쾅 닫히는 문 너머로 "제발 자숙이란 걸 해!"라는 호통이 쩌렁쩌렁하게 들렸다.

아하하……. 이자벨이 마른 웃음을 터뜨리며 자리에 주저앉았다.

설마 계속 고집을 부리진 않겠죠? 농담처럼 던진 그녀의 질문에 모두 질색하는 표정을 지었다. 제니스와는 다른 형태로, 통제할 수 없는 아가씨라는 걸 절절히 느꼈으니까.

"안 돼. 생각만 해도 피곤하다."

가능성을 일축한 로렐이 플로라에게 고개를 돌렸다. 그리고 엄숙한 눈으로 미루었던 판결을 내렸다.

저 보통이 아닌 키아라 폰테에게 휘둘린 것을 참작해 이번 한 번만 봐주겠다고. 대신 다시는 이런 일이 없도록 베아트리체가 책임지고 신중한 몸가짐을 가르치길 바란다고.

"감사합니다."

플로라가 넙죽 고개를 숙였다. 그렇게 그녀 인생 최대 위기가 지나 갔다. 당장 으슥한 곳으로 끌고 가 정신 개조라도 할 것처럼 눈을 빛 내는 이자벨이 있었지만 그건 아무것도 아니었다.

플로라는 크게 반성했다. 로렐이 맞았다. 자신이 경솔했다.

내가 이게 좋았으니 너도 좋을 거란 생각은 독선에 불과하다. 누군 가는 관심과 위로가 필요하지만, 누구는 모르는 척해 주는 배려가 필 요하다.

그러나 플로라는 자신의 행복에 취해 그걸 구분하지 못했다. 짧은 한숨을 내쉰 그녀는 조금 전 오솔길에서 마주친 키아라를 떠올렸다.

"안녕. 또 보네요, 필렌 영애."

두 사람의 인연이 시작된 그곳에서 마치 약속이라도 한 듯 플로 라를 기다리고 있었다. 같이 나간 크리스티나는 용케 다른 데 떨궜 나 보다.

"필렌 영애에게 따로 사과하고 싶어 기다렸어요. 미안해요, 나 때 문에 많이 난처했죠?"

"아니에요. 공녀. 멋대로 상상한 제 잘못인걸요."

키아라의 사과에 플로라가 가만히 고개를 저었다.

"전 좋았어요. 이런 말 해도 될지 모르겠지만, 덕분에 너무 재밌었어요. 복수도 화끈하게 했고."

키아라가 살짝 혀를 내밀며 개구쟁이처럼 웃었다. 플로라가 좋아했던 천진한 미소. 그걸 본 플로라도 조용히 눈꼬리를 휘며 따라 웃었다.

"도움이 됐다니 다행이에요."

"우리, 앞으로도 친하게 지내는 거죠?"

"그러면 저야 영광이지요."

플로라가 장난스럽게, 그러나 우아하게 절했다. 첫 만남 때의 실수를 만회라도 하듯 완벽한 자세였다. 두 사람은 그렇게 웃는 얼굴로 헤어졌다.

플로라는 생각했다.

그래. 그게 당신이 원하는 거라면 그런 거로 하자. 바라는 삶의 형태는 모두 다른 건데 나의 오지랖이 지나쳤다. 그런 나 때문에 당신도 많이 당황했겠지?

'미안해요, 키아라 언니.'

플로라가 씁쓸한 미소를 머금었다. 경험이 부족하고 생각보다 행동이 앞서는 자신이지만, 콜린 브로우를 바라보던 키아라의 눈빛이 어떤 온도인지 모를 정도로 바보는 아니었다.

하지만 이게 키아라 그녀가 원하는 결말이라면, 그런 거로 하자. 애초에 혼자만의 추억에 난입한 자신이 나빴다.

회상을 끝낸 플로라는 멈추었던 걸음을 다시 옮겼다. 덕분에 큰 공부 했고 조금 더 어른이 된 기분이었다. 세상 모든 사람을 행복하게 만들고 싶다는 소망은 세계 정복에 버금가는 야망이었다. 그러니 그만 포기……가 아니라 좀 천천히 진행해 보자.

플로라는 신중해진 자신이 만족스러웠다.

이제 남은 일은 단 하나, 이번 일을 제니스에게 들키지 않는 것. 그것뿐이었다.

'보이는 게 다가 아니다.'

'설레발치지 마라.'

'남의 일에 함부로 끼어들지 마라' 등등.

지금 하는 잔소리도 차고 넘치는데 거기에 '거봐라, 내라 뭐랬니?' 라는 말까지 추가되면 아무리 무한 긍정의 아이콘인 플로라라도 견디기 어려웠다.

'암. 절대 일어나서는 안 될 일이지.'

플로라는 상상만 해도 끔찍하다는 듯 고개를 붕붕 저었다. 몸이 힘드니 마음도 약해지는 기분이었다. 빨리 돌아가 쉬고 싶었다.

"이제 오는 거야?"

엄마야!

플로라가 또 벌렁거리는 가슴을 부여잡고 숨을 몰아쉬었다.

"……제, 제니스?"

"뭐 못 볼 거라도 봤어? 왜 만날 때마다 놀라?"

"하하……. 그러게. 내가 요즘 몸이 허한가 봐."

"보기에도 그러네. 절인 파처럼 흐물흐물, 무슨 일 있어?"

"아아니!"

"……모임은?"

"끄, 끝났지!"

도둑이 제 발 저린다고 저도 모르게 목소리가 커졌다.

"그건 왜 그래?"

제니스가 시럽으로 얼룩진 플로라의 드레스를 가리켰다. 로렐이 새 옷을 구해 줬지만 미처 갈아입을 새가 없었다.

"아, 이거? 오늘 빅스윗에 갔었거든. 시럽 욕심을 좀 부리다가 그만 실수해서. 하하하. 린다에게 혼나겠지?"

"당연하지. 그녀에게 불가능한 일을 요구하진 마."

제니스가 단호하게 세탁으로 어떻게 할 수준이 아니라고 선고했다. 아끼는 옷을 다시 입을 수 없게 된 플로라의 입꼬리가 우울하게 처졌다.

"그러는 넌 어디 가?"

뒤늦게 제니스가 외출복 차림인 걸 안 플로라가 물었다.

"집에 잠깐. 오라버니가 보자시네."

제니스가 그린 듯 화사하게 웃으며 대답했다.

"그래? 지금 나가면 늦어서 자고 오겠다. 조심해서 다녀와."

"응. 너도 들어가."

제니스가 미소를 지우지 않은 채 또각또각, 우아하게 걸어갔다. 그녀와 헤어져 몇 걸음 걷던 플로라가 문득 머리를 스치는 위화감에 그 자리에 멈춰 섰다. 그리고 고개를 갸웃하며 턱을 긁적였다.

늘 하던 평범한 대화였는데……. 뭐지, 이 찝찝함은?

한참을 그 자리에 서서 끙끙거리던 플로라는 순간 벼락을 맞은 사람처럼 고개를 번쩍 들었다.

잠깐만……. 제니스가 마지막에 지은 그 미소, 그린 듯이 아름답고 다정하지 않았나? 마치, 그녀가 처음 만나는 사람에게 던지는 사교용 웃음처럼.

'그런데 왜 날 보고 그렇게 웃어?'

깜짝 놀란 플로라가 휙 고개를 돌려 제니스가 사라진 방향을 뚫어져라 쳐다봤다. 그녀의 눈이 슬금슬금 가늘어졌다.

'뭐야 이거…… 엄청 수상하잖아?'

* * *

덜컹, 미미한 흔들림과 함께 마차가 멈춰 섰다. 작은 창문 너머로 보이는 곳은 티피꽃 군락이 커튼처럼 드리워진 인적 드문 에하레강의 지류. 제니스와 플로라, 로이드에게는 꽤 의미 있는 추억의 장소였다.

그 어둑한 길에 한 남자가 나타났다. 모자를 깊이 눌러쓴 그는 빠르게 걸어와 망설임 없이 마차에 올랐다. 제니스가 무표정한 얼굴로 그를 맞았다.

"늦었군요."

"갑자기 연락을 주셨으니까요."

"약속한 날 아니었나요?"

"일방적인 약속이었죠."

"뒤끝 있으시네요."

"제가 안 그러게 생겼습니까? 후. 일단 말씀하신 조건의 공방 및 상단 목록을 가져왔으니 확인하신 후 계속하죠."

뭔가를 억누르는 기색이 역력한 남자가 품에서 서류를 꺼내 제니스에게 넘겼다. 그녀가 그것을 받아 훑어보기 시작했다.

"남작님은 요즘 어떻게 지내세요?"

제니스가 서류에 시선을 둔 채 물었다.

"모릅니다."

"한집에 사시잖아요."

"피해 다닌 지 오래됐습니다."

"그건 너무 노골적이지 않아요?"

"도와주실 거 아니면 아무 말씀 마십시오."

"역시, 성격이 좀 나빠지신 거 같네요."

"누구 덕분에요."

제니스가 목록을 탁 접으며 고개를 들었다.

"테린 오라버니가 잘못했네요."

"……본인은 후보에 없는 겁니까?"

로이드가 기가 막힌다는 얼굴로 물었다.

"어머, 전 요즘 착한걸요."

손이 삐끗한 로이드가 돌려받던 목록을 떨어뜨렸다.

"평생 이렇게 착하게 살았던 적이 없어요."

"누가 들으면 진짠 줄 알겠습니다."

바닥에 떨어진 종이를 주우며 중얼거린 로이드가 고개를 들다 멈칫했다.

뭡니까, 그 진심 어린 표정은. 정말인 것 같아 무섭잖습니까.

"여기 다섯 번째랑 아홉 번째, 열세 번째 상단에 투자하겠어요."

그의 반응을 무시한 제니스가 약초, 광물, 희귀 금속을 주로 취급하며 대륙 오지를 두루두루 다니는 상단들을 짚었다. 몸집은 크지 않지만 내실 있다고 소문난 곳들이었다.

그리고 제니스의 예상이 틀리지 않는다면 훗날 크게 부상할 상단들이기도 했다. 그들이 유통하는 식물과 광물 몇 가지는 기초적인 마법 레시피에 필수적으로 들어갔다.

"하아."

로이드가 깊은 한숨을 내쉬었다.

"머지않은 미래, 이들이 우리의 경쟁자가 될 수도 있다는 말. 기억하고 계신 거지요?"

"물론이죠. 어쩌면 동반자가 될지도 모르고."

로이드가 반색했다.

"혹 그럴 계획을 세운 겁니까?"

"아뇨. 그냥 해 본 소리예요."

1초의 망설임도 없는 부정에 로이드가 끙 소리를 내며 머리를 부여잡았다.

플로라조차 알지 못하는 이 은밀한 만남은 한 달 반 전, 아르샤 대공의 사례금을 로이드가 대신 전하면서 시작됐다. 그 돈을 받자마자 자신의 개인 비자금을 조성하기로 한 제니스는 그 작업의 대리인이 되는 영광을 로이드 하버에게 내렸다. 당연히, 거절은 거절했다.

"꼭 그래야 합니까? 린트벨 백작께서 전후 사정을 모르는 것도 아닌데 왜 그 돈을 숨깁니까?"

로이드는 이해할 수 없었다.

"지금 상황을 봐요. 순진하게 곧이곧대로 말하면 그게 내 손에 남아나겠어요? 이리 돌고 저리 돌다 가문에 흡수되겠죠. 잘해 봐야 원금을 인정해 주는 정도?"

아니 그게 어때서요?

"가문에 도움이 되면 좋은 거 아닙니까?"

"좋죠."

방긋 웃은 제니스가 덧붙였다.

"하지만 제가 가지면 더 좋죠. 알아서 굴리면 불린 돈 전부가 제 것인데 왜 손해 보는 짓을 하겠어요?"

발칙한 말을 너무 당당하게 해 로이드는 잠시 '그건 그렇죠.'라고 동의할 뻔했다. 다행히 뒤늦게 정신을 차려 '가문의 힘이 곧 당신의 힘'이라고 열심히 제니스를 설득했지만 '이 돈은 내 돈. 오직 내 배를 불리는 데 쓰겠어.'란 그녀의 단호한 의지를 꺾진 못했다. 덕분에 제니스가 원하는 수준의 투자처를 찾기 위해 바쁜 시간을 쪼개야 했다.

거절하지 그랬냐고?

했지. 하지만 거절당했다. 로이드는 그때야 깨달았다. 이미 함께 비밀을 만든 전적이 있는 이상 그녀의 손아귀에서 벗어날 수 없음을.

그래도 마지막으로 반항해 본다.

"영원한 비밀은 없는 겁니다."

"맞아요, 영원한 건 없죠. 하지만 10년 정도는 쉽잖아요? 할 수 있잖아요? 그러니 당신의 능력을 보여 줘요."

로이드는 상인으로서 가장 먼저 가슴에 새겼어야 할 진리를 오늘에야 뼈저리게 깨달았다. 세상에 공짜는 없다는 걸.

다시 모자를 깊이 눌러쓴 그가 터덜터덜 마차를 떠났다.

* * *

이틀 후.

화창한 날씨가 모두의 가슴을 강타했다. 설렘 가득한 속삭임, 급한 발소리, 쉴 새 없이 떠나는 마차. 하일리움 전체가 흥분에 들썩였다.

그렇다. 1년 전의 어느 날을 연상시키는 오늘은 바로 야유회 날. 준비를 끝낸 소년 소녀들이 올해의 야유회 장소 에하레 강변으로 바쁜 걸음을 옮겼다.

오전 10시.

네 명의 소녀가 무리를 지어 마차 대기소로 향했다. 같은 마차를 타기로 예정된 이들 사이에는 제니스와 플로라도 있었다.

플로라는 주변 경관을 구경하는 척하며 열심히 제니스의 얼굴을 훔쳐봤다. 이틀 전 밤 그렇게 헤어진 후, 내내 떨쳐 버리지 못한 의심 때문이었다. 망설이던 그녀는 일단 가볍게 찔러보기로 했다.

"어제 늦게 돌아왔다며?"

"응."

"테린 오라버니가 왜 부르신 거래?"

"하일리움 생활 잘하고 있냐고. 약혼 이후 워낙 사람이 꼬이니까 내가 괜찮은지 확인하고 싶었대. 원래 잔걱정이 많잖아."

"그랬구나……."

"넌 괜찮아?"

이번엔 제니스가 물었다.

"응? 뭐가?"

"네가 열중하고 있는 모임 말이야."

"모, 모임이 왜, 왜?"

제니스가 당황하는 플로라의 전신을 훑어 내렸다.

"한 달 반이 넘는 분석과 예측의 결과가 그거라니, 내가 아무리 그쪽에 조예가 없어도 좀 아니라는 생각이 들어서."

"……."

반박할 수 없는 지적에 플로라가 슬그머니 시선을 돌렸다. 지금 그녀가 입고 있는 옷은 화려한 연보라색 드레스. 색도 색이지만 디자인 자체가 평소 플로라의 취향과 거리가 멀었다.

여기엔 슬픈 사연이 있었다.

사실 플로라는 키아라의 일을 모의하느라 야유회에 뭘 입고 갈지 고민할 시간이 없었다. 그런데 제니스에게 새로 산 옷이 하나도 없지 않느냐는 소릴 듣는가 하면, 새 친구들과 함께 야유회 준비를 할 거라고 거짓말까지 했다. 그러니 뭐라도 새 옷을 입기는 해야 했다.

그때 이 옷이 떠올랐다. 로렐이 인심 써서 마련해 줬는데 상자에서 꺼내 볼 시간조차 없었던 드레스.

나중에 보니 치렁치렁한 장식이 너무 많고 플로라에게 어울리지도 않았지만, 옷 자체는 고급이었다. 남은 하루, 숍을 다 뒤져 봐야 이보다 나은 게 나올 것 같지 않았다.

"연보라색, 안 어울린다고 인정했던 거 아냐?"

다시 한번 제니스의 공격이 이어졌다. 궁지에 몰린 플로라는 뻔뻔해지기로 했다. 최고의 방어는 공격이었다.

"네가 몰라서 그러는데, 자신감이야말로 패션에서 가장 중요한 요소야. 그래서 이제부터는 남의 눈 신경 쓰지 않고 좋아하는 색을 입기로 했어."

제니스가 그런 플로라를 물끄러미 바라봤다.

"넌 정말……."

"뭐, 뭐뭐?"

"뜬금없이 이상한 부분에서 진보적이야."

뭐래? 플로라가 눈을 치뜨고 이게 욕인지 칭찬인지 머리를 굴리는 사이 같이 걷던 다른 두 명이 대화에 끼어들었다.

"린트벨 영애와 필렌 영애는 정말 사이가 좋으시네요."

"그러게요, 굉장히 사소한 부분까지 챙겨 주시는 게 참 보기 좋아요."

예상치 못한 말에 플로라가 겨우 표정 관리에 들어갔다.

"하하, 그렇긴…… 하죠. 워낙, 어렸을 때부터 붙어 다녀서요."

"맞아요. 하일리움에서 많은 사람을 만났지만, 아직 플로라처럼 마음이 맞는 친구는 찾지 못했답니다."

제니스가 플로라의 팔짱을 끼며 능글맞게 한술 더 떴다.

"어쩜. 저도 그런 친구가 있으면 얼마나 좋을까요."

썩어 들어가는 플로라의 마음도 모르고 감탄을 토한 소녀가 눈을 빛내며 물었다.

"두 분은 서로 비밀 같은 거도 없으시죠?"

제니스와 플로라가 반사적으로 서로를 바라봤다. 짧은 정적 후, 누가 먼저랄 것 없이 활짝 웃었다. 쏟아지는 햇살처럼 방긋, 한 점 그늘도 없었다.

"그럼요."

"당연하죠."

그 당당한 긍정에 두 소녀가 입을 모았다.

"꺄아. 부러워라."

"두 분 우정 꼭 영원하세요."

그들의 재잘거림을 들으며 제니스와 플로라의 미소가 한층 더 진해졌다. 참 오랜만에 말하지 않고도 통했달까.

말도 많고 탈도 많은 7년 우정의 대서사에, 어디 말 못 할 비밀이 한두 개뿐이겠느냐마는, 그래도 아직은 절친한 거로.

　응. 그런 거로 하자.

그녀를 막지 마세요

1

깊은 밤.

날카로운 펜촉이 사각사각 종이 위를 누볐다. 가볍게 흔들리는 불빛 아래 펜을 든 소녀는 지금 하는 일에 온 신경을 집중한 듯 눈도 깜박이지 않았다.

얼마 후, 작업을 마친 그녀가 후우우 긴 숨을 내쉬며 펜을 내려놓았다. 공책 한 쪽을 빽빽이 채운 결과물을 바라보며 만족스러운 미소를 지었다.

'좋아. 완벽하군.'

자리에서 일어난 그녀가 책상 위를 밝히던 불을 끄고선 침대로

향했다. 사락, 옷자락이 바닥을 스치는 소리가 나더니 곧 사방이
고요해졌다.

* * *

젠의 스물여섯 번째 날, 아침.

야유회가 끝난 후 맞는 첫 번째 휴일이었다. 별다른 계획이 없었던
플로라는 습관적으로 제니스를 찾아갔다.

"오셨어요, 플로라 아가씨?"

데이지가 반갑게 인사했다.

"안녕, 데이지. 제니스는?"

"외출하셨어요."

"응?"

플로라가 티 테이블에 앉으려다 말고 데이지를 바라봤다.

"외출? 언제?"

"아침 일찍이요. 차 한 잔 드릴까요?"

"어엉. 그래, 부탁해."

플로라가 떨떠름한 얼굴로 의자에 앉았다.

"야유회다 뭐다 귀찮은 일이 너무 많다고 오늘은 무조건 쉴 거라더
니, 뭐래. 어디 간다고 말은 했어?"

"네. 저택에 일이 있어 가신다고요."

데이지가 티 세트를 내려놓으며 말했다.

"집에?"

"네."

"뭐야, 갑자기. 언제는 방구석 화석이라도 되고 싶은 사람처럼 게으름을 부리더니, 요즘 너무 부지런해진 것 같지 않아?"

플로라가 김이 솔솔 나는 찻잔을 들어 올리며 툴툴거렸다. 그러곤 재빨리 본론으로 들어갔다.

"그건 그렇고…… 별일 없지? 제니스 말이야. 어디 이상한 구석은 없고?"

아무도 없는데 주변을 두리번거리며 조심하는 플로라를 보며 데이지가 작게 웃었다.

"또 그 말씀이시네요. 음. 네, 특별히 이상한 일은 없었어요. 아시다시피 제니스 아가씬 늘 조금 남다르시니까요. 그러니 특별하다고 말할…… 아니, 그건 좀 이상했나?"

평소처럼 '이상 무'를 외치려던 데이지가 고개를 갸웃하며 말을 흐렸다.

"뭐? 뭔데 그래?"

"그게…… 서랍 속에 책이 있었어요."

플로라가 눈을 껌벅였다.

"그건 이상한 일이 아니잖아?"

"그렇죠. 그런데 아가씨가 그 책을 읽는 모습을 한 번도 보지 못했다는 게 좀 그래요."

데이지가 머뭇거리며 말을 이었다.

"중간중간 분명 책이 바뀌었거든요. 그럼 제가 물러난 밤에만 보셨다는 건데……. 왜 그러셨을까요?"

플로라의 눈이 반짝였다.

"책 제목이 뭔지는 기억해?"

“대충은요. 음······. ‘사람을 사로잡는 100가지 기술’, ‘유혹의 법칙’, ‘사랑과 욕망 사이’ 또······.”

쿨럭쿨럭.

사레들린 플로라가 격렬하게 기침하며 흔들리는 찻잔을 내려놓았다.

“진짜? 그런 걸 읽었어?”

데이지가 고개를 저었다.

“말씀드렸다시피 읽는 건 한 번도 못 봤어요.”

“아니, 왜 지금까지 말하지 않았어? 제니스가 그런 책을 본다고!”

플로라가 목소리를 높이자 데이지도 반발했다.

“어머, 플로라 아가씨도 참. 그 정도 개인 생활은 지켜 주셔야죠. 말씀처럼 서랍 속에 책이 있는 게 이상한 일은 아니잖아요? 호기심이 왕성한 나이니 그런 책 좀 보실 수 있죠. 그리고······.”

데이지가 슬쩍 시선을 돌리며 웅얼거렸다.

“좀 걱정되더라고요. ‘이런. 네가 말한 거야, 데이지? 훗, 끝까지 모른 척했으면 좋았을 텐데, 마이 스윗 베이비. 하지만 내 비밀을 퍼트렸으니 이제 넌 끝이야.’ 이러면서 한쪽 입꼬리만 야비하게 올리시면 어떡해요?”

“이상한 상상하지 마!”

“저절로 떠오르는데 어떡해요.”

“마이 스윗 베이비는 또 뭐야!”

“가끔 그런 단어를 중얼거리세요.”

아이고.

플로라가 이마를 짚었다. 슬프게도 이건 데이지만 나무랄 문제가 아니었다. 17년 평생을 심술궂고 음흉하게 살아온 친구의 업보지.

플로라 역시 데이지가 말한 장면이 너무 자연스럽게 연상됐다면 말 다한 거 아닌가?

그런 제니스가 데이지 몰래 뭔가를 했다.

플로라는 일단 그 문제를 파헤치는 데 집중하기로 했다.

"지금도 있을까?"

"모르죠, 전."

데이지가 얄밉게 발을 뺐다. 플로라는 갈등에 휩싸였다.

뭔가 건전해 보이지 않는 책. 궁금…… 아니 많이 수상하다. 그렇지 만 굳이 이렇게까지 해야 할까?

아니야. 얼마 전에 본 그 불쾌한 웃음을 생각해 봐. 뭔가 일어나고 있는 거라고. 그 녀석이 기숙사를 비운 지금이 그 찝찝한 뭔가를 알 아낼 적기야. 어서 움직이라고!

그리고 대개의 사람이 그렇듯, 나쁜 유혹이 더 강렬했다.

"데이지, 혹시 안 바빠?"

"어휴, 그럴 리가요. 오늘 볕이 좋아 미뤄 놓은 빨래를 몽땅 해치울 참이었답니다."

데이지가 기다렸다는 듯 응접실을 비웠다.

흐읍. 크게 심호흡한 플로라는 긴장한 얼굴로 제니스의 침실 문을 열었다. 평소 묻지도 않고 벌컥벌컥 잘도 들이닥치던 곳인데 오늘은 꿍꿍이가 있어서인지 호흡 곤란이 올 정도로 가슴이 쿵쾅거렸다.

안 돼. 나대지 마, 심장아. 난 그냥 진실을 알고 싶은 것뿐이야. 이건 나쁜 짓이 아니야.

아니…… 좀 나쁜 짓이지만, 다 제니스가 걱정돼서 그러는 거야. 그러니 한 번만 봐줘.

속으로 열심히 변명을 주워섬긴 플로라가 침대 옆, 제니스가 방해받고 싶지 않은 일을 할 때 주로 쓰는 책상으로 다가갔다. 그리고 침을 꼴깍 삼키며 어디부터 뒤져…… 살펴볼지 고민했다.

가장 먼저 눈에 들어온 건 한가운데 놓인 공책. '풋풋하게 일기라도 써 주는 성격이면 얼마나 좋을까?' 그런 생각을 하며 별 기대 없이 열었다.

자연스럽게 펼쳐진 페이지는 중간에 편지 한 통이 끼워진 곳.

반듯한 글씨로 언제 어디에서 만나 무엇을 할지 꼼꼼하게 작성한 하루 일정표가 있었다. 누굴 만나기에 이렇게 신경을 쓰나 생각하며 무심코 편지 봉투를 집어 드는데……. 맙소사, 한쪽에 세이드 레 아난드란 서명이 보였다.

심장이 쿵 떨어지는 느낌과 함께 손에서 미끄러진 편지도 바닥으로 떨어졌다. 그녀는 허겁지겁 그것을 주워 방금 자신이 본 게 맞나 다시 확인했다.

'제니스, 너……'

플로라의 눈가가 파르르 떨렸다.

'진짜였어? 그 얘기가 모두 사실이었던 거야?'

아무리 쳐다봐도 바뀌지 않는 이름에 플로라가 두 눈을 질끈 감았다. 이 일을 처음 알게 됐던 날의 기억이 파노라마처럼 밀려들어 왔다.

당시 플로라는 만 하루를 현실 부정에 썼다. 베아트리체를 비롯한 아가씨들과 헤어져 자기 방으로 돌아온 후, 몇 시간이나 침대에 틀어박혀 '아니야, 이건 꿈일 거야.'를 되뇌었다.

간절히 원하면 이루어진다잖아? 그러니 이루어져라, 이루어지라고! 흑흑흑.

그러나 돌아오는 건 어디 아프시냐는 린다의 걱정 어린 시선뿐이었다.

있잖아, 린다. 내가 오늘 아주 기가 막힌 이야기를 들었어. 글쎄, 제니스가. 그 제니스가, 우리가 아는 그 제니스가!

아말의 황자에게 한눈에 반했대. 모두가 지켜보는데 그 마음을 고백하기까지 했대. 하하하. 거기다 사용한 표현이 그게 뭐야? 아무리 문학에 취미가 없어도 그렇지 뭐가 그리 노골적이야. 왜 듣는 내가 창피하냐고!

"아가씨, 괜찮으세요?"

이불로 입을 막고 몸부림치는 플로라를 보는 린다의 눈빛이 걱정을 넘어 경악에 가까워졌다. 플로라가 울적한 목소리로 답했다.

"아니, 안 괜찮아. 하지만 내가 안 괜찮다고 뭐가 달라지겠어?"

"……제니스 아가씨를 모셔 올까요?"

푹 고개를 떨군 플로라가 땅이 꺼져라 한숨을 쉬었다.

그래, 그 녀석이 가끔 만능열쇠처럼 느껴질 때가 있지. 하지만 이번엔…….

"걔가 문제야. 걔가."

다시 이불을 휘감은 플로라가 베개에 머리를 박고 징징거렸다. 앞으로 그녀의 인생에 펼쳐질 고난을 생각하니 눈앞이 깜깜했다.

제니스를 감시해 달라는 베아트리체의 제안을 받아들였지만 그렇다고 4인방의 계획에 동조하는 건 아니었다.

안 될 테니까.

뭘 해도 안 될 거다. 제니스가 정말 뭔가를 하겠다고 마음먹는다면 순진한 아가씨들의 애처로운 방해 따위, 순식간에 무용지물로 만들어 버릴 거다. 그리고 그런 현실적인 판단 이전에, 홀로 다짐한 것이 있었다.

도저히 상상은 되지 않지만, 그래도 제니스가 누군가와 사랑에 빠진다면 그게 누구든 응원하겠다고. 철저히 그녀의 편이 되겠다고. 세상 전부가 반대해도 자신은 그래야 한다고.

하지만······.

그녀가 우왕 울며 베개를 폭행했다.

'그게 꼭 아말의 황자여야 했니? 꼭 이런 스케일이어야 했어? 응? 난이도를 좀 낮춰서 아말 사람이 아니거나, 황족이 아니거나 그럴 순 없었던 거야?'

팡팡팡.

원망에 사무친 주먹질에 제니스 대신 애꿎은 베개만 속이 터져 나갔다. 당장 제니스에게 달려가 이 모든 게 사실이냐고 따져 묻고 싶었지만, 베아트리체의 비밀 엄수 명령 때문에 그럴 수도 없었다.

그렇게 날밤을 지새우며 미래에 대한 과도한 상상으로 피폐한 시간을 보낸 플로라는 아침이 되어서야 겨우 정신을 차렸다. 아직 아무것도 결정되지 않았다고 스스로 다독였다.

그리고 결심했다. 행복해지자고.

불확실한 재앙이 현실에 도래하기 전에 열심히 행복하자. 언제 다시 올지 모르는 이 달콤한 평화를 온 힘을 다해 즐기자.

결연하게 말했지만, 현실도피였다. 할 수 있는 일이 그것뿐이었다.

그로부터 두 달.

원하지 않았음에도 더는 외면할 수 없는 재앙의 증거가 플로라의 손에 들어왔다. 몰래 주고받은 편지와 데, 데이트를 계획한 게 분명한 이 일정표!

'크흑. 나의 시한부 행복이 이렇게 끝나는구나.'

플로라가 찔끔 나온 눈물을 훔치며 불길한 편지를 원래 있던 자리에 되돌려 놓았다.

누군가는 뭘 그리 걱정하냐고 말할 것이다. 하지만 그녀는 제니스를 알았다.

플로라의 사랑을 위해 두 가문의 등을 떠밀어 운명 공동체로 던져 넣었던 제니스. 그런 그녀가 자신의 사랑을 위해선 어디까지 하게 될까? 어디까지 할 수 있을까?

잠시 상상한 플로라가 부르르 몸을 떨었다.

'무엇을 상상하든, 전혀 다른 것을 보게 될 거예요.'

흑. 그런 말을 하는 게 아니었다.

* * *

플로라가 들고 온 소식은 느긋하게 휴일 오전을 즐기던 베아트리체에게 날벼락과 같았다. 겨우 정신을 수습한 그녀는 황급히 회원들을 소집했다. 말 그대로, 비상이었다.

비밀스럽게 드리워진 커튼, 세 개의 촛불이 켜진 테이블. 그래서 언제나 어두운 아지트에 처음으로 그 분위기에 어울리는 비장미가 흘렀다.

"모두 이것을 봐 주세요."

베아트리체가 플로라가 필사해 온 제니스의 일정표를 회원들에게 내밀었다.

"이건?"

"설마!"

놀라움을 표하는 사람들을 바라보며 베아트리체가 차분히 말했다.

"여기 가져오진 못했지만 4황자의 편지도 함께 있었답니다."

"뭣이라!"

로렐이 벌떡 자리에서 일어났다.

"무슨 내용이 적혀 있었지?"

"그것까지는 확인하지 않았습니다."

"무슨 소린가? 모든 것을 명확히 해야지!"

"죄송하지만 그건 안 됩니다."

저도 선이라는 게 있어요.

플로라가 그런 얼굴로 단호히 답하자 로렐이 움찔하며 시선을 피했다. 정론이라 반박하기 어려워 괜히 시비를 걸었다.

"흠. 그럼 또 오해의 소지가 있는 거 아닌가?"

전적이 있어 이번에는 플로라가 움찔했다.

"지금 한가하게 기다, 아니다를 논할 시간이 없습니다."

마음이 급한 이자벨이 이글거리는 눈으로 일정표의 첫 줄을 가리켰다.

"여길 보세요."

모두의 눈이 그녀의 손가락 끝을 향했다.

오전 9시, 린트벨 저택.

"그게 무슨 문제인가?"

로렐이 묻자 이자벨이 플로라를 바라봤고 그녀가 입을 열었다.

"오늘 제니스를 만나러 갔더니 아침 일찍 외출하고 없었습니다. 집에 볼일이 있어 갔다고 하더군요."

"설마……."

로렐의 얼굴이 일그러지고 크리스티나가 경악했다.

"이게 오늘이란 말인가요?"

이자벨이 침중한 얼굴로 고개를 끄덕였다.

"상식적으로 이렇게 하루를 통으로 비울 수 있는 건 휴일뿐, 그 휴일이 아직 오지 않은 6일 후라고 기대하는 건 지나친 낙관입니다."

그녀의 우울한 목소리에 모두의 얼굴이 어두워졌다.

"어쩌긴. 그녀는 우리와의 약속을 어겼어. 당장 불러 혼쭐을 내야지!"

대책을 논의하자는 이자벨의 말에 로렐이 두말할 것 있냐고 소리쳤다.

"로렐 님, 린트벨 영애는 이미 자리를 비웠습니다."

타샤니아가 옆에서 조용히 속삭이자 로렐이 민망한 얼굴로 큼, 헛기침했다.

"흥. 이게 아주 계획적이로구나."

"좀 조심스럽기는 합니다만, 가문에 알리는 것은 어떻습니까? 린트벨 백작님의 인품이 훌륭하다고 들었습니다. 그분이 꾸짖어 주신다면 린트벨 영애도 정신 차리지 않겠습니까?"

이자벨의 의견에 에스더가 고개를 저었다.

"아무리 인품이 좋으셔도 이런 문제는 어떻게 나오실지 모릅니다. 차라리 오늘 그녀가 돌아오면 다시 잘 타일러 보는 게 어떨까요?"

"에스더, 그거야말로 무의미한 짓이야. 지난번과 똑같은 상황이 반복될 뿐이지. 뻔뻔한 얼굴로 말로만 알겠다고 하거나 어쩌면 만남 자체를 딱 잡아뗄지도 몰라."

크리스티나가 일정표를 흔들며 덧붙였다.

"이걸 들이밀며 추궁할 수는 없잖니?"

그랬다. 대놓고 '네 방을 뒤졌다'고 말할 수는 없었다.

"암. 그러고도 남을 것이야."

로렐이 동의하자 베아트리체가 고심하는 얼굴로 플로라를 바라봤다.

"필렌 영애는 어떻게 생각하나요?"

"이미 늦었다고 생각합니다."

너무 단호한 대답에 나름 심각하게 고민하던 이들의 시선이 다다닥 플로라에게 꽂혔다. 아차 한 그녀가 무방비하게 튀어나온 본심을 빠르게 수습했다.

"그……러니까 오늘 일요. 눈치채는 게 좀…… 늦었습니다. 그래서 우리가 할 수 있는 일이 많지 않다는…… 뭐 그런 뜻이었습니다."

"맞는 말이다. 왜 이렇게 늦게 알아차린 거냐?"

로렐이 눈을 흘겼고, 이자벨은 다른 방향으로 관심을 보였다.

"많지 않다는 건 있긴 있다는 소리네요?"

"네."

차분하게 대답한 플로라가 처음 편지와 일정표를 발견했을 때와는 전혀 다른 모습으로 말했다.

"제 생각에 이 만남 자체는 막을 수 없습니다. 물론 여러분이 사람을 풀어 제니스를 찾아내고 부지런히 달려가 그녀의 앞을 가로막을 수도 있겠지만, 아마 그렇게까지 하지는 않으시리라 생각해요. 그럼 선택할 수 있는 건 하나뿐입니다. 두 사람의 만남이 다른 사람의 눈에 띄어도 구설에 오르지 않도록 연막을 피우는 겁니다."

"연막?"

"네. 예를 들면 베아트리체 님이 이렇게 말씀해 주시는 거예요. '아말 4황자가 로하샤이엄을 둘러보길 원해 제니스에게 안내를 부탁했다.'라고요."

"베아트리체 님이 왜 그렇게까지 해야 하죠?"

이자벨이 불쾌해하자 플로라가 조용히 고개를 끄덕였다.

"맞습니다. 저도 그렇게 생각합니다."

"예?"

"일이 벌어지는 걸 막을 수도 없고 그나마 할 수 있는 건 그런 것뿐인데, 후……. 지지리 말도 안 듣는 못된 년 뭐가 이쁘다고 그런 뒷수습을 해 주겠어요? 그러니 문제가 생기든 말든 알아서 하라고 하고 여러분은 여기서 그만 손 터는 게 어떠신가요?"

플로라의 어딘가 상스러우면서도 냉정한 권유에 어수선하던 공간이 순식간에 조용해졌다.

"필렌 영애?"

크리스티나가 놀라고.

"……진심인가?"

로렐이 떨떠름한 얼굴로 물었다.

"네."

"가장 친한 친구 아니었나요?"

베아트리체가 충격받은 얼굴로 바라보자 플로라가 피식 웃음을 흘렸다.

"네, 친하죠. 그래서 하는 말입니다. 여러분은 빠지세요. 제가 처리하겠습니다."

"어떻게…… 말입니까?"

플로라의 눈에 번뜩이는 광채가 어렸다.

"이 모임이 파하는 대로 달려가 그 계집애 머리끄덩이를 잡을 거예요. 많은 사람 앞에서 푸닥거리 한번 제대로 하는 거죠. 아, 평판이요? 훗. 같이 망가지자고 해요. 아주 바닥까지 뒹굴어 보자고요. 그래야 정신 차리지 않겠어요? 진짜 사람들의 입방아에 올라 호되게 시달려 봐야, 세상의 눈과 입을 우습게 보는 그 버릇을 고칠 겁니다."

말을 마친 그녀가 차가운 눈으로 좌중을 둘러봤다.

"제니스는 말로 해선 안 돼요. 애초에, 여러분이 너무 무르셨어요. 살살 달랠 게 아니라 매를 들어 혹독하게……."

"그만."

베아트리체가 말을 끊었다.

"이자벨, 필렌 영애가 충격이 큰 것 같습니다."

"휴……. 제가 보기에도 그러네요."

"옆방에서 좀 쉬도록 해요, 플로라."

"아니에요, 여러분. 제 머리는 어느 때보다 명료합니다."

플로라가 이글거리는 눈으로 부정했지만 로렐이 조용히 명령했다.

"좋은 말로 할 때 가라."

"……."

합. 플로라의 입이 바로 닫혔다.

이자벨과 에스더가 다가와 쉴 곳을 안내해 주겠다고 그녀를 일으켰다. 그 두 명에게 부축인지 연행인지 알 수 없는 모양새로 끌려 나가는 길. 플로라의 온 신경이 뒤에 남은 소녀들에게 쏠렸다.

"쯧쯧. 정말 폭주하는 야생마로군."

"다혈질이란 얘기를 듣긴 했습니다."

"우리 얘기를 믿는 척하면서 실은 하나도 믿지 않았던 모양이네요."

"믿고 싶지 않았던 거겠지."

"그런데 결정적인 증거를 자기 손으로 발견했으니⋯⋯."

"저건 배신감일까요? 제정신이 아닌 건 분명해요. 눈동자에 광기가 흘렀어요."

"필렌 영애가 마음을 추스르려면 시간이 필요할 겁니다. 그동안 우리라도 이 사태를 수습하는 데 집중하도록 하죠."

"그 연막이라는 거 말인가요?"

"그렇습니다. 일단 일정표가 있으니 어설프게나마 이야기를 만들 수 있지 않겠습니까?"

"나 참. 정말 이렇게까지 해야 하나?"

"싫으면 빠지시던가요."

로렐이 구시렁거리고 크리스티나가 받아치는 것을 끝으로 문이 닫혔다. 긴장이 풀린 플로라가 저도 모르게 비틀거렸다.

"괜찮아요, 플로라? 너무 걱정하지 말아요. 제니스라면 알아서 잘 처신할 거예요."

에스더가 위로했다.

"네, 고마워요. 에스더."

저도 그렇게 생각한답니다.

플로라가 어색하게 웃으며 마음속으로 사과했다. 착한 아가씨들을 속이려니 그녀도 양심이 콕콕 쓰렸다.

편지를 발견하고 제니스의 방을 나와 베아트리체를 만나러 오는 길.

플로라는 두 갈래 길에서 고민했다. 자신의 맹세를 지키기 위해 이들에게 입을 다물어야 할까? 아니면 언젠가는 터질 일이니 빠르게 이들을 포기시키는 게 좋을까?

아시겠지만 그녀는 참, 고민을 길게 하지 않는 성격이었고 바로 후자를 선택했다.

플로라가 가장 중요하게 생각한 건 제니스의 이 파괴적인 연애가 일으킬 가장 큰 문제는 무엇인가였다.

세상의 눈? 사람들의 말? 제니스 개인과 린트벨이 감당할 불명예? 혹은 다른 귀족들에게 잡힐 꼬투리? 아니면 외교적 문제로 비화할 가능성?

아니. 전부 아니었다. 앞서 그녀를 간 떨리게 했던 바로 그것, 제니스 자체였다.

그녀를 화나게 해선 안 된다. 플로라가 생각하기에, 가로막는 것이 많을수록 불타오르는 게 몰래 하는 연애였다. 제니스 고것이 이걸 몰래 해 주긴 할지 모르겠지만, 쓸데없는 불쏘시개를 제공해서는 안 됐다.

아니면 자신의 앞을 가로막는 방해물을 제거하기 위해 제니스가 무슨 짓을 할지 몰랐다. 어떤 기막히고 코 막히는 계획으로, 자신과 가족들의 뒤통수를 칠지 몰랐다.

그러니 밀어주자. 쭉쭉 밀어주자. 아주 시시한 연애가 되도록.

아말 4황자의 외모에 대해선 플로라도 귀 아프게 들었다. 하지만 성격이나 품성은 어떨까? 두 형이 달라붙어 애지중지한다니 혼자선 아무것도 못 하는 속 빈 강정일 확률이 높았다.

한마디로 몇 번 만나 보면 그 요정 같은 외모에 혹한 제니스도 '어라, 이건 좀 아닌데?'라고 제정신을 차릴 수 있다는 것.

그래, 그럴 것이다. 어디 로이드처럼 안과 겉이 동시에 멋진 사람이 그렇게 흔한가?

플로라는 승부수를 던졌다. 악역을 자처해 먼저 제니스를 쥐 잡듯 잡는 모습을 보였다. 그녀의 선택에 대해 그 이상의 비난이 나오지 않도록 유도했다. 제니스를 억지로 말린다는 건, 플로라가 말한 그런 진흙탕 싸움이 될 거라는 것도 암시했다.

그런 꿍꿍이 때문에 말하는 내내 가슴이 콩닥거렸다. 말리는 대신 '그래, 이번엔 너로 정했다. 가랏, 플로라!' 이랬으면 완전히 망하는 거였다.

크흑. 정말 착한 아가씨들이야.

닫힌 문을 돌아보며 죄책감에 찔끔 눈물 한 방울을 흘린 플로라는 과도한 긴장에 시달린 몸과 마음을 쉬게 해 줄 곳으로 터벅터벅 걸음을 옮겼다.

자신의 이런 눈물겨운 노력을 제니스가 조금이라도 알아줄는지 모르겠다.

* * *

그 시각 문제를 눈치챈 건 플로라와 비대본만이 아니었다. 휴일을 맞아 짧게 시간을 낸 라마드와 카이산은 오랜만에 막냇동생과 다정한 시간을 보내기 위해 그의 거처를 방문했고 함께 연극을 보러 가자고 제안했다.

"싫어요."

뭐?

평생 들어본 적 없던 거절에 라마드가 그대로 굳었다. 카이산이 깜짝 놀라 물었다.

"왜? 어디 아프느냐?"

"아니요. 그냥 혼자 있고 싶어서요."

이번엔 카이산까지 굳었다. 눈동자가 떨리고 머릿속이 혼미해졌다.

'혼자 있고 싶어요.'

떠올리고 싶지 않은 십 대의 일정 구간, 자신이 입에 달고 살던 말이었다. 언제나 입을 1센드 정도 내밀고, 의자에 앉을 때 사지를 최대한 펼쳤으며, 문을 쾅쾅 닫는 것으로 사회에 대한 불만을 표현했다.

라마드의 말로는, 좀 심했다고 한다. 그 마의 시간이 드디어 자신의 동생에게도 찾아오고 만 것……인가?

그가 고개를 갸우뚱하며 의견을 구하는 눈으로 라마드를 바라보았다. 어느새 충격을 회복한 그는 착 가라앉은 눈으로 방 안을 종종거리는 세이드를 좇고 있었다.

방 안은 여기저기 꺼내 놓은 옷들로 어지러웠다. 세이드는 그중 하나를 집어다가 놓고, 새로운 것을 꺼냈다가 다시 넣으며 고민스러운 표정을 지었다.

"그런데 많이 바빠 보이는구나? 어디 가느냐?"

세이드의 어깨가 잠시 움찔했지만 곧 명랑한 답변이 돌아왔다.

"아니요. 그냥 정리하는 거예요. 이곳에 온 후로 워낙 정신이 없어서 뭐가 어디 있는지 도통 알 수가 있어야지요."

아니 그걸 시종이 아니라 왜 네가 신경 써?

카이산이 그렇게 물으려는 걸 라마드가 눈으로 제지했다.

"뭐 특별히 찾는 거라도 있느냐? 내가 도와주마."

"정말요?"

"그래."

그러자 세이드가 바쁜 손길로 옷들을 뒤적이더니 두 개를 골라 라마드와 카이산 앞에 섰다.

"어떤 것이 더 남자답나요?"

나름 충격적인 질문이었지만 그럴 때가 됐다는 생각도 들었다.

"나라면 초록색을 선택하겠다. 이 싱그러운 계절에 가장 어울리지 않느냐?"

"음. 그럴까요? 하지만 남자답진 않죠?"

"강한 이미지를 보여 주고 싶다면 진청색을 고르면 된다."

카이산이 끼어들었다.

"누구 중요한 사람을 만나나 보구나?"

라마드가 다시 떠보았다.

"그런 건 아니고요."

"그래?"

"네."

그러면…….

"요즘…… 어떻게 지내니?"

"잘 지내요. 열심히 수업 듣고 새로운 친구들을 만나고 즐거운 일을 찾아다니는 매일매일이지요."

"잘 적응한 것 같구나."

"제 생각도 그래요."

세이드가 뿌듯한 얼굴로 답했다.

"하지만 그럴 때 가장 조심해야 한다. 익숙해져서 긴장을 놓을 때 실수가 나오는 법이거든."

"그럴까요?"

"그래. 특히 여성들을 대할 때 조심해라. 우리와는 문화가 매우 다르니까."

"어떤 점이요?"

라마드가 던진 미끼에 세이드가 관심을 보였다.

"무엇보다 여긴 좋은 남자에 대한 생각이 우리와 다르더구나."

세이드의 몸이 앞으로 기울어지고 귀가 쫑긋거렸다.

"다정하고 배려심 깊은 남자는 인기가 없다니 참 신기하지?"

"예에? 어떻게 그럴 수 있어요?"

"여기 여성들은 독립심이 강해서 이것저것 챙겨 주는 걸 지나친 간섭으로 여긴다는구나. 말이나 마차에 오를 때 도와주는 거라던가 울고 있을 때 손수건을 빌려주며 괜찮으냐고 묻는다든가 하는 일을 싫어한다지."

"응? 그런 장면을 여러 번 본 것 같은데요?"

"가족이었겠지."

카이산이 잽싸게 말했다. 그도 드디어 어떤 일이 벌어지고 있는지 감을 잡았던 것.

"맞아. 가족이었을 거다."

라마드가 동생의 적절한 지원에 만족스러운 눈빛을 흘렸다.

"그래요?"

세이드가 여전히 고개를 갸우뚱했다. 그 의문을 불식시키기 위해 라마드와 카이산의 입이 바빠졌다.

"그뿐인 줄 아느냐. 말 많은 남자도 싫어한다. 그러니 대답은 가능한 한 짧게 하는 게 좋아. 또 자꾸 말을 시키는 것도 무례라지? 뭘 먹겠느냐, 어느 쪽으로 가겠느냐, 다음엔 무얼 하겠느냐 일일이 물으면 안 돼. 남자가 알아서 해야지. 여기 여자들은 그런 걸 좋아한다."

"그건 이상한데요? 독립적이라면서요?"

"독립적인데 결정 장애라는 게 있어서 둘 중 하나를 선택하는 걸 아주 질색한대."

말이 안 되는 말을 하다 보니 말도 안 되는 이유를 갖다 붙일 수밖에 없었다.

"내가 듣기론 너무 자주 웃는 것도 좋아하지 않는다니 특별히 그 부분도 신경 쓰렴."

"웃는 게 어때서요?"

세이드가 눈을 동그랗게 뜨고 물었다.

"너무 잘 웃으면 가벼운 사람이라고 생각한다."

"와. 정말 신기하네요. 알았어요, 형님들. 좋은 말씀 고마워요."

"흠. 이 정도야 뭘. 이거 말고도 해 주고 싶은 말이 많다만."

"저도 듣고 싶지만, 지금은 아니에요."

세이드가 미안한 얼굴로 말했다.

"죄송하지만 이만 돌아가 주세요. 음⋯⋯. 앞서 말씀드린 대로 이제 혼자만의 시간을 갖고 싶어요."

"그, 그래?"

"네. 형님들도 즐거운 휴일 보내세요."

세이드가 생글생글 웃으며 일말의 망설임도 없이 라마드와 카이산을 내쫓았다. 최선을 다해 아무렇지 않은 얼굴로 인사를 한 두 사람이 살벌한 얼굴로 돌아왔다.

"역시, 뭔가 있지?"

"네. 오른쪽 귀 옆머리를 세 번이나 꼬는 것 보셨습니까? 아홉 살 때 형님이 아끼던 도자기 조각상을 깼을 때, 열한 살 때 토끼를 잡겠다고 몰래 빠져나가기 직전에, 그리고 작년에 검술 수업을 빼먹었을 때도 머리카락을 가만두지 못했지요."

"아니길 바라지만 짚이는 게 있다."

"저도 그렇습니다."

두 사람은 동시에 그들에게 강한 충격을 남겼던 한 사람을 떠올렸다.

"무서운 계집애다. 우리 눈을 속이고 몰래 세이드에게 연락을 하다니."

"꼴에 눈은 높아서 질기기까지 합니다."

"오후 일정이 있나?"

"꽉 찼죠."

"모두 취소해. 무엇보다 이 일이 가장 중요하다."

"알겠습니다, 형님."

두 형제가 서로를 바라보며 전의를 다졌다. 반드시 그 이상한 여자애를 동생에게서 떨어뜨리겠다고 다짐했다. 그리고 그곳에서 멀지 않은 하일리움의 또 한 기숙사. 그곳에 자리한 낯선 두 사람의 입에서도 제니스의 이름이 오르내렸다.

눈부시게 흰 테라스 안.

고고한 표정으로 햇살을 즐기던 소녀가 살짝 고개를 돌려 그늘 속에 서 있는 자신의 심복을 바라봤다.

"오늘, 베아트리체 언니가 분주하다고요?"

"네."

"그리고 당신 생각엔, 그게 제니스 린트벨 때문이고?"

"그렇습니다."

"흠, 좋아요."

소녀가 나긋한 목소리로 명했다.

"도대체 어떤 비밀이 숨어 있는지, 이번 기회에 반드시 알아내도록 해요."

"명을 받듭니다."

그늘 속에서 고개 숙인 여인이 총총히 떠나고, 무심한 표정으로 정원을 바라보던 소녀의 얼굴에 상큼한 미소가 걸렸다. 지난 한 달 내내 공들인 일이 드디어 결실을 볼 듯했다.

보드라운 황갈색 머리카락에 진한 청록색 눈동자를 가진 그녀는 질리에타 디 시아렌.

올해 하일리움에 들어온 베아트리체의 여동생이었다.

티오렌 제국의 황녀로 태어나 누구도 부럽지 않은 삶을 사는 그녀였지만 딱 한 가지 불만이 있다면 바로 베아트리체의 존재였다.

질리에타는 막내에게 어울리는 애교 많은 성격으로 온 집안의 사랑을 독차지했다. 그 조건 없는 애정이 언제까지나 계속되고, 어디에 있든 주인공일 거라고 믿었다. 나이 차가 꽤 나는 큰언니가 막 열 살이 된 질리에타에게 '어휴, 너도 이제 베아트리체처럼 좀 의젓해져야지.'라고 말하기 전까지는.

그게 시작이었다.

너도 이제 베아트리체처럼 열심히 공부해야지.

너도 이제 베아트리체처럼 착하게 굴어야지.

너도 이제 베아트리체처럼 참을 줄도 알아야지.

너도 이제 베아트리체처럼!

세상에 그보다 지긋지긋한 말이 있을까? 도대체 베아트리체가 어쨌다는 건가. 운 좋게 2년 먼저 태어난 것뿐인데 뭘 그렇게 배우라는 걸까?

머리가 나쁘니까 오래 책상에 앉아 있는 거고, 자신처럼 사랑스럽지 못하니까 착한 척을 하는 거고, 착한 척을 하느라 참고 있는 것뿐인데.

질리에타는 그런 말들을 이해할 수 없었고 종국엔 분노마저 느꼈다. 아마 그녀가 조금만 덜 영악했다면 그 마음을 그대로 드러냈을 거다.

그러나 그녀는 힘, 권위, 명분이 지배하는 자신의 환경에 대한 이해가 빨랐고 나이에 비해 요령이 좋았다. 대놓고 응석을 부리는 대신 '역시 전 베아트리체 언니만큼은 못하겠어요.'라고 살짝 쓴웃음을 지을 줄 알았다.

노림수는 통했고 기다림은 길지 않았다. 많은 사람이 너는 너, 베아트리체는 베아트리체라고 말하기 시작했고, 쓸데없이 진지한 베아트리체보다 함께 있으면 즐겁고 사랑스러운 자신을 더 좋아했다. 황실 가족이 모이는 소소한 자리의 주인공은 언제나 자신이었다. 그렇게 만들었다.

그리고 하일리움에서도 그렇게 될 것을 믿어 의심치 않았다. 사사건건 원칙, 의무, 균형 같은 소리만 하는 베아트리체에게 모두 얼마나 지쳤겠는가. 그런 소녀들의 가려운 곳을 긁어 주고 칭송과 선망을 받는 건 일도 아니었다.

그랬는데…… 확실히 그녀의 주위로 사람이 모이긴 했는데…….

질리에타가 원하던 분위기는 아니었다.

"어쩜 이렇게 우아하고 상냥하실까. 역시 베아트리체 님의 동생이세요."

"어머, 질리에타 님도 그 공방 물건을 좋아하시는군요. 베아트리체 님과 취향이 비슷하신가 봐요."

그놈의 베아트리체 타령을 여기서 또 들을 줄이야.

짜증이 났지만 표현하지는 않았다. 어차피 조금만 시간이 지나면 이들 역시 알게 될 테니까. 자신이 베아트리체보다 훨씬 더 매력적인 사람이란 것을.

그러나 그때가 올 때까지 마냥 손 놓고 기다리긴 싫었다. 조금 더 빨리 가지고 싶었다. 그래서 약속 없이 베아트리체를 찾아가 신경을 긁는다든가, 부탁을 가장한 심술을 부리고, 실수인 양 베아트리체에게

서운하단 말을 흘렸다.

결과는 충격적이었다. 아무 일도 일어나지 않았다. 그녀가 시도한 어떤 도발이나 함정도 베아트리체에게 타격을 주지 못했다. 오히려 몇 가지 획책은 역풍을 맞아 티오렌 제국의 막내 황녀가 알고 보니 굉장한 어리광쟁이라는 말까지 돌았다.

질리에타는 일이 예전만큼 쉽지 않다는 것을 인정하고 빠르게 한 걸음 물러났다. 무엇이 이런 변화를 일으켰는지 유심히 관찰했다. 그러자 뻔한 베아트리체의 주변 인물 중 낯선 사람이 하나 보였다.

제니스 린트벨.

정황상 테린 린트벨과의 약혼 이후 전략적으로 베아트리체 진영에 합류한 신입.

겉보기엔 딱 그런데, 베아트리체의 총애가 각별했다. 건방진 이자벨 프레이스와 베아트리체의 전속 시녀인 줄리아와 니나도 그녀를 남다르게 대했다.

감이 왔다. 그녀가 이 모든 일, 변화의 중심이라는.

그때부터 제니스 린트벨에 대해 좀 더 자세히 알아보기 시작했다. 어이없고 말도 안 되는 소문이 가득해 그걸 정보라고 물어 온 자를 치도곤 냈지만, 제니스 린트벨이 베아트리체 진영의 핵심이라는 생각은 변하지 않았다. 그 괴상한 소문 뒤에 뭔가를 숨기고 있다는 확신만 더해졌다. 그걸 파헤쳐 제니스 린트벨의 약점을 잡는다면 이 불쾌한 상황도 끝나리라.

그런 이유로 사람을 붙인 지 한 달.

드디어 기회가 왔음을 느낀 질리에타의 입가에 의미심장한 미소가 어렸다.

'훗, 베아트리체 언니. 조금만 기다리세요. 이제 교양학부는 제가 접수하겠어요.'

3

실패라곤 해 본 적 없는 어떤 자신만만한 소녀가 어디서 구했는지 모를 김칫국을 동이째 들이켜고 있을 때, 그녀의 표적이 된 제니스는 막 린트벨 저택의 현관을 나서고 있었다.

"날씨가 좋군."

그녀가 하늘을 올려다보며 중얼거렸다.

"그러게요. 소풍을 가기엔 더할 나위 없는 날입니다."

저택의 하녀장이 점심이 담긴 바구니를 내밀었다.

"고맙네."

"별말씀을요. 다음엔 직접 오지 마시고 전갈만 주세요. 이런 일로 아가씨를 번거롭게 하다니, 데이지 고것을 한번 혼쭐내야겠습니다."

"하하. 별소릴 다 하는군. 그녀야 내가 따로 시킨 일을 하느라 바빠 그런 것인데. 하지만 좀 솔깃하긴 하군. 한번 그래 주겠는가?"

"네?"

제니스의 긍정에 하녀장의 얼굴이 굳었다.

"데이지 그 아이가 정말 방자하게 굽니까?"

"그렇네. 말도 못하게 방자하지. 그 방자한 잔소리를 당장 반으로 줄이지 않으면 확 내쳐 버릴 거라고 단단히 일러주게."

"……아."

"약속한 걸세?"

"그게⋯⋯."

제니스는 하녀장이 뭐라고 하기도 전에 눈을 찡긋하며 마차에 올랐다. 그녀가 몹시 신난 얼굴로 떠나는 것을 하녀장이 떨떠름한 얼굴로 배웅했다.

자신의 위치를 잊고 모시는 분께 방자한 잔소리를 퍼붓고 있다면 혼쭐내는 것이 마땅한데, 왜 그러면 안 될 것 같은 기분이 드는지 알 수 없었다.

* * *

다각다각 말발굽 소리가 경쾌했다. 하녀장에게 찜찜한 고민을 던져 주고 린트벨 저택을 나선 제니스는 콧노래를 흥얼거리며 창밖 거리를 구경했다. 데이지의 잔소리가 줄어들 거란 상상만으로 입가에 미소가 떠올랐다.

그뿐인가? 오늘은 신중하게 준비한 계획을 마침내 실행에 옮기는 날. 오랜만의 작업에 의욕이 불타올랐다. 그녀는 지금 아말의 4황자 세이드를 만나러 가는 길이었다.

베아트리체를 비롯한 비대본 회원들을 노심초사하게 만든 지난 두 달, 제니스는 세이드를 공략할 장기적이고 전략적인 접근 방법을 모색했다. 다 그와의 첫 만남을 지켜보고 불같이 질타한 귀여운 4인방 덕분이었다.

그들은 제니스가 자신들의 충고를 귓등으로도 듣지 않는다고 화를 냈지만, 꼭 그렇지만도 않았다.

'맞아, 너무 충동적이었어. 그쪽이 기억을 못 한다는 건 생각 이상으로 귀찮은 문제야. 그런 상황에 대뜸 그런 말을 했으니 잘해 봤자 이상한 여자와 미친 여자의 중간 정도로 보였겠지. 쳇…….'

4인방의 기대와 좀 다른 방향으로 받아들이긴 했지만 말이다.

당시 모두가 도망치듯 떠나고 나온 세이드의 반응을 알지 못했으니 그런 결론이 날 수밖에 없었다. 제니스는 그때 왜 그토록 냉정하지 못했는지부터 반성했다.

나름 짚이는 건 있었다.

이 세상에서 그녀가 가장 먼저 '내 것'으로 인지한 존재는 플로라였다. 강단 있고 눈치 없는 오지랖으로 가족보다 먼저, 마구잡이로, 제니스가 그어 놓은 선을 넘나들었다.

그리고 세이드, 화이트012라고 생각되는 그의 등장은 제니스의 '통산 첫 번째 내 것'이 눈앞으로 굴러떨어진 사건이었다.

사랑은 아니었다.

그럴 새도 없이 죽었다. 하지만 그 짧은 시간 동안 남긴 온기가 메리 베일을 구원하고 그녀의 두 번째 삶에 지대한 영향을 미쳤다.

가지려고 한 적도 없는데 전력으로 뛰어와 그녀의 것이 되었던 이상한 놈.

그러니 끝까지 책임져야 마땅하다. 그래서 그런 말이 튀어 나간 거다.

'너, 내 거 할래?'

아니. 해, 그냥. 무조건 나의 것이 되도록 해. 원래, 이미, 내 것이었잖아?

뒷말까지 나오기 전에 끌려 나간 건 지금 생각해도 다행스러운 일이었다. 아니면 이상한 여자 대신 위험한 여자로 낙인찍혔으리라. 눈을 희번덕거리던 그의 형제가 척살대를 꾸렸을지도 모른다.

그런 상황을 모면할 수 있었던 건 모두 깐깐한 이자벨과 순발력 좋은 세 명의 아가씨들 덕분. 늦었지만 지금이라도 감사를 전한다.

아말과의 교류는 하일리움에서도 큰 화제가 되었다. 하루가 멀다 하고 세이드를 비롯한 아말의 세 황자에 대한 새로운 이야기가 쏟아졌다. 거리에서, 사교장에서의 짧은 목격담이 모임의 이슈가 되었다. 덕분에 베아트리체와 테린의 약혼 소식이 은근히 묻히기까지 했다.

아말 황자들에 대해 떠도는 소문 중 하나는 두 형이 막냇동생을 얼마나 싸고도는지에 관한 것이었다.

교양학부 소속이라면 아무래도 또래인 4황자에 대한 관심이 클 수밖에 없었다. 그런데 접근이 어려운 건 둘째 치고 인사라도 나누려면 온갖 장애물을 뚫어야 하며 단둘이 대화하는 건 꿈도 꿀 수 없단다.

얼마나 칼같이 내치는지 "진짜, 누가 잡아먹기라도 한대요? 숙녀에 대한 배려가 전혀 없어요!"라는 원성이 자자했다.

제니스는 그들이 왜 그런 철벽을 치는지 알 것 같아 내심 찔렸지만 "이런, 보기와 달리 호방하지 못한 분들이네요."라고 같이 흉을 봤다.

제니스 보고 놀란 가슴, 순수한 아가씨들 보고 놀라는 건 그녀의 잘못이 아니었다. 담이 작은 그들이 나쁜 거였다.

제니스는 그렇게 일상 속에서 조용히 세이드에 대한 정보를 수집했다. 그의 성격, 인간관계 등은 물론 얼마 없는 과거의 기억까지 쥐어짰다. 자신을 볼 때 유독 뾰족해지는 이자벨과 몇몇 눈초리를 알고 있었기에 더욱 조심했다.

어둠의 경로로 구한 연애 기술서를 읽고 주변 성공 사례도 철저히 분석했다. 그 결과 하나의 결론이 모습을 드러냈다.

'특별한 경험을 공유하는 순간 특별한 관계가 된다.'

그게 고난, 어려운 상황을 함께 극복하는 것이면 더 좋다.

그 결과를 놓고 보니 높은 심박수가 이성에 대한 호감으로 착각될 수 있다는 실험이 떠올랐다. 제니스는 그 부분을 염두에 두고 설계에 들어갔다. 이제 슬슬 접근을 시작할 때였다.

「안녕하세요. 온 마음을 다해 낸 용기로 이 편지를 보냅니다. 부디 그날의 무례를 용서해 주시길.

말씀드리기 부끄러우나 그날 당신에게 첫눈에 반해 잠시 이성을 잃었습니다. 제가 무슨 말을 했는지도 기억이 나지 않아요. 하지만 꼭 다시 만나 사과하고 싶습니다. 부디 귀한 시간을 내어 주시길 바라며.

제니스 린트벨 올림」

야유회 날 세이드에게 전한 편지는 그런 내용을 담고 있었다.

올 야유회는 아름다운 에하레 강변에서 열렸다. 제니스는 플로라와 북부 출신 친구들, 또 베아트리체 일행을 번갈아 만났다. 그리고 마침 베아트리체와 함께 시간을 보낼 때 야유회를 즐기러 온 아말의 황자들과 마주쳤다.

이건 뭐, 잘해 보라고 하늘이 등을 떠밀어 주는 것 같았다.

얼굴이 참 따가웠지.

이자벨은 제니스가 입만 벙긋하면 달려와 옆구릴 걷어찰 기세였고,

베아트리체는 10초에 한 번씩 제니스가 얌전히 있는지 확인했다. 심지어 인사도 안 시키더라. 이심전심인지 아말도 없는 사람 취급에, 아주 짝짜꿍이 잘 맞았다.

다만 그런 속사정으로 고개만 까닥이고 헤어지기엔 지켜보는 눈이 너무 많았다. 티오렌과 아말 황실 인사들이 만났는데 예의상 차 한 잔 같이 마시지 않는 건 말이 나오기 딱 좋다나 뭐라나.

결국 가까운 카페테리아 막사 하나를 비워 자리를 함께했다.

아마 이자벨과 베아트리체는 제니스를 확실히 감시했다고 생각했을 것이다. 그러나 그 정도도 따돌리지 못한다면 어떻게 프로라고 할 수 있겠는가. 세이드조차 그 편지가 언제 자신의 주머니에 들어갔는지 모를 텐데.

내심 초조하게 기다린 답변은 생각보다 긍정적이었다. 그 자리에서 바로 답장을 쓰자 편지를 가져다주고 가만히 지켜보던 데이지의 눈이 은근히 샐쭉해졌다.

와, 아무 말 없이 눈치 주는 것 좀 봐. 어째 점점 율라 부인을 닮아 가는 거 같단 말이야. 훠이, 훠이. 저리 가렴, 데이지. 애들은 이런 거 보는 거 아냐.

제니스는 그렇게 '할 말은 많지만 네가 상전이라 참는다.'라고 눈으로 말하는 데이지를 조용히 쫓아낸 후, '아. 그 녀석 혹시 강하게 밀어붙이는 데 약한 타입인가?' 따위의 생각을 하며 계획 변경을 고민하기도 했다.

어쨌거나 그런 소소한 과정을 부지런히 거쳐 세이드를 만나기로 한 날이 바로 오늘. 제니스는 그에게 아주 활동적인 하루를 선사할 예정이었다.

쿵쾅쿵쾅, 심장이 쉴 새 없이 뛰도록. 다른 생각은 조금도 할 겨를 없도록.

후후후. 그녀가 음흉하게 웃었다.

'첫눈에 사랑에 빠지는 실없는 성격이 취향이라면 완벽하게 연기해 주지.'

연애는커녕 데이트 한 번 못 해 본 주제에, 앞서 김칫국을 마신 누 군가처럼 잘난 척이 하늘을 찔렀다.

그래서일까?

한 시간 후, 제니스가 턱을 쓰다듬으며 고심했다.

뭘까? 뭐가 문제지?

예상치 못한 난관에 부딪힌 그녀가 난감한 표정을 지었다.

* * *

시작은 좋았다. 제니스의 판단으로는 그랬다. 두 사람은 로하샤이엄 서쪽 외곽, 노란 종탑 삼거리에서 만났다. 세이드가 먼저 와 있었고 어색하게 마주 선 두 사람은 매우 예의 바르게 인사를 나누었다.

"날씨가 좋은데 조금 걸으시겠어요?"

제니스의 제안에 세이드가 말없이 고개를 끄덕였다. 그녀는 점심 바구니를 비롯해 나름의 준비가 갖춰진 마차를 먼저 목적지로 보냈 다. 이곳에서 30분 정도 걸어가면 나오는 작은 거리, 닷소 시장이 었다.

그런 곳에 무슨 볼일이냐고?

빠밤밤빠! 기대하시라. 오늘 그녀가 준비한 일정은 바로 활어처럼 싱싱한 평민 체험! 마을 단위로 열리는 작은 축제에 세이드를 데려갈 예정이었다.

낯선 나라, 수행원들을 따돌리고 만나자마자 자기가 좋다는 여자와 단둘이 보내는 색다른 시간.

후후후. 어떤가? 듣기만 해도 가슴이 두근두근하지 않는가? 막 뭔가를 저지르고 싶은 충동이 느껴지지 않는가?

문제는 세이드가 과연 지옥의 수문장 같은 두 형과 아랫사람들을 모두 따돌리고 올 수 있는가였는데, 이렇게 당당히 혼자 서 있는 것을 보니 아주 맹탕은 아닌가 보다.

"일전에는 실례가 많았습니다."

제니스가 먼저 다소곳이 입을 열었다.

"아닙니다."

"하일리움 생활은 어떠신가요?"

"좋습니다."

……이것 봐라?

짧은 대화를 주고받은 제니스의 입꼬리가 살짝 떨렸다.

나란히 걷고 있지만 다정하게 속삭이기엔 좀 먼 거리. 꼬박꼬박 돌아오지만 한 어절로 끝나는 짧은 대답. 가끔 제니스를 향하지만 8, 9할은 정면을 바라보는 시선.

그녀와의 만남을 단박에 수락하기에 '혹시 벌써 반쯤 넘어온 거 아냐?' 하고 생각했던 걸 비웃기라도 하는 듯했다.

훗. 역시 쉽지 않다 이건가?

제니스의 미소가 조금 차가워졌다. 상황이 이렇게 되니 은근히 승부욕이 불타올랐다. 세이드는 단지 형들이 말해 준 멋진 남자의 요건을 성실히 수행하고 있었을 뿐인데 말이다.

　그때였다.

　"여, 그림 좋은데?"

　"그러게. 분위기가 아주 달달하다 못해 녹네, 녹아. 크크크. 둘만 좋지 말고 우리도 좀 끼워 주면 안 되나?"

　이마에 '나 양아치요.' 써 붙인 세 명의 남자가 제니스와 세이드 앞을 가로막았다. 건들건들 걸으면서 오른쪽에 있는 작은 골목으로 두 사람을 토끼 몰듯 몰았다.

　"……웬 놈들이냐."

　제니스는 기꺼움에 솟아오르는 광대를 숨기며 천천히 그들이 원하는 곳으로 뒷걸음질 쳤다. 이런 장면을 기대해 근처 삼거리를 약속 장소로 잡고 날씨를 핑계로 걷자고 말했으니까.

　세이드는 몰랐겠지만, 그들이 걷고 있는 이 길은 하나의 경계선이었다. 비교적 안전한 평민들의 거주 지역과 우범 지대를 가르는.

　물론, 그 우범 지대라는 건 귀족들의 시선이었다. 길 오른쪽 지역에 그런 인식이 박힌 건 많은 외지인과 용병, 뜨내기가 모여드는 곳이어서였다.

　그들을 상대하는 숙박업과 술집이 성황을 이루며 꽤 규모가 큰 상권이 형성되자 관련 이권을 노린 중간 규모의 조직부터 어리바리한 시골 촌놈의 주머니를 터는 작은 패거리까지 온갖 밑바닥 인생이 모여들었다.

　거기다 들어오는 외지인도 대개 용병이나 모험가, 고향을 떠날 수밖에 없는 사고를 친 사연 많은 친구들이다 보니 어깨만 부딪쳐도 시비요, 어둑한 골목만 들어가면 뒤통수에 몽둥이가 날아왔다.

덕분에 이 구역을 담당하는 수도 경비대도 건달 뺨치게 거칠어졌다지.

지금 제니스와 세이드 앞에 나타난 세 사람은 그런 거친 중심가에 선 쪽도 못 쓸 삼류 같았지만, 고맙게도 얼굴만은 1급 범죄자 도장을 찍어 주고 싶은 인상이었다.

자신을 위기에서 구해 준 사람과 사랑에 빠지는 건 긴 세기 이어져 온 고전 중의 고전. 따로 섭외하지도 않았는데 이렇게 판을 벌여 주니 얼마나 감사한가. 다만⋯⋯.

"오. 좀 사는 집 자식들 같지?"

"그러게. 저 번쩍번쩍하는 검은 돈 좀 되겠는데? 설마, 거기 박힌 보석이 다 가짜는 아니지?"

그러더니 자기들끼리 툭툭 치며 '새끼야, 누가 진짜를 저런 데 박아 다니냐, 저것들이 귀족이냐?' 같은 타박을 해 대는 걸 보니 좀 부끄러웠다. 세이드에게 로하샤이엄 양아치 수준이 다 저런 건 아니라고 변명하고 싶었다.

평민 체험을 한다고 소박하게 입었다지만 딱 보면 모르나? 이렇게 기품이 철철 넘치는데? 세이드도 어이가 없는지 한 발 나서며 호통을 쳤다.

"이게 무슨 짓이냐?"

그러자 양아치들이 우스운 것이라도 본 사람처럼 박장대소했다.

"와우, 곱상하게 생긴 도련님이 박력 있네."

"설마 그 장식용 검을 뽑으려는 건 아니지?"

"아서라. 내가 그거 뽑다가 같은 편 찌르는 팔푼이 여럿 봤다?"

짧은 시간 우수수 쏟아진 조롱에 세이드의 얼굴이 새빨개졌다.

당장 되받아칠 말이 떠오르지 않는지 입만 달싹였다. 하긴, 언제 저런 질 낮은 도발을 당해 보았겠나.

이러다 우는 거 아니냐고 불량배들이 계속 깐족거리자, 분노인지 모멸감 때문인지 검을 잡은 손과 긴 속눈썹이 파르르 떨렸다. 하얗게 질린 얼굴에 제니스의 마음이 언짢아질 정도였다. 뒷골목 건달들에게 예의를 요구하고 싶어졌다.

단역 배우가 너무 설치면 통편집을 당한다는 걸 모르는 걸까?

원래는 조금 더 분위기가 고조되길 기다리려고 했는데 안 되겠다. 어차피 식전 요리 같은 맛보기 고난. 빨리 끝내고 지나가야지.

그렇게 결정한 제니스가 뚜벅뚜벅 앞으로 걸어 나와 굳어 버린 세이드 앞을 막아섰다.

"어, 이게 뭐야? 설마 아가씨가 직접 상대해 주려는 거야? 그럼 나야말로 대환영……."

"제니스, 조심하……."

두 사람의 말은 길게 이어지지 못했다. 그들의 시선이 제니스의 손목을 벗어나 부드럽게 원을 그리며 허공으로 날아오르는 그녀의 양산에 닿았다.

비싸게 주고 만든 물건이었다. 일반 양산과 달리 중심대와 살이 모두 강철. 그걸 한데 뭉쳐 돌돌 말아 놓았으니 맞으면 상당히 아픈 물건이었다.

"끄악!"

"악!"

"끼아악!"

돼지 멱따는 소리가 절로 나올 정도로.

순식간에 불량배들을 바닥에 눕힌 제니스가 치맛자락을 정리하며 우아하게 뒤로 돌았다. 부드럽게 웃으며 세이드를 바라보았다. 이런 이들을 상대할 땐 말이 아니라 주먹으로 하는 거라고 알려 주고 싶었다.

"제가 청한 나들이에 이런 불미스러운 일이 생겨 송구스럽습니다. 지름길이라고 골랐는데……."

그러나 그녀의 말도 끝까지 이어지지 못했다.

세이드가 돌처럼 딱딱하게 굳은 얼굴로 그녀를 쳐다봤다. 제니스와 바닥에 널브러져 낑낑대는 이들을 번갈아 보더니 차가운 목소리로 말했다.

"과연, 이곳 여성은 매우 독립적이군요. 끝나셨으면 이만 가지요."

그러곤 휙 몸을 돌려 가 버리는 게 아닌가?

앞으로, 앞으로.

좁고 꼬불꼬불한 골목 속으로.

저기……. 그쪽이 아닌데. 우리 목적지는 반대쪽이야. 닷소 시장에서 열리는 마을 축제에 갈 거라고 했잖아, 응? 길은 알고 가는 거니? 야!

그렇게 말해야 하는데, 하지 못했다.

휘적휘적 흔들리는 팔의 각도와 성큼성큼 걷는 다리의 보폭이, 고집스럽게 다문 입술이, 삐친 게 분명했으니까.

흠. 뭐가 문제였지? 양아치의 비아냥거림이 그렇게 충격적이었나? 한마디도 못 받아쳐서 자존심이 상했나? 아니면 정말 무서웠나?

여행을 떠나온 자라면 응당 모험을 원하는 법이라고 생각해 도심 특화 활극을 준비했는데 거하게 말아먹은 것 같다.

결국, 원인을 찾는 걸 포기한 제니스는 일단 저 '묻지 마 직진'부터 멈추기로 했다. 멀리 갈수록 제니스의 계획이 망가지고 세이드의 창피함도 커질 테니까.

그러나 상황이 도와주질 않았다.

"어, 귀여운 손님이네?"

"이야, 좀 사는 집 애들 같은데? 오늘 웬 횡재냐?"

어쩜 첫 번째와 판박이처럼 닮은 두 번째 무리가 나타났다. 세이드가 계속 골목 안으로 걸어 들어간 덕분이었다.

느닷없이 삐쳐 버린 세이드 때문에 짜증이 나 있던 제니스는 바로 양산 손잡이를 꾹 잡았다. 대꾸해서 뭐 하겠는가. 일단 이것들을 치우고 나서 세이드와 진지한 대화를 좀 해 봐야겠다.

그러나 그 계획도 실행에 옮기지 못했다. 그녀가 뭘 하기도 전에 세이드가 먼저 물 찬 제비처럼 날아올랐다.

"곱게 큰 것 같은 도련…… 으잉?"

양아치가 대사를 끝낼 시간도 주지 않고 그를 향해 바람처럼 쇄도했다.

"이얍!"

맑은 외침과 함께 조금 전 모욕당한 검을 검집째 휘둘렀다. 얼굴에 칼자국이 있는 키 큰 우두머리가 짧은 순간 턱을 두 번이나 얻어맞고 뒤로 넘어갔다. 같이 있던 한 놈이 깜짝 놀라 품에서 단검을 꺼냈지만 바로 손등을 얻어맞고 손잡이를 놓쳤다.

"자, 잠깐, 잘못……."

세이드는 용서를 빌 기회도 주지 않았다.

"이얍!"

해맑은 기합 소리를 들으며 제니스는 그제야 깨달았다. 세이드가 왜 화가 났는지. 자신이 안전을 빌미로 그의 모험을 가로챘다는 사실을.

세이드가 자신에게 반하게 만드는 데 집중하느라 그의 자존심이 상처 입을 걸 생각하지 못했다.

사실 제니스로선 누가 구하는 쪽이든 무슨 상관이랴 싶었지만 발갛게 달아오른 얼굴로 건달들 사이를 종횡무진 누비는 세이드를 보니 그냥 고개가 끄덕여졌다.

'엄청 하고 싶었구나.'

앞서 부들부들 떨었던 건 무섭거나 화가 나서가 아니라 기대와 희열 때문이었던 것 같다.

그리고 어느새 마지막 한 명까지 해치운 세이드가 아직 열기가 가라앉지 않은 얼굴로 제니스를 향해 걸어왔다. 뭔가를 열망하는 뜨거운 눈빛에 그녀의 머리가 빠르게 돌아갔다.

"브라보! 멋진 찌르기였습니다."

제니스가 한껏 감격스러운 얼굴로 박수를 쳤다.

"흠. ……봤습니까?"

"그럼요. 검집 끝이 살아 있던걸요."

"흠흠. 보는 눈이 있으시군요. 조금 전 제니스도 꽤 멋졌습니다."

조금 마음이 풀린 듯한 반응에 제니스가 손사래를 쳤다.

"아이, 뭘요. 그 정도야 열일곱이면 누구나 하죠."

"하하. 하긴, 그렇죠? 하하하."

창피한 줄도 모르고 서로를 열심히 치켜세웠다. 반짝반짝 눈동자를 빛내며 네 명의 연합 공격을 어떻게 분쇄했는지 조곤조곤 이야기하는 모습이 마치 처음 장난감을 선물 받은 아이 같았다. 이제야 제니스가 기대하던 그림이 된 것이다.

그러나 부작용도 있었다.

"자, 그럼 계속 가 볼까요?"

세이드가 보무당당하게 걸음을 옮겼다. 제니스가 말릴 새도 없이, 역시 원래의 목적지와는 정반대 방향으로, 그러니까 콕 집어 말하자면 우범 지대 깊숙이 쭉.

하하…… 하. 뭐…… 아무려면 어떤가.

멀어지는 그의 뒷모습을 조금은 황당하게 바라보던 제니스가 어깨를 으쓱이며 뒤를 따랐다.

저렇게 좋아하는데, 올라간 어깨가 내려올 생각을 안 하는데, 축제에 좀 늦으면 어떤가. 마을이 어디 다른 곳으로 도망갈 것도 아니고.

"제니스, 빨리 오십시오."

언제 거리를 뒀냐는 듯 세이드가 손을 흔들며 재촉하기까지 했다. 인제 보니 아주 요물이었다.

4

세이드의 급조된 용사 놀이가 끝난 건 네 번째로 등장한 건달들을 물리친 후였다. 숫자도 여섯이었던 데다 실력도 처음 나타난 놈들보다 월등히 좋아 제니스도 가볍게 거들어야 했다. 그 후 조금 더 걷자 미로처럼 꼬불꼬불하던 골목길이 끝나고 마차가 다닐 정도로 넓은 길이 나타났다.

짐을 잔뜩 실은 수레와 그 수레를 끄는 나귀. 자기 몸집만 한 큰 짐을 지고 걸어가는 사람과 칼을 찬 험상궂은 용병들이 한데 섞인 모습에 눈과 귀가 순식간에 어지러워졌다.

"와!"

갑자기 급변한 환경에 세이드가 감탄사를 토하며 눈을 휘둥그레 떴다.

"잠시 쉬었다가 갈까요?"

휴식이 필요하다는 생각이 든 제니스가 가까운 곳에 보이는 술집을 가리켰다.

"괜찮겠습니까?"

세이드가 진지하게 되물었다. 골목길을 지나오며 겪은 일이 있는데 술집 같은 곳을 가도 되겠냐는 함축적인 질문이었다. 하지만 반짝이는 푸른 눈엔 숨길 수 없는 호기심이 어려 있었다. 처음의 무뚝뚝하던 모습은 온데간데없었다.

걱정할 것 없다고 말한 제니스가 앞장서 술집 문을 열었다. 덜컹, 거친 마찰음과 함께 잠시 시야가 어두워졌다. 창이 거의 없어 어둑한 실내는 쿰쿰한 냄새로 가득했다.

대낮인데도 사람이 꽤 많았다. 바에 걸터앉은 두 명 외에도 세 테이블이 차 있었다. 우락부락한 몸집을 보니 대개 상단 호위나 육체노동에 종사하는 사람들 같았다. 그들의 시선이 잠시 이질적인 두 사람에게 꽂혔다가 사라졌다.

"무슨 일로 오셨소?"

빈자리에 앉자 주인으로 보이는 자가 다가왔다.

"잠시 쉬고자 들렀네. 시간이 오래 걸리지 않는 요리로 2인분 주게.

아, 혹시 취급하는 차가 있는가?"

제니스가 고급 레스토랑에 온 것처럼 스스럼없이 물었다.

"있겠소?"

"쯧, 좀 갖춰 놓게. 그럼 요리와 어울리는 술로 두 잔. 최대한 시원하게."

주인이 별꼴 다 본다는 얼굴로 주방으로 돌아갔다.

"이런 곳에 자주 옵니까?"

제니스가 익숙해 보였는지 세이드가 놀란 눈으로 물었다.

"아니요. 저도 처음입니다. 하지만 밥 먹고 술 마시는 곳이야 어디나 똑같지 않겠습니까?"

"아. 생각해 보니 그렇군요."

고개를 격하게 끄덕인 그가 반짝이는 눈으로 주위를 둘러봤다. 거친 촉감의 나무 의자와 탁자, 벌레 먹은 자국이 선명한 기둥 같은 것들을 하나하나 신기하다는 얼굴로 바라봤다.

그때 구석에 앉아 있던 한 덩치 큰 남자가 비틀거리며 다가왔다. 눈가가 벌건 걸 보니 이미 반쯤 술에 절어 있었다.

"어이, 어린 친구들. 어디서 왔나?"

"그런 걸 알고 싶다면 자기소개가 먼저 아닌가?"

세이드가 그의 무례한 말투에 눈살을 찌푸리며 의젓하게 말했다. 오늘 하루 몰아 들은 시비가 있다 보니 이 정도는 대충 흘려들을 수 있었다.

제니스는 좁은 골목을 지나오며 세이드에 대한 정보를 꽤 많이 수정했다. 순둥이인 건 맞지만 단호한 부분도 있었다. 여기까지 오면서 만난 불량배들에게도 참 자비가 없었다.

그러나 그런 과거를 모르는 이 거한에겐 그저 허세로 보였나 보다. 그가 거품이 뚝뚝 떨어지는 술잔을 무신경하게 흔들며 웃음을 터트렸다.

　"크하하하, 콩알만 한 것들이 아주 가관이구만. 크크. 아가들아, 보모들은 어디 두고 단둘이 이 거리를 쏘다니는 게냐?"

　"왜? 근처에 있을까 봐 그러나? 시비 걸기 전에 확인하는 걸 보니 우리 보모들이 무섭긴 한 모양이지?"

　"뭐, 이런……."

　퍽!

　제니스의 양산과 세이드의 검집이 동시에 거한의 발이 있던 곳을 후려쳤다. 그래도 반사 신경이 있는지 풀쩍 뒤로 물러서려 시도는 하더라. 결국 발이 꼬여 우당탕 쓰러졌지만. 자신이 들고 있던 술잔의 술을 몽땅 뒤집어쓴 남자가 붉으락푸르락한 얼굴로 두 사람을 노려봤다.

　세이드가 조용히 경고했다.

　"다음엔 빗나가지 않을 거야."

　"안 꺼지나?"

　제니스가 축객령까지 내리자 입술을 질끈 깨문 그가 천천히 일어나 출입문으로 향했다. 두 사람이 무서워서가 아니라 정말 근처에 있을지도 모르는 '보모'가 마음에 걸린 눈치였다.

　남자가 떠나자 세이드가 눈을 반짝이며 말했다.

　"이럴 경우 보통 쫓겨난 놈이 우르르 패거리를 몰고 오지 않습니까?"

　"그렇다고 하는데, 기대됩니까?"

세이드가 살짝 머쓱한 표정을 지으며 손을 내저었다.

"음. 아니라고 하면 거짓말인데 정말 그러면 좀 귀찮을 거 같기도 합니다."

그런 문답을 주고받고 있으려니 주인이 한층 공손해진 얼굴로 스튜처럼 보이는 걸쭉한 요리와 노란 빛깔의 술 두 잔을 내려놓고 갔다.

갈증을 느낀 제니스가 꿀떡꿀떡 한 잔을 시원하게 비우자 보고 있던 세이드도 따라 마셨다. 정말 시원하진 않았지만 목이 많이 말랐던 터라 먹을 만했다.

그리고 함께 나온 음식이 무엇인지 숟가락으로 휘휘 저으며 탐색할 때 두 번째 손님이 찾아왔다. 참, 호기심이 왕성한 동네였다.

"이봐, 보기 드문 젊은 친구들. 나는 알렉이라고 해. 그쪽은 이름이 어떻게 되나?"

살집이 좀 있는 넉넉한 인상의 그는 술 취한 선객과의 실랑이를 지켜보고 있었던 듯 자기 이름부터 말했다.

"……세이드."

세이드가 짧은 머뭇거림 끝에 답하자 제니스도 박자를 맞췄다.

"제니스."

통성명에 성공한 알렉은 그게 허락의 의미라고 생각했는지 자기 술잔을 내려놓으며 세이드 옆에 털썩 주저앉았다.

"이야, 둘 다 보통이 아니던걸? 실력도 성격도 말이야. 어디 출신 이야? 너무 곱게 차려입고 있어 처음엔 귀족인 줄 알았잖아."

"맞아."

"맞는데."

쿨럭.

호기롭게 세이드의 어깨에 팔을 올리던 알렉이 후다닥 자리에서 일어났다.

"그, 그러십니까?"

"그래. 무슨 용건이지?"

"에, 그게, 전 그저 주정뱅이를 내쫓은 젊은이…… 아니 젊은 분들께 술 한 잔 사려고…… 하하. 전 그럼 이만……."

그가 엉거주춤한 자세로 엉덩이를 빼자 제니스가 달아나려는 그의 발 앞을 양산 끝으로 툭 찍었다.

"하하……. 왜……?"

"사라."

"네?"

"그 술. 사라."

"아아. 아, 하하하……. 그럼요, 사고말고요. 제가 또 한 번 내뱉은 말은 죽어도 지키는 성격이거든요. 으하하하."

알렉이 억지로 쥐어짠 듯한 웃음을 터트리며 주인을 불렀다. 그렇게 시작한 술자리.

얼어붙어 무조건 '네네'만 하던 알렉이 슬슬 긴장이 풀려 헤프게 농담을 던질 무렵엔, 셋이었던 일행이 어느새 여덟으로 불어나 있었다. 거기다 예상하지 못한 전개까지 이어졌으니.

"오오. 벌써 열 잔째!"

"어느 가문 도련님인지 의기가 보통이 아니십니다."

"그러게, 남자네 남자!"

"흠흠흠. 당연하다!"

보기와 달리 제법 검을 휘두를 줄 알았던 세이드는 술도 셌다. 곱상하게 생긴 귀공자가 텁텁한 싸구려 술을 넙죽넙죽 주는 대로 잘도 마시자, 너도나도 내 술 한 잔 받으라고 난리를 피웠다. 아주 인기 연예인이 따로 없었다.

그 권유를 하나도 사양하지 않은 세이드는 그들과 어깨동무를 하고 자칭 남부 열대 수림을 여행했다는 모험가가 가르쳐 준 노래를 생목으로 열창했다. 그리고 열한 잔째에 결국 테이블 위로 고개를 떨궜다. 아무리 도수 낮은 곡주라도 그렇게 퍼마시면 취할 수밖에 없었다.

"으악, 안 됩니다. 정신 차리십시오."

"맞습니다. 아직 더 할 수 있습니다!"

"크하하하. 돈 내놔, 이 자식들아."

세이드가 얼마나 마실 수 있나, 몰래 내기를 벌였던 몇몇의 희비가 엇갈렸다. 제니스는 돈을 잃은 쪽이었다. 저들끼리 낄낄거리다 뒤늦게 그 사실을 안 남자들이 움찔하며 그녀의 눈치를 살폈다.

"흠. 제니스 아가씨, 세이드 님이 저렇게 뻗으셔서 어쩌지요?"

인제 와서 걱정하는 척을 했다.

"마차를 불러 다오."

"아이코, 바로 대령하겠습니다."

한 명이 뛰쳐나가고 슬슬 자리가 파장임을 안 사내들이 슬금슬금 흩어지는데, 그중 한 명이 호기심을 참지 못하고 물었다.

"그런데 두 분은 혹 어떤 관계이신지? 하하, 그게 남매는 아니신 거 같고…… 뒤늦게 이 동네는 어떤 일로 오셨나 궁금하기도 하고, 허허허."

"그러게. 어떻게 사내자식…… 아니 사내자식분이 요렇게 뽀얗게 생기셨는지……."

"내가 꼬시는 중이다."

"……."

제니스의 즉답에 잠시 숨을 멈추었던 남자들이 함성을 지르며 탁자를 두드리고 발을 굴렀다.

"오오."

"용자로다!"

"무운을 빕니다, 아가씨."

"그래서 하는 말인데, 주변에 어디 분위기 좋은 곳 없나?"

제니스의 질문에 모두 눈을 빛냈다.

"어떤 분위기 말씀입니까?"

"일단 경치가 좋고 사람이 많지 않아야 한다. 시간상 너무 멀리 갈 수도 없어."

우우.

야유인지 감탄인지 모를 소리가 쏟아졌다. 그러곤 재밌어 죽겠다는 얼굴로 머리를 맞대더니 여기서 분위기를 잡으면 백이면 백 넘어온다는 장담과 함께 한 곳을 소개했다. 제니스가 넉넉한 술값으로 그 호의에 보답했다.

"어이쿠야. 안 그러셔도 되는데 말입니다. 흐흐흐. 제가 사려고 했는데 말입니다."

알렉의 입이 귀에 걸렸다.

"그럼 물릴까?"

"하하, 농담도 잘하십니다. 아하하하."

그렇게 알렉이 진땀을 뺄 때 앞서 부른 마차가 도착했다. 함께 술을 마신 이들이 우르르 몰려나왔다.

"아가씨, 우리가 한다니까, 요?"

"관둬. 잘못하면 이 몸에 손댄 죄로 손모가지가 날아갈지도 모르니."

제니스의 무심한 대답에 곰만 한 덩치들이 화들짝 몸을 사렸다.

"그 정돕니까?"

"그 정도야."

"하지만……."

알렉이 제니스의 몸에 반쯤 걸쳐진 채 발이 땅에 질질 끌리는 세이드를 안타까운 눈으로 바라보았다. 그런 모습으로 옮겨지느니 그래도 자신이 덜렁 드는 게 낫지 않겠냐는 무언의 호소가 느껴졌다.

"몇 걸음 되지도 않는데 뭘."

그 안타까움을 가볍게 묵살한 제니스가 열린 마차 문 안으로 세이드를 힘차게 밀어 넣었다. 누가 보면 딱 술 취한 미소년을 납치하는 모양새. 그 주동자가 얌전하게 생긴 또래 여자아이라는 게 충격적인 그림이었다.

그리고 누군가도 그렇게 느꼈는지 제니스의 뒤통수에 와 닿는 살기가 찌릿찌릿했다. 하긴 이쯤 되면 누가 쫓아와도 열 번은 쫓아왔을 시간이지.

제니스는 술집 안으로 들어오지 않은 누군가의 인내심에 박수를 보냈다.

사실 그녀의 원래 계획은 이랬다.

'빠르게 장소를 옮기고 옮겨, 뒤늦게 따라온 자들에게 절대 꼬리를 잡히지 않는다.'

하지만 첫 번째 불량배들을 만나 방향을 틀면서 아무 의미 없는 시나리오가 됐다. 그리고 그 주범인 세이드는 지금 새근새근 아주 평화롭게 자고 있고.

생각해 보면 꽤 기막힌 하루였지만 그가 즐거워했으니 나쁘지 않았다. 다만 좀 찜찜한 건 어째 앞으로도 계속 이 녀석에게 휘둘릴 거 같은 불길한 예감이랄까?

으음. 역시 요물이야.

설레설레 고개를 저은 제니스가 마차에 올랐다. 함께 술을 마신 장정들이 손을 흔들며 와자지껄하게 배웅했다.

힘내라, 열 번 찍어서 안 넘어오는 나무 없다는 응원이 뒤를 이었다.

그리고 그 모습을 이를 갈며 지켜보던 두 사람 중 하나는 아예 창문을 깨부수고 뛰어내릴 기세였다.

"놔라."

"형님. 참으십시오."

"그런 말이 나오느냐? 너도 봤지 않느냐? 저 발칙한 꼬마가 우리 막내에게 무슨 짓을 했는지. 이런 위험한 동네에 끌고 들어오지를 않나, 뭘로 만들었는지 알 수 없는 술을 먹여 인사불성으로 만들지 않나. 생각 같아서는 이 일에 가담한 자들을 몽땅 잡아들여 치도곤을 내도 부족하다."

심각한 브라더 콤플렉스, 라마드가 이를 갈자 카이산이 침울한 얼굴로 달랬다.

"형님, 저라고 왜 그러고 싶지 않겠습니까? 하지만 세이드의 얼굴을 생각하셔야지요. 혼쭐을 내도 지금은 아닙니다."

"그럼 저 꼴을 계속 두고 보란 말이냐!"

라마드가 애꿎은 벽을 걷어차며 고함을 질렀다.

사실 두 사람은 처음부터 세이드의 뒤를 따라왔다. 그와 꽤 거리를 뒀기에 제니스도 이를 알아채지 못했고, 세이드가 자신의 수행원들을 쉽게 따돌릴 수 있었던 것도 두 사람의 용인이 있어서였다.

라마드와 카이산은 우선 세이드가 몰래 만나려는 사람이 누구인지 확인하는 것이 먼저라고 생각했다. 동생을 아끼고 물가에 내놓은 애처럼 불안한 건 맞는데, 그도 슬슬 한 명의 성인으로 나아갈 시기니 과보호는 안 된다고, 머리로는 알고 있었다.

그러나 몰래 만나는 사람이 역시, 우려했던 대로, 제니스 린트벨인 것을 보자 참고 있던 적개심이 뭉게뭉게 피어올랐다.

첫 만남부터 대놓고 자신의 동생을 노린 기분 나쁜 여자아이. 아무리 생각해도 린트벨가의 딸이 아니라 몰래 키운 살수 같았다. 지금도 봐라. 세이드가 보고 있지 않을 때 짓는 저 서늘한 표정을.

제니스 린트벨은 절대 평범한 귀족 영애가 아니었다.

"욕망과 비운의 신분 세탁녀다."

라마드가 단언했다.

"그녀는 아마 꽤 하층민 출신일 거다. 어릴 때 린트벨 백작의 눈에 띄어 은밀한 제안을 받고 딸이 되었겠지. 하지만 사실은 세이드에게 접근시키기 위해 키운 비밀 병기. 세이드를 유혹해 결혼한 다음 우리 가문에 스며들어 나라를 망치고 정보를 캐내려는 게 틀림없다."

"형님."

"뭐냐?"

"진정하십시오."

다행히 카이산은 아직 이성이 남아 있었다.

"그게 아니면 설명이 되지 않지 않느냐!"

"가장 큰 가능성이 남아 있습니다만."

"뭐냐?"

"우리 세이드에게 반했겠죠."

"보자마자?"

"네, 보자마자. 솔직히 처음 있는 일도 아니잖습니까?"

"음."

그건 그랬다. 그게 가장 그럴싸하기도 했고.

하지만 그토록 빈틈없기로 소문난 린트벨 백작이 딸을 그렇게 키웠다는 게 도저히 믿기지 않았다.

"순수한 마음이라 해도 안 돼! 우리 세이드가 아까워."

라마드는 완고했다. 그리고 그 마음은 두 사람의 데이트를 지켜볼수록 더 확고해졌다.

"저 양산의 궤적을 봐라. 여자아이에게까지 검을 가르치다니 린트벨 이 지독한 놈들!"

"아니, 왜 계속 저런 으슥한 곳으로 기어들어 가는 것이냐?"

"오, 세이드. 실력이 많이 늘었구나."

"앗, 그런 여자에게 웃어 주지 마라. 내 그토록 거리를 두라고 일렀거늘! 지금도 이런 일을 꾸미는데 앞으로 얼마나 더 집착할지 상상만 해도 무섭구나."

"뭐, 여기가 우범 지대라고? 설마 일부러 유인한 건가? 역시 숨겨진 꿍꿍이가 있었어!"

그리고 두 사람이 술집 안으로 들어간 후에는 이를 박박 갈며 제니스 린트벨을 어떻게 처리할지 고민했다. 마음 같아선 당장 두 사람을 떼어 놓고 싶은데 세이드가 즐거워하는 게 눈에 보여 차마 그러지 못했다. 누가 뭐래도 동생이 상처받는 것은 싫었다.

"평소 여자들을 자주 만나게 하는 건데 그랬어. 그랬으면 저렇게 여자 보는 눈이 낮진 않을 텐데."

라마드는 그런 후회를 하며 점거한 술집 맞은편 건물에서 술을 마셨다. 맛이 싸한 노란 곡주가 마치 그의 마음처럼 텁텁했다. 그때 주변을 둘러보러 나갔던 카이산이 심각한 얼굴로 돌아왔다.

"형님, 일이 하나 생겼습니다."

"일이라니?"

"그림자들을 시켜 세이드가 들어간 술집의 출입을 통제하지 않았습니까? 그런데 계속 끈질기게 들어가려는 놈이 하나 있었습니다."

"그런데?"

"그림자들 말론 그자를 이곳에 오는 동안 여러 번 본 것 같다고 합니다."

"뭐? 이것들이 빠져서는. 그런 놈이 있었는데 이제야 보고를 해?"

"죄송합니다. 그땐 그냥 평범한 행인이 길을 잘못 든 줄 알았답니다. 그런데 붙잡고 보니 낯이 익지 뭡니까."

"뭐지? 제니스 린트벨 쪽 사람인가?"

"보기엔 평범한 일반인 같습니다만……."

"일단 잡아 두도록 해."

"네. 알겠습니다."

거기까지 이야기를 주고받았을 때 제니스가 술집 밖으로 나왔다. 정신을 잃은 그의 동생을 땅에 질질 끌면서.

"이이!"

겨우 진정시킨 라마드의 혈압이 다시 상승했다.

"죽여 버리겠다!"

"고정하십시오, 형님!"

"너나 고정해라!"

아무래도 아난드가의 형제들은 조금 더 인내심을 시험받을 듯했다. 그리고 이게 조금 위로가 될지 모르겠지만, 이 만남 때문에 고통받는 건 그들만이 아니었다.

5

파란 하늘과 밝은 햇살, 싱그러운 수목 사이에 선 일곱 소녀는 삶의 기로에 서 있었다. 17, 18년 인생을 통틀어 이렇게 고통스러웠던 적이 없었다.

"헉. 얼마나 더 가야 하는 거냐?"

"조, 조금만 더 가면 됩니다."

"이 길이 확실한가요?"

"네. 저도 몇 번 와 봤거든요. 하하, 길이, 좀, 험하기는 하죠?"

"하아. 플로라, 이게 좀은 아닌 것 같아요."

"죄송해요. 그러게 저 혼자 간다니까요."

"말릴 거면 조금 더 강하게 말렸어야지!"

"여러분, 힘내세요. 드디어 고지가 보이는 것 같아요."

"그 얘기 10분 전에도 하지 않았나요?"

땀과 나뭇잎으로 범벅이 된 일곱 명의 소녀가 서로를 격려하고 타박하며 힘겹게 숲을 헤쳐 나갔다. 처음엔 모두 말을 타고 있었지만 길이 점점 가팔라지면서 이제 말에 끌려가는 건지 또는 밀고 가는 건지 알 수 없게 됐다.

"필렌 영애는, 말도 못 타면서, 여길 어떻게 왔습니까?"

이자벨이 숨을 헐떡이며 물었다.

"후, 그게, 제니스가 태워 줬어요. 요즘, 승마를 배우라고 윽박지르는, 중이거든요."

"그게 됩니까?"

플로라가 머쓱한 표정을 지었다.

"그게, 되더라고요……."

그래서 여러분도 쉽게 할 수 있을 줄 알았다는 말은 꿀꺽 생략했다.

"하아."

돌아가는 사정을 깨달은 누군가의 깊은 한숨이 모두의 마음을 대변했다. 제니스 린트벨도 문제지만 저 플로라 필렌도 만만치 않다고.

몇 시간 전, 흥분한 플로라를 논의에서 제외한 비대본 회원들은 빠르게 후속 대응을 결정했다. 제니스의 일정표에 나온 장소에서 그들 또한 공식 일정을 갖기로.

필연적으로 그곳에서 만나게 될 제니스가 어떤 표정을 지을지 두고 보자고 눈을 번뜩였다. 그러나 현실은 그녀들의 예상과 달랐다.

"이곳이 닷소 시장인가?"

"그렇습니다."

"음. 사람이 정말 많구나……."

"다닥다닥 붙어 있기도 하고요."

"정말 여기 어딘가에 제니스와 세이드 황자가 있는 겁니까?"

"일정표에 따르면 그렇습니다."

평민 축제에 어울리게 단출한 의상을 갖춰 입고 찾아간 닷소 시장은 정기적으로 열리는 잔치에 채소 가게 아들과 여관집 딸의 결혼식까지 겹쳐 어느 때보다 시끌벅적했다.

"그 이상하게 생긴 꼬치는 뭡니까?"

"저도 몰라요. 어떤 노파가 맛이나 보라고 억지로 손에 쥐어 주더 군요."

"오, 그래요? 맛있나요?"

"그건 모르겠고 쫄깃쫄깃합니다. 들고 계신 음료는 어떤가요?"

"무자비하게 시고 달다."

옆에서 같은 음료를 들이켜던 로렐이 무뚝뚝하게 답했다. 그녀의 손에는 조잡한 봉제 인형도 하나 들려 있었다.

"그건 어디서 나셨어요?"

"여기도 다트 던지기가 있더군. 실력 발휘 좀 했다."

"아아."

모두 나름 즐기기까지 했다. 특히 뱀 쇼, 불 쇼, 차력 쇼는 소녀들의 견문을 크게 넓혀 주었다. 그러나 시장 어디에도 제니스와 세이드는 보이지 않았다.

"음. 아무래도 우리가 조금 늦었나 봅니다."

"일정표상으론 아직 이곳에 머물 시간 아닌가요?"

"재미가 없어 일찍 떠났을 수도 있지요."

"흥. 까다롭긴."

뭔가 미련이 남은 얼굴로 툴툴거린 일행은 서둘러 두 번째 장소로 향했다.

"어디 보자, 닷소 시장 외곽에 있는 야산을 가로지르는 승마 코스라…… . 정비되지 않은 숲에서 말을 타겠다니 정말 위험한 발상만 하네요."

크리스티나의 비평에 따라 마음을 단단히 먹었다. 달리는 게 아니라 그냥 걷는 수준으로 가자고 모두 동의했다. 하지만 그들은 플로라가 안내하는 길의 절반도 가지 않아 전부 말에서 내렸다. 비탈을 오르느라 온몸이 땀에 절었지만 낙마해서 목이 부러지는 것보단 나았다.

"여기서 말을 타는 건 자살행위예요."

이자벨이 단언했다. 이런 곳을 말을 타고, 그것도 플로라까지 태워서 폴짝폴짝 이동했다는 누군가의 증언을 믿을 수 없었다. 플로라는 정말이라고 변명할 기운도 없어 그저 숨만 헐떡거렸다.

그렇게 딱 죽기 일보 직전이 되었을 때, 목적지에 도착했다. 지긋지긋한 나뭇잎 사이로 플로라가 설명했던 그림 같은 꽃동산이 나타났다.

"아."

"세상에…… ."

소녀들이 깜짝 놀라 눈을 비볐다. 완만한 경사를 이루는 구릉 정상엔 커다란 나무가 바람에 잔가지를 흔들고, 만개한 키 작은 들꽃이 융단처럼 펼쳐져 있었다.

마치 동화책에 나오는 한 장면처럼 비현실적인 장관. 시원한 바람이 그들을 스치자 물 냄새를 맡은 말들이 먼저 졸졸 흐르는 작은 실개천으로 걸어가 목을 축였다. 그제야 정신을 차린 소녀들이 그 자리에 털썩 주저앉아 땀을 식혔다. 더는 한 걸음도 움직일 수 없었다.

"린트벨 영애는 이런 곳을 어떻게 알았을까요?"

모두의 시선이 잠시 플로라를 향했지만 바로 흩어졌다. 어느새 강력한 불신의 상징으로 자리 잡은 그녀였다.

"그런데 여기도 없군요."

타샤니아가 툭 던진 말에 분위기가 급격히 가라앉았다. 그 아수라장을 헤쳐 왔는데 목표로 한 사람이 없다니, 모두의 얼굴에서 의욕이 사라졌다.

"평소에 그렇게 부지런해 보라지."

입을 내밀며 불평한 이자벨이 어기적어기적 걸어가 말 등에 위태롭게 매달려 있던 담요와 점심 바구니를 끌고 왔다. 그나마 체력이 남은 플로라가 대충 풀을 짓밟아 담요를 펴고서 점심 바구니를 열었다.

안은 처참했다. 말이라고 우아하게 걸어올 수 있는 곳은 아니었으니 거기 얹어져 있던 음식이 무사할까. 그저 입에 넣을 수 있는 게 있고, 다친 사람이 없는 게 감사할 따름이었다.

"이건 뭐죠?"

"넣을 땐 케이크였던 것 같습니다."

"내가 속과 빵이 분리된 샌드위치를 먹으며 행복을 느낄 줄은 몰랐다."

로렐이 담담히 감상을 전했다. 바구니 안의 음식을 손가락까지 쪽쪽 빨며 모두 해치운 일행은 역시 그 자리에 앉아 햇살이 은은하게 내리쬐는 동산을 바라봤다.

"저 위에서 내려다보는 풍경은 무척 아름답겠죠?"

"네. 아마 바람도 훨씬 시원할 거예요."

"하지만 올라가지 않겠다."

"저도요."

"네, 여기서 보는 거로 충분하네요."

소녀들은 그렇게 의견 일치를 보았다. 원치 않았던 격렬한 운동 뒤에 허기까지 대충 해결하고 나니 솔솔 잠이 왔다. 슬금슬금 바위와 나무에 등을 기대는 누구도, 빨리 제니스를 쫓아가자고 말하지 않았다.

그렇게 지친 소녀들이 짧은 낮잠에 빠질 때 대낮부터 고주망태가 되었던 소년이 잠에서 깨어났다.

* * *

"일어나셨습니까?"

머리 위에서 울리는 목소리가 차분했다. 멍하던 머릿속이 맑아지며 기억이 새록새록 밀려오자 세이드의 얼굴이 순식간에 달아올랐다.

"어……. 내가…… 얼마나……?"

그의 목소리가 점점 기어들어 갔다.

"한 시간 정도 주무셨습니다."

제니스의 대답에 세이드가 발딱 몸을 일으켰다. 갑자기 움직여 머리가 띵했지만 지금 그게 중요한 게 아니었다.

"미안합니다. 정말 미안합니다."

그가 침울한 얼굴로 사과했다.

"괜찮습니다. 세이드 님이야말로 어디 불편한 곳은 없으십니까? 조금 더 편한 곳으로 모셔야 하는데 그러지 못해 죄송합니다."

"아니요. 아주 단잠을 잤는걸요."

세이드가 손을 내저으며 재빨리 주변을 둘러봤다. 도톰한 소풍용 담요 위에 앉아 같은 색의 홑이불까지 덮고 있는 자신이 보였다.

살짝 그늘진 머리 위로는 로하샤이엄의 상징 같은 하얀 티피 꽃가지가 차양처럼 드리워져 있었다. 뒤쪽엔 담쟁이덩굴로 장식된 높은 담이, 정면엔 고풍스러운 흰색 건물 외벽이 보였다. 아마도 이곳은 저 건물에 딸린 작은 정원 같았다.

"운명의 신전의 뒤뜰입니다."

제니스가 그 예상을 뒷받침했다.

"신전에 자주 오십니까?"

"아니요. 처음입니다. 언제 한번 불 질러 버리겠다고 벼른 적은 있는데 이런 식으로 발을 들여놓게 될 줄은 몰랐습니다. 세상일이란 게참……. 아, 목이 마르지는 않으세요? 술집 주인이 물과 먹을 것을 챙겨 주었습니다."

"아……. 그래요? 그럼……."

뭔가 대단히 과격한 문장이 앞에 있었던 것 같지만 잘못 들었으리라.

마침 너무 목이 말랐던 세이드는 제니스가 건네준 물을 꿀꺽꿀꺽 마셨다. 덕분에 머리가 한결 맑아지고 기분도 좋아졌다.

"그러고 보니 여긴 정말 조용하군요. 간간이 새소리만 들리고. 우리가 그 지역을 벗어난 겁니까?"

"아니요."

"그래요? 그런 소란스러운 동네에 이렇게 조용한 공간이 있다니 놀랍습니다."

"쇠락한 신전이니까요. 그 소란스러운 사람들은 관심이 없는 곳이죠. 겨우 늙은 사제 하나가 근근이 명맥을 잇고 있다 들었습니다."

"아니, 왜요? 이쪽은 신을 믿는 사람이 많다고 들었는데?"

세이드의 말에 제니스가 고개를 갸웃했다.

"그 말은, 아말은 신을 믿지 않는다는 소리로 들리네요."

"네, 우리는 우리를 믿습니다."

"……바람, 땅, 하늘 같은 자연이 아니라요?"

"하하. 무슨 말씀이세요. 그런 거야말로 가장 못 믿을 것들이잖아요? 아말에서 자연을 믿는다는 건 곧 문제를 해결하기 위해 아무것도 하지 않는다는 말이에요. 그러면, 굶어 죽지요."

세이드가 해사한 얼굴로 덧붙였다.

'빌지 마라. 스스로 이루어라.'

그 얼음 땅에 아말을 세운 초대 왕이 그렇게 말했단다.

거대하고 혹독한 자연은 인간에게 겸손함을 가르치는데 이들은 그 가르침이 너무 지나쳐 빡 돌아 버린 것 같다.

"제니스는 어떻습니까, 신을 믿습니까?"

갑자기 튀어나온 질문에 제니스가 멈칫했다.

글쎄, 뭐라고 해야 하나……. 지구에서의 그녀라면 단번에 무슨 헛소리냐고 했을 텐데…….

"......어떤 면으로는요."

지금은 이게 가장 진심에 가까우리라.

자신이 이 세상에 태어난 것 하나는 아주 우연히 일어난 우주의 변덕이라고 할 수도 있었다.

하지만 한때 화이트012였던 사람이 같은 세상에 존재하고, 완전히 달라진 모습을 한눈에 알아볼 수 있는 것까지 우연이라고 할 수 있을까?

음모론자인 제니스는 그럴 수 없었다. 인지할 수 없는 무언가의 저의가 의심스러웠다.

세이드를 만나기 전에도 그녀는 이 기묘한 삶에 대해 가끔 생각했다.

진짜일까 아닐까. 꿈일까 현실일까. 최소한 영화처럼 머리에 전선을 꽂고 뇌를 통제해 만들어 낸 환상은 아니라고 결론 내린 뒤에도, 나쁜 생각이 먼저 들었다.

왜 자신에게 이런 기회가 주어졌을까? 평생 없던 운이 왜 죽고 나서 생겼을까?

혹시 여긴 그녀를 위해 만들어진 지옥이 아닐까?

왜, 줬다 빼앗는 게 제일 나쁘다고 하지 않나? 그녀가 죽인 많은 사람을 생각하면 그런 벌이 그녀를 기다리고 있어도 이상하지 않았다. 제니스가 이 세상을 사랑하게 만든 뒤 '하하하, 바보. 다 가짜였지롱.' 이러면서 펑, 모든 것을 날려 버리는 거다. 그러면 아마 그녀가 제대로 미치는 꼴을 봤겠지.

하지만......

제니스가 자신의 눈앞에 있는 세이드를 빤히 쳐다봤다.

이 인간이 여기 있는 것을 보면 적어도 그런 이유로 만들어진 지옥은 아닌 것 같았다. 제니스에게 그는, 지옥의 재료로 쓰여서는 안 되는 영혼이었다.

세이드의 볼이 발개졌다.

"왜, 왜 그렇게 봅니까?"

"좋아서."

툭 던진 진심에 세이드의 얼굴이 잘 익은 토마토처럼 폭발했다. 제니스가 피식 웃으며 속으로 한껏 거드름을 피웠다.

이봐, 벌써 넘어오지는 마. 내가 얼마나 준비를 많이 했는데 그래. 나, 쉬운 남자는 별로라고.

초반의 근거 없는 자신감을 되찾은 그녀의 머리 위로 시원한 바람이 불었다. 잠깐 눈을 감은 그녀는 문득 이유가 뭐든 어떤 음모가 숨어 있든 아무래도 좋다는 생각이 들었다. 지금이 매우 마음에 드니까. 신전 건너, 건너 건물에서 날아오는 이 따가운 시선까지.

원래 준비했던 일정에 비하면 굉장히 무난한 하루였는데 저쪽은 그렇게 생각하지 않는 것 같아 슬펐다.

아깝기도 했다. 그 동산, 지금쯤이면 꽤 예쁠 텐데. 그 너머에 있는 흔들리는 구름다리는 더 낡았겠지? 전에도 아슬아슬했는데 지금은 더 아슬아슬하겠다. 다리 건너에 있는 오래된 공동묘지는 또 어떻고. 얼마 전에 비가 와서 흙이 왕창 쓸려 내려갔다지?

제니스는 그렇게 잠깐, 세이드를 가슴 뛰게 하기 위해 마련한 콘텐츠를 소비하지 못한 것을 아쉬워했다. 그녀를 대신해 그곳으로 간 소녀들이 비명을 지르고 있는 것도 모르고.

"아악, 흔들지 마세요."

"어서 앞으로 가세요."

"안 돼요. 움직이지 말아요, 토할 것 같습니다."

"못 간다."

"무서우면 눈을 감으세요."

"그건 더 무섭다. 이건 나를 암살하려는 음모냐?"

"진짜, 닥치고 가라고. 아래 보지 말고!"

지체 높은 아가씨들 입에서 험한 소리가 수시로 튀어나왔다.

아름다운 꽃동산 밑에서 생존을 위한 낮잠을 자고 일어난 일곱 소녀는 누구도 왔던 길로 돌아가자고 말하지 않았다.

설마 이보다 더 황당한 코스가 있겠냐는 안일한 마음으로 제니스가 계획한 다음 일정으로 향했다. 동산을 우회하자 나타난 완만한 내리막길이 그 결정에 힘을 보탰다.

그러나 행복은 짧았다. 계곡 너머를 잇는 30미르 길이의 다리는 살아 있는 연체동물처럼 출렁거렸다. 얄팍한 판자와 밧줄로 만들어진 이런 다리를 경험해 본 사람은 아무도 없었다.

소녀들은 멋모르고 걸어온 몇 걸음을 되돌리지 못해, 울고 고함을 지르며 한 걸음 한 걸음 앞으로 나아가야 했다. 티오렌은 돈도 많으면서 왜 이런 다리를 내버려 뒀냐는 생뚱맞은 비난까지 쏟아졌고 베아트리체와 이자벨은 무슨 수를 써서라도 이 다리를 부숴 버리겠다고 다짐했다.

그렇게 전쟁 같던 한 시간이 지나고 탈진한 일곱 명을 맞이한 건 반쯤 파헤쳐진 무덤이 즐비한 공동묘지. 결국 이성을 잃은 플로라가 폭주했다.

"제니스 린트벨 이 망할 계집애, 죽여 버릴 거야!"

서서히 저무는 황금 햇살 아래 세이드와 흐뭇한 미소를 주고받던 제니스는 오늘따라 유난히 가려운 귀를 쓱쓱 긁었다.

또 누가 그녀 얘길 하나 보다. 어휴. 이래서 인기인이란, 여러모로 피곤했다.

6

해가 지고 구석구석 사연이 많았던 로하샤이엄에 다시 또 어둠이 내렸다.

막 하일리움에 돌아온 제니스는 연한 가로등 불 사이를 걸어 방으로 향했다. 그녀처럼 늦게 귀교한 사람들이 드문드문 앞서거니 뒤서거니 했다.

그렇게 기숙사를 얼마 남겨 놓지 않은 정원 한 모퉁이에서, 플로라가 불쑥 나타났다.

"깜짝이야."

정말 놀랐다. 그녀가 모습을 드러내기 전에 어떤 기척도 느끼지 못했기 때문이었다.

"이제 와?"

플로라가 물었다.

"그, 그래."

이상하게 공격적인 기세에 잠시 움찔했다.

"즐거워 보이네. 어디 좋은 데 다녀오나 봐?"

뭐지? 이 쌀쌀맞은 느낌은.

"응…… 나름 즐거웠지. 그러는 넌…… 꼴이 그게 뭐야?"

제니스가 그녀를 처음 본 순간부터 떠올린 질문을 던졌다. 땀에 젖어 풀어 헤쳐진 머리카락과 구겨진 치마, 여기저기 묻은 흙과 나뭇잎이 도대체 어떻게 된 사연인지 궁금했다.

"아. 이거? 나도 나름. 굉장히. 활동적인 시간을 보냈거든."

플로라가 냉소적으로 입술을 비틀더니 분노에 가득 찬 눈으로 제니스를 노려봤다.

"누구 덕분에."

"뭐?"

커억.

그건 전혀 예상하지 못한 일격이었다. 잠깐 눈을 돌린 순간 플로라가 성난 멧돼지처럼 돌진해 단단한 머리로 제니스의 턱을 들이받았다.

퍽 하는 둔탁한 타격음과 함께 뒤로 넘어간 그녀는 아파서가 아니라 어이가 없어 잠시 그대로 있었다.

이게 뭐지? 정말 뭐지?

말로만 듣던 마른하늘에 날벼락이 이런 거구나 깨닫긴 했다.

그런데 그게 왜 내 머리에 꽂히냐고.

의문을 풀지 못한 제니스가 설명하라는 시선을 플로라에게 던졌지만, 그녀는 전혀 그럴 생각이 없어 보였다. 그저 마땅히 해야 할 일을 했다는 얼굴로 고요히 제니스를 내려다보더니 협박까지 했다.

"앞으로 조심해."

그러니까 뭘?

앞뒤 다 잘라먹은 말을 던진 플로라는 대답은 필요 없는지 그대로
휙 돌아서 떠났다. 덩그러니 남겨진 제니스만 황당함에 입을 다물지
못했다.

진짜. 뭐냐, 저거. 뒤늦게 사춘기냐?

풀지 못할 미스터리만 남았다.

* * *

임무를 성공적으로 수행한 플로라가 당당하게 모퉁이를 돌아 동지
들이 은신한 수풀로 향했다.

그녀가 걸음을 멈추자 어두운 덤불 속에서 여섯 개의 머리가 빠르
게 솟아올랐다. 멀리서 플로라를 지켜본 그들은 조용히 여섯 개의
엄지를 세웠다.

"멋진 박치기였습니다."

이자벨이 경의를 표했다.

그들은 끔찍한 우여곡절 끝에 조금 전 하일리움으로 돌아왔다.
심신이 지쳐 기절할 것 같은 와중에도 마지막 회의를 열었다.

오늘 그들이 겪은 일은 제니스 잘못이 아니었다. 그녀가 그곳으로
가라고, 그들의 등을 떠민 것이 아니었다.

하지만 전부는 아니어도 일정 부분은 제니스의 책임이었다. 그런
위험 지역을 갈 것처럼 속임수를 쓴 것 자체가 그랬다.

뭐? 비논리적이라고? 생떼 쓰지 말라고?

닥쳐라. 알 게 뭐냐.

결론은 나왔다.

그 무엇도 제니스를 응징하겠다는 소녀들의 흉흉한 결단을 막을 수 없었다. 그리고 행동 대장 역을 자처한 플로라는 그런 동지들을 실망시키지 않았다. 잔악무도한 미끼를 뿌린 악의 화신을 머리 한 방으로 단죄해, 정의가 살아 있음을 세상에 알렸다.

이 작전을 끝으로, '재난에 대비하는, 국경을 초월한 숭고한 소녀들의 비상 대책 본부'는 해체했다. 제니스의 행사에 끼어들어 봐야 삶이 피곤해지고 불행해지기만 할 뿐이라는 플로라의 강력한 주장이 받아들여진 결과였다.

과정이 어쨌든, 소녀들은 제니스의 연애사에 관심을 껐다. 아주 치를 떨면서.

그들은 알지 못했지만 플로라의 말은 사실이었다. 실제로 이 사건에 얽힌 피해자는 그들만이 아니었다.

바네사.

베아트리체에게 이자벨이 있다면 질리에타에겐 바네사가 있었다. 이번에 질리에타와 함께 하일리움에 들어온 그녀는 물심양면으로 질리에타를 보좌했고 제니스를 조사하는 일을 책임졌다.

그녀는 가문의 마부 중 하나에게 제니스의 뒤를 밟도록 했다. 나름 성실함과 충성심을 인정받은 자였다. 그러나 그는 3일이 지나서야 초췌한 몰골로 돌아왔다. 그가 목숨을 걸고 알아 온 정보는 숨이 턱 막힐 만큼 무시무시한 진실.

"바네사 아가씨, 왜 그 린트벨가의 영애를 조사하시는지 모르겠지만 웬만하면 손을 떼시지요. 암흑가와 연결된 위험한 사람입니다."

"암흑가?"

바네사가 생각도 못한 단어에 대경했다.

"네. 겁도 없이 우범 지대를 드나들고 뒤를 쫓는 저를 한눈에 알아보고 감금하기까지 했습니다. 그쪽에 세력을 가진 사람과 연결된 게 분명합니다."

아저씨가 연극을 너무 봤다.

그는 제니스가 웬 귀공자를 만나는 것을 봤고 양아치들과 시비가 붙어 난투를 벌인 것도 알았지만 지금 머리에 남은 건 자신이 겪은 일뿐이었다.

앞서 일은 흔한 일상에 불과하지만, 그의 경험은 평범하지 않은 '사건'이었으니까. 그래서 그 일을 중심으로 상상력을 집중할 수밖에 없었다.

바네사 역시 드디어 꼬리를 잡았다는 생각에 더 꼼꼼히 물어보지 않고 바로 질리에타에게 달려갔다. 린트벨 가문이 로하샤이엄 뒷골목 세력과 연합을 도모하고 있다고 보고했다.

그러나 질리에타는 매우 현실적인 성격이었다.

"바네사, 어디 아픈가요? 정신 차리세요. 린트벨 가문이 마음만 먹으면 그런 뒷골목은 순식간에 쓸어버립니다. 그런 상대와 무슨 연합을 해요?"

암흑가가 무시무시해 보이는 건 힘이 없는 사람들의 시선이었고, 바네사가 지목한 지역은 딱히 암흑가라 불릴 만한 곳도 아니었다.

결국, 질리에타의 신임을 잃은 바네사는 꽤 오래 근신해야 했다. 그리고 바네사의 신임을 잃은 마부는 로하샤이엄을 떠나 가문의 영지로 내려갔다. 좌천이었다.

도대체 몇 사람이 제니스와 세이드의 거창한 데이트에 얽혀 고통 받고 만 것인지. 말리려던 사람도, 도와주려던 사람도, 심지어 그냥 지켜보기만 하려던 사람도 불행에 빠뜨린 풋풋한 마의 연인.

　여러분, 부디 안전거리를 유지하시길. 데이트를 빙자한 두 사람의 엉뚱한 만남이 또 누군가의 하루를 엉망으로 만들어 버리기 전에.

차 한잔하실래요

김지아 지음

소설 속에서 비중 없는 백작가의 막내딸로 환생했다.
어차피 조연인 인생, 차 한잔이나 마시면서
여주와 악녀의 싸움구경이나 하려 했건만…….

한낱 조연에 불과한 내게 과거를 볼 수 있는 특별한 능력이 있다니?
게다가 늘 변함없이 내 옆에 있었고,
앞으로도 평생 내 옆에 있을 거라고 생각했던
소꿉친구마저 어딘가 달라졌다.

"넌 내 남편이 될 거잖아."
"뭐?"
그는 정말로 기가 막힌 이야기를 들었다는 얼굴로 나를 봤다.
그런데 이상하게 그의 반응이 기분 나빴다.
그가 잔뜩 찌푸린 얼굴로 내게서 떨어졌다.
"우린 친구야, 뭐껠."

어린 시절부터 함께해 온 우리다.
그는 괜찮은 남자였고 남편감으로도 손색이 없었다.
그래서 다른 남자는 필요 없다고 생각했던 내게
그의 단호한 거절은 충격이었다.

그러니까 소설 주인공이고 뭐고 지금 내 코가 석 자라는 얘기다.

제로노블(Zero Novel)은 판타지를 사랑하는 여성들을 위한 신감각 로맨틱 판타지 시리즈입니다.

나의 그대는 악마

김빠 지음

**헤이나의 조국 콘스탄스를 식민지로 만들고
그녀의 정혼자를 잔인하게 죽인 적국의 황자 유리.**

붉은 머리의 악마라고 불리는 그는
콘스탄스의 공주 헤이나를 자신의 전리품으로 삼고
그녀에게 사랑을 요구하기 시작하는데…….

"내게서 도망치지 마라. 날 미워해도 좋고, 증오해도 좋으니까……."
유리는 가슴 깊숙한 곳에서 무언가 뜨거운 것이 치밀어 말을 끊었다.
잔인한 회색 눈동자가 그녀를 애원하듯 갈구했다.
"……이렇게 있자. 나와 함께. 끝까지."

절대로 사랑할 수 없고, 사랑해서도 안 되는 운명.

**그 운명을 거스르려는 남자와
그런 그의 세상에 갇혀 버린 여자의 로맨스 판타지.**

제로노블(Zero Novel)은 판타지를 사랑하는 여성들을 위한 신감각 로맨틱 판타지 시리즈입니다.

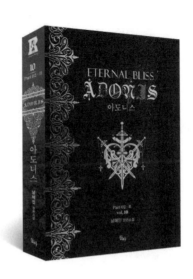

아도니스

남혜인 지음

"이아나 라이즈."

떨리는 목소리가 이아나의 새로운 이름을 불렀다.
목소리는 청량한 바람과 함께 이아나에게 닿았다.
심장이 검에 찔린 것처럼 퍼뜩 뛰었다.
낯선 그가 바람을 등지고 서 있었다.
널 좋아해서 어쩔 줄을 모르겠다는 달아오른 얼굴.
감추는 게 없는 날 것의 아르하드였다.
이상한 일이었다.
그가 이름을 불러 준 것만으로 세상이 반짝거리는 빛으로 환해졌다.
"나는 내 모든 것을 네게 주고 싶어. 그러니까……."
내 삶의 모든 것을 모아서 완성한, 내 나라.
로이긴도, 바하무트도, 칼리스토도, 세마스티어도 아닌, 진짜 성.
그 이름을 네 이름 뒤에 붙여 줄 수 있을 때.

"나랑 결혼해."